ARRANCADA
DO MEU
MUNDO

C. C. Hunter

ARRANCADA DO MEU MUNDO

Tradução
Denise de Carvalho Rocha

Título do original: *In Another Life.*

Copyright © 2019 C. C. Hunter.

Publicado mediante acordo com St. Martin's Press.

Copyright da edição brasileira © 2020 Editora Pensamento-Cultrix Ltda.

1ª edição 2020./1ª reimpressão 2023.

Todos os direitos reservados. Nenhuma parte desta obra pode ser reproduzida ou usada de qualquer forma ou por qualquer meio, eletrônico ou mecânico, inclusive fotocópias, gravações ou sistema de armazenamento em banco de dados, sem permissão por escrito, exceto nos casos de trechos curtos citados em resenhas críticas ou artigos de revistas.

A Editora Jangada não se responsabiliza por eventuais mudanças ocorridas nos endereços convencionais ou eletrônicos citados neste livro.

Esta é uma obra de ficção. Todos os personagens, organizações e acontecimentos retratados neste romance são produtos da imaginação do autor e usados de modo fictício.

Editor: Adilson Silva Ramachandra
Gerente editorial: Roseli de S. Ferraz
Produção editorial: Indiara Faria Kayo
Editoração eletrônica: Join Bureau
Revisão: Vivian Miwa Matsushita

Dados Internacionais de Catalogação na Publicação (CIP)
(Câmara Brasileira do Livro, SP, Brasil)

Hunter, C. C.
    Arrancada do meu mundo / C. C. Hunter; tradução Denise de Carvalho Rocha. – São Paulo: Jangada, 2020.

    Título original: In Another Life
    ISBN 978-85-5539-151-4

    1. Ficção norte-americana I. Título.

20-32665   CDD-813

Índices para catálogo sistemático:
1. Ficção: Literatura norte-americana   813
Maria Alice Ferreira – Bibliotecária – CRB-8/7964

Jangada é um selo editorial da Pensamento-Cultrix Ltda.

Direitos de tradução para o Brasil adquiridos com exclusividade pela
EDITORA PENSAMENTO-CULTRIX LTDA., que se reserva a
propriedade literária desta tradução.
Rua Dr. Mário Vicente, 368 — 04270-000 — São Paulo, SP
Fone: (11) 2066-9000
http://www.editorajangada.com.br
E-mail: atendimento@editorajangada.com.br
Foi feito o depósito legal.

Para meu marido, cuja fé em mim é inabalável. Cujos elogios ao meu trabalho são, para mim, uma grande motivação. Que pede comida para viagem para que eu possa trabalhar até tarde e faz café para mim todas as manhãs. Eu amo você, amor. Obrigada por ser meu porto seguro.

Agradecimentos

Tantas pessoas a agradecer... Minhas fãs que serviram de inspiração para o nome do cachorro de Chloe: Heather Renee Contreras, Lori McVicar, Janine Crawford, Melissa Ownsbey e Peyton Lapato. Minha agente, Kim Lionetti, que sempre sabe a coisa certa a dizer. Minha editora, Sara Goodman, que teve ótimas ideias sobre como melhorar este livro. Minha assistente, Kathleen Adey, que me ajuda a fazer tudo. Minha amiga JoAnne Banker, cujo conhecimento sobre adoção me ajudou a iniciar este livro. Obrigada a todos.

1

— O que está fazendo? — pergunto quando meu pai entra no estacionamento de uma loja de conveniência, a pouco mais de um quilômetro de onde minha mãe e eu estamos morando agora. Minha voz soa meio desafinada depois de passar cinco horas de viagem sem falar. Eu estava com medo de que, se dissesse alguma coisa, tudo dentro de mim transbordaria. Minha raiva. Minha mágoa. Minha decepção com o homem que costumava ser meu super-herói.

— Preciso abastecer o carro e ir ao banheiro — diz ele.

— Ir ao banheiro? Quer dizer que você não pode nem entrar para ver minha mãe quando me deixar em casa? — Sinto o coração apertado como se uma mão gigante o esmagasse.

Ele me olha nos olhos, ignora minhas perguntas e diz apenas:

— Você quer alguma coisa?

— Sim, minha vida de volta! — Saio do carro e bato a porta com tanta força que o barulho de metal contra metal reverbera no ar abafado do Texas. Arrasto os pés pelo estacionamento, enquanto fito minhas sandálias brancas devorando a calçada e tento esconder o brilho das lágrimas nos meus olhos.

— Chloe! — meu pai me chama. Eu ando mais rápido.

Com os olhos ainda colados no chão, abro a porta, entro com tudo dentro da loja e dou um encontrão em alguém, esmagando meus peitos contra o peito da pessoa.

— Merda! — rosna uma voz grave.

Um copo de isopor bate no chão e uma bebida vermelho-sangue explode nas minhas sandálias brancas. O copo vira, provocando uma hemorragia no piso de ladrilhos brancos.

Engulo o nó na garganta e dou um passo para trás, afastando meu sutiã tamanho P do tórax de um sujeito.

— Desculpe — ele murmura, embora a culpa seja minha.

Eu me forço a olhar para ele e vejo primeiro o peito largo, depois os olhos verdes e em seguida o cabelo preto-azeviche caído na testa. *Ah, droga! Eu não podia ter trombado com algum velhinho de bengala?*

Volto a fitar os olhos brilhantes do desconhecido e vejo uma mudança neles. Não estão mais com uma expressão de quem se desculpa. Agora parecem chocados e então... zangados.

Eu deveria dizer algo do tipo, *Eu é que tenho que me desculpar*, mas o nó na minha garganta volta com força total.

— Merda. — A palavra volta a escapar, agora com uma cara feia.

Concordo, tudo isso é uma merda!

Ouço meu pai chamar meu nome novamente, do lado de fora da loja.

Minha garganta fica mais apertada e as lágrimas ardem nos meus olhos. Com vergonha de chorar na frente de um estranho, arranco minhas sandálias e disparo na direção de uma geladeira cheia de refrigerantes.

Abro a porta de vidro e estico o pescoço para sentir o ar frio, precisando muito esfriar a cabeça. Enxugo algumas lágrimas rebeldes nas bochechas, depois sinto alguém ao meu lado. Meu pai não vai deixar isso passar em branco.

— Apenas admita que você estragou tudo! — eu digo, depois olho para o lado e sou engolida por aqueles mesmos olhos verde-claros zangados de um minuto atrás. — Pensei que você fosse... Foi mal... — balbucio, sabendo que é tarde para um pedido de desculpas. O olhar dele é inquietante.

O garoto continua a me encarar. Um olhar que não faz a mínima questão de esconder a antipatia. Como se a irritação dele não fosse apenas pela raspadinha derramada.

— Eu pago a sua bebida. — Ele nem pisca, então acrescento: — Me desculpe.

— O que você está fazendo aqui? — A pergunta fica sem resposta.

— O quê? Eu *conheço* você? — Sei que fui rude, mas, gato ou não, o cara está me deixando assustada.

Os olhos dele brilham de raiva.

— O que você quer? — Não entendo por que há um tom de acusação na voz dele.

— Como assim?

— Seja lá o que está tentando fazer, não faça.

Ele ainda está me encarando. Percebo que estou me sentindo intimidada com aquele olhar.

— Eu não sou... Você deve estar me confundindo com outra pessoa. — Balanço a cabeça, sem saber se o cara é tão louco quanto sexy. — Não sei do que você está falando. Mas já me desculpei. — Pego uma lata de bebida e, descalça, com as sandálias gosmentas na mão, ando rápido para a entrada da loja.

Meu pai entra, carrancudo.

— Cuidado! — diz a moça do caixa ao meu pai, enquanto limpa o chão sujo de raspadinha em frente à porta.

— Desculpe — murmuro para a moça e aponto para o meu pai. — Ele vai pagar meu refrigerante! E essa raspadinha aí no chão.

Disparo até o carro, entro e seguro a lata fria de refrigerante contra a testa. Os fios de cabelo na minha nuca começam a ficar arrepiados. Olho em volta e o gato esquisitão está do lado de fora da loja, me encarando novamente.

Seja lá o que está tentando fazer, não faça.

É isso aí, o cara não bate bem. Desvio o olhar para fugir da vigilância dele. Meu pai volta para o carro. Ele não dá partida, fica ali parado, só me olhando.

— Você sabe que isso não é fácil para mim também.

— Ok. — *Então, por que você saiu de casa?*

Ele liga o carro, mas, antes de partirmos, olho em volta novamente e vejo o garoto de cabelos pretos parado no estacionamento, escrevendo algo na palma da mão.

Engano meu ou ele está anotando o número da placa do meu pai? Esse cara é muito doido! Eu quase digo algo para o meu pai, mas me lembro de que estou chateada com ele.

Meu pai acelera. Fico atenta ao espelho retrovisor. O cara gostosão fica ali, com os olhos colados no carro do meu pai, e eu também não tiro os olhos dele até que não passe de um pontinho preto no retrovisor.

— Sei que é difícil — diz meu pai. — Penso em você todo dia.

Eu balanço a cabeça, como se entendesse, mas não falo nada.

Minutos depois, meu pai encosta o carro na frente da nossa casa. Ou melhor, da casa onde moramos minha mãe e eu. Meu pai não mora mais conosco.

— Eu te ligo amanhã para ver como foi o seu primeiro dia de aula.

Meu estômago se contrai como um tatu-bola com o lembrete de que vou começar meu último ano do ensino médio numa escola nova. Olho para a casa velha no bairro antigo. A casa que um dia pertenceu à minha avó materna e que minha mãe alugou para um casal de idosos nos últimos anos. Agora moramos nela. Uma casa que cheira a gente velha... e a tristeza.

— Ela está em casa? — pergunta meu pai.

À luz do entardecer, nossa casa está às escuras. Uma luz dourada se infiltra por debaixo da porta da casa ao lado, onde mora Lindsey; ela foi a primeira pessoa da minha idade que conheci na cidade.

— Mamãe provavelmente está descansando — respondo.

Ficamos calados por um momento.

— Como ela está?

Achei que não ia perguntar... Olho para meu pai, enquanto ele segura o volante com força e analisa a casa.

— Bem. — Abro a porta do carro, sem querer me despedir. Dói demais.

— Ei! — ele sorri. — Pode me dar pelo menos um abraço?

Eu não quero dar, mas por algum motivo (porque sob toda aquela raiva, eu ainda o amo) eu me inclino sobre o console entre os bancos e o abraço. Ele não tem mais nem o cheiro do meu pai. Está usando uma colônia que Darlene provavelmente comprou para ele. Lágrimas ardem nos meus olhos.

— Tchau. — Tiro do carro um pé melado de raspadinha.

Antes de eu levantar o traseiro do banco, ele diz:

— Ela vai voltar logo a trabalhar?

Eu me viro para ele.

— Foi por isso que você perguntou como ela está? Por causa do dinheiro?

— Não. — Mas a mentira é tão clara na voz dele que fica pairando no ar.

Quem é esse homem? Ele tinge os fios grisalhos nas têmporas. Agora usa o cabelo espetado e está vestindo uma camiseta com o nome de uma banda que ele nem sabia que existia até Darlene aparecer na vida dele.

Antes que eu possa me conter, as palavras se derramam da minha boca:

— Por quê? Sua namorada está precisando de mais um par de sapatos de grife?

— Não, Chloe — ele diz num tom severo. — Você está falando como a sua mãe.

A mágoa agora aperta a minha garganta.

— Ah, pelo amor de Deus... Se eu falasse como a minha mãe, diria: "A putinha está precisando de mais um par de sapatos de grife?". — Eu me viro outra vez para a porta do carro.

Ele pega meu braço.

— Olhe aqui, mocinha, não posso esperar que você goste dela assim como eu, mas gostaria que pelo menos a tratasse com respeito.

— Respeito? A pessoa precisa merecer respeito, pai! Se eu usasse as roupas que ela veste, você me mataria. Na verdade, nem você eu respeito mais! Você arruinou a minha vida. Você ferrou a vida da mamãe. E agora está transando com alguém dezoito anos mais jovem que você. — Saio do carro e, a meio caminho da soleira de casa, ouço a porta do carro se abrir e bater.

— Chloe. Suas coisas. — Ele parece zangado, mas não mais do que eu, porque, além de raiva, sinto mágoa.

Se eu não estivesse com receio de que ele me seguisse até em casa, todo ofendido, e começasse uma discussão com a minha mãe, eu não voltaria para pegar nada. Mas não quero mais ouvi-los discutindo. E não sei se minha mãe também iria aguentar. Não tenho opção a não ser fazer a coisa certa. É péssimo quando você é a única pessoa na família que se comporta como um adulto.

Eu me viro, seco as lágrimas bruscamente e me volto para o meio-fio.

Meu pai está de pé ao lado do carro, com uma mão segura a minha mochila e, com a outra, uma enorme sacola com as roupas novas que comprou para eu usar na escola. Ótimo. Agora me sinto a filha desalmada e ingrata.

Quando me aproximo, murmuro:

— Obrigada pelas roupas.

— Por que está tão brava comigo? — ele pergunta.

Tantas razões... Qual delas eu escolho?

— Você deixou Darlene transformar meu quarto numa academia de ginástica.

Ele balança a cabeça.

— Nós tiramos suas coisas e colocamos no outro quarto.

— Mas aquele quarto era meu, pai.

— É por isso que você está tão brava ou será porque... ? — Ele faz uma pausa. — Não é culpa minha que sua mãe tenha ficado...

— Continue pensando assim — eu digo. — Um dia desses, você pode até começar a acreditar!

Com as mãos ocupadas e o peito pesado, deixo meu super-herói e meu coração partido abandonados na calçada. Minhas lágrimas estão caindo rápidas e quentes quando fecho a porta da frente atrás de mim.

Docinho, um vira-lata amarelo de porte médio, me cumprimenta com um ganido e o rabo abanando. Eu o ignoro. Largo a mochila, a sacola de compras e vou para o banheiro. Félix, meu gato amarelo tigrado, vem correndo e entra comigo.

Tento fechar a porta de um jeito normal, em vez de batê-la com raiva. Se minha mãe me vir assim, vai ficar chateada. Pior ainda, isso alimentará sua raiva.

— Chloe? — minha mãe chama. — É você?

— Sim. Estou no banheiro. — Espero que minha voz não revele quanto me sinto arrasada.

Eu me sento no vaso sanitário, pressiono as costas das mãos contra a testa e tento respirar.

Os passos da minha mãe fazem o velho assoalho de madeira ranger. A voz dela soa atrás da porta.

— Está tudo bem, querida?

Félix está ronronando e se esfregando na minha perna.

— Sim. Mas meu estômago nem tanto... Acho que o bolo de carne que comi na casa do papai não caiu bem.

— Darlene é quem estava cozinhando? — O tom de voz dela denuncia o ódio reprimido.

Eu cerro os dentes.

— Sim.

— Por favor, diga que seu pai repetiu o prato.

Fecho os olhos, quando o que realmente quero fazer é gritar: *Pare com isso!* Eu entendo por que minha mãe está tão furiosa. Entendo que meu pai é um filho da mãe. Entendo que ele se recusa a assumir a culpa e que isso só piora as coisas. Entendo o que ela passou. Entendo tudo isso. Mas ela tem ideia do quanto me dói ouvi-la falar tão mal de alguém que eu ainda amo?

— Vou me sentar um pouco lá fora, no quintal — diz ela. — Quando sair daí, vá se sentar lá comigo.

— Ok — respondo.

Os passos da minha mãe se afastam.

Fico sentada no vaso e tento não pensar em tudo que me magoa. Em vez disso, faço carinho em Félix. Seus olhos, tão verdes, me levam de volta ao garoto da loja. *Seja lá o que está tentando fazer, não faça.*

Que diabos ele quis dizer com isso?

Saio do banheiro, mas, antes de abrir a porta dos fundos, olho pela janela e vejo minha mãe no gramado, reclinada numa cadeira de armar. O sol está se pondo e ela está banhada numa luz dourada. Os olhos estão fechados e o peito se move para cima e para baixo, respirando lentamente. Está tão magra... magra demais.

O lenço azul desbotado escorregou da cabeça dela. Tudo que eu vejo é sua cabeça sem cabelos. E — pronto! Estou com raiva do meu pai outra vez.

Talvez ele esteja certo. Talvez eu o culpe pelo câncer da minha mãe.

Não adianta nem eu me lembrar de que, três semanas atrás, o médico a considerou curada. De fato, o câncer de mama foi detectado tão cedo que os médicos insistiram em dizer que deveríamos considerá-lo só um pequeno obstáculo no caminho.

Mas eu odeio os solavancos que os obstáculos podem provocar...

Meu olhar é atraído para a cabeça dela novamente. O médico afirmou que as breves sessões de quimioterapia eram só para ter certeza de que não restaria nenhuma célula cancerígena. Mas até eu ver o cabelo da minha mãe voltando a crescer e as costelas protuberantes sumindo, não vou parar de ter medo de perdê-la.

Quando ela foi diagnosticada, pensei que meu pai voltaria, que ele perceberia que ainda a amava. O mais triste é que acho que minha mãe pensou o mesmo. Mas isso não aconteceu.

Minha mãe abre os olhos, ajusta o lenço na cabeça e fica de pé com os braços abertos.

— Venha cá. Senti sua falta.

— Só fiquei três dias fora — digo. Mas é a primeira vez que durmo fora de casa desde que minha mãe adoeceu. E senti falta dela também.

Caímos nos braços uma da outra. Os abraços dela começaram a ficar mais longos desde que se separou do meu pai. Os meus ficaram mais apertados desde que a temida doença de minha mãe marcou nossas vidas.

Eu retribuo o abraço dela. Docinho está aos meus pés, a cauda abanando e batendo na minha perna.

— Ela redecorou a casa? — O tom de voz dela é casual, mas ainda carregado de animosidade.

Apenas o meu quarto. Mudando de assunto, eu pergunto:

—- O que você fez enquanto estive fora?

— Li dois livros. — Ela sorri.

— Você não pegou seu manuscrito e tentou escrever?

Antes da separação, minha mãe passava todo o seu tempo livre trabalhando em seu livro. Ela chamava esse *hobbie* de "minha paixão". Suponho que meu pai tenha exterminado essa paixão também.

— Não. Não tive vontade — ela diz. — Ah, olhe! — Ela tira a bandana. — Já está nascendo uma leve penugem na minha cabeça. Ouvi dizer que algumas mulheres gastam uma fortuna para ficar com esse visual.

Eu solto uma risada, não porque seja engraçado, mas porque ela está rindo. Eu não me lembro da última vez que minha mãe riu. Será que as coisas estão melhorando?

Ela vai até a cadeira de balanço dupla e se senta.

— Sente-se.

A cadeira afunda sob o nosso peso. O ombro de minha mãe esbarra no meu e ela olha fixamente para mim. Será que percebeu que meus olhos estão inchados de tanto chorar?

— O que há de errado, querida?

A preocupação em sua voz, o amor em seus olhos, tudo isso me faz lembrar de quando eu podia contar com ela para desabafar meus problemas. Quando eu não pesava cada palavra para garantir que não iria magoá-la. Porque ela já está sofrendo demais.

— Nada — eu digo.

Ela contrai os lábios.

— Seu pai deixou você chateada?

— Não — minto.

O olhar dela se demora em mim como se ela soubesse que não estou sendo sincera. Eu invento alguma coisa:

— É Alex.

— Você o viu enquanto estava na casa do seu pai?

Outro nó se forma na minha garganta. Acho que esse assunto também é delicado.

— Ele veio me ver e conversamos no carro.

— E então...?

— Não aconteceu nada. — Guardo essa dor para outra hora. — Eu disse a você que ele está saindo com outra pessoa.

— Sinto muito, querida. Você me odeia por tê-la feito se mudar de cidade?

Gente, não dá para odiar alguém que tem câncer! Mas e agora que o câncer está curado...? É tentador, mas não posso. Assim como não posso odiar meu pai.

— Eu não te odeio, mãe.

— Mas você odeia morar aqui? — A culpa acrescenta uma nota triste à voz dela. É a primeira vez que ela considera meus sentimentos sobre isso. Eu tentei ao máximo convencê-la a não se mudar, cheguei a implorar, mas ela não fez concessões. Então eu fiz. Fiz um monte de concessões.

Meus olhos se enchem de lágrimas.

— Só é difícil.

Meu celular toca, indicando a chegada de uma mensagem. Não quero olhar agora, porque acho que é meu pai mandando uma mensagem para pedir desculpas e minha mãe pode ver, então vou ter que explicar. *Ele está arrependido, não está?* Quero acreditar que ele tenha percebido que dar meu quarto a Darlene foi um erro.

— Quem é? — pergunta minha mãe.

— Não sei. — O celular permanece no meu bolso.

Ele toca novamente. *Merda!*

— Você pode olhar para ver quem é... — diz minha mãe.

Eu tiro o celular do bolso e verifico as mensagens. Não é meu pai. E isso também me magoa.

— É Lindsey. — Eu leio a mensagem dela. *Apareça quando puder.*

— Ela ligou antes para ver se você estava em casa. Por que não vai vê-la? Vou preparar o jantar.

— Vou apenas mandar uma mensagem para ela — digo, sabendo que Lindsey vai perguntar sobre a minha viagem e eu não a conheço bem o suficiente para despejar tudo em cima dela.

— Ok. — Minha mãe dá um tapinha no meu braço. — O que você quer jantar?

— Pizza. — Estou morrendo de fome. Eu mal toquei no almoço na casa do meu pai.

— Pizza? Com o estômago revirado desse jeito? — diz minha mãe. — Que tal sopa de tomate e queijo grelhado?

Eu odeio sopa de tomate. É comida de hospital. Comida de quem tem câncer. Nós comemos isso quase todas as noites durante a quimioterapia. Então, mais uma vez, suponho que seja isso que eu ganhe por mentir.

— Claro!

Depois de um prato de sopa, um sanduíche e dois episódios de uma série, dou um abraço de boa-noite na minha mãe e vou para a cama. Docinho e Félix me seguem quando entro no meu quarto. Ou melhor, o quarto em que durmo. *Meu* quarto não existe mais.

Pego o celular para ver se alguma das minhas antigas amigas, ou talvez Alex, me mandou uma mensagem. Nada exceto outra mensagem de Lindsey, me lembrando de avisá-la quando estiver saindo para a escola na manhã seguinte.

Eu desabo na minha cama. Félix salta para cima do colchão, se aconchega ao meu lado e começa a ronronar. Docinho faz o mesmo e fica aos meus pés. Com o celular ainda na mão, deslizo a tela para as *selfies* que tirei de mim, Kara e Sandy neste final de semana. Nós estamos sorrindo, mas não é um sorriso sincero, natural. Parece que nós três estamos só fazendo pose. Como se estivéssemos fingindo alguma coisa. Fingindo um sorriso. Fingindo amizade.

Continuo passando as fotos com o dedo até chegar às mais antigas, com Kara e Sandy. Nós não estamos posando ou fingindo. Estamos nos divertindo. Isso está claro na nossa expressão, nos nossos sorrisos verdadeiros.

Eu continuo olhando as fotos até encontrar uma só minha e de Alex. Ele está beijando minha bochecha. Seus olhos azuis não aparecem na foto, e eu posso dizer que ele está rindo. Lembro-me de quando foi tirada. Na primeira noite em que dormimos juntos. Lágrimas enchem meus olhos e meu dedo desliza mais rapidamente. Imagens, instantâneos da minha vida agora não passam de borrões coloridos voando pela tela do meu celular.

Será que, na realidade, é apenas disso que se trata a vida? Borrões coloridos? Uma colagem de momentos efêmeros, em diferentes tons e matizes de emoção? Momentos em que você está feliz, triste, com raiva, com medo, e aqueles em que você está apenas fingindo.

Jogo o celular nos pés da cama e olho para o ventilador de teto girando, enquanto minhas emoções parecem fazer o mesmo. Meus olhos ficam pesados e então — pronto! — não estou mais olhando para o ventilador. Estou presa numa lembrança quase tão antiga quanto eu.

Estou sentada num sofá marrom. Meus pés, dentro de sapatos pretos de fivela, balançando bem acima de um tapete sujo. Estou usando um vestido de princesa com babados rosa, mas não sou uma princesa feliz. Soluços profundos e sinceros, meus soluços, ecoam ao meu redor. Eu me sinto um peixe fora d'água. Não consigo respirar.

Sento-me tão rápido que Félix pula da cama.

É a única lembrança que tenho antes de me tornar Chloe Holden. Alguns meses antes do meu terceiro aniversário. Antes de eu ser adotada.

Ultimamente, essa lembrança tem me ocorrido. Me assombrando, de certa forma. Mas eu sei por quê. É a sensação. A sensação de ser arrancada do meu mundo e colocada em outro lugar.

Não que isso não tenha sido bom. Naquela época, tive muita sorte em ser adotada, e por pais perfeitos. Ganhei uma mãe, um pai, tenho um gato chamado Félix e, ainda por cima, adotamos um cachorro chamado Docinho. Morávamos numa casa de tijolinhos brancos de três quartos, onde sempre havia risadas. E amor. Eu tinha amigos com quem cresci. Um namorado a quem entreguei a minha virgindade.

Eu tinha uma vida. Eu era feliz. Meus sorrisos eram de verdade nas fotos.

Aí meu pai passou a trabalhar até tarde.

Começaram as brigas dos meus pais.

O caso do meu pai.

A depressão da minha mãe.

O divórcio.

O câncer.

E depois a mudança da cidade de El Paso para Joyful, no Texas. Que, a propósito, de alegre não tem nada...*

E aqui estou eu. Arrancada do meu mundo outra vez. Arrancada *brutalmente*.

Mas, desta vez, não estou me sentindo tão sortuda assim.

---

* *Joyful* significa "alegre" em inglês. (N.T.)

2

Tentando me convencer de que este primeiro dia de aula não vai ser tão ruim quanto imagino, corro os dedos pelo meu cabelo grosso e escuro, que passei meia hora alisando. Depois de dar uma última olhada no espelho da penteadeira, envio uma mensagem para Lindsey e saio do quarto apressada.

Minha mãe, sumindo dentro de um roupão cor-de-rosa grande demais para ela, está sentada na mesa da cozinha, olhando para mim.

— Gosto mais da blusa vermelha.

— Eu sei. Mas prefiro esta hoje.

Dou um abraço nela. Sei que fico bem de vermelho, mas vou aparecer demais, tipo, *Olhem para mim, eu sou a garota nova da escola!* Então preferi usar uma blusa bege em vez disso.

— Me deseje sorte — diz ela.

— Por quê? O que você vai fazer? Vai começar a escrever de novo?

— Não. Estou procurando emprego.

Meu primeiro pensamento é que minha mãe deve esperar até o cabelo dela crescer.

— Você sente vontade de trabalhar?

— Sim. Estou cansada de não fazer nada.

— Então boa sorte. — Pego a mochila, faço um carinho rápido em Félix e em Docinho e saio, tentando não pensar em meu pai perguntando se minha mãe está trabalhando. Tentando não pensar que nunca recebi um pedido de desculpas dele.

Lindsey, vestindo jeans preto, blusa preta, unhas esmaltadas de preto e batom vermelho, está esperando ao lado da garagem. Seus cabelos loiro--claros com reflexos caem em cascata sobre os ombros. Ela parece saída de uma capa de revista.

— Caprichou no visual, hein? — eu digo.

Ela sorri.

— Meu plano é fazer Jonathon morrer de arrependimento.

Eu já ouvi tudo sobre Jonathon. A quem ela, na maioria das vezes, chama de "aquele cão sarnento traidor". Eu o vi uma ou duas vezes quando nos mudamos. Foi só quando eles romperam o namoro que Lindsey e eu começamos a conversar. E só recentemente contei a ela sobre Alex, mas nós ainda não arranjamos um apelido perfeito para o meu ex-namorado.

Se a minha mãe não tivesse me arrastado para outra cidade do Texas, Alex e eu ainda estaríamos juntos. Não tenho certeza se poderia chamar de amor o que sentíamos, mas acho que estávamos perto disso. Quando fui embora, concordamos que iríamos manter um relacionamento a distância.

Só durou quatro semanas.

— Como foi a visita à casa do seu pai e do brinquedinho sexual dele? — ela pergunta enquanto caminhamos para o meu carro.

— Um verdadeiro inferno — digo, depois mudo de assunto. — Você já escolheu seu novo *crush*? — Entramos no meu Chevy Cruze branco.

— Sim, David Drake. Ele me convidou para sair no ano passado, logo depois que comecei a namorar Jonathon. Ele é engraçado, fofo e educado.

No trajeto, Lindsey fala sobre o horário das suas aulas e conta que tem três aulas com Jamie. Jamie é sua melhor amiga, que esteve fora durante o verão. Eu fico preocupada, achando que agora que a melhor amiga está de volta, Lindsey vai me deixar de lado quando mais preciso.

— Espero que a gente tenha aulas juntas — digo a Lindsey.

Quase todo mundo recebeu o horário das aulas por e-mail. Vou pegar o meu depois com a conselheira. Mas como Lindsey não faz as aulas mais puxadas, como eu, de conteúdo mais completo e aprofundado, duvido que tenhamos aulas nas mesmas classes.

Entro no estacionamento da escola e penduro no espelho retrovisor a autorização para estacionar ali. Minha mãe obrigou meu pai a pagar o plano mensal do estacionamento. Meu estômago começa a revirar ao ver pessoas que não conheço. Eu olho para Lindsey.

Ela está me olhando de um jeito estranho.

— Cara, você está nervosa mesmo!

— Um pouco, por quê?

Ela faz uma cara engraçada.

— Não sei. Achei que fosse mais peituda.

— Eu? Por quê?

— Sua mãe tem câncer. Você precisou se mudar no último ano do ensino médio e está, tipo, numa boa com tudo isso. Eu estaria surtando.

Eu digo a verdade.

— Eu estou surtando. Apenas finjo que não. — Saltamos do carro e pegamos nossas mochilas no banco de trás.

A poucos metros do meu carro, sinto pessoas olhando para mim e acenando para Lindsey. Levanto o queixo e finjo que não estou nem aí. Lindsey começa a falar sobre onde vamos nos encontrar depois das aulas e me diz para mandar uma mensagem quando eu souber os meus horários.

Estamos quase saindo do estacionamento quando ouço gritos. Paramos.

Um cara grandalhão, de cabelo castanho-claro, está rindo de outro, mais novo, com cara de ser do segundo ano. O valentão está segurando uma mochila e fazendo algumas piadas sobre a estatura do mais baixinho.

O rosto do garoto está vermelho, como se ele estivesse envergonhado e com muita raiva. Meu coração se compadece do aluno do segundo ano, que parece tão desconfortável quanto eu ali. Estou pensando em fazer alguma coisa quando outra pessoa faz. Alguém com cabelo preto-azeviche e ombros com um quilômetro de largura. Eu acho que ele é professor;

então — *droga!* — eu o reconheço! É o cara paranoico com quem trombei na loja de conveniência.

— Pare de ser idiota! — O psicopata da loja tira a mochila da mão do garoto babaca e a joga para o garoto mais novo, que a agarra e sai correndo.

— Olha como ele corre! — diz o valentão, rindo. Mas, caramba, eu odeio valentões!

O cara estranho fala algo que não consigo ouvir. Eu chego mais perto. Lindsey se aproxima junto comigo.

O idiota explode:

— Quem diabos você pensa que é?

Lindsey se inclina.

— Isso está ficando interessante.

Eu não olho para ela. Meus olhos estão presos na cena.

— Paul é o cara que pegou a mochila do garoto — Lindsey continua, baixinho. — Ele é jogador de futebol. O outro cara é o Cash. Ele começou a estudar aqui na metade do último ano escolar. Costumava frequentar a Westwood Academy, uma escola particular para onde vão as crianças ricas. Mas há boatos de que cresceu num orfanato e é mau elemento.

— Paul é quem está agindo como um mau elemento. — Eu tento ligar o cara que está defendendo o garoto mais novo com o lunático que conheci ontem.

— Verdade. Paul é que vive praticando *bullying* — Lindsey admite.

Paul se aproxima de Cash. Apesar do encontro de ontem, estou torcendo por Cash. Não gosto de psicopatas, mas gosto menos ainda de valentões.

Cash não se move, mas seus ombros se alargam. Paul não parece assustado, mas ele deveria estar. Cash é uns cinco centímetros mais alto do que Paul. Mas não é a altura que o torna tão intimidador. É a linguagem corporal dele. Ele parece durão. Ainda mais durão agora do que ontem.

— Eu fiz uma pergunta! — Paul grita. — Quem você acha que é, garoto adotado?

Os ombros de Cash se alargam ainda mais.

— Sou o único aqui que não tem que pegar alguém menor do que para me sentir importante.

Paul se aproxima e cola o rosto no de Cash.

Cash fala alto:

— Vá embora enquanto pode. — Seu tom é ameaçador.

— Você é que vai embora! — rebate Paul.

Acho que Cash está prestes a recuar o punho para dar um soco no outro, mas ele me surpreende e diz:

— Você não vale o aborrecimento.

Ele se vira para ir embora.

Não sei se estou decepcionada por Cash não dar uma lição em Paul ou se ele tomou a atitude certa.

Cash se afasta alguns passos quando Paul avança e o empurra pelo ombro. Cash se desequilibra.

— Covarde! — Paul o acusa.

— Você é que é covarde por esperar eu virar as costas.

— Bem, agora estou na sua frente. — Paul desfere um soco.

Cash desvia para a esquerda. O punho de Paul golpeia o ar.

Todo mundo ri. Isso alimenta a fúria de Paul. Ele levanta os punhos na frente do rosto e começa a transferir o peso de um pé para o outro, como se fosse um boxeador profissional.

Cash leva os punhos até o queixo. Todos começam a gritar.

— Acaba com esse imbecil! Dá uma lição nele!

De alguma forma, sei que eles não estão torcendo por Cash. Eu não vou gostar dessa escola.

Estou achando que devemos ir embora, mas, assim como Lindsey, não consigo tirar os olhos da cena. Os dois caras se movem em círculo. Paul desfere outro soco, Cash se abaixa. Paul solta um rosnado.

Espero Cash fazer algum comentário irônico, mas ele não fala nada.

Tenho a sensação de que não quer lutar.

De repente, eles se posicionam de modo que Cash fica de frente para mim.

Aqueles olhos verdes líquidos olham para a frente e encontram os meus, castanhos. Ele congela.

É quando Paul desfere outro soco e seu punho atinge o olho de Cash. Ele quase cai, mas, com fúria, golpeia Paul — primeiro na barriga, depois no nariz. Paul cai, ofegante, e coloca a mão sobre o nariz. Sangue escorre entre os dedos dele.

— Parem! — alguém grita. Um homem corre na direção do grupo. Dessa vez é um professor de fato. A aglomeração começa a se dispersar.

— Vamos dar no pé. — Lindsey me puxa. Logo antes de eu me virar, o olhar de Cash me encontra novamente. Seu olho esquerdo já está inchando. Eu me viro e sigo Lindsey.

— Isso foi bem estranho... — Lindsey se apressa em direção à entrada da escola.

— A briga? — pergunto.

— Não. Cash olhando para você. Você o conhece?

— Não — eu digo, mas não explico mais nada.

— Bem, algo em você chamou a atenção dele.

— Eu provavelmente pareço alguém que ele conhece. — Me lembro de dizer o mesmo para ele na loja.

— Ou ele gosta de você. Todas as garotas da escola já tentaram chamar a atenção dele e não conseguiram. Você chega aqui e ele leva um soco enquanto olha para você.

— Talvez não estivesse olhando para mim — digo, sem muita convicção.

— Sei. — Lindsey revira os olhos.

Olho para a escola que aparece diante de mim e tudo que eu quero é dar meia-volta e voltar para casa.

Estou esperando na secretaria para pegar meus horários com a conselheira, a srta. Anderson, quando ouço uma voz zangada atrás de mim.

— Você quebrou o nariz dele.

Estou quase certa de que é a voz do professor que interrompeu a briga. Não viro a cabeça para ver quem é. Fico olhando para a frente, enquanto passam por mim. O professor empurra a porta giratória que leva à parte de trás da secretaria. Cash o segue.

Ele está quase passando pela porta quando se vira para trás. Seus olhos, ou melhor, "seu olho" me encontra — o outro está tão inchado que nem abre mais. O ar de acusação é evidente em sua expressão. Parece até que sou eu a responsável pelo olho roxo. Ouço o professor dizer algo e Cash se vira para a frente e o segue.

Incomodada com aquele olhar, vejo a recepcionista acenando para que eu me aproxime. Ela abre a porta e eu a sigo por um corredor, até os fundos. Viramos uma esquina e vejo o professor que interrompeu a briga. Parecendo chateado, ele conversa com uma mulher de cabelos pretos.

A recepcionista limpa a garganta.

O professor e a mulher olham para ela.

— Chloe Holden. — A recepcionista faz um gesto na minha direção.

— Leve-a até o meu escritório. — A recepcionista concorda com um ar contrariado. — Eu já estou indo.

Sou conduzida até outra sala e eu me sento na cadeira mais próxima da porta, enquanto a recepcionista dá meia-volta e sai. Posso ouvir ao longe a conversa entre o professor e a conselheira. Eu me reclino na cadeira.

— Não — diz a conselheira. — Estou dizendo para averiguar os fatos antes de fazer suposições.

— Eu já averiguei — respondeu o homem. — Paul Cane me disse o que aconteceu e três alunos confirmaram a história.

— Três amigos de Paul, posso apostar — diz a srta. Anderson. — Vou atender essa nova aluna e depois falo com ele.

— Vai perder o seu tempo — diz o professor.

— Bem, é o *meu* tempo que vou perder — responde a conselheira com rispidez.

Ouço passos vindo na minha direção. Sento-me mais ereta na cadeira e finjo que não estava prestando atenção na conversa.

— Sinto muito fazer você esperar. — Ela me oferece a mão, mas ainda está com a testa franzida. — Sou a srta. Anderson.

Aperto a mão dela. Pode parecer estranho, mas já gosto dela por defender sua opinião, apesar da oposição do professor.

— Eu sou Chloe Holden.

Ela se senta atrás da mesa e, em seguida, puxa um arquivo de uma pilha de papéis.

— Pedi seu histórico escolar para o Lionsgate High. Vi suas notas. São impressionantes. Com toda essa dedicação, você vai longe.

Eu ouço muito isso. Sou inteligente, mas não me dedico tanto assim aos estudos. As coisas, na escola, são fáceis para mim. Na realidade, na minha antiga escola, eu normalmente errava de propósito uma ou duas perguntas nas provas, para que minhas amigas não me odiassem. Ser inteligente demais não é legal.

— Você está planejando ir para a faculdade, certo?

— Estou, sim — digo. — Meus pais frequentaram a Universidade de Houston, então pretendo ir para lá também.

— Com essas notas, você pode ir para a universidade que quiser. Já solicitou uma bolsa?

Eu confirmo com a cabeça. Pelo menos meu pai vai ter uma folga nas mensalidades quando eu for para a faculdade.

— Bem, coloquei você nas turmas em que o conteúdo das matérias é visto com mais profundidade. Assim, acho que não vai ficar entediada.

Assinto com a cabeça outra vez, meus pensamentos ainda no que a ouvi dizendo para o professor no corredor.

— Sua mãe mencionou que está fazendo quimioterapia. E que se divorciou recentemente.

Por que mamãe contou isso a ela? Eu congelo na cadeira.

— Se você precisar conversar, saiba que estou à disposição.

— Obrigada — digo. — Eu estou bem. Minha mãe também. Ela está curada do câncer agora.

— Ótimo! — Ela olha para o computador. — Estou imprimindo os seus horários e vou pedir a alguém que a acompanhe por alguns dias até que você aprenda a se localizar dentro da escola.

Quero recusar a escolta, mas também não quero correr o risco de me perder dentro do prédio e chamar ainda mais atenção.

Ela faz uma ligação rápida e me entrega meus horários, depois de tirá-los da impressora.

— Sandra vai encontrar você no escritório principal.

Concordo novamente, pego minha mochila, dou dois passos em direção à porta e depois me viro.

— Ah, sobre o que aconteceu no estacionamento...

— O quê?

— A briga — eu digo.

— Você estava lá? — Ela se inclina para a frente. Eu tenho a sensação de que gosta de Cash ou talvez saiba que Paul pratica *bullying*.

— Sim, o cara com cabelos mais claros, acho que alguém o chamou de Paul, ele estava provocando um garoto mais novo. Pegou a mochila dele e não queria devolver. O outro cara, Cash, devolveu a mochila para o garoto. Paul começou a briga. Cash tentou até se afastar dele.

Os olhos da srta. Anderson se arregalam com um sorriso.

— Você conhece algum dos dois?

— Não, não conheço. Só vi a briga. E... alguém me disse o nome deles.

— Obrigada. — Ela parece aliviada.

Eu saio e paro, quase colidindo com o peito de Cash outra vez. Nossos olhares se encontram. Ou o meu olhar e o "meio olhar" dele. Seu olho está inchado agora. Mas juro que o outro está me acusando de alguma coisa.

As palavras "*Desculpe por defender você*" estão na ponta da língua. Eu não as digo.

Passo por ele com pressa.

Sinto seu olhar sobre mim. Como senti ontem. Calafrios percorrem minha espinha.

O que há com esse cara?

3

rinta minutos depois, Cash Colton entrou no jipe. *Por que ela me defendeu?* Então tudo se encaixou e ele soube no mesmo instante: *Porque eu estava certo.*

Esbarrar nele tinha sido a estratégia perfeita. *Sempre faça repararem em você. Não se aproxime. Faça com que suspeitem.*

Foi tudo uma *estratégia*.

Bem, nem tudo. A briga não poderia ter sido. Ninguém poderia adivinhar que ele sairia em defesa do garoto. Cash não sabia nem por que tinha feito aquilo. Exceto... pelo fato de que aquele garotinho assustado costumava ser ele...

Defendê-lo, no entanto, tinha que fazer parte do jogo dela. *Fazer com que confiassem nela. Acreditassem que ela é uma pessoa amigável.*

Ela ia precisar de sorte. Cash não confiava em ninguém. Nem mesmo em alguém com seios bonitos.

Ninguém pode trapacear um trapaceiro — não quando ele sabe todos os tipos de truque. Foi treinado pelo melhor de todos: seu pai malandrão, agora já falecido.

Ele saiu do estacionamento da escola cantando pneu. Depois de ino-centá-lo da briga, a srta. Anderson havia chamado sua mãe adotiva, a sra. Susan Fuller. Por ser médica e uma pessoa amorosa, ela insistiu em vê-lo antes de decidir se ele precisava ir ao pronto-socorro ou não. Ele deveria esperar que ela viesse examiná-lo antes de voltar às aulas.

A um quarteirão da escola, ele ligou para a sra. Fuller.

Ela atendeu:

— Estou a caminho. Você está bem?

— Estou. Não precisa vir. Estou indo para casa agora tomar uma aspirina.

— Cash, a srta. Anderson, queria que você ficasse na escola. Você não deveria ter...

— Ah, é? Eu não sabia. — Na verdade, ele tinha ouvido toda a conversa atrás da porta e saído furtivamente antes que alguém pudesse detê-lo. — Pensei que eu estava livre para ir embora, depois que ela falou com você.

— Não, querido, você não deveria estar dirigindo. Pode ter sofrido uma concussão. A que distância está de casa?

— Praticamente lá — ele mentiu de novo e sentiu um aperto no estô-mago.

— Você não está com tontura, está?

— Não.

— Ok, então siga em frente e volte para casa. Vou ligar para avisar a srta. Anderson. Estarei em casa em vinte minutos.

— Mas não é preciso. Estou bem. — Ele olhou para o relógio no painel. Oito e quarenta.

— Foi isso que você disse dois anos atrás, quando seu apêndice supu-rou — ela disse.

— E eu ainda estou vivo. Então eu estava bem, não estava?

— Depois de oito dias no hospital. — Ela suspirou. Cash ouvia muitos suspiros da mãe adotiva. Desapontá-la era a última coisa que ele queria. E, por mais que tentasse evitar, sempre a decepcionava. O passado de Cash o seguia por toda parte.

Os Fuller complicaram a vida deles quando optaram por adotá-lo*. Não que fossem sofrer por muito mais tempo. Em dois meses, ele já teria idade para deixar o lar adotivo. Ele não poderia fazer isso antes de terminar o ensino médio...

— Pare o carro e me ligue se sentir tontura.

— Entendido. — Ele desligou. Consultando o relógio novamente, ele passou a entrada para o bairro de Stallion, onde os Fuller moravam — ou melhor, onde ele ocupava um dos quartos da casa deles — e foi direto para o Walmart. O olho latejava.

Estacionou o jipe, entrou na loja e seguiu até o quadro de avisos.

Cada vez que ia ao supermercado, ele examinava aquele quadro. A primeira vez que tinha se deparado com ele, a vontade que teve foi de rasgá-lo, com receio de que os Fuller o vissem e ficassem tristes. Mais tarde, ele descobriu que os próprios pais é que tinham colocado o folheto ali.

E ali estava ela. Na foto, olhando para Cash.

O mesmo formato de olhos. A mesma mandíbula. Os mesmos lábios.

— Merda!

Isso não significava que fosse ela. A imagem que simulava a aparência dela com a idade que teria hoje poderia não ser exata. As fotos às vezes mentiam. Ele sabia disso por experiência própria. Mas, caramba, aquela garota parecia mais com ela em pessoa do que a foto que um filho da mãe dera à sra. Fuller um ano atrás. E depois que a sra. Fuller entregou a ele 3 mil dólares para encontrar a tal garota, ele convenientemente desapareceu. E levou uma parte do coração da mãe adotiva também. Só agora ela estava voltando ao normal.

Se ao menos a sra. Fuller tivesse contado a Cash, ele teria explicado a ela como funciona esse tipo de falcatrua.

---

* Nos Estados Unidos, a adoção pode ocorrer por meio de agências particulares, procuradas pelas mães biológicas quando querem oferecer seu bebê para adoção; ou por meio do programa de lares adotivos, de responsabilidade do governo. Nesse caso, a criança que está sob a tutela do Estado, depois de separada dos pais biológicos por situações de risco, passa a morar com uma família adotiva, que pode ficar com a criança temporariamente ou solicitar sua adoção definitiva. (N.T.)

Seria o mesmo vigarista voltando para conseguir mais dinheiro? Provavelmente. Mas, desta vez, havia se tornado seu jogo mais sofisticado. Só que agora Cash sabia o que estava acontecendo. E iria detê-lo.

Ele olhou em volta para se certificar de que ninguém estava olhando.

Quando estendeu a mão para tirar a foto do quadro, ouviu uma porta se abrir atrás dele. Cash se afastou e fingiu que verificava um cupom de ração para cachorro.

Enfiou as mãos nos bolsos, esperando a pessoa empurrar o carrinho pela porta. Quando não ouviu mais nenhum passo, concentrou-se novamente no panfleto.

Havia uma cópia do folheto na casa dele, também. Guardada num arquivo. Mas vasculhar a escrivaninha do sr. Fuller não parecia certo. Especialmente depois de Cash já ter sido pego fazendo isso uma vez. Ele estava com os Fuller havia apenas alguns meses, algumas semanas antes do seu aniversário de 15 anos, quando viu a sra. Fuller, com lágrimas nos olhos, olhando para o arquivo aberto. Mais tarde, quando ela já confiava nele a ponto de deixá-lo sozinho em casa, Cash descobriu o que a fizera chorar.

Ele não tinha ouvido a sra. Fuller entrar em casa aquele dia. No segundo em que ela o viu, Cash teve certeza de que ela ia gritar, depois ligar para dizer aos assistentes sociais que viessem buscá-lo. Outras três famílias já o tinham devolvido. Mas a sra. Fuller puxou uma cadeira e colocou-a ao lado dele, próximo à escravaninha do marido, e perguntou o que ele estava fazendo.

Cash foi sincero:

— Eu queria saber o que a fez chorar.

Ela suspirou, um suspiro que era um gemido baixo misturado com uma expiração longa, e ele logo descobriu que aquele suspiro era a marca registrada da sra. Fuller, nos momentos em que estava infeliz. Depois ela contou a história toda. E chorou também enquanto a contava.

A porta do Walmart se fechou. Ele pegou o papel pregado no quadro, dobrou-o, guardou no bolso e saiu de lá. De volta ao carro, ligou o motor e verificou as horas. Droga. Ele tinha cinco minutos para chegar em casa antes da sra. Fuller.

E se ela chegasse lá antes dele, ficaria chateada.

Embora Cash não pudesse ser a pessoa que os pais adotivos queriam que fosse, ele se esforçava para não decepcioná-los. Dirigiu como se fugisse do próprio diabo. Sentado ereto, tomava ainda mais cuidado porque estava enxergando apenas com um olho. Mas ele provavelmente conseguiria dirigir até com os olhos vendados. Tinha muita prática.

Outra coisa que seu pai havia lhe ensinado. Com apenas 9 anos, ele era o motorista de fuga quando o pai roubava lojas de conveniência. *Você tem que ganhar seu próprio sustento, garoto.* Fazia sete anos que ele não via o rosto do homem, mas a voz dele ainda ecoava em sua cabeça.

Cash estacionou na garagem, destrancou a porta da frente e digitou o código de segurança. Correu pelas escadas, saltando dois degraus por vez, entrou no quarto e escondeu o folheto em sua escrivaninha. Depois correu de volta até o andar de baixo, pegou duas aspirinas, mastigou-as e se deixou cair no sofá. Félix, o velho gato malhado amarelo, miava para que ele o pegasse no colo. O pobrezinho já estava cego como um morcego. Ele pegou o bichano e lhe deu umas palmadinhas de leve. Mal tinha se reclinado no sofá quando a porta se abriu.

— Cash? — Era a voz da sra. Fuller, quase melodiosa, chamando-o.

— Estou aqui, na sala de estar — gritou ele.

Ela entrou e ele a viu franzir a testa.

— Ai, meu Deus!

Ela se aproximou e levantou o queixo dele com dois dedos. Cash tentou não se encolher. Não que tivesse aflição que o tocassem. A sra. Fuller tinha carta branca. Mas é que ele sentia dor quando ela o tocava. Não uma dor física, uma dor emocional...

— Acho que você precisa de um raio X. Só para...

— Não. — Ele se afastou. — É só um olho roxo. Já estou acostumado.

Lá veio o suspiro.

— Você pôs gelo?

— Por alguns minutos na escola.

Ela correu para a cozinha e voltou com um saco de ervilhas congeladas. Sua expressão era determinada. Ele suspeitou que a história do raio X não seria esquecida.

— Eu não vou ao hospital. — Ele pegou as ervilhas.

Um suspiro triste saiu dos lábios dela novamente e ela se sentou na cadeira em frente ao sofá. Eles se olharam nos olhos. Cash a comparou com a garota nova da escola. Havia muitas semelhanças. Mas não a cor dos olhos. Os olhos da sra. Fuller eram azuis. A garota tinha olhos castanhos com manchas verdes e douradas.

A sra. Fuller deu uma palmadinha nos joelhos e se balançou na cadeira algumas vezes. Isso geralmente significava que ela tinha algo na cabeça e queria conversar. Alguma coisa séria.

Ele esperou.

— A srta. Anderson me disse o que você fez. Defendeu aquele garoto.

Ele assentiu e continuou esperando. Não devia ser só isso.

— Estou orgulhosa de você, mas preferia que o tivesse defendido sem brigar. Você já sabe fazer melhor do que isso. — A decepção brilhava nos olhos dela. Cash se encolheu.

Quando apanhava do pai não doía tanto. Ele detestava — odiava — decepcionar a sra. Fuller

Cash tinha dezenas de justificativas na ponta da língua. *Eu tentei ir embora. Ele bateu primeiro.* Mas já fazia muito tempo que ele tinha aprendido que não adiantava se defender. As pessoas pensavam o que queriam.

— Desculpe — ele balbuciou.

— Você não pode ser expulso de outra escola.

E isso não foi culpa minha também. Cash levantou o queixo.

— Eles disseram que vão me expulsar?

— Não. Quando liguei de volta, a srta. Anderson deu a entender que você não vai ser punido. Vários alunos se manifestaram e defenderam você.

— Vários? — Ele tinha ficado chocado ao saber que *um* aluno o defendera. Então se lembrou de ter visto Jack quando o treinador interrompeu a briga. Ele e Jack não eram grandes amigos, mas no ano anterior tinham feito um projeto de ciências juntos e realmente haviam se dado bem.

— Foi isso que ela disse. Mas, se acontecer de novo, eles não vão facilitar para você.

Ele assentiu novamente.

— Pode voltar ao trabalho. Estou bem.

— Tudo bem. Minha assistente vai atender meus pacientes de hoje.

Mas não estava tudo bem. Os Fuller não mereciam ter que resolver as encrencas em que ele se metia. Perder a filha já era um fardo pesado demais. O que eles mereciam era ter a filha de verdade de volta. Mas qual era a probabilidade de Emily Fuller não estar sob sete palmos de terra?

Isso não impediria vigaristas de quererem tirar vantagem dos Fuller. Ele sabia. Havia convivido com um deles. Tinha sido um deles. Ele e o pai haviam cometido uma fraude semelhante certa vez, depois que o pai vira a foto de uma criança parecida com Cash num quadro de pessoas desaparecidas. O pai tinha feito uma breve pesquisa. A pobre mulher que havia colocado a foto no quadro estava sempre almoçando no parque perto do trabalho dele. Eles foram até lá todos os dias durante uma semana. O trabalho de Cash era encará-la. Chamar a atenção dela. Fazê-la morder a isca.

A mulher finalmente mordeu. Aproximou-se deles.

O pai dele era bom. Desempenhou bem seu papel. Contou a triste história de que não sabia o sobrenome de Cash. Que o garoto era o filho da irmã que ele perdera havia muito tempo — embora ele nunca soubera que ela havia tido um filho. Ela falecera e deixara o garoto para ele criar.

Demorou mais um dia para a mulher compartilhar sua própria história triste com eles. Só que a dela era verdadeira. Ela havia dado à luz um menino, que tinha desaparecido aos 4 anos de idade. Cash se parecia muito com ele.

— Venha cá — a mulher pedira a ele. Ela tinha lágrimas nos olhos. Com as mãos trêmulas, tocou no rosto de Cash. Ele se lembrava de ter se retraído um pouco. — Você é David? Você se lembra de mim? É por isso que você estava me encarando?

— Eu não sei — ele mentiu. Mentiu como o pai o obrigara a fazer. Então o pai o cutucou no ombro para lembrá-lo de terminar de falar o que haviam combinado. Tinha 6 anos de idade e já tinha que ganhar seu sustento. — Você tinha um cachorro preto com uma mancha branca no focinho?

A lembrança de como aquela mulher estava desesperada ainda assombrava Cash às vezes. Ela não hesitara: dera ao pai dele o dinheiro para que fizessem o teste do DNA de Cash. Claro que nunca fizeram. Naquela noite, eles fugiram de carro da cidade de Little Rock, em Arkansas, com 5 mil dólares no bolso. Provavelmente, o dinheiro que a mulher economizara a vida toda.

— Aquilo foi errado! Eu nunca vou fazer isso de novo — Cash disse ao pai. Aquele havia sido seu primeiro olho roxo. Tinha doído. Mas ele estava certo de que tinha doído ainda mais na mulher.

Cash nunca deixaria que isso acontecesse aos Fuller.

Ele precisava encontrar respostas.

— Oi, querida. Como foi na escola?

Minha mãe está me esperando quando entro em casa aquela tarde. Achei que ela ainda estaria procurando emprego. Não estou a fim de ser interrogada.

— Foi tudo bem — digo.

— Lindsey apresentou você para todo mundo?

— Sim. Conheci Jamie, a melhor amiga dela. Ela é legal. — E ela era mesmo, mas notei que não parou de me contar histórias sobre Lindsey e ela, como se tentasse provar alguma coisa. Como se quisesse deixar claro que eu sou a garota nova e Lindsey é a melhor amiga *dela*.

Não me importo com isso. Faltam apenas nove meses para eu me formar.

Percebo que minha mãe está esperando que eu conte mais.

— Lindsey quer que eu saia com elas mais tarde. Jamie vai à casa dela. — Se eu estivesse em El Paso, estaria com Sandy e Kara. Estaríamos comparando as nossas experiências na escola, nossos professores, os caras que parecem mais gatos este ano do que no ano passado.

Mas não estou em El Paso. Estou aqui. E por isso não vou dar uma de idiota; vou me contentar em ser a segunda melhor amiga de Lindsey e agradecer por isso.

— Como foi seu dia? — pergunto. — Encontrou um emprego?

O sorriso dela se amplia e é muito bom vê-la sorrir.

— Encontrou?

— Sim, fui ao consultório do meu médico, o dr. James, meu oncologista. Há dois médicos no consultório. Eu disse a ele que tinha diploma de enfermagem e ele praticamente me ofereceu um emprego. Eles têm que checar meus antecedentes e preciso ser entrevistada por outro médico, mas parece que consegui a vaga.

Ela está sorrindo, feliz. Eu a abraço.

Quando nos separamos, ainda está sorrindo.

— Vai dar certo. — Ela segura minhas bochechas como fazia desde que eu era uma garotinha. — Nós aqui. Vai dar certo.

Concordo, querendo acreditar. E vendo-a feliz, quase acredito.

No dia seguinte, eu me recuso a andar pela escola com uma escolta. Tenho certeza de que já sei me localizar. Ledo engano. Me perdi e chego atrasada para a segunda aula, de Literatura Americana, sentindo como se tivesse uma placa de neon piscando nas minhas costas com a inscrição ALUNA NOVA.

Infelizmente, aquela sensação de ser observada nunca desaparece. E eu vejo quem está olhando: Cash. Ele está começando a me assustar. Conto os minutos para a aula terminar.

No intervalo entre as aulas, vou ao meu armário para trocar de livros. Estou com os dois braços ocupados quando sinto alguém ao meu lado. Meu coração vai parar na garganta. Acho que é Cash.

Errado.

Olho para cima e encontro um par de olhos azul-claros sedutores, que pertencem ao garoto bonito que notei na aula de Literatura Americana.

— Precisa de ajuda para encontrar sua próxima aula? Precisa de um encontro na sexta à noite?

Eu retribuo o sorriso. Meu coração bate de emoção.

— Sou David Drake.

— Eu sou... — Meu nome gruda na língua enquanto tento descobrir onde ouvi o nome dele antes. Então — pronto! —, eu me lembro. E não é nada bom.

David Drake é o novo *crush* de Lindsey. Merda.

— Eu... não estou interessada. — Eu me afasto para recuperar meu espaço e me concentro no meu armário.

— Pensei que seu nome era Chloe.

— É sério. — Olho para ele outra vez, desta vez sem sorrir.

O sorriso do garoto continua intacto.

— Quem sabe você comece a se interessar com o tempo...

— Sou comprometida.

— Deixou um namorado na cidade de onde veio?

— Sim — minto, jogando o cabelo para trás. — Estamos praticamente noivos.

Ele coloca a mão direita contra o peito.

— Como assim? Você acabou de partir meu coração.

Balanço a cabeça e tenho uma ideia. Antes que eu possa concluir se a ideia é boa ou ruim, conto a ele.

— Sabe, ouvi falar de uma garota que gosta de você.

— Quem?

— Não posso dizer, mas... uma dica é que você a convidou para sair no ano passado.

Ele franze a testa.

— Sara?

Eu não respondo.

— Lisa?

Eu franzo a testa.

— Katie? Paula? Anna? Lacy? Carol? Jackie? Hannah?

Não estou acreditando...

— Estou brincando — diz ele. — Como só convidei duas garotas para sair e uma delas vem à escola com você, eu sei quem é. Mas achei que ela estivesse com Jonathon.

Eu me preocupo, achando que deveria ter ficado de boca fechada, então só encolho os ombros e me viro para me afastar. Por que sempre quero consertar as coisas?

Dou apenas alguns passos quando vejo Cash novamente, dois armários depois do meu. Ele não está olhando para mim, mas aposto o meu melhor sutiã que ele estava ouvindo a minha conversa com David.

Então vejo Jamie do outro lado do corredor. Ela desvia o olhar rápido e vai embora. Eu sei que ela viu David falando comigo.

Droga! Provavelmente está indo contar para Lindsey agora mesmo.

Cash esperou até o sr. Alieda deixar a sala de aula, para dar uma rápida corrida ao banheiro e entrar no laboratório de ciências. Correu para os dois terrários encostados à parede. Os alunos começariam a chegar a qualquer momento. Um tanque continha uma jiboia, o outro tinha comida viva para a cobra. Abrindo a mochila vazia, ele tirou dali uma luva.

O camundongo ficou de pé nas patas traseiras e olhou para Cash, mexendo os bigodes.

— Vamos fazer um acordo? Eu ajudo você e você me ajuda. Você tem uma chance de conquistar a liberdade. E eu consigo... respostas. Talvez.

Cash pegou o camundongo com delicadeza e colocou-o na mochila vazia. Depois de recolocar a tampa no terrário, ele foi para a secretaria.

Não era o melhor plano que ele já tinha engendrado, mas era um plano.

Naquela manhã, ao agendar uma reunião com a srta. Anderson, ele tinha ficado em dúvida quanto ao melhor horário até descobrir que ela almoçava entre onze e onze e meia. Perfeito. Era naquele horário que ele almoçava também.

Tudo o que ele precisava era de três minutos no escritório dela. Três.

Ele poderia esperar e voltar à noite, mas e se fosse pego...? Invasão dava cadeia. Liberar um camundongo indefeso era uma ofensa perdoável.

Ao entrar na secretaria, ele viu três garotas esperando para falar com a funcionária da recepção. Aquilo podia funcionar.

Ele ficou atrás das meninas, abriu a mochila e colocou o camundongo no chão. O bichinho demorou cerca de quatro segundos para correr em busca da liberdade.

Voltando a fechar a mochila, ele disse:

— Isso é um camundongo?

Assim como ele tinha planejado, reinou o caos. O camundongo correu para baixo do balcão.

A recepcionista gritou e correu para fora da secretaria. Enquanto as meninas continuavam gritando, Cash entrou na secretaria, olhando para o chão como se procurasse o roedor.

Uma vez no corredor, ele correu para a porta da srta. Anderson e pegou, no bolso, seu clipe de papel. Mas encontrou a porta aberta. Ótimo. Entrou no escritório, fechou a porta e foi direto para a mesa onde tinha visto o arquivo de Chloe Holden.

Com os ouvidos atentos para ouvir qualquer movimento do lado de fora, ele abriu a pasta. Não a leu. Faria isso mais tarde.

Tirou a primeira foto, virou o papel e tirou a segunda. Mais uma página virada e fechou o arquivo, devolveu-o ao topo da pilha e virou-se para sair. Abriu a porta para ouvir se vinha alguém.

Vozes soaram. Ele reconheceu a voz da srta. Anderson.

Então ouviu o salto alto das mulheres batendo no assoalho do corredor.

Merda. Ele tinha sido pego.

4

— Cash! — ela exclamou, parando de repente ao entrar na sala. — Olá. — Ele se sentou na cadeira em frente à mesa dela e se forçou a relaxar. *Pareça inocente. Às vezes o único jeito é fingir até parecer que é verdade.*

— O que... você está fazendo aqui? — a srta. Anderson perguntou.

Ele se virou e olhou para ela.

— Tenho horário marcado.

Ele manteve a expressão sob controle, mesmo quando o pânico deixava as palmas de suas mãos suadas. Sinceramente, se aquilo poupasse os Fuller da decepção, não se importava de ser pego.

Ela olhou para o relógio na parede.

— Isso é daqui vinte minutos.

— Não foi o que me disseram na secretaria hoje de manhã.

Ele fez uma cara de quem demonstrava confusão. *Eles podem não acreditar no que você diz, mas vão quase sempre acreditar no que veem.*

— Sinto muito. — Ele se levantou. — Volto depois. Eu só... quando entrei, eu estava alguns minutos atrasado e não havia ninguém no balcão da frente... Não queria deixá-la esperando. Então vim para cá. Achei que a senhora pudesse estar no... banheiro ou algo assim. — Ele baixou os olhos como se estivesse envergonhado.

— Não. Eu fui... à sala dos professores. — Os ombros dela relaxaram. Ela estava acreditando. Seus batimentos cardíacos se normalizaram. Cash não queria ter que ouvir a sra. Fuller suspirar hoje.

Ele deu um passo em direção à porta.

— Ok, vou embora e...

— Não. Tudo bem. Eles devem ter informado o horário errado. Esse é o meu horário de almoço.

— Bem... — Ele não via a hora de ler o arquivo. — Não quero atrapalhar o seu almoço...

— Não, fique. Já almocei.

Cash se sentou novamente. A srta. Anderson se acomodou atrás da escrivaninha. Quando notou o jeito como ela estava olhando para ele, o pânico aumentou novamente. Não estava olhando como se ela soubesse que ele estava mentindo. Ou como se tivesse uma ideia do que Cash estava fazendo. Mas como se quisesse corrigi-lo.

Quantas vezes ele já havia se sentado diante de um conselheiro ou psicólogo e eles tinham tentado entrar em sua cabeça? Como se pensassem que, convencendo-o a se abrir, poderiam torná-lo uma pessoa melhor. Eles não podiam.

Ninguém poderia mudar seu passado. Ninguém poderia mudar o que já tinha acontecido. Ou as coisas terríveis que ele já tinha feito. Falar sobre isso só piorava.

— Você sabe por que eu queria falar com você?

— Imagino que seja por causa da briga — Cash disse.

— Bem, sim, mas eu também queria só... ver se você está bem. — Ela se concentrou no rosto machucado dele. — E conversar.

Bem, já ia começar o sermão. Ele respirou fundo.

— Srta. Anderson, não quero parecer desrespeitoso. E se quiser falar comigo, me dar uma punição pela briga, vou ficar sentado aqui e ouvir. Mas, na verdade, não quero falar sobre outras coisas.

Ela olhou para baixo como se quisesse organizar os pensamentos.

— Ok — a srta. Anderson disse, mas levou alguns segundos para falar outra vez. — Me contaram o que realmente aconteceu naquela briga. Eu sinto muito.

— Eu também — disse ele.

— Praticar *bullying* é proibido e ponto final. O que Paul fez é inaceitável. Me disseram que você tentou ir embora.

Ele deu de ombros como se não fosse importante, mas se sentiu compreendido. Não se sentia assim com muita frequência.

— Mas não acho que você saiba quanto é forte. Tenho certeza de que não pretendia bater nele com tanta força.

Sim, eu pretendia. O cretino tinha dado um soco em seu olho. Cash queria machucar aquele filho da puta. Mas não disse isso.

A srta. Anderson se remexeu na cadeira.

— Graças a Deus, o nariz de Paul não estava quebrado.

Ele teve que se esforçar para esconder a decepção.

— A questão é que eu sei como são os adolescentes. E eu sei que ele bateu primeiro. Mas precisamos garantir que isso não aconteça novamente.

— Eu não vou dar mais na cara dele — disse Cash.

— Mas e se ele der na sua?

Cash não respondeu. Não podia. Dizer que ele não se defenderia seria mentir. E as pessoas podiam não acreditar, mas ele não gostava de mentir.

— Veja. Em dois meses, você fará 18 anos e Paul ainda vai ter 17. Se acontecer outra briga, isso pode acarretar graves consequências para você.

Com o ar preso nos pulmões, Cash perguntou:

— Então você quer que eu saia da escola? — Isso era exatamente o que os Fuller não queriam. O objetivo deles era que Cash se formasse no ensino médio.

Os olhos dela se arregalaram.

— Não! Só quero que você esteja ciente disso, para que assim possa evitar qualquer complicação com a Justiça.

Ele assentiu.

— Vou me lembrar disso. Posso ir agora?

Se a expressão dela indicava alguma coisa, a srta. Anderson tinha percebido a emoção no tom de voz dele.

— Só mais uma coisa.

Cash se preparou para ouvir.

— Meus pais morreram num acidente de carro quando eu tinha 11 anos, por causa de um motorista embriagado. Meus pais é que estavam bêbados. Minha avó não achou que pudesse me criar. Cresci num lar temporário.

Isso não era o que ele esperava ouvir.

— Eu sinto muito.

Cash estava sendo sincero, mas ainda não queria se abrir com ela. Também não queria saber a história dela. Não queria chegar perto de se preocupar com mais ninguém. Preocupar-se com os Fuller já era ruim o suficiente.

— Eu também — disse a srta. Anderson. — O que estou tentando dizer é que sei o que é crescer no meio do caos. Se você quiser conversar, sabe onde me encontrar.

Sim, farei isso quando o diabo começar a servir bolo de sorvete no inferno.

— Vou me lembrar disso. — Ele se levantou e saiu da sala.

Entro no refeitório. Os cheiros, a multidão de estranhos e o burburinho me fazem querer sumir dali.

Olho em volta e todo mundo está batendo papo. Eles não percebem todo o barulho, porque fazem parte dele. Eles não veem estranhos; veem amigos.

Cinco minutos depois, estou me sentindo sozinha e deslocada enquanto como uma pizza que parece feita de papelão.

É nesse momento que alguém se senta ao meu lado. Lindsey. Ela está de braços cruzados. Parece aborrecida. Comigo.

No mesmo instante, eu sei por quê. Ela ouviu falar da visitinha de David ao meu armário.

— Não gostei dele — já fui dizendo.

— Tem certeza?

— Tenho. Gosto de garotos de cabelos pretos e que fazem o tipo mais caladão. — Se eu pudesse excluir a última parte, faria isso, porque minha descrição pareceu demais com a do cara de olho inchado que anda me causando arrepios ultimamente.

Ela olha para mim.

— Mas não importa. David gostou de você.

— Não. Ele nem me conhece. Sou apenas a aluna nova e isso, para os caras, significa apenas "carne fresca". Ou, como minha mãe costuma dizer, sou a "vaca nova no pasto". Os touros veem uma vaca nova no pasto e logo vão atrás dela. Começam a bufar, remexer a terra e babar.

Lindsey se acomoda na cadeira, parecendo mais conformada.

— Eu não quero um touro que fica atrás das vacas novas. Já fiz isso antes.

Eu não pretendia desmotivá-la.

— Você não pode julgar David. Ele não é o seu touro ainda. Depois que você pegá-lo pelos chifres, marcar seu nome no traseiro dele e ver que ele começa a atender quando você o chama, aí sim você vai poder levá-lo para o matadouro caso ele persiga uma vaca nova. Pode vendê-lo como comida de cachorro e fazer picadinho com os testículos dele.

Lindsey solta uma risada.

— Picadinho com os testículos dele já é demais.

— Ei, esse é o sonho da minha mãe. Ver os *cojones* do meu pai flutuando no formol e meu cachorro dando uma mordida no traseiro dele.

Nós duas rimos, mas logo o sorriso de Lindsey se dissipa.

— Então por que fazemos isso? Por que nos apaixonamos se todos os caras são touros babões perseguindo as vacas novas?

— Porque talvez exista um ou dois que não sejam assim — digo, sentindo a mágoa de ser filha de um homem com uma queda por vacas novas aumentar no meu peito, mas Lindsey e eu só compartilhamos um sorriso triste.

E nesse instante algo me ocorre. Numa questão de minutos, deixei de ser uma alienígena num mundo estranho para fazer parte dele. Estou criando raízes.

Minha amizade com Lindsey está passando do estágio em que estamos nos conhecendo e indo para a parte onde nos tornamos aliadas, rindo de coisas que não são realmente engraçadas para ajudar uma à outra.

Parece bom, mas há uma parte de mim que quer tirar os pés da terra e cortar as raízes, porque sei que vou sofrer quando tiver que deixar esta vida e ir para a faculdade. Vai doer assim como doeu quando fui arrancada de El Paso.

Paro de rir e Lindsey segue o exemplo. Solto um suspiro. Lindsey olha para mim.

— A sua mãe realmente disse que quer fazer picadinho com os testículos do seu pai? — Ela não está mais dizendo isso como se fosse engraçado. Ela está dizendo como se soubesse que isso me machuca.

Eu faço que sim com a cabeça.

— A sua mãe não costuma brigar com seu pai?

Ela pensa um pouco.

— Às vezes, mas... Eles se divorciaram há quinze anos. Provavelmente brigavam muito, mas eu não me lembro.

Sei que ela está dizendo isso apenas para que eu me sinta melhor.

— Merda... — diz Lindsey.

— O que foi? — pergunto.

— É Jonathon. De camiseta preta. Paquerando a garota ali.

Lembro-me de tê-lo visto algumas vezes naquele verão.

Ele tem cabelos castanhos e é bonito, mas na verdade... nem tanto.

— David é mais gato.

Cash conseguiu permissão para visitar a biblioteca durante o horário de estudos. Os celulares eram proibidos ali, mas, no ano anterior, a bibliotecária não dava muita atenção a isso. Se o aluno fizesse silêncio e não tumultuasse o ambiente, ela o deixava em paz. *Conhecer as regras antes de quebrá-las* era outra lição que Cash aprendera com o pai.

Ele pegou as fotos do arquivo em seu celular e aumentou o zoom para que pudesse ler sobre Chloe Holden.

A primeira informação que coletou foi o aniversário dela: 18 de novembro. Emily tinha nascido em 6 de novembro. Mas, se a pessoa é sequestrada, é claro que vão mudar a data de nascimento dela. Segunda informação: ela era inteligente. Suas notas eram bem mais altas do que as dele. Mas, se ela estivesse aplicando um golpe, teria mesmo que ser alguém bem esperto.

Então ele descobriu que os pais dela tinham se divorciado recentemente. E se eles fossem de fato os pais dela?

Ele leu uma anotação da srta. Anderson. *Mãe, JoAnne Holden, tem câncer*. Bem, isso é o que diziam. Cash "também tinha câncer". O pai dele raspava a cabeça e as sobrancelhas do filho e postava fotos dele numa página do GoFundMe, em que as pessoas levantavam fundos para realizar seus sonhos ou pagar seus tratamentos de saúde, entre outras coisas.

No que dizia respeito a seu pai, não havia nada que ele não fosse capaz de fazer para ganhar uma grana ilícita. Cash tinha até obrigado Cash a seguir uma dieta rigorosa no mês anterior ao golpe, para parecer doente.

Cash leu algumas anotações da escola antiga de Chloe. Ela jogava futebol.

Essa era a isca de que ele precisava. Cash abriu o Google para encontrar o nome do time de futebol da antiga escola dela. Encontrou e foi pesquisar as imagens.

Só precisou de cinco minutos para clicar nos links e encontrá-la. Ele ficou ali, contemplando as fotos. Das três garotas na imagem, Chloe — se é que esse era o nome verdadeiro dela — era a que mais se destacava. Ela era a mais alta, a mais curvilínea e a mais gata.

Não que ele já não tivesse notado. Droga, ainda se lembrava de como era a sensação do corpo dela contra o dele. Mas Cash podia apreciar uma imagem com mais atenção do que pessoalmente. Ou de um jeito que ele não ousaria fazer ao vivo.

Muitas vezes, Chloe o pegara olhando para ela. Nem todas as vezes ele estava olhando com cara de quem olha uma garota. Às vezes, Cash a comparava com a sra. Fuller. E, caramba, ele via ainda mais semelhanças observando aquelas fotos!

Clicando na imagem, ele procurou pela conta de Chloe no Instagram. Encontrou uma, mas ela não postava nada fazia três meses.

Se aquilo era um golpe, ela teria mantido as postagens, não teria? Ou talvez não.

As imagens e postagens que ele podia ver pareciam reais. Ele verificou as fotos. Havia várias dela com um cara, Alex. Eles se abraçando. Se beijando. Parecendo felizes. Numa delas, Chloe estava sentada no colo dele.

Cara sortudo...

Ele se lembrou do que ela tinha falado a David Drake sobre o namorado: *estamos praticamente noivos*. A mentira transpareceu na voz dela e na linguagem corporal.

Ele viu que Alex tinha deixado comentários numa das fotos: "Você está linda, mozão". Ele clicou no link do perfil dele, esperando que as fotos não fossem privadas. Não eram. E... *Ha, ha!* Ali estava. A verdade. Uma foto do cara com outra garota. Postada na semana anterior. Ele voltou a olhar as fotos antigas e encontrou uma com Chloe no treino de futebol. Então, parecia que ela realmente era de El Paso. Isso não descartava um golpe. Ele tinha só arranhado a superfície.

5

O sinal tocou, na segunda-feira. Agora já completei uma semana na nova escola. Eu ainda não gosto dela, mas odeio menos. Ou talvez esteja apenas me acostumando. Me acostumando a ser a aluna nova. Me acostumando a ver Cash Colton me encarando como se eu tivesse comido o último biscoito do pacote.

Me acostumando a não ter pai. Porque ele nem me telefonou.

Estou quase na porta da escola quando percebo que esqueci meu livro de História no armário. Volto para pegá-lo e encontro Lindsey.

— O que houve? — pergunto.

Lindsey morde o lábio inferior.

— Eu vou... Vou para casa com Jamie. Ela quer conversar sobre o ex--namorado.

Eu sabia que o plano de Lindsey para que nos tornássemos as três mosqueteiras estava condenado quando os planos que tínhamos para o fim de semana caíram por terra. É por isso que começar a estudar numa escola nova na última série do ensino médio é uma droga. Você não pode simplesmente se tornar amiga de alguém. Você precisa ser aprovada pelas *amigas* dessa pessoa.

— Vejo você mais tarde. — Eu até sorrio.

— Sim. — Ela se vira, depois volta a olhar para mim. — Foi mal. Eu cheguei a perguntar se você podia ir...

— Tudo bem. Vocês duas têm aula de História e ficaram todo o verão sem se ver. Entendo. De verdade.

Ela se afasta, ainda parecendo culpada. Me sinto mal por fazê-la se sentir assim.

Quando pego meu livro e saio novamente, o estacionamento está vazio. A maioria dos carros já faz fila na saída para deixar o pátio. Buzinas soam. As risadas vazam pelas janelas e fazem com que eu me sinta ainda mais sozinha.

Pego as chaves do carro na mochila e clico o botão de abrir as portas. Quando me sento atrás do volante, percebo que meu carro está diferente. Algo parece estranho, fora de prumo. A mesma sensação que eu tenho dentro de mim.

Eu saio do carro e meu olhar vai direto para o pneu traseiro. Está murcho.

— Merda!

Pego o celular para ligar para o meu pai. Então paro. Meu pai não está mais disponível para me ajudar com essas coisas. E — pronto! — eu me lembro de que, logo depois que tirei minha carteira de motorista e antes do caso do meu pai, ele me ensinou a trocar pneu. Ele fez de conta que era um jogo e cronometramos para ver quem conseguia trocar mais rápido. Eu venci e ganhei dez dólares. Na verdade, venci três vezes. Acabei ganhando trinta dólares.

Agora aquela lembrança já não parece mais tão boa, porque eu me pergunto se meu pai já sabia que estava indo embora de casa. Sabia que eu não poderia mais contar com ele.

Evitando sentir pena de mim mesma, concentro-me no lado positivo: pelo menos eu sei trocar meu próprio pneu. Largando a mochila no banco, abro o porta-malas.

— Precisa de uma mãozinha?

Eu prendo a respiração. Cash está encostado num jipe estacionado ao meu lado, como se já estivesse há algum tempo parado lá. Como eu não o vi?

— Posso ajudar. — Nenhuma acusação em seus olhos ou no seu tom de voz agora. Pelo menos acho que não. Nunca tive tanta dificuldade para interpretar uma pessoa... — ou será que nunca encontrei alguém tão bom em camuflar emoções?

— Não. Posso fazer isso sozinha. Obrigada. — Esse cara me deixa nervosa, por várias razões.

— Eu tenho uma coisa para consertar pneus instantaneamente. Só vai demorar um segundo.

— Que coisa? — pergunto.

— Chama Fix-a-Flat. Infla o pneu e sela qualquer vazamento. Você vai poder dirigir até um borracheiro.

— Não esquenta. Tenho um estepe.

Ele se aproxima. Borboletas voam no meu estômago.

— Você sabe trocar pneu? — Ele enfia a mão direita no bolso do jeans.

Eu levanto o queixo.

— Você não acha que as garotas conseguem trocar um pneu?

Ele parece pensar na minha pergunta.

— Acho que a maioria das garotas não quer trocar pneus.

— Bem, esta garota aqui não se importa.

Inclino-me no meu porta-malas e afrouxo a porca para pegar o estepe.

Não o ouço se mexer. Será que ele está pensando em me observar? Irritante. Mas tudo bem. Talvez eu tenha coragem de fazer a ele algumas perguntinhas.

— Você é nova aqui? — Cash diz.

— Sim. — Pego o pneu e o deixo cair no chão. Então tiro o macaco do carro.

— De onde você é? — ele pergunta.

Coloco o macaco no chão e pego a chave de roda. Só então olho para ele e reúno coragem.

— O que você quis dizer no posto de gasolina, sobre eu querer fazer alguma coisa?

Ele não parece chocado com a pergunta.

— Você tinha razão. Você parece alguém que eu conhecia.

— Mas, obviamente, você descobriu que não sou essa pessoa, então por que ainda continuou me encarando?

Os olhos verdes dele se estreitam e seus lábios se abrem num sorriso incrível.

— Por que os caras geralmente encaram as garotas?

— Porque são uns pervertidos? — pergunto, me lembrando do bate-papo com Lindsay sobre touros e vacas.

Ele ri.

Eu sou pega de surpresa pelo som da risada dele e, por incrível que pareça, ele parece surpreso também. Como se não costumasse rir muito.

Ficamos em silêncio e olhamos um para o outro.

— Com quem? — pergunto.

— O quê?

— Com quem eu me pareço? — Eu me ajoelho para colocar o macaco no lugar.

— Ela já morreu. — Sua voz parece solene.

Eu olho para ele.

— Sinto muito.

— Eu também.

Cash se ajoelha ao meu lado para ver onde eu encaixei o macaco, como se pensasse que fiz tudo errado. A perna dele roça na minha. É um gesto inocente, mas parece íntimo. Seu cheiro, que lembra grama recém-cortada, enche meu nariz e se sobrepõe ao cheiro dos pneus oleosos.

— Então, o que trouxe você aqui? — ele pergunta.

Minha mente está ocupada apreciando o perfume dele, por isso demoro um segundo para responder.

— O que trouxe *você* aqui? — rebato, tentando não pensar no formigamento na minha perna, provocado pela sua coxa musculosa, coberta pelo jeans.

A sobrancelha esquerda sobre o olho roxo se levanta e ele cerra a mandíbula.

— Você não gosta muito de responder perguntas, não é? — Agora o tom é de acusação.

— Obviamente, você também não. — Encaixo a chave de roda na porca e a viro. Não vai ceder. *Merda*.

— Quer ajuda? — Ele se aproxima.

— Eu consigo. — Reajusto a chave e jogo todo o meu peso sobre ela, lembrando do que meu pai me ensinou. Meu peso não é suficiente. *Droga*. Quem quer que tenha colocado esse pneu usou toda a sua força.

— E agora? — Cash se aproxima ainda mais.

— Quê? — A minha frustração é evidente mesmo respondendo com uma única palavra.

— Quer ajuda agora? — Ele está sorrindo novamente. — Prometo não subestimar você por causa disso.

— Não tem graça — eu digo.

— Foi mal. — Os lábios dele não estão mais sorrindo, mas seus olhos estão.

Eu cedo e dou mais espaço a ele.

— Esses pneus são novinhos em folha. Não deveriam ter murchado.

Cash pega a chave de roda e, com uma volta do pulso, o músculo do bíceps se contrai sob a manga da camiseta cinza e a porca se solta.

Ele olha para mim. Mesmo com o olho roxo, seu sorriso dispara um alarme na minha cabeça. Um daqueles sorrisos tortos que saem da boca, vão direto para o meu estômago e acordam mais borboletas. O tipo de sorriso que Alex costumava me dar.

— Você já tinha afrouxado pra mim. — Ele passa para a segunda porca. Volto a assistir seus músculos se contraírem novamente. As borboletas voam como loucas.

Depois de vários segundos de silêncio, Cash me olha.

— Não consegui me entrosar muito na minha última escola.

— Ah... — Porque ele se abriu, eu faço o mesmo. — Meus pais se divorciaram.

— E Joyful pareceu o lugar ideal para morarem? — Ele continua trocando o pneu.

— Não. Minha avó morava aqui. Ela faleceu, minha mãe herdou a casa.

— Então você já morou aqui? — A pergunta parece importante para Cash, mas estou muito ocupada observando os músculos dele para pensar nisso.

— Não. — Então percebo que é mentira. Morei aqui por algumas semanas depois de ser adotada. — Quer dizer, sim, mas não me lembro.

— Como não se lembra?

— É que eu não tinha nem 3 anos de idade quando nos mudamos.

Ele para de trocar o pneu e me lança um longo olhar.

— Ok.

— Ok o quê? — Meu tom é curto e grosso.

— Ok, acredito em você.

— Mas por que acha que eu mentiria? O que há com...?

— Todo mundo conta uma mentira de vez em quando.

— Eu não!

Ele levanta a sobrancelha do olho roxo novamente.

— Você mentiu para David sobre ainda estar com Alex.

— Você estava escutando a nossa conversa?

— Confesso que sim. — O olhar dele colide com o meu.

Pressiono as mãos no asfalto.

— Como sabe que o nome do meu namorado é Alex? Não contei a David.

Ele continua removendo as porcas. A calma que demonstra me assusta. Ninguém solta uma bomba assim e volta a trocar um pneu!

— Responda! — Eu bato na perna dele com o pé.

Ele continua trabalhando.

— Dei uma olhada no seu Instagram. Suas fotos estão visíveis para o público. Você devia ter mais cuidado com isso. — Cash olha para mim, a expressão dele é insondável.

Eu franzo a testa.

— Mas como sabe que terminamos?

— Porque há uma foto no Instagram dele com outra garota. E eu não acho que você seja do tipo que aceita esse tipo de coisa.

Não sei bem como reagir a isso. Tudo está confuso na minha cabeça.

— O que você é? Algum tipo de investigador de crimes digitais? Ou um *stalker*?

Ele volta a se concentrar no meu pneu.

— Estou mais para investigador...

— Por que está investigando a minha vida?

— Achei que já tínhamos esclarecido isso antes.

— Porque pareço alguém que você conhece?

Cash confirma com a cabeça.

— Mas se a pessoa com quem pareço já morreu, por que você precisaria...?

— Ela tem uma irmã.

O tom com que ele fala é de alguma forma diferente. Será que está mentindo agora? Os olhos dele encontram os meus.

— Achei que ela poderia tentar prejudicar alguém que é importante para mim.

Há tanta honestidade naquelas palavras, em seu olhar, que acredito nele. Ou acho que acredito.

— Por que acredito em você às vezes e outras vezes, não?

Ele começa a desparafusar a última porca.

— Sei lá. Talvez porque tenha dificuldade para confiar nas pessoas. — Cash tira o pneu e coloca na calçada.

O tom é provocador, no entanto... Ele coloca o estepe no lugar e aperta as porcas. Abaixa o macaco e depois o retira de onde está encaixado.

Ele tem razão. Tenho dificuldade para confiar nas pessoas. É o que acontece quando a sua família entrega você para adoção e depois o pai que a adotou abandona sua mãe e decide morar com uma piranha mais nova.

— Você é difícil de entender — eu digo.

— Você também. — Cash estende a mão para me ajudar a levantar.

Eu quase a pego, mas depois me arrependo.

— Nós poderíamos resolver isso já — diz ele. — Há um lugar mais para cima, nesta rua, que serve café, *chai* ou qualquer outra coisa de que você goste.

Levanto-me, sem a ajuda dele, e limpo o pó das minhas mãos, passando-as no meu traseiro.

— O que acha? — ele pergunta.

Olho para Cash, minha cabeça girando.

— Não sei ainda...

O truque do pneu funcionou à perfeição, mas teria sido mais fácil se ela tivesse me deixado usar o Fix-a-Flat.

Ele saiu do estacionamento em seu carro e a viu fazer o mesmo. O celular dela tocou. Levantando um dedo para pedir que ele esperasse, ela atendeu.

— Não sei. Mas coloquei o estepe. Sim, apenas alguns minutos — Chloe disse. — Tudo bem. — Ela desligou e guardou o celular na mochila. — Minha mãe.

Ele quase perguntou como estava a mãe dela, mas parou a tempo.

— Você mora perto da escola? — Cash perguntou, embora tivesse conseguido o endereço dela no arquivo.

— A uns dois quilômetros. Em Oak Tree Park. E você?

— Um pouco mais longe — disse ele. — Em Stallion.

— Aquele condomínio com a estátua do cavalo e um lago na entrada? — ela perguntou.

Cash assentiu e se perguntou se ela o discriminaria por morar num bairro de classe alta. Alguns colegas de escola tinham jogado isso na cara dele no ano anterior.

Depois de entrarem na cafeteria, Chloe consultou o cardápio diante do balcão e pediu um chá de pêssego. Ele pediu uma Coca-Cola. Quando tentou pagar pelo pedido dela, ela recusou e entregou um cartão de crédito ao rapaz do caixa. Bebidas na mão, ele a conduziu até uma mesa nos fundos.

— É um lugar agradável — disse ela.

— Sim. Eu costumava lavar louça aqui aos 15, para ganhar uns trocados.

— E agora?

— Trabalho meio período numa oficina. Troco pneus e coisas assim. — Ele sorriu. — Então, você gosta de Joyful?

— É legal. — Aquilo soou como uma mentira.

— De onde você veio?

Ela levantou uma sobrancelha.

— Você não encontrou essa informação quando estava me investigando?

Ele se recostou na cadeira.

— Ok. El Paso. Você sente falta de lá?

Ela contou como as duas cidades eram diferentes. Foi uma conversa sobre banalidades, mas Cash prestou atenção em cada palavra. Depois, Chloe tomou um gole do chá e olhou para ele por cima do copo de papel.

— Agora é a minha vez.

— Sua vez?

— Você desenterrou informações sobre mim pelas minhas costas. Eu vou fazer da maneira correta e perguntar.

— Então você gosta de fazer tudo da maneira certa, hein? — ele disse, tentando parecer casual e mudar de assunto.

Ela não respondeu. E ele teve a sensação de que Chloe ainda estava refletindo sobre a coisa toda do Instagram.

Cash odiava perguntas, mas conhecia bem esse jogo, e se não dissesse alguma coisa, ela não abriria mais a boca.

— Ok. O que você quer saber?

Ela olhou para o chá como se estivesse elaborando uma lista de perguntas mentalmente.

Cash se perguntou o que ela já sabia sobre ele. Muitas questões da vida particular dele já eram do conhecimento de todos.

Cash se lembrou de Paul chamando-o de garoto adotado, como se fosse alguma coisa de que devesse se envergonhar. Mal sabia Paul que ele tinha muito mais vergonha da vida que levava antes de entrar para o programa de adoção do governo.

— Por que você não se entrosou na antiga escola?

Ele encolheu os ombros.

— Os alunos eram filhinhos de papai. Achavam que não podiam ser responsabilizados pelas suas ações. E a direção da escola parecia pensar o mesmo.

Ela correu um dedo pelo copo.

— Então, o que o fez sair? — Ela olhou bem nos olhos dele, como se procurasse a verdade.

Sim. Ele conhecia muito bem esse jogo. *Diga algo pessoal. Vão achar que te conhecem e responder às perguntas sem criar caso.* Normalmente, era a essa altura que ele inventava alguma coisa. Mas, por algum motivo, não sentia vontade de fingir.

Os ombros dele ficaram rígidos.

— Não saí da escola. Fui expulso.

Os olhos dela se arregalaram.

— O que você fez?

Ele já devia estar preparado para essa reação, mas isso ainda lhe dava nos nervos.

— Por que você já concluiu que eu fiz alguma coisa errada?

Ela franziu a testa.

— Porque você disse que foi expulso. Ninguém é expulso por nada.

— Certo. Mas você supôs que a culpa foi minha.

Ela olhou para Cash. Seus instintos lhe diziam que ele estava revelando muito mais do que pretendia.

— Não estou supondo nada. Estou perguntando.

Ele hesitou, contrariado por não estar mentindo, mas sem poder voltar atrás agora.

— Você quer a verdade? Ou quer que eu ofereça uma versão mais bonita?

— A verdade. — No entanto, a maneira como ela se afastou na cadeira revelou que preferia a versão mais bonita.

Cash deu a ela o meio-termo:

— Três jogadores de futebol da minha antiga escola estavam tirando vantagem de uma garota. Eu dei um fim à brincadeira deles. Quando terminei, um cara estava com o maxilar quebrado.

Chloe perdeu o fôlego.

— Era sua namorada?

— Não. A garota não dava a mínima para mim. O que deveria significar que eu não dava a mínima para ela. Mas... não era esse o caso. E os caras mentiram e disseram que eu apareci do nada, querendo briga.

— Mas e a garota? Com certeza, ela...

— Negou tudo à polícia.

— Mas como pôde...? Por quê?

— Ficou com vergonha. E, além disso, queria ser líder de torcida e achou que, se dissesse alguma coisa contra eles, poderia não conseguir fazer parte da equipe. Ela só lamentou que eu tivesse arranjado problemas por querer ajudá-la. Ele suspirou. — Mas sei que isso vive acontecendo. As vítimas normalmente preferem não dizer nada.

— Sim, mas... — Chloe colocou as mãos na mesa e inclinou-se para a frente.

Ela parecia zangada. Isso deveria ser bom, mas não era. Ele se sentia exposto.

— Ainda assim, isso causou um belo estrago. — Os lábios de Chloe se contraíram.

— Sim, é verdade. — Cash se sentiu um pouco melhor.

Ambos se recostaram na cadeira em silêncio, como se precisassem de um tempo para pensar. Ele sabia que precisava.

Quando ela olhou para Cash, ele falou primeiro.

— Agora é a minha vez?

Ela piscou.

— Acho que sim.

Você está tentando enganar os Fuller?

Ele não podia perguntar isso.

— Por que você estava tão chateada na loja de conveniência?

Ela pareceu surpresa, mas depois suspirou.

— Você quer a verdade? Ou quer a versão mais bonita?

Ele sorriu, gostando de saber que ela realmente tinha ouvido.

— A verdade.

— Eu estava chateada com o meu pai.

— Por quê?

— Você está com tempo? — Ela sorriu, mas era um sorriso triste.

— Tenho o dia todo — ele respondeu, e era verdade. Cash precisava descobrir quem ela era. Mas uma voz dentro dele dizia que não era só isso.

Ele gostava de ouvi-la falar, de contemplar suas expressões e o jeito como mexia as mãos.

Gostava de ouvir a voz de Chloe, embora ele preferisse não ver o brilho de tristeza nos olhos castanhos.

— Até um ano atrás, ele era tipo... o melhor pai do mundo. O pai que me levava com as minhas amigas aos bailes da escola. Quando ele ia nos buscar, nos levava para comer hambúrgueres às duas da manhã. Mas depois... — Ela fez uma pausa. — Depois ele traiu minha mãe com uma mulher apenas sete anos mais velha do que eu. Agora ela está morando com ele. Meu pai está fazendo papel de palhaço, tentando agir como se fosse mais jovem, tingindo o cabelo, usando gel... Ah, e deixou que ela transformasse meu quarto numa academia. Ela colocou lá um aparelho para endurecer os glúteos e outros aparelhos estranhos onde costumava ficar a minha cama.

A voz dela tornou-se mais aguda.

— Ela usa microssaias! E um decote até aqui. — Ela colocou a mão na metade dos seios. O olhar dele foi atraído para lá, mas ele não deixou que se demorasse ali por muito tempo, mesmo querendo muito. — Ah, e ele me disse que me ligaria no primeiro dia de aula e não ligou. Porque está muito ocupado descabelando o palhaço com a srta. Bunda Durinha.

Cash riu, mas quando viu a expressão de dor no rosto dela, reprimiu o sorriso.

— Lamento. Isso é uma droga.

— Sim. Uma droga. — Ela afastou a bebida e suspirou. Suspirou como a sra. Fuller, quando ficava decepcionada.

Um som profundo e triste que ele não gostava de ouvir. Um som que o fazia querer acreditar nela.

Chloe ergueu os olhos e Cash viu que ela reprimia as lágrimas.

— Desculpe eu ter descarregado tudo em você. Não foi legal.

— Ei, eu que perguntei...

— Tenho que ir — disse ela, levantando-se abruptamente. Num instante já estava cruzando a porta num flash.

Ainda imaginando o que havia acontecido, ele a observou pela janela enquanto o carro partia. Quando olhou para baixo, viu que o cartão de crédito dela ainda estava em cima da mesa.

Uma hora depois, ele já tinha terminado sua lição de casa na cafeteria e decidido enrolar um pouco antes de ir à casa de Chloe, para lhe devolver o cartão.

Digitou no celular o número da residência dos Fuller e ficou surpreso quando o pai adotivo atendeu.

— Ei, eu já ia ligar para você. Está tudo bem?

— Sim — respondeu Cash. — Parei na casa de um amigo para fazer o dever de casa. Tudo bem se eu chegar por volta das seis?

— Claro. Somos apenas você e eu hoje à noite. Susan teve uma emergência no hospital. Pensei em sairmos e comprarmos algo para ela comer. Talvez pegar um sorvete também.

— Aquele tipo de emergência? — O peito de Cash se apertou.

Susan Fuller era oncologista e não tinha que atender muitas emergências. As crises dela significavam que tinha perdido um paciente ou estava prestes a perder. Ela sempre tinha dificuldade para lidar com isso.

— Receio que sim — ele respondeu.

Cash não era tão próximo do sr. Fuller quanto era da mãe adotiva, mas não podia negar que o homem amava a esposa. Só por isso, Cash o respeitava.

Parte da distância entre eles era por culpa do próprio Cash. Depois de onze anos com seu pai e alguns lares temporários não tão bons, ele resistia à figura paterna. O sr. Fuller se esforçava, no entanto. No ano anterior, depois que Cash tinha passado a frequentar algumas aulas numa faculdade e começado a namorar garotas mais velhas, o sr. Fuller tivera com ele uma conversa sobre sexo e lhe dera um pacote de preservativos.

— Você prefere churrasco ou pizza? — perguntou o sr. Fuller.

— Acho que ela gosta mais de churrasco.

— Concordo. Não chegue muito depois das seis. Quero voltar antes que ela chegue em casa.

— Não posso encontrar você no restaurante?

Quando Cash desligou, pensou em como toda aquela história em torno de Chloe afetaria a mãe adotiva. Se ele procurasse os pais agora para contar tudo e depois descobrisse que Chloe não era Emily Fuller, aquilo poderia trazer de volta toda a dor de perdê-la pela primeira vez, como na época em que aquele vigarista os tinha enganado no ano anterior. Cash não podia dizer nada antes de ter certeza.

Minha mãe e eu estamos esperando consertarem o meu pneu. Na televisão da sala de espera da loja está passando um programa político. Estamos folheando revistas. Lembro-me de quando minha mãe costumava comprá-las para encontrar personagens para seus livros. É triste saber que ela parou de escrever.

Olho para o lado e ela está lendo uma revista, a cabeça coberta com a bandana desbotada. Normalmente, ela usa uma peruca quando saímos.

Hoje não. Mal posso esperar para ver o cabelo dela voltar a crescer. Para vê-la ganhar peso. Estou cansada de vê-la com a aparência de um zumbi.

— Você almoçou hoje? — pergunto ao virar a página da revista.

Ela ergue os olhos.

— Sim.

— O que você comeu?

— Um sanduíche, acho.

— Com batatas fritas?

— Não.

— Você deveria ter comido batatas fritas.

Ela sorri.

— Você é nutricionista?

— Não. Sou sua filha que acha que você está muito magra. Sério, você precisa comer mais. Podemos sair para jantar. Comer algo cheio de calorias.

— Pizza? — Ela sorri.

— Com recheio extra.

— Combinado.

— E você toma uma cerveja.

Ela ri.

— Não posso beber por causa dos remédios.

— Que remédios?

— O comprimido que tenho de tomar por três anos para evitar que o câncer volte.

Sento-me ereta, com uma dor se instalando no meu peito.

— Os médicos acham que pode voltar?

— Não. — Ela bate o ombro no meu. — O remédio é para garantir que não volte.

Eu olho para ela, de repente cheia de preocupação.

— Holden? — Um homem vestindo macacão entra na sala, vindo da oficina.

— Sou eu. — Minha mãe fica em pé.

— Boas notícias. Não há nada de errado com o seu pneu.

— Mas estava murcho! — eu digo.

— Bem, às vezes o pneu pode ficar mais baixo devido à mudança de temperatura, mas, como isso não aconteceu, eu diria que alguém o murchou de propósito.

— Por que alguém faria isso? — Minha mãe me pergunta.

— Sei lá. — Então me lembro de Cash parado ao lado do meu carro. Ele não faria isso, faria?

— Poderia ser pior — diz o mecânico. — Poderiam ter cortado os pneus.

Às quatro e meia, Chloe ainda não estava em casa. Nem mesmo às cinco. Por fim, às cinco e meia, Cash viu o carro dela e estacionou em frente à casa.

Ele pegou o cartão de crédito e o colocou no bolso da frente do jeans. Subindo na varanda, viu uma grande janela com as cortinas abertas. Espiou lá dentro. Uma mulher estava sentada à mesa de jantar. Ela estava usando uma bandana, mas por baixo ele viu que não havia nem um fio de cabelo. As maçãs do rosto estavam salientes. Os olhos, fundos.

A visão o levou à época em que o pai raspava a cabeça e as sobrancelhas de Cash para tirar foto. Ele perdeu vários quilos, após passar fome por quase um mês; depois o pai passou sombra preta sob seus olhos para fazê-lo parecer ainda mais doente. Funcionou. O pai se orgulhava do dinheiro que as pessoas tinham doado para salvar o menino com câncer.

Mas essa mulher não estava usando maquiagem. O peito dele doía por Chloe. Será que a mãe dela ia morrer? Ele sofria até pela mãe adotiva. A mãe de Chloe era o tipo de paciente que a sra. Fuller tratava. O tipo que morria nas mãos dela, não importava quanto se esforçava para tentar salvar.

Suspirando, resignado, ele tocou a campainha. Os olhos da mulher encontraram os dele através da janela.

Quando ela se levantou, pareceu ainda mais magra.

A porta da frente se abriu e ele se apresentou.

— Oi. Meu nome é Cash. Estudo na escola de Chloe. Ela está em casa?

A mulher sorriu.

— Entre. Sou JoAnne Holden, mãe de Chloe. Ela está no quarto. — Então chamou: — Chloe?

Ele entrou. Um gato tigrado amarelo, igual a Félix, pulou de uma cadeira.

— Você gostaria de beber alguma coisa?

— Não, obrigado. — As mãos dele estavam suadas. Será que ele estava nervoso só porque estava conhecendo a mãe de Chloe? Ou seria porque essa mulher poderia ser a sequestradora de Emily Fuller?

Chloe entrou. A postura dela era rígida, os olhos acusadores. Já não tinham passado dessa fase?

— Vamos para o quintal. — Ela passou por ele sem cumprimentá-lo.

Cash agradeceu a mãe dela com a cabeça e seguiu Chloe, passaram pela sala até chegar a um quintal nos fundos.

Ela se virou para trás.

— Feche a porta.

Cash fechou, mas a expressão nos olhos dela dizia que seria melhor se ele encontrasse uma rota de fuga.

— Como você sabia onde eu morava?

A pergunta dela fez Cash suspirar de alívio. Ele sabia o que dizer.

— Você me disse que morava em Oak Tree. Dei uma volta pelo bairro até ver seu carro. Trouxe isso para você.

Ele tirou o cartão de crédito dela do bolso.

— Você esqueceu na cafeteria.

Chloe pegou o cartão, a suspeita ainda em seus olhos.

— Você murchou o meu pneu?

A pergunta saiu enérgica e foi como um soco no estômago. Ele sabia que aquela suspeita poderia surgir e o plano dele era negar. Esse ainda era seu plano, mas agora parecia muito ruim.

— Seu pneu não estava furado? — Aquilo tinha soado convincente? Merda, claro que não. Ele deveria ter cortado o pneu, mas isso teria custado o dinheiro dela.

— Não. — A mão dela pousou no quadril. — Foi você quem o murchou?

— Por que eu faria isso? — *Responda a uma pergunta com outra pergunta. Isso confunde as pessoas.*

— Não sei. Mas alguém fez isso. E você estava lá.

Ela não se deixava enganar com facilidade.

— E eu o troquei para você. Não gosto tanto assim de trocar pneus. Uau, você realmente tem dificuldade para confiar nas pessoas, hein?

Pela expressão dela, Cash percebeu que tinha dito a coisa errada.

— Sim, eu tenho. E, neste momento, não confio em você.

— Bem. Sugiro que verifique se não usei o seu cartão.

Então saiu pelo portão externo.

O que o deixou mais surpreso foi o fato de se sentir magoado por Chloe não acreditar nele, mesmo que ela estivesse certa em não querer acreditar.

7

Eram onze horas da noite quando o estômago de Cash começou a reclamar de fome. Ele tinha perdido o apetite depois de sair da casa de Chloe e passara a maior parte da noite em seu quarto, depois de encontrar o sr. Fuller para comprar o jantar.

Quando desceu as escadas sem fazer barulho e abriu a geladeira, viu a mãe adotiva sentada na sala de jantar — no escuro. Félix, seu gato, estava estendido sobre a mesa e ela acariciava lentamente o pelo dele. Ela estava de costas para a porta, mas o ouvira entrar.

Ele se aproximou e ficou ao lado dela. A mãe adotiva colocou Félix no chão e enxugou as lágrimas antes de olhar para Cash.

— Sinto muito — disse ele.

Ela assentiu.

— Também sinto.

Cash se sentou ao lado dela.

— Você salva muito mais pessoas do que perde.

A sra. Fuller ofereceu a ele um sorriso triste.

— Ela era apenas alguns anos mais velha que você — ela disse. — Alguns anos mais velha que Emily. Eu queria salvá-la. — Ela respirou fundo. — É difícil perder um paciente, mas quando eles são jovens... Acho que, se eu pudesse salvá-los, isso poderia compensar... — Ela colocou os dedos sobre os lábios trêmulos.

— Compensar o quê?

Ela balançou a cabeça.

— Foi culpa minha. Eu estava tão ocupada com a faculdade... Era meu dia de cuidar da Emily, mas liguei para a babá e pedi para que ela a levasse para passear.

— Não foi culpa sua — Cash disse bruscamente.

— Eu sei. Só estou com pena de mim mesma. E amanhã é... Vai fazer quinze anos que Emily desapareceu. — Ela fez uma pausa. — Odeio não ter conseguido salvá-la.

Quinze anos. Ele não sabia nem mesmo de quem ela estava falando ao dizer que não tinha conseguido salvar. A garota com câncer ou a filha dela?

A sra. Fuller esfregou os olhos e olhou para ele. De perto, ele viu a expressão dela, tão cheia de dor.

Ele colocou a mão no braço da mãe adotiva. De onde vinham as palavras, Cash não sabia, mas elas deixaram seus lábios:

— Você me salvou.

— Eu salvei? — A voz dela tremia. — Às vezes eu me preocupo quando vejo que você não deixa que a gente se aproxime muito de você...

— Você está mais próxima de mim do que qualquer outra pessoa jamais esteve. — E aquela era a mais pura verdade.

Ela sorriu através das lágrimas.

— Obrigada. É demais pedir um abraço?

Ele balançou a cabeça, mesmo que preferisse evitar abraços.

Eles ficaram de pé e os braços dela o envolveram. Cash não se moveu, a dor que sentia no peito era profunda. A garganta apertou.

Ela o soltou rapidamente, como se sentisse quanto era difícil para ele.

— Nós amamos você como um filho.

Vocês não deveriam.

— Eu sei. — Mas eles mereciam ter a filha de volta e, se ele pudesse, se fosse possível, iria devolvê-la aos Fuller.

Estou me arrumando para ir à escola na manhã seguinte, quando meu celular toca. Tenho certeza que é Lindsey, por isso atendo. Me enganei.

— Como está a filhinha do papai? — É o homem que me deve um pedido de desculpas. De repente, quero que ele saiba que me magoou. Parece que não resta mais nada nele do pai que eu conhecia. O cara que costumava me levar para comer comida indiana porque minha mãe não gostava. O cara que costumava me abraçar forte, que me ensinou a trocar pneu. Ele se foi. Já era.

— Como está minha garota? — ele pergunta novamente.

— Bem.

— Como está indo na escola?

— Muito engraçado... — Mas não estou rindo.

— O que é engraçado?

— Pensei que você fosse me ligar no primeiro dia de aula para saber como foi.

— Ah... — A culpa está estampada nessa única palavra. — Sinto muito, querida. Foi uma semana agitada.

Este é o momento em que deveria dizer que está tudo bem e deixá-lo falar quanto sente a minha falta. Mas não consigo.

— É bom saber que não estou na sua lista de prioridades.

— Chloe! Não diga isso.

— Por quê? É verdade. Você deu a Darlene meu quarto. Diz que vai ligar, mas não liga. O que mais? Agora vai se negar a pagar a pensão também?

— Por quê? Sua mãe está falando mal de mim?

— Sim, mas ela já faz isso há muito tempo. Mas agora finalmente estou percebendo que o que ela diz é verdade.

Desligo e começo a chorar. Mas, por outro lado, me sinto bem. Ele merecia isso.

Ao consultar o relógio, vejo que tenho que me apressar. Passo rápido pela minha mãe, para ela não ver que eu estava chorando.

Quando saio, Lindsey está esperando ao lado do meu carro.

— Algo errado?

— Tudo.

Ela me dá um tapinha no ombro.

— Isso pode parecer terrível, mas agora você não está mais fingindo tão bem e eu gosto mais de você assim.

Eu olho para ela como quem diz *"Do que você está falando?"*.

— Antes, você agia como se fosse a Mulher-Maravilha. Eu me sentia mal quando te contava meus problemas, porque você podia me achar meio patética. — Ela dá a volta para entrar no carro.

— De que problemas você está falando? — pergunto, para não parecer mais patética ainda. Eu me sento atrás do volante. — Além do cão sarnento traidor?

Ela se acomoda no banco do passageiro e parece hesitante.

— Não vou aborrecer você com detalhes, mas... — Ela faz uma cara assustada e fica séria. — Minha mãe é gay.

Eu olho para ela.

— Eu já sabia.

Ela me olha perplexa.

— É tão óbvio assim?

— Sim. A namorada da sua mãe está sempre na sua casa e, quando assistem TV, ficam de mãos dadas. Por que isso...?

— É um problema? — Ela termina a minha frase. — Não é. Estou feliz que ela tenha se encontrado e encontrado Lola. Uns dois anos atrás, ela teve depressão. Até sete meses atrás, estava tomando antidepressivos, solitária e infeliz. Ela é muito mais feliz agora. E para mim tudo bem... Mas... nem todo mundo aceita. E tenho medo que...

— Você não deveria se importar com o que as pessoas pensam. Quem a sua mãe ama não é da conta de ninguém. Você tem uma mãe que é gay. Ponto final. Isso não é nada de mais.

Os olhos dela se estreitam.

— Você não entende. Não é que eu me importe com o que pensam. Eu tenho medo de que, da próxima vez que alguém disser alguma coisa sobre ela, eu pule na garganta da criatura. É a minha mãe! Odeio que o mundo a julgue.

Eu sorrio.

— Ótimo. Quem disse algo sobre ela?

— Clare, uma das primas de Jamie. Foi logo antes de Jamie viajar para o acampamento. Eu não sabia que Jamie tinha contado a ela sobre a minha mãe até ela começar a dizer quanto aquilo devia ser estranho para mim. Eu simplesmente fui embora. Nem me despedi de Jamie. Mais tarde, fiquei tão brava comigo mesma por não defender minha mãe que agora não vejo a hora de outra pessoa dizer alguma coisa.

Eu olho para ela.

— É o seguinte. Quando alguém disser alguma coisa, venha me chamar e vou ajudar você a dar uma lição nessa pessoa. Estou ficando boa nisso.

Lindsey suspira.

— Estou tão feliz que você tenha se mudado para a casa ao lado da minha!

Eu não posso dizer o mesmo, porque ainda sinto muita falta da minha outra vida, mas sorrio. Naquele momento, sei que não sou apenas colega de Lindsey. Gostando ou não da cidade, consegui uma boa amiga. Então decido confiar nela e contar sobre Cash e o pneu murcho.

— E se ele fez isso apenas para ter um motivo para falar com você? — ela pergunta.

— Se ele quisesse falar comigo, poderia ter simplesmente se aproximado e falado comigo. Ele não é tímido.

— Você não sabe. Ele talvez não seja tão confiante quanto parece.

Será que exagerei, por causa das minhas próprias inseguranças? Porque não acredito que ele possa estar interessado em alguém como eu?

Será que cheguei automaticamente à conclusão errada, como todas as outras pessoas? Ao me lembrar da história sobre como ele foi expulso da sua última escola, porque as pessoas preferiram acreditar no pior com relação a ele, começo a me sentir culpada.

— Sou uma cretina — murmuro e Lindsey ri.

Cash decidiu se desculpar. Ele faria qualquer coisa para voltar a ter a confiança de Chloe. Precisava de respostas e a única maneira de consegui-las era se aproximar dela. Ele tinha que descobrir se ela era Emily Fuller.

Ele não sabia exatamente o que precisava para provar ou refutar sua suspeita. Mas seus instintos lhe diziam que ele saberia quando ouvisse. E não ouviria nada se ela se afastasse dele.

Ele viu Chloe perto do armário, mas, antes que pudesse se aproximar, ela desapareceu no corredor, entre os outros alunos. No caminho para a aula de Literatura Americana, que eles tinham juntos, ele olhou para a esquerda e para a direita, esperando encontrá-la. Quando se aproximou da porta da sala de aula, ele a viu parada ali, esperando.

Seus olhares se encontraram e ela começou a andar na direção dele. Ele não estava perto o suficiente para decifrar a expressão nos olhos dela. Mas a tensão fez com que seu estômago se contraísse.

Chloe parou na frente dele, então fez um gesto para que se afastassem da porta.

— Oi. Eu...

— Olha, eu...

— Pode falar — disse Cash. *Sempre deixe a outra pessoa falar primeiro. Seu plano de jogo talvez mude.*

Ela mordeu o lábio.

— Sinto muito. Não deveria ter acusado você. Fui rude. — Chloe olhou para ele. O pedido de desculpas iluminou os olhos castanhos dela. Ele viu as manchas verdes e douradas. Seus olhos seriam da mesma cor que os do sr. Fuller?

Seu próprio pedido de desculpas estava na ponta da língua. Quando falar com uma garota tinha ficado tão difícil?

Em vez disso, ele sorriu.

— Tudo bem.

— Não, não está tudo bem.

Ela fez uma pausa como se fosse a vez dele de dizer alguma coisa, mas Cash estava muito ocupado se recriminando, porque ele era o culpado e deveria ser o único a pedir desculpas. Ela se virou para entrar na sala de aula.

— Espere. — Ele pegou o braço dela e sentiu o mesmo choque. Como tocar num fio desencapado. Mas a sensação logo desapareceu e tudo o que restou foi a sensação de como a pele dela era macia. — Podemos falar sobre isso mais tarde?

— Sim. — Ela sorriu e não saiu do lugar.

Demorou um segundo para Cash perceber que ainda segurava o braço dela. E estava acariciando a pele dela com o polegar. Mas, caramba, ele gostava da sensação de estar tocando Chloe...

Com relutância ele a soltou e deixou-a ir para a aula. O toque podia ter vindo com uma centelha de dor, mas o que viera a seguir — a pele quente, suave e feminina — fizera tudo valer a pena.

Depois da escola, Cash dirigiu até a casa de Chloe, mas estacionou algumas casas à frente. Enquanto esperava, sentiu certo nervosismo. Estava pensando em sugerir que se encontrassem na cafeteria. Algo sobre a mãe de Chloe o deixava apreensivo. Vê-la tão doente e questionar se ela tinha sequestrado Chloe tornava tudo mais difícil.

Ele se perguntou quão difícil não seria para Chloe ver a mãe dela tão magra. E ele só contribuiria para aumentar os problemas da garota se dissesse que ela podia ser Emily Fuller. Ocorreu-lhe que seria mais fácil se ela não fosse a filha dos Fuller.

Ele não teria que mentir para ela.

O carro de Chloe entrou na garagem da casa.

Cash viu pelo espelho retrovisor a amiga dela colocando a mochila no ombro. Ele tinha reparado nela no ano anterior. Não estava na sua lista de garotas insuportáveis.

Chloe saiu do carro. Cash gostava de observá-la, especialmente quando ela não sabia que estava sendo observada. Ela parecia de alguma forma... diferente das outras garotas. Quando cruzava com outras pessoas no corredor, pedia licença. A maioria não fazia isso. Ela sorria para os outros alunos — não apenas para os mais populares, como algumas garotas faziam.

Cash também via os garotos olhando para ela. Não podia culpá-los. Ele olhava também. Só que alguns caras eram uns cretinos.

Só quando Chloe viu o carro dele é que Cash saiu.

— Vamos entrar. — O cabelo dela balançava em volta dos ombros e a camisa vermelha se ajustava aos seios.

Ele a seguiu para dentro da casa.

— Mãe? — Chloe chamou. — Cash está aqui. Vamos nos sentar lá fora, no quintal. — Cash ouviu a mãe dela responder algo do quarto.

Chloe largou a mochila numa cadeira da sala de jantar.

— Aposto que a sua casa é muito melhor que a minha.

— Na verdade, não — Cash mentiu, porque seria rude da parte dele se concordasse com ela. Mas com exceção da casa dos Fuller, a casa de Chloe era melhor do que qualquer outra em que ele já tinha morado. Durante seis meses, ele e o pai haviam morado numa cabana na floresta sem água corrente, eletricidade ou banheiro.

Ele a seguiu pela casa e viu alguns porta-retratos na mesinha ao lado do sofá. Ali havia várias fotos de Chloe quando era pequena. Uma delas chamou a atenção dele, como se ele já a tivesse visto antes. Era Chloe segurando um gato tigrado amarelo. Ele pegou o porta-retratos. Estava imaginando coisas ou era a mesma foto que a Susan Fuller tinha num dos quartos vazios? Se pudesse, fotografaria a foto para poder compará-las.

Cash levantou os olhos e percebeu que Chloe estava olhando para ele.

— Você era uma gracinha.

— Obrigada. — Ela fez sinal para ele acompanhá-la até o quintal. Lembrou-se da última vez em que estivera ali, quando ela o acusara de ter murchado seu pneu. Esperava que desta vez não houvesse acusações.

Quando saíram no quintal, um cachorro amarelo, de tamanho médio e raça indefinida, veio correndo para cima dele, latindo. Não era um latido ameaçador, mas brincalhão. Cash acariciou o animal.

— Não, não pule, Docinho! — Chloe foi se sentar no balanço. Cash teve a sensação de que ela esperava que ele fizesse o mesmo. Então se sentou, deixando de propósito um espaço entre eles. Mas, mesmo assim, estavam muito próximos. Ele podia sentir o aroma que exalava dela. Um perfume de frutas e flores. Não um perfume, mas uma colônia, e talvez um brilho labial também, porque ele notou que os lábios dela estavam brilhantes.

O cachorro colocou a pata na perna de Cash.

— Ela é bonita.

— Ele — disse Chloe.

— Você deu o nome de Docinho para um macho?

— Ele era muito bonzinho. E eu tinha 7 anos.

Cash soltou uma risadinha.

— Você provavelmente o castrou também, para tirar dele qualquer resquício de masculinidade...

Ela levantou uma sobrancelha e acariciou o cachorro.

— Só depois que ele cruzou com a cachorra do vizinho e ela teve vários filhotes. E foi na festa do meu aniversário. Na frente de todos os amigos da minha classe. Minha festa teve cama elástica, um palhaço e uma aula de educação sexual.

Ele riu e percebeu que fazia muito isso quando Chloe estava presente. Então pensou no que ela tinha dito. Cash não tinha realmente refletido sobre como tinha sido a infância dela, mas não parecia ruim. Será que pessoas que organizam festas de aniversário bem elaboradas para os filhos sequestram crianças?

Ele nunca tivera uma festa de aniversário. Teve apenas um bolo de aniversário antes da chegada dos Fuller. Agora os aniversários nunca passavam em branco. Sempre havia bolo e presentes. E a mãe adotiva sempre tirava o dia de folga e cozinhava o que ele queria. Se Cash não dissesse o que queria, ela fazia os pratos que sabia que ele gostava. Será que era isso que Chloe também tinha?

Percebendo que o silêncio estava ficando pesado, ele disse:

— Parece que foi uma ótima festa de aniversário.

— Foi inesquecível.

— Eu não estou nem aí! — A voz em tom elevado da mãe de Chloe vazou por trás da porta dos fundos, mesmo fechada.

Chloe franziu a testa.

— Bem, eu só disse a verdade! — A voz da mãe soou irritada novamente.

— Merda. — Chloe saiu do balanço. — Já volto.

Ela disparou para dentro. O cachorro sentado ao lado dele choramingou. Quando a porta se fechou, ele ouviu Chloe dizer:

— Mãe! Cash está aqui.

A voz da mãe dela explodiu novamente.

— Talvez você devesse ter pensado nisso antes de começar a transar com alguém que poderia ser irmã dela! Sim, eu disse isso. Você é um merda. E ela é uma vadia!

— Mamãe! Pare! — A voz de Chloe soou mais alto.

— Passe bem! — A mãe gritou, e então... — Você disse ao seu pai que eu estava falando mal dele?

Cash abaixou os pés para interromper o movimento estridente do balanço e ouvir o que ela diria em seguida.

— Eu... Nós podemos conversar sobre isso mais tarde? Cash está aqui.

— Por que você conta a ele *tudo* o que eu digo? — A mãe dela gritou.

A voz de Chloe soou em seguida.

— Eu não tinha intenção... — A dor era evidente na voz dela. O mesmo tipo de dor que ele tinha ouvido no dia anterior, quando contou a ele sobre o pai.

— Aquele homem não tem vergonha na cara! E pode dizer a ele que eu disse isso!

Uma porta bateu lá dentro. Cash passou as mãos no jeans e se perguntou se deveria ir embora.

Chloe voltou para o quintal.

O rosto dela estava vermelho. Estava de braços cruzados, como se estivesse zangada ou envergonhada. Talvez as duas coisas.

Ela encontrou os olhos dele.

— Olha, eu vou te dar um conselho: vá embora e me esqueça. Você não tem que ouvir os melodramas dessa minha família maluca.

Ele não saiu do lugar. Só queria ter algo para dizer que a fizesse se sentir melhor.

— Tive uma família muito pior. São apenas os problemas do divórcio.

Ela se aproximou e deixou-se cair no balanço.

— Foi mal...

Quando ela virou o rosto para cima, ele viu lágrimas nos cílios longos e escuros.

— Sério, está tudo bem.

— Minha vida é uma zona. Você não vai querer... — Chloe mordeu o lábio.

— Não. A vida dos seus pais é uma zona. Você é apenas uma vítima inocente.

Cash não podia acreditar que estava reciclando alguns dos velhos clichês que os psicólogos costumavam repetir para ele enquanto estava no hospital, depois de ter sido baleado. A psicóloga estava lá quando ele acordara. Cash tinha se lembrado de perguntar a ela:

— Eu vou para a cadeia?

Ela tentou consolá-lo.

— Não. Você não fez nada de errado.

Ele se lembrou de levantar o queixo, disposto a aceitar sua punição.

— Sim, eu fiz.

— Você não é má pessoa. Foi seu pai quem fez coisas ruins. Você é jovem, fez o que tinha que fazer para sobreviver.

Ao lado dele, Chloe balançou a cabeça.

— Não. Eu não sou inocente desta vez. — Mais uma vez, ela mordeu o lábio. — Meu pai ligou esta manhã e eu disse algo que não deveria ter dito. Eu queria magoar meu pai, não a minha mãe.

Ele não sabia direito o que o levou a fazer aquilo, mas colocou o braço sobre os ombros de Chloe. Um choque de prazer percorreu o corpo dele, acompanhado de dor. Mas então a dor se foi.

Ela soltou aquele som triste novamente — um suspiro muito parecido com o da sra. Fuller, o que o fez lembrar por que ele estava ali. Antes que Cash pudesse mover o braço, Chloe se inclinou contra ele.

Ele tentou não recuar.

— Ainda tem a ver com eles. Não com você.

Ela olhou para ele. Estavam tão perto que Cash poderia contar os cílios dela. E isso deu a ele uma visão panorâmica da dor nos olhos castanhos dela.

— Você é muito bom nisso — Chloe sussurrou.

— No quê?

— Em saber dizer a coisa certa.

— Que estranho... Eu geralmente sou péssimo nisso. — Cash forçou um sorriso, sentindo cada centímetro do corpo dela contra o dele. Sentindo quanto aquilo parecia certo e errado ao mesmo tempo.

— Seus pais se divorciaram? — perguntou ela.

Ele sentiu o ar preso na garganta. A última coisa que queria era falar sobre o passado.

— Não. Eles morreram.

— O que aconteceu? Desculpe, eu não deveria...

Docinho bateu contra o joelho dele, com uma bola de tênis amarela na boca. Com o braço livre, Cash jogou a bola longe para o cachorro pegar.

— Sua mãe parecia furiosa.

— Ela não está apenas furiosa. Ela está amargurada.

Chloe olhou para a porta e sua expressão era de tristeza novamente.

— Não posso culpá-la, só que... dói ouvi-la xingar meu pai o tempo todo. Eu sei que ele merece. Mas... — Ela cobriu o rosto com as mãos. — Droga. Estou fazendo de novo.

— Fazendo o quê?

— Despejando os meus problemas em cima de você.

Cash sorriu.

— Eu aguento.

Ela riu e recostou-se nele. Estavam ainda mais perto agora.

Ele inspirou o perfume dela.

— É câncer que ela tem?

— Sim.

— Ela vai ficar bem?

A raiva nos olhos dela se transformou em tristeza.

— O médico disse que ela está curada. Mas acabei de descobrir... que o câncer pode voltar. — Chloe fez uma pausa. — Mal posso esperar o dia em que ela deixar de parecer... que está morrendo.

— Sinto muito. — Cash quase disse que a mãe adotiva era oncologista, mas falar sobre a mulher que ele achava que podia ser a mãe dela parecia errado.

Os olhos deles se encontraram. E ali ficaram. Os lábios dela vieram ao encontro dos dele.

Cash recuou.

Ela se encolheu.

— Foi mal...

— Não. Eu só... Eu não estava... — Ele não conseguia desviar os olhos dos lábios dela. Então ele se inclinou. Seus sentidos continuavam hiperalertas.

Ele sentiu tudo intensamente. O sabor dos lábios dela. Um pouco salgados, por causa das lágrimas. A textura deles. Macios, quentes. Úmidos. O modo como ela chegou um pouco mais perto e seus seios pressionaram suavemente as costelas dele. Cash a queria mais perto, para que pudesse envolver sua cintura, deslizar as mãos sob a camisa vermelha, para sentir a pele nos lugares que não tinha conseguido ver.

Percebendo que não deveria estar pensando aquilo, ele pôs fim ao beijo, mas conseguiu fazer isso bem devagar.

Chloe sorriu.

— Isso foi bom.

— Sim. Foi mesmo...

Mas, que droga, ele estava indo longe demais! Aquilo podia acabar muito mal.

Cash estacionou na garagem, entrou em casa e digitou o código para desligar o alarme. Ele tinha ido embora depois que os dois haviam se beijado pela quinta vez. Cinco beijos. Ele ficou dizendo a si mesmo que precisava parar, mas não conseguia. Não quando ela se sentou tão perto e parecia tão disposta, olhando para ele com desejo misturado com tristeza. Chloe precisava ser beijada e ele precisava beijá-la.

Ele subiu os degraus de madeira e cruzou o corredor até o quarto onde a sra. Fuller guardava todas as recordações da filha que havia perdido. Fotografias, bichinhos de pelúcia com que a criança brincava, livros que ele imaginava que a mãe lia para ela. Na cômoda ainda havia algumas roupas. Era como um museu dedicado à filha.

Quando acendeu a luz, ele descobriu que a cama estava desarrumada. Ele apostava que ela tinha dormido ali na noite anterior. Sempre fazia isso quando estava com algum problema.

Cash foi até as prateleiras que continham livros e porta-retratos. E encontrou. A foto de Emily Fuller segurando um gatinho. Não apenas qualquer gatinho, mas Félix. O gato malhado amarelo quase idêntico ao da fotografia na casa de Chloe. Igualmente idêntica era a garota.

Ele pegou a foto.

A mãe adotiva tinha lhe contado muitas vezes como Emily amava Félix. Eles haviam encontrado o gatinho abandonado na rua. Era por isso que a mãe adotiva amava tanto aquele gato. Aquela seria uma peça do quebra-cabeça? Ou todos os pais decentes tinham fotos dos filhos com seus animais de estimação? Mas como essas duas garotas poderiam se parecer tanto? E seria coincidência que os gatinhos se parecessem também?

Ele pegou o celular para fotografar o porta-retratos.

9

Atenta a cada barulhinho vindo do quarto da minha mãe, eu coloco o que restou de uma pizza no forno, esperando que o cheiro apetitoso a atraia para a cozinha. Cash saiu faz uma hora, mas minha mãe não apareceu ainda. Será que ela está chorando? Está deprimida? Irritada?

Parte de mim gostaria de obrigá-la a sair do quarto. Ela está agindo como uma criança birrenta.

Quando é que assumi o papel da mãe nesta casa?

Ah, sim, quando ela teve câncer. Ou talvez quando meu pai a abandonou.

Desconto minha frustração na alface, no tomate e nas cenouras que estou picando. Félix mia e circula entre os meus tornozelos.

Com as mãos no piloto automático, minha mente divaga. Estou angustiada com a minha mãe e ao mesmo tempo nas nuvens por ter sido beijada por Cash. Beijada cinco vezes. Eu tomei a iniciativa. Quero dizer, os lábios dele estavam tão perto que eu simplesmente o beijei. Mas os outros quatro beijos foram iniciativa dele.

Eu posso fechar os olhos e ainda sentir seus lábios contra os meus. Saboreio a lembrança e... os sentimentos novos que brotam no meu peito. Esperança. Empolgação. Antecipação.

Desde que meus pais começaram a se desentender, sinto como se alguém tivesse roubado a minha alegria. Mas talvez ela não tenha sido roubada, apenas reprimida. Talvez...

A porta do quarto da minha mãe se abre. Ela entra na cozinha em meio a uma aura de depressão.

— Estou esquentando a pizza — digo.

— Não estou com fome.

— Você tem que comer. — Sim, eu sou a mãe aqui.

Nossos olhares se encontram. Eu vejo a mágoa nos olhos fundos dela. Toda a alegria que eu sinto no peito murcha como uma flor deixada num vaso sem água. Sou tomada por um sentimento de culpa.

— Eu não fico falando de você para o papai. Ele ligou esta manhã e fiquei com raiva.

— Por quê?

— Ele me disse que ligaria no primeiro dia de aula e não ligou. Quando reclamei, ele perguntou se você estava falando mal dele e se era por isso que eu estava sendo agressiva. Eu disse que, sim, que você estava falando mal dele, mas que não era esse o problema. O problema era que agora eu estava percebendo que tudo que você dizia era verdade. Eu não quis...

Ela se senta.

— Então ele disse que ligaria e não ligou?

Isso não está ajudando. Agora ela vai ficar brava de novo. Eu me deixo contagiar por essa raiva.

— Não faça isso.

— O quê?

— Não fique com raiva.

— Como posso não ficar com raiva? Olha o que ele fez comigo! — Ela arranca a bandana.

— O que aconteceu com aquela minha mãe que estava feliz outro dia? Que disse que tudo ia ficar bem?

— *Seu pai* aconteceu! — Lágrimas enchem os olhos dela.

Lágrimas enchem meus olhos também. Sento-me ao lado dela.

— Mãe, você precisa de ajuda. Precisa de terapia ou algo assim. Você pode sobreviver ao câncer, mas essa amargura vai te matar.

Sem mais uma palavra, ela volta para o quarto.

Eu desligo o forno, vou para o meu quarto e bato a porta.

Nenhuma de nós janta.

Na manhã seguinte, quando saio do meu quarto para fazer xixi, minha mãe me chama. Ela está sentada na cozinha, vestida com o roupão cor-de-rosa, que parece engolir seu corpo inteiro.

— Podemos conversar?

Tento decifrar o humor em que ela está. Ainda está furiosa? Ainda está deprimida? Quando me aproximo, sinto outra coisa. Culpa.

— Sente-se. — Ela faz um gesto indicando a mesa.

Eu me sento na frente da minha mãe. As olheiras sob os olhos dela estão mais escuras. Ela não anda dormindo.

— Sinto muito — diz minha mãe. Lágrimas caem dos seus olhos verdes. — Eu tive um dia ruim ontem. Ficaram de me ligar ontem para falar sobre a vaga de emprego no consultório, mas ninguém ligou. Estou achando que podem ter mudado de ideia. E o remédio que estou tomando causa sintomas de gripe. Comecei a sentir pena de mim mesma, então o seu pai me ligou e eu perdi a cabeça. — Ela pega minha mão. — Me desculpe por ter surtado na frente do seu amigo.

Embora eu quisesse acreditar que tudo está bem agora, não posso. Não é o primeiro pedido de desculpas que ouço dela.

— Amo você, mãe — digo. — E eu te perdoo. Mas você precisa fazer terapia.

— Foi só um dia ruim.

Eu enrijeço os ombros e digo a mim mesma que não sou a mãe dela.

— É mais do que isso. Você parou de escrever. Parou de viver. Parou de comer. Não foi só um dia ruim. Você teve um ano ruim. Vejo anúncios na TV dizendo que hoje existe todo tipo de remédio para a depressão.

— Querida, eu não preciso...

— Você precisa, mãe. — Eu a olho bem nos olhos.

Ela hesita e diz com relutância:

— Vou ver se o nosso seguro-saúde cobre.

Não era um sim, mas também não era um não.

Termino de me arrumar, abraço minha mãe e a lembro de ligar para o seguro-saúde. Quando saio, Lindsey está ao lado do meu carro. Ela havia me mandado uma mensagem ontem à noite, cerca de uma hora depois que me tranquei no meu quarto, implorando para eu ir à casa dela, mas eu só liguei. Não contei sobre a minha mãe, não estava pronta para conversar sobre isso, mas contei sobre Cash. Sobre nós nos beijando.

Quando ela me vê, sorri.

— Ainda caminhando nas nuvens?

— Mais ou menos... — Entro no meu carro.

Lindsey se senta no banco do passageiro.

— Eu mal posso acreditar que você está namorando Cash Colton. Ele é o cara mais gato da escola!

— Calma aí! Não estou namorando Cash. Ainda não.

Quando dou partida no carro, vejo minha mãe olhando pela janela. Despenco das nuvens um pouco mais.

— Ok, deixe-me reformular — diz Lindsey. — Mal posso acreditar que você está dando uns amassos no cara mais gato da escola.

— Não dei uns amassos... Foram só cinco beijos...

— Hmm... — diz Lindsey. — Acho que foram amassos, sim. Vamos ver o que o Google diz. — Ela pega o celular e, em alguns segundos, está lendo e rindo.

— O que foi? — pergunto.

— Bem, de acordo com o Google, são vários os significados de "dar uns amassos". Só beijar é um deles. Beijar com a língua é outro. — Ela olha para mim. — Você deu um beijo de língua no Cash?

— Digamos que sim...

— Ah, olha só... — Ela se concentra no celular. — Aqui está outro significado: "Trocar carícias, esfregar-se um no outro ou remover peças de roupa".

— Nós não removemos nenhuma peça de roupa! — Eu solto uma risada.

Ela continua.

— Ouça esta aqui: "Qualquer coisa que não incluir penetração". Penetração? Isso parece tão pervertido...

O comentário me faz bufar e depois pergunto:

— E quando você vai falar com David?

— Não vou. Se gosta de mim, ele é que vai falar comigo. — Lindsey afivela o cinto de segurança. — Adivinha quem mandou uma mensagem ontem à noite?

— Quem?

— Jonathon.

— O cachorro sarnento traidor? — Começo a dirigir.

Ela confirma.

Piso repentinamente no freio quando vejo o farol vermelho. O carro dá um solavanco.

— Não... — digo com firmeza.

— Não o quê?

— Não, você não vai voltar com ele! Ele te tratou como lixo.

— Mas...

— Sem desculpas! Não seria sua amiga se deixasse você voltar com ele.

Ela baixa a cabeça.

— Tem razão.

— Fale com David hoje!

— Talvez — Lindsey responde.

— Nada de talvez! Faça isso. E nem estou dizendo para sair com ele, apenas...

— Apenas o quê?

— Sinta que é possível. Descubra o poder que existe dentro de toda garota e pare de pensar que precisa de Jonathon para ser feliz. Às vezes acho que precisamos saber que outro cara gosta de nós para nos sentirmos bem com a gente mesmo. Às vezes só precisamos saber que consegui fazer um cara perceber que talvez a gente não precise de cara nenhum.

— É isso que você está fazendo com Cash? Encontrando o poder que existe dentro de toda garota?

A pergunta rola na minha cabeça.

— Talvez. Não sei ainda. — Mas quando penso nele, sinto que é mais do que isso.

Cash chegou cedo na escola, mas disse a si mesmo que sua pressa para chegar não tinha nada a ver com Chloe.

Na noite anterior, ele só conseguia pensar nela. Ficou se perguntando se ela seria Emily. Se havia gostado tanto de beijá-lo quanto ele gostara de beijá-la. Se ela iria odiá-lo quando ele contasse sobre as suas suspeitas.

Quando virou no corredor, ele a viu. Diminuiu o passo e a observou. Prestou atenção na maneira como o cabelo dela caía nas costas, enquanto ela guardava a mochila no armário.

Então ele se aproximou até parar ao lado dela.

— Olá.

Chloe se virou e sorriu.

— Oi.

— Oi. — O olhar de Cash foi direto para os lábios dela e ele quis beijá-la. Nunca fora de demonstrar afeto em público, mas poderia dizer que seria fácil mudar de ideia.

Percebendo que ficar olhando para os lábios de Chloe era estranho, ele desviou o olhar para o livro de matemática que ela segurava contra os seios. Mas deixar que o olhar se demorasse ali seria ainda mais estranho, então Cash falou sem pensar:

— Indo para a aula de Cálculo? Você tem aula com o sr. Williams? Eu tenho aula com ele mais tarde.

Desde a noite anterior, ele sabia que ela tinha aula com o sr. Williams, pois tinha lido e relido o arquivo que fotografara no escritório da srta. Anderson.

— Sim — ela respondeu. — Ele parece legal. Qual é a sua primeira aula?

— História. — O alarme tocou.

— Preciso ir — disse ela. — Vejo você na aula de Literatura Americana.

— Até mais tarde. — Ele se inclinou na direção dela. — Gostei de ontem.

Ela sorriu e aqueles suaves olhos castanhos o fitaram através dos cílios.

— Eu também.

Ela se afastou. Ele a viu cruzar o corredor em meio à multidão. O jeans preto que ela usava se ajustava quase tão bem quanto o jeans azul que vestira no dia anterior.

Ele ficou ali parado até a visão dela ser obstruída por outros alunos.

Considerando que Cash fazia parte de quase todas as aulas de conteúdo mais aprofundado, era estranho que só tivessem uma aula juntos aquele dia. Apenas azar. Ou talvez fosse porque ele tinha escolhido estudar Tecnologia Automotiva.

No ano anterior, quando montava sua grade de aula, a srta. Anderson tinha tentado convencê-lo a não fazer isso.

— Mas eu não posso mantê-lo em todas as aulas mais avançadas se estiver estudando Tecnologia Automotiva. Você poderia escolher outra aula de matemática para se preparar melhor para os cursos universitários.

Ele explicou que havia planejado cursar aulas de matemática numa faculdade antes de se formar. E ele já estava fazendo isso. Aquela noite era sua primeira aula.

— Então você planeja ir para a faculdade? — ela perguntou como se não esperasse que ele tivesse esses planos. Agora que sabia que a srta. Anderson era adotada, ele estava meio desapontado ao ver que ela tinha automaticamente pensado o pior dele. Pessoas comuns faziam aquilo, não pessoas que entendiam o que era uma adoção.

Ou talvez ela tivesse entendido até bem demais. A maioria das crianças adotadas por meio do programa do governo acabava na prisão. Quando Cash leu essa estatística, ficou chateado. Pensou nas poucas crianças adotadas de que ele realmente gostava. Não que tivesse mantido contato com elas. Isso era quase impossível em razão do número de vezes que mudara de lar temporário.

Enquanto caminhava para a aula de História, lembrou-se da pergunta seguinte da srta. Anderson. Ela quis saber:

— Então por que fazer Tecnologia Automotiva?

Cash disse a ela:

— Porque eu gosto.

E ele gostava mesmo. Mas a verdade era que, quando terminasse o ensino médio, não planejava receber uma mesada dos pais adotivos. Se algo acontecesse com o carro dele, era melhor que ele estivesse preparado para consertar.

Além disso, a oficina estava lhe atribuindo serviços cada vez maiores, agora que sabiam que ele estava cursando Tecnologia Automotiva, e ele esperava trabalhar numa grande oficina mecânica enquanto fazia faculdade.

Incomodava-o o fato de os Fuller terem comprado um jipe para ele. Eles o tinham convencido a aceitá-lo. Mas Cash se arrependera. E estava determinado a reembolsá-los.

Depois do almoço, vou ao meu armário buscar meus livros. Com o armário aberto, pego meu celular na bolsa e envio uma mensagem para minha mãe. *Você ligou para o seguro-saúde?*

Ela precisava saber que eu não tinha me esquecido.

Estou esperando para ver se ela vai responder quando sinto alguém de pé ao meu lado. Abro um sorriso, pensando que é Cash. Mas, quando olho, vejo o rosto de um valentão com um nariz muito machucado. O nariz que Cash socou.

— Oi — ele diz. — Sou Paul Cane. *Quarterback* do time de futebol.

Eu olho para o meu celular novamente, esperando que ele vá embora. Ele obviamente acha que eu deveria ficar impressionada com a posição dele no futebol.

— Pois não?

— Chloe, certo? — ele pergunta.

— Sim.

— Pensei em fazer um favor a você.

Isso me faz levantar o olhar.

— Vi você saindo com aquele cara, Cash. Você provavelmente não sabe, mas ele é adotado.

Para mim isso é como derramar suco de limão num corte profundo.

— E daí? — percebo o tom frio da minha voz e espero que ele também tenha percebido.

Ele deve ter percebido, porque parece decepcionado.

— Conheço alguns alunos que frequentam a antiga escola de Cash, e há boatos de que ele é mau elemento.

Eu lanço um dos meus sorrisos mais amarelos e falsos.

— O bom é que não desperdiço meu tempo com boatos.

Os olhos cinzentos dele escurecem.

— Dizem que ele matou o pai. Um tiro bem no coração.

Isso me deixa atordoada, mas não demonstro.

— Como eu disse, não dou a mínima atenção para boatos.

Começo a andar, mas ele pega meu braço.

— Você deveria dar. — O tom da voz dele é tão arrogante quanto no dia em que praticou o *bullying*. Como se ele fosse mais esperto que todo mundo, superior. Mas eu o vejo simplesmente pelo que ele é: um babaca.

Eu olho para a mão dele e afasto o meu braço.

Ombros tensos, bato a porta do meu armário com um pouco de força demais. O barulho ecoa no corredor. Pessoas se viram para olhar.

Quando começo a andar, minha mente começa a dar voltas. Será que Cash de fato matou o próprio pai?

10

Quando toca o último sinal do dia, Lindsey me encontra em frente ao meu armário e vamos juntas ao estacionamento. Estou decepcionada que Cash não veio falar comigo. Durante todo o dia pensei no que Paul me disse. Não que eu acredite nele.

Sei que Paul é um idiota que diria qualquer coisa para prejudicar Cash. E se Cash soubesse o que ele disse, ficaria chateado. E é por isso que não vou dizer nada a ele.

Quando Lindsey e eu nos aproximamos do meu carro, eu o vejo encostado contra a lataria. Lembro com clareza como foi beijá-lo. Um sorriso aparece nos meus lábios e depois nos meus olhos.

Não. Ele não é um assassino.

— Você quer que eu deixe vocês dois sozinhos? — Lindsey pergunta.

— Não — eu digo.

Nós continuamos andando e tudo que eu posso ver é Cash. Em como seus olhos verdes brilham enquanto me olham. Na expressão dele, quase sorrindo.

— Esta é Lindsey.

Cash é educado e diz:

— Olá. Conheço você de vista desde o ano passado.

— Oi. — Ela pega o celular. — Eu preciso mandar uma mensagem... para uma pessoa. — Ela vai para o outro lado do carro. Sei que está apenas nos dando um pouco de privacidade e lhe sou grata por isso. Me aproximo dele.

— Espero que goste da sua aula de hoje à noite.

— Eu só queria me despedir.

Olho para ele. Seu olho roxo está melhor. Uma rajada de vento tira o cabelo preto da testa. Eu me pergunto se ele quer me beijar de novo. Sei que quero beijá-lo, mas usei toda a minha coragem quando o beijei primeiro ontem.

— Tudo bem se eu te mandar uma mensagem ou te ligar mais tarde? — ele pergunta.

— Tudo bem. — Nós trocamos números de telefone.

— Você pode me ligar também. — Cash passa a mão no meu braço. Sei que ele não está planejando me beijar. Mas o toque de alguma forma me tira o fôlego tanto quanto o beijo.

Fico ali parada, vendo-o se afastar. Ele se vira uma vez e abre um sorriso. Isso é tão bom...

— Sem beijo? — Lindsey pergunta depois que entramos no carro.

— Sem beijo. — Eu ofereço a ela um sorriso e quase digo quanto me sinto bem.

Ela suspira.

— Você sabe que isso tudo é muito louco? Sério, as garotas ficavam, tipo, se jogando em cima dele, e ele ignorava todas elas.

— Também acho muito louco... — comento, e a insegurança me atinge em cheio. Sei que ele disse que eu me pareço com alguém e foi por isso que tudo começou, mas, se Cash pode ter qualquer garota que quiser, o que está fazendo comigo?

Afasto esse pensamento e olho para Lindsey.

— Você falou com David hoje?

Ela sorri.

— Falei.

— E como foi?

— Usei o poder que toda garota tem! — diz ela. — E se ele me convidar para sair, eu vou. Eu não sei se ele gosta de mim, mas eu gosto dele. Ele é... revigorante.

— Ótimo! — Enquanto esperamos na fila para sair do estacionamento, ouço uma batida na janela da frente, do lado do passageiro.

É Jamie.

Lindsey abaixa o vidro.

— Oi — Jamie diz para Lindsey, sem nem me cumprimentar com um aceno de cabeça.

— Quer ir para casa comigo? A gente faz o dever de casa juntas...

— Hã... — Lindsey olha para mim como se estivesse constrangida.

— Pode ir — eu digo.

— Ok, então — diz Lindsey.

Eu fico olhando enquanto Lindsey salta do carro e se afasta com Jamie, dizendo a mim mesma que não estou com ciúme. O carro na minha frente anda um pouco mais. Eu faço o mesmo. Olho pelo retrovisor e as vejo dando risada. *Não estou com ciúme*, repito, mas machuca um pouco de qualquer forma.

Cash deixou Chloe, pensando se não deveria tê-la beijado. Ele andou na direção do jipe. Parecia que ela queria ser beijada. Talvez devesse mandar uma mensagem para dizer que ele queria também. Faria isso. Então se perguntou novamente se aquilo era sensato. Como ela iria reagir quando ele contasse sobre Emily? Cash preferia que ela não tivesse relação nenhuma com aquela história. Ele não tinha planejado gostar dela.

Claro que Chloe compreenderia.

Mas ele precisava contar em breve. Muito em breve. Ele não sabia o que estava esperando. Mais provas?

Quando se aproximou do jipe, viu algo estranho na porta do motorista. A raiva ferveu dentro dele enquanto fitava o risco fino na lateral do carro. Algum idiota havia riscado seu jipe. E ele apostava que o idiota tinha um nariz inchado também.

Cash ficou ali, cerrando e abrindo os punhos. Queria encontrar aquele cretino e lhe dar uma lição. Então se lembrou do suspiro triste da mãe adotiva.

Embora soubesse que Paul tinha feito aquilo, ele não tinha provas. Assim como não tinha provas do estupro. Quem acreditaria nele? Ninguém. Se ele fosse atrás de Paul agora, seria acusado de começar a briga. E teria problemas. Poderia ser expulso da escola novamente.

— Merda! — Cash se forçou a entrar no jipe. Ficou sentado ali, segurando o volante com tanta força que seus punhos doeram. De alguma forma, de algum jeito, tinha que dar uma lição em Paul, mas sem arranjar problemas.

Paro na calçada e fico olhando para a casa antiga. Tenho medo de entrar. Medo de ver minha mãe fazendo drama. Estou cansada de drama.

Ela me contou que esse foi o primeiro lugar onde vieram depois da adoção. Ela estava tão animada para me mostrar aos pais... Por que não me lembro disso? Minha única lembrança é a de olhar para aquele tapete sujo e para meus sapatos pretos de fivela. Triste, sozinha. Assustada. Eu me pergunto se estava sentindo falta dos meus verdadeiros pais naquele dia. Eu me pergunto por que eles não me quiseram mais.

Me pergunto por que diabos desperdiço tempo pensando nisso. Sempre acabo sentindo dó de mim mesma. Sentindo-me patética. E não quero ser essa garota que tem pena de si mesma.

Pego minha mochila e saio do carro.

Ao entrar em casa, eu me preparo para outra discussão com minha mãe. Ela não respondeu à minha mensagem perguntando se havia ligado para o seguro-saúde.

Ela está na cozinha. Arrumada. Isso é um bom sinal. Mas vestindo roupas dois números maiores, ela me lembra um pouco um manequim vestido com trajes largos demais.

Ao entrar na cozinha, coloco a mochila sobre a mesa. Ela está sorrindo e eu não consigo não me perguntar se não está apenas fingindo.

— Como foi seu dia?

— Ótimo! — ela diz.

— Você começou a escrever de novo? — Ela costumava ficar realmente feliz quando conseguia escrever várias páginas do seu livro.

— Não. Recebi uma ligação do consultório médico. Eu tenho uma entrevista amanhã para me encontrar com o outro médico. Surtei por nada.

— Isso é ótimo, mamãe!

Odeio ser estraga-prazer, mas tenho que perguntar.

— Você ligou para o seguro-saúde?

O sorriso dela diminui.

— Liguei. Eles vão me enviar um e-mail com uma lista de terapeutas.

— Eles não têm simplesmente um site que você possa acessar?

— Sim, mas está em manutenção, por isso a funcionária vai me enviar uma lista atualizada.

Eu não sei se isso é só uma tática para adiar a terapia, mas não sei como argumentar.

— Ótimo. Eu só quero...

— Preciso ir às compras — ela interrompe. — Usei a minha única roupa apresentável na primeira entrevista. E como hoje é 4 de setembro... — Ela me manda um beijo. — Achei que poderíamos sair para comemorar. Aproveito e compro uma roupa para você também.

Eu me esqueci da data.

Quando eu era mais nova, 4 de setembro era como um segundo aniversário para mim. Presentes e bolo. É o dia em que eles me adotaram. Nós sempre comemorávamos. No ano passado, depois que meu pai foi embora, ele enviou flores.

Passo os olhos pelo balcão da cozinha só para dar uma checada rápida. Nada de flores. Talvez elas cheguem mais tarde. Ou talvez meu pai também tenha esquecido.

Minha mãe ainda está sorrindo.

— Onde você gostaria de comer?

Eu me forço a parecer interessada. Acho que ainda estou chateada com ela por me envergonhar na frente de Cash, mas faço a coisa certa.

— Naquele restaurante italiano, na avenida principal.

Às oito da noite, já em casa, abraço minha mãe, digo a ela que me diverti ajudando-a a escolher uma roupa e agradeço pela blusa. Não deixei que ela comprasse outra calça jeans, porque sei que ela não tem muito dinheiro.

Na verdade, eu me diverti bastante. Minha mãe estava... quase normal. Nós não falamos sobre meu pai, nem a respeito do telefonema ou do seguro-saúde. Comemos frango marsala e tiramisu, e ela contou como foi a infância dela nesta cidade. Até falou um pouco sobre algumas das suas antigas amigas e sugeri que ela tentasse entrar em contato com elas.

No caminho para casa, ela perguntou sobre Cash. *Ele é seu namorado? O que você sabe sobre ele?* Minhas respostas — evasivas — foram propositalmente curtas para não prolongar o assunto. Desde que Lindsey mencionou que todas as garotas praticamente se jogavam em cima de Cash, tenho questionado o interesse dele por mim. Além disso, cinco beijos não fazem de ninguém um namorado, e eu não vou entrar naquele assunto sobre ele ser adotado. Mas a pergunta da minha mãe me faz pensar em como sei pouco sobre ele.

Depois de pegar uma garrafinha de água, vou para o meu quarto fazer a lição de casa e penso no que vou escrever para Cash. Ou na razão por que ele não me mandou nenhuma mensagem.

Odeio me sentir assim. Por que não posso simplesmente mandar uma mensagem para ele? Tenho receio de dizer algo idiota e ele parar de gostar de mim. Tenho medo de que ele não me mande nenhuma mensagem porque encontrou uma universitária muito mais bonita do que eu.

Sim, eu sou uma boba insegura. Sempre culpo a adoção. O fato de saber que meus verdadeiros pais não me quiseram. Às vezes quero encontrá-los e perguntar por quê.

Eu desabo na minha cama e Félix se deita sobre meu peito. Ouço seu ronronar e esse som me acalma. Abro meu aplicativo de fotos e tiro uma foto dele. Só sai metade de sua carinha, mas a foto fica bonita.

Eu finalmente o empurro para sair de cima de mim, fico de bruços e escrevo: *Como foi a aula?*

Imediatamente, vejo que ele leu a minha mensagem. Sorrio e me pergunto se ele estava prestes a me escrever também.

Cash: *Entediante. Professor estava atrasado.*

Eu: *Que pena. Você ainda está na faculdade?*

Ele: *Não. O que você fez hoje à noite?*

Eu: *Saí para jantar em um restaurante italiano com a minha mãe.*

Ele: *Ela está de bom humor?*

Eu: *Não surtou mais.* 🙂

Ele: *Que bom.*

Félix se deita sobre as minhas costas e fica afofando meus ombros. Faço uma pausa e olho outra vez o celular. Devo me despedir agora?

Ele: *Eu gostaria de ter beijado você no estacionamento.*

Dou risada e solto um gritinho.

Eu: *Eu também.*

Ele: *Posso te ver amanhã à tarde?*

Eu não quero trazê-lo em casa novamente.

Eu: *Que tal se a gente se encontrar naquela cafeteria depois de eu deixar Lindsey em casa?*

Ele: *Boa ideia.*

Eu: *Preciso fazer a lição de casa, mas o meu gato não me deixa em paz.*

Ele: *O gato dos Fuller também é assim.*

Tenho a triste sensação de que ele não pensa no gato como se fosse dele e não se refere à casa dos Fuller como se fosse a casa dele. Eu me pergunto se as coisas são ruins lá. Quero perguntar, mas não sei como.

Em vez disso, anexo a foto que acabei de tirar de Félix e uma legenda.

Eu: *Olha o Félix.*

Deitado na cama, Cash leu a mensagem. Ele se levantou na hora. *Caramba! O nome do gato dela é Félix?* Ele tentou se lembrar se havia contado a ela qual era o nome do gato dos Fuller. Ele não havia contado. Não tinha nem falado do gato ainda. *Certo?*

Ele: *O nome do seu gato é Félix?*

Ela: *Sim.*

Ele: *Quem deu esse nome a ele?*

Ela: *Eu. Era pequena. Tinha 3 ou 4 anos. Por quê?*

Merda! Ele saltou da cama e começou a andar pelo quarto.

Mas, puxa, se isso fosse um golpe, seria a maneira perfeita de aplicá-lo! Continuar dando dicas até... mas não era um golpe.

Ele ficou ali, o dedo posicionado acima do celular, sem saber o que digitar. O que dizer. Finalmente digitou:

Ele: *O gato dos Fuller se chama Félix.*

Ela: *Mentes brilhantes pensam de maneira parecida.*

Ele: *Sim.*

Ela: *Foi você quem deu esse nome a ele?*

Cash se sentou outra vez enquanto suas emoções desciam por uma tirolesa, abalando seus nervos. Digitou: *Não. Ele é velho.*

Ele tinha que contar a ela. No dia seguinte. Mostraria a foto em que tinham feito a progressão da idade dela. Chloe ficaria com raiva? Iria descontar a raiva nele? Ficaria chateada por ele ter escondido isso dela? Seria o final do relacionamento entre eles?

— Provavelmente — Cash respondeu em voz alta. Mas ele não tinha escolha.

11

— O que você está fazendo?

Merda. Cash olhou através do para-brisa. Eram cinco da manhã e ele achava que poderia fazer aquilo sem que ninguém soubesse.

A sra. Fuller, ainda de roupão, estava parada na porta da garagem. Que horas ela acordava?

Ele não tinha contado aos Fuller que o carro dele fora riscado. Agora, como explicar por que ele estava instalando uma câmera em seu carro? Ele tinha cerca de um segundo para decidir se deveria dizer a verdade ou mentir. Mentir não parecia justo.

Ele saiu do jipe.

— Estou instalando uma câmera.

— Uma câmera? Por quê?

— Ontem alguém riscou a minha porta.

— O quê? — Franzindo a testa, ela se aproximou e olhou a lateral do jipe. — Por que alguém faria isto?

— Estou achando que é o cara com quem briguei. Mas não posso provar. Então, achei que, se o pegasse no flagra, poderia ter certeza. — O que ele faria se esse plano funcionasse? Ah, já tinha algumas ideias. A maioria delas incluía socos e todas o deixariam em maus lençóis.

Mas aquilo era algo em que ele pensaria mais tarde.

— Você denunciou?

— Não.

Ela apertou os lábios.

— Por quê? A escola precisa saber.

Ele sentiu um nó no estômago.

— Por favor, me deixe resolver do meu jeito.

Ela ficou rígida.

— E se envolver em outra briga com ele?

— Eu não vou brigar — Cash disse, sabendo que estava fazendo uma promessa que dificilmente conseguiria cumprir. — Não tenho certeza se foi ele quem fez isso. Isso pode até ter acontecido na faculdade. — Era mentira. — Não quero acusar ninguém sem provas. Se riscarem meu carro de novo, vou saber quem foi.

— E o que vai fazer quando souber?

— Não vou começar uma briga. Prometo.

A sra. Fuller soltou aquele suspiro triste e ele sentiu um aperto no peito, sabendo que a estava decepcionando novamente.

— Precisamos acionar o seguro do carro. Tenho certeza de que o conserto está coberto.

— Tudo bem. Vou dar um jeito. — Não importava que fosse importante para ele.

— Você não deveria resolver isso sozinho. Vou avisar Tony e você e ele podem decidir como solucionar isso.

Droga! Ele deveria ter mentido.

— Onde você conseguiu a câmera? — ela perguntou.

— Numa loja de peças automotivas. Paguei com o meu próprio dinheiro.

A sra. Fuller soltou outro longo suspiro.

— Você tem o nosso cartão de crédito. Poderia ter usado.

Sim, ele tinha e nunca usara. Nunca faria isso. Nunca tirava vantagem dos Fuller nem pedia a eles mais do que precisava.

— Já que está acordado, venha tomar café da manhã comigo. Estou fazendo ovos com torradas.

Ele queria recusar, mas sabia que ela ficaria chateada.

— Está bem.

— Fica pronto em cinco minutos — disse ela.

Ele instalou a câmera em três minutos e entrou.

— O sr. Fuller não acordou ainda? — perguntou Cash.

— Ele só tem paciente às nove, por isso está dormindo — disse ela.

— Você quer suco? — Cash perguntou.

— Por favor.

Quando ele se aproximou do balcão, viu algo ali, ao lado da bolsa da sra. Fuller. Sua respiração ficou presa.

— O que você está fazendo com isso? — Ele olhou para a foto de Emily com a progressão da idade.

— Alguém pegou a que estava no Walmart. Eu imprimi outra.

Cash olhou para a sra. Fuller enquanto ela fritava os ovos.

— Não fale nada. Tony já disse. — Ela tirou a frigideira do fogão. — Sei que as chances de encontrá-la são praticamente nulas. Sei que a foto que aquele homem me mostrou é provavelmente uma farsa. Mas que mal faz afixar esta naquele quadro?

Ela cruzou os braços.

— Adoraria saber quem a tirou de lá.

A culpa apertou o peito de Cash.

A sra. Fuller tirou a torrada da torradeira e a colocou num prato.

— Será que acharam que ela se parecia com alguém? Não consigo parar de pensar. E se for a pessoa que a levou? Todos pensam que ela está morta. Eu entendo. — Ela colocou a torrada na mesa. — Mas e se não estiver? — A sra. Fuller olhou para ele. — Eu não estou obcecada com isso. Eu só.... Que mal faria deixar uma foto naquele quadro?

Cash viu a dor nos olhos dela e se perguntou se ela e o sr. Fuller teriam discutido sobre isso. Cash os ouvira brigando depois que foram enganados. O marido queria que ela esquecesse. Ela o acusara de esquecer a filha.

— Sinto muito.

A sra. Fuller franziu as sobrancelhas.

— Eu sei. Não faça tempestade em corpo d'água, assim como Tony. Estou bem.

Ela não estava bem, pensou Cash. Tinha perdido a filha. Por que, depois de quinze anos, sua mãe adotiva ainda ansiava pela filha, enquanto a mãe dele tinha acordado uma manhã e ido embora?

Cash ouviu as palavras do pai: *Ela não estava nem aí pra você.*

O alarme toca e eu tropeço a caminho do banheiro, ainda meio dormindo. As luzes estão acesas na sala de estar. O aroma de café perfuma o ar. Eu diminuo os passos para espiar a minha mãe, sem a bandana, sentada no sofá. Está usando o roupão muito grande para ela e folheia um álbum de fotos. Ela vira uma página. Algo na lentidão do gesto demonstra o humor em que ela está.

E não é bom.

Esperando que eu esteja errada, vou fazer xixi. Então saio do banheiro e entro na sala de estar, imprimindo de propósito mais alegria à minha voz.

— Bom dia!

Ela ergue os olhos. Eu desanimo ao ver as lágrimas nos olhos dela. Espero que o e-mail do seguro-saúde com a lista de terapeutas chegue hoje.

Ao me aproximar, sinto como se estivesse entrando numa bolha de tristeza. Meu olhar se desvia para o álbum. Espero ver uma foto do meu pai, mesmo achando que eu tenha confiscado e escondido todas as fotos dele quando a encontrei arrancando-as do álbum e rasgando-as. Mas não é a foto do papai que ela está olhando.

É da minha avó, quando era mais nova. Eu me lembro dela.

Minha mãe enxuga uma lágrima da bochecha.

— Sonhei com ela.

Quando me sento ao lado da minha mãe, o sofá solta um assovio. Contemplo a imagem de uma mulher de cabelos castanho-claros, olhos verde-claros e um sorriso radiante. Pela primeira vez, percebo quanto minha mãe se parece com ela. No entanto, não a vejo abrir um sorriso tão grande faz muito tempo.

Ela vira a página. Há uma foto dos meus avós. Minha mãe era filha única e nasceu quando eles já tinham certa idade. O pai dela morreu logo depois que fui adotada.

Vovó morreu quando eu tinha 7 anos. Ela sempre vinha ficar conosco no Natal e nas férias de verão. Naquela época, minha mãe trabalhava em período integral no hospital e minha avó ficava cuidando de mim. Lembro--me dela sempre comendo e me oferecendo tangerinas; ela até cheirava a tangerina. Sempre lia para mim à noite e seus abraços eram bem apertados. Ela me chamava de Mosquitinho. Eu odiava insetos, mas sabia que era um apelido carinhoso.

Também me lembro de acordar uma manhã e encontrar minha mãe chorando na cozinha. Meu pai estava abraçado a ela. Ele então se afastou de minha mãe e me puxou para o lado e explicou que vovó tinha ido para o céu, por isso minha mãe estava triste. Eu me lembro de chorar naquele dia também. Eu amava minha avó. Iria sentir falta dos abraços de tangerina e das caras engraçadas que ela fazia quando lia para mim.

Agora, depois que quase perdi minha mãe, quero chorar de novo — mas pela minha mãe desta vez. Posso imaginar muito bem como é perder um pai ou uma mãe.

— Foi um sonho bom? — pergunto.

— Sim. Estávamos cozinhando. Descascando batatas e rindo. Eu ainda sinto falta dela.

— Aposto que sente. — Meu coração fica apertado. Eu toco a cabeça dela.

— Ei, está nascendo cabelo! Cabelo de verdade, não só uma penugem.

— Sim, eu também notei. — Ela sorri, mas seus olhos parecem cansados.

— A que horas você acordou?

— Estou acordada desde as três da manhã.

— Volte para a cama — eu digo.

— Não. Preciso me preparar emocionalmente para a minha entrevista.

— Ah, claro. — Aperto a mão dela. — Boa sorte.

— Minha entrevista é só às quatro e meia. Te vejo antes de sair. Vou precisar que você me lembre de que não tenho com que me preocupar.

Não, não vai dar! Vou me encontrar com Cash. As palavras estão na ponta da língua, mas não consigo empurrá-las para fora.

— Claro.

Droga. Droga. Droga. Estou murmurando baixinho vinte minutos depois, enquanto passo um pouco de brilho nos lábios. Por que não consigo apenas dizer boa sorte para ela agora? Minha mãe precisa viver a vida dela e, até que faça isso, vai ser difícil eu conseguir viver a minha. O pensamento de ir para a faculdade parece impossível. Vejo a imagem na minha cabeça: eu envelhecendo ao lado da minha mãe.

Olho para o meu rosto no espelho do banheiro e me pergunto se depressão é algo contagioso.

A verdade é que eu provavelmente estava deprimida antes do início das aulas. Mas ter um lugar para onde ir todo dia e talvez a emoção de encontrar Cash e, quem sabe, até me tornar a melhor amiga de Lindsey fizeram minha vida parecer mais divertida. Melhor. Menos amarga.

Isso me dá a esperança de que minha mãe sinta o mesmo com relação ao trabalho dela. Com o novo emprego e a terapia, talvez eu consiga minha mãe de volta.

Eu ouço Docinho choramingando na porta do banheiro. Abro e ele está ali, com a guia na boca.

— Desculpa, amigão. Tenho que ir para a escola. Talvez esta tarde.

Então percebo que, embora eu não consiga encontrar Cash logo após a escola, a entrevista da minha mãe vai durar tempo suficiente para eu vê-lo enquanto ela estiver fora.

— Você gostou de Cash, não gostou? Tudo bem se ele for conosco no nosso passeio, certo? — Docinho abana o rabo. Ah, eu podia ter esperança, no final das contas.

Era cedo quando Cash chegou à casa de Chloe. Ela tinha pedido que ele chegasse às quatro e meia, então ele estacionou quatro casas abaixo e esperou. Ele estava uma pilha de nervos e seus ombros estavam rígidos.

Ele tocou no bolso da frente, onde estava a foto com a progressão da idade.

Como ele iria explicar aquilo? Chloe ficaria chateada? Será que o fato de descobrir sobre a foto a levaria a desvendar todas as outras mentiras dele? O pneu? O arquivo da escola? Cash continuava dizendo a si mesmo que na hora decidiria o que fazer. Mas não estava a fim de improvisar.

Precisando de algo com que se ocupar, começou a excluir alguns vídeos gravados do cartão de memória da câmera do carro. Não tinha conseguido nada ainda. Mas podia demorar um pouco até que os agressores ficassem decepcionados pela falta de reação dele e tentassem novamente. Isso é o que eles queriam. Uma reação. Paul queria que ele começasse uma briga. Então, ele poderia dizer: *Veja, Cash começou essa briga e a anterior também.*

Cash não ia dar a Paul o que ele queria. Na verdade, hoje ele havia se desviado do seu caminho habitual só para passar ao lado de Paul e seus amigos, e sorrira o tempo todo.

Ele sabia que isso irritava Paul.

Paciência é a chave. Espere as pessoas fazerem alguma coisa. Elas vão fazer alguma besteira. Sempre fazem.

De onde estava estacionado, ele viu Chloe andando com a mãe até o carro. Antes de a mãe entrar, Chloe a abraçou. Ele lembrou que a mãe dela tinha uma entrevista de emprego naquele dia.

A cena lhe pareceu estranha. Como se Chloe fosse a mãe, não a filha.

Mais uma razão para Cash se preocupar com a história toda de Emily. O tiro poderia sair pela culatra. A primeira reação de Chloe poderia ser defender a mãe. Não, ele não acusaria os pais dela de serem os sequestradores, mas isso estava implícito.

Seus instintos lhe diziam para adiar a revelação, mas haveria um momento melhor para contar tudo a ela?

Chloe observou a mãe ir embora. Quando ela se virou para voltar para dentro de casa, seu olhar se desviou para a rua. Ela colocou a mão na testa para bloquear o sol e olhou na direção do carro dele. Droga. Ela o viu.

Cash ligou o motor e parou na frente da casa de Chloe.

Sentindo-se culpado por espioná-la, ele saiu do carro com a cabeça baixa, ensaiando o que dizer.

— Eu cheguei cedo e não quis incomodá-la.

— Você não precisava esperar no carro. — Ela não parecia chateada. Cash percebeu que havia reconquistado a confiança dela. E agora estava prestes a destruir essa confiança.

Um sorriso iluminou o rosto dela. Uma brisa agitou seus cabelos. Era o clima perfeito para ir ao parque.

— Entre — Chloe disse. — Vou pegar Docinho.

Ele a seguiu para dentro. Ela se virou e olhou para ele. Era a primeira vez que eles ficavam sozinhos desde que tinham se beijado. Será que ela esperava que ele a beijasse agora? Ele queria. Tinha pensado tanto naqueles beijos... A lembrança estava tatuada em sua mente. Mas não parecia certo beijá-la novamente enquanto ele estava mantendo aquele grande segredo.

Ela chamou o cachorro. Um latido veio do quintal e ela deixou o cão entrar.

— Quer ir passear, amigão?

Ela pegou a guia e a prendeu à coleira do cachorro, então parou.

— Vou correr até lá em cima e pegar um cobertor para a gente se sentar.

Enquanto Chloe disparava para o quarto, ele foi dar uma olhada nas fotos de família, na mesa ao lado do sofá. Encontrou aquela com uma Chloe pequena segurando o gato. Ele percebeu outra coincidência. Tanto Chloe quanto Emily estavam com um vestido cor-de-rosa. Ele pegou o celular no bolso para tirar uma foto, mas ouviu passos e guardou o aparelho.

Um gato tigrado amarelo a seguia. Ele olhou para o animal se esfregando nos tornozelos dela. Os dois Félix eram idênticos. Seria por isso que a jovem Chloe tinha dado a eles o mesmo nome?

— Félix? — ele perguntou.

— Sim. Ele é um amor. — Ela largou o cobertor numa cadeira próxima e agachou-se para acariciar o felino. A camiseta que ela usava tinha um decote que lhe dava uma visão de parte dos seios. Ele tentou desviar o olhar, mas não conseguiu.

— Félix, este é Cash — apresentou ela.

Chloe se levantou e ele mal conseguiu desviar os olhos para o gato. Ele pegou o cobertor e, enquanto saíam da casa, ela se inclinou para mais perto dele. O choque de prazer e de dor acertou-o em cheio. Apesar do desconforto gerado pela culpa, ele adorava tocá-la.

Quando chegaram ao parque, Docinho começou a saltitar. Cash pegou a guia e Chloe ficou com o cobertor. O parque estava quase vazio. Eles encontraram um local sob a sombra de uma árvore e ela estendeu o cobertor na grama.

— Posso tirar a guia dele? — Cash perguntou.

— Sim. Ele fica por perto.

Cash se sentou ao lado de Chloe e soltou o cachorro, que congelou no lugar como se estivesse hipnotizado pela bola nas mãos dela.

Ela jogou a bola e Docinho correu. Chloe sorriu.

— Já vou pedindo desculpas. Ele não vai dar sossego por causa dessa bola. Tem obsessão por ela.

— Tudo bem — disse Cash. — Estou começando a ter obsessão por Chloe, então posso entender.

Ela riu.

— Acho que estou começando a ter obsessão por Cash também.

— Ótimo! — ele disse.

Sorrindo, ela olhou para o céu.

— É um belo dia.

Cash seguiu o olhar dela até o céu azul salpicado de nuvens brancas e fofas.

— Sim.

Chloe se recostou no cobertor. O decote dela subiu o suficiente para que ele pudesse olhá-la sem ficar babando. Os cabelos longos e castanhos estavam espalhados ao redor dos ombros e o sol suave do entardecer iluminava o rosto dela.

Ele queria beijá-la e deixar a conversa para depois.

Os olhos castanhos dela encontraram os dele.

— Você ficava tentando encontrar figuras nas nuvens, quando criança?

— Encontrar o quê? — Cash perguntou, estava tão ocupado olhando para ela que não prestara atenção ao que Chloe dissera.

— Você sabe, tipo elefantes ou dragões. No céu. Agora mesmo vejo um cavalo.

Ela apontou para cima.

Ele tentou seguir o dedo dela.

— Tudo o que vejo são nuvens.

Chloe riu.

— Use a imaginação. Não vê a cabeça, as patas e a cauda atrás?

Ele tentou.

— Lamento, mas...

— Minha mãe e eu costumávamos ir para o quintal e ficar olhando o céu por horas, tentando encontrar coisas. Ela sempre levava um saquinho de Skittles. E, sempre que uma de nós encontrava algo, ganhávamos um vermelho. — Ela sorriu.

— Por que vermelho?

— Porque os vermelhos são os melhores. São doces, mas um pouco azedinhos e têm gosto de recompensa.

Cash forçou um sorriso e novamente tentou ligar alguém que procurava formas em nuvens na companhia da filha com a imagem de uma sequestradora. Algo parecia errado.

— Você se lembra dos seus pais? — ela perguntou.

A pergunta o pegou desprevenido. Docinho veio correndo com a bola na boca. Cash pegou a bola, grato pela pequena interrupção, e jogou-a novamente.

— Da minha mãe, não. Do meu pai, sim.

— Como ele era?

Ele voltou a olhar para o céu. *Um cretino.*

— Acho que vi o cavalo.

Quando Cash olhou para Chloe, ela estava franzindo a testa.

— Você faz muito isso.

— O quê?

— Mudar de assunto. — Ela mordeu o lábio. — Você não gosta de falar sobre eles, não é?

— Na verdade, não.

Ele respirou fundo.

— Chloe, eu preciso...

— Eu sinto que você sabe tudo sobre mim e eu não sei nada sobre você.

— Eu não sei tudo sobre você — disse ele, tentando escapar da conversa.

— Você sabe que meu pai é um idiota que vive me enganando. Você sabe que meu namorado se chamava Alex e que minha mãe teve câncer.

— Que tipo de câncer? — Cash perguntou e, para seu crédito, ele queria mesmo saber. Tinha ouvido a sra. Fuller falar sobre cânceres que eram mais difíceis de curar.

Chloe sentou-se.

— Câncer de mama. — Ela puxou um joelho e o abraçou. Dava para perceber que era difícil para ela falar sobre a doença da mãe.

— Mas ela está livre do câncer agora, certo?

— Sim. Foi diagnosticado cedo. Minha avó teve câncer de mama, então minha mãe fazia mamografias anuais. Ela estava com medo de ter o gene do câncer.

— Gene do câncer? — Cash perguntou.

— Há um gene de câncer de mama hereditário. Ela fez o teste e foi comprovado que não o tem.

— Tenho certeza de que você ficou aliviada — ele disse, sem saber o que dizer.

— Bem, como ela não é minha mãe biológica, isso não me afetou.

As palavras de Chloe ficaram dando voltas na cabeça dele. *Não é minha mãe biológica*. Docinho veio correndo e deixou cair a bola ao lado de Cash. Ele o ignorou.

— Ela... não é sua mãe de verdade?

— Não. Eu sou adotada. — Ela puxou a outra perna para cima. — E lá vou eu de novo, falar de mim a você. Já que você conhece Alex, conte-me sobre sua ex-namorada.

Chloe é adotada? Isso significa...?

— Adotada?

— Não mude de assunto. Conte-me sobre sua antiga namorada.

Cash teve que se concentrar para responder.

— Eu namorei uma garota por alguns meses quando tinha 16 anos.

— Da escola particular?

— Não, ela morava em Langly.

— Como você a conheceu?

— Os pais dela têm uma casa no lago ao lado da casa de veraneio dos Fuller, mas...

Não é minha mãe biológica.

— O que aconteceu? — Chloe perguntou.

— Ela conheceu outra pessoa.

Ele precisava dizer a Chloe agora.

Antes que Cash pudesse dizer mais uma palavra, ela continuou.

— Você gostava dela?

— Não. Um pouco. Só namoramos por uns dois meses.

— E essa foi a única namorada que você teve? — O tom de voz de Chloe dizia que ela não iria desistir.

— Neste verão, saí com algumas universitárias.

— Garotas mais velhas? — As sobrancelhas dela se levantaram, como se aquilo fosse uma coisa ruim.

— Apenas um ano ou um pouco mais do que isso.

— Você ainda está saindo com elas?

— Não. Chloe, eu preciso...

— Há quanto tempo você mora com os Fuller?

Docinho bateu com a bola na perna dele. Cash a jogou novamente.

— Faz três anos.

Ela descansou a mão no braço dele. Seu toque enviou uma faísca de dor direto para o peito de Cash. Mas então, com a mesma rapidez, a centelha lhe deu prazer.

— Quantos anos você tinha quando seu pai morreu?

Ele colocou um dedo nos lábios dela.

— Pare de fazer perguntas. — O tom foi mais agudo do que ele pretendia. — Estou tentando te dizer uma coisa.

Ela fez uma careta.

— Ok.

Ótimo. Cash já a irritara e nem tinha começado a falar ainda. Ele passou a mão pelos cabelos.

— Eu só vou mostrar a você.

— Me mostrar o quê? — Ela inclinou a cabeça para o lado como um filhote de cachorro curioso.

Ele tirou do bolso a foto com a progressão da idade e entregou a Chloe. Ela desdobrou a foto. Examinou-a e depois olhou para ele.

— O que é isso?

Cash não viu o reconhecimento que ele esperava nos olhos dela.

O coração dele acelerou no peito.

— É uma foto de Emily Fuller com a idade que ela teria hoje.

— Emily Fuller, o mesmo sobrenome dos seus pais adotivos?

Cash assentiu.

Ela franziu as sobrancelhas.

— Eu ainda não entendi por que você está me mostrando isso.

— É você. Não vê?

Chloe olhou para a foto novamente, os olhos arregalados.

— Não sou eu.

— Parece você.

— Não. Quero dizer, talvez um pouco, mas não... parece de fato.

Ela examinou a foto novamente.

Cash viu um vinco aparecer entre as sobrancelhas dela. Chloe estaria se reconhecendo agora?

Agora ela parecia preocupada.

— Os Fuller... deram o bebê deles para adoção?

12

— Não — diz Cash.

Estou tentando entender o que ele está dizendo. Olho para a foto. Não, não é uma foto, mas um desenho. Ou um desenho feito no computador. Um daqueles mostrados nas séries policiais da TV. Eu vejo uma semelhança, mas não é tão grande assim. Ou será que é?

— Então, não sou eu. Fui adotada.

Ele me olha como se pedisse desculpas.

— Ela foi sequestrada.

As palavras de Cash ecoam nos meus ouvidos e minha resposta vem imediatamente.

— Eu não fui.

— Quantos anos você tinha quando foi adotada?

— Espere. Você acha que...? Isso é loucura.

— Eu sei que é, mas apenas me responda. Quantos anos você tinha?

— Quase 3.

Os olhos dele se apertam como se isso provasse alguma coisa.

— Você se lembra dos seus pais de verdade?

— Não. Mas você não está escutando. Eu fui adotada.

— Chloe, Emily Fuller desapareceu dois meses antes de fazer 3 anos de idade.

Um sentimento desconfortável brota no meu peito.

— Eu fui adotada. Não sequestrada.

— Tem mais uma coisa. — Ele pega o celular, encontra algo e passa o aparelho para mim.

— Veja.

Com uma mão estou segurando a foto, com a outra, o celular dele. De repente, as duas coisas parecem pesadas.

Eu quase não olho para a tela, mas então crio coragem. É uma foto emoldurada minha quando criança, com Félix no colo.

— Por que você tirou uma foto disso?

— Chloe, essa é Emily Fuller. Tirei essa foto na casa dos Fuller.

— Não, esta é a foto que está na minha casa.

Eu olho para a imagem e percebo que estou enganada. Na foto que há em casa, estou de pé ao lado de um balanço.

— Ok, eu pareço com ela, mas isso não...

— O nome do gato é Félix.

— Hã?

— Você disse que deu ao seu gato o nome de Félix. O gato dos Fuller se chama Félix.

O ar fica preso no meu peito, uma grande bolha que pressiona meus órgãos.

— Muitos gatos se chamam Félix. Havia um desenho animado...

— Seus pais se mudaram para longe logo após dizerem que adotaram você.

Dizerem? A bolha torna-se dolorosa.

— Você acha que meus pais me sequestraram? Você está maluco.

Olho a foto novamente e meu polegar acidentalmente passa o dedo na tela. A imagem muda. Eu pisco e olho. É um formulário. Mas tem o meu nome.

— O que é isso? — Eu mostro para ele o celular.

Culpa transparece nos olhos de Cash.

— Seus arquivos escolares. Eu precisava descobrir se...

— Descobrir o quê? — Minha coluna vertebral se enrijece.

— Achei que você poderia estar tentando enganar os Fuller.

— Enganá-los? O que você quer dizer?

— Se você parecia com Emily, então talvez estivesse tentando extorquir dinheiro deles.

Eu inspiro uma lufada de ar, aumentando a bolha. Balanço a cabeça. Nada faz sentido. Fico sentada ali, sentindo o sol na minha pele e a acusação de Cash na minha cabeça.

— Você acha que estou tentando extorquir dinheiro deles? Que tipo de pessoa faria isso? — Então me lembro do que Cash me disse naquele dia na loja de conveniência. *Seja lá o que está tentando fazer, não faça.*

— As pessoas fazem coisas assim. — A expressão dele é quase de irritação.

Mas ele não tem o direito de ficar com raiva. Eu tenho.

— Então é disso — gesticulo indicando o espaço entre nós — que se trata o nosso relacionamento? — Olho para a foto do formulário. Tem o meu endereço nele. — Você não estava dirigindo pelo meu bairro procurando o meu carro aquele dia. Você sabia onde eu morava.

Cash não responde. Não precisa. A expressão dele deixa transparecer a verdade.

— Você... Foi você quem murchou o meu pneu!

— Eu precisava me aproximar de você para descobrir.

— Nada disso é real! — A raiva cresce por dentro, eu não consigo me conter. Jogo o celular para ele e me levanto. — Você é um sem-noção.

Cash também se levanta.

Cubro os olhos com as mãos, vejo tudo escuro, depois lampejos de luz.

— Ah, Deus. Eu te beijei. Tiro as mãos do rosto e olho para ele. — Você... Você nem gosta de mim.

— Isso não é verdade. Eu te beijei também e depois te beijei mais quatro vezes. Eu não pretendia... me apaixonar por você, mas me apaixonei.

Pego a guia de Docinho.

— Vou para casa.

— Chloe, não. Vamos conversar.

— Não. — Eu levanto a mão. Chamo Docinho. Quando ele vem, coloco a guia nele.

Dou um passo. Cash pega meu braço.

— Vou te levar.

Eu puxo o braço.

— Não. Vou andando. — Preciso ficar sozinha. Eu preciso... — Eu não sei do que preciso, exceto que tenho que ficar longe dele. Longe das acusações absurdas.

Eu o ouço chamar meu nome, mas continuo colocando um pé na frente do outro. Eu fui adotada. Não... Não. Não é verdade. Não pode ser. Eu não acredito. Então me recordo da minha única lembrança: eu, sentada num sofá, olhando para um tapete sujo. Eu me lembro de me sentir tão perdida. Tão abandonada. Tão assustada.

Continuo andando. Meus joelhos estão tremendo, ou será que é o chão embaixo de mim que está estremecendo? Todo o meu mundo está estremecendo. Isso não pode ser verdade.

Eu caminho rápido. Docinho continua andando ao meu lado. O ruído de suas patas batendo na calçada enche minha cabeça. Cada vez que ouço um carro se aproximando, fico com medo de que seja Cash.

Meu celular toca. Eu ignoro. Ao me aproximar de casa, vejo o carro de Jamie estacionado em frente à casa de Lindsey. As duas estão nos degraus da varanda de Lindsey. Eu não quero falar com elas.

Sei que ainda estou segurando a foto que Cash me mostrou. Eu amasso a foto, vou jogá-la fora, mas mudo de ideia e a guardo no bolso. Saio da calçada quando estou em frente à minha casa.

— Chloe? — Alguém me chama da casa ao lado.

Eu ignoro e continuo andando. Procuro no meu bolso a chave da porta, ando até a varanda e rezo para que elas desistam.

Elas não desistem.

Eu as ouço subindo os degraus atrás de mim. *Por favor, vão embora.* Eu percebo que estou chorando.

— O que foi? — É a voz de Lindsey, mas ouço os passos de outra pessoa, então sei que Jamie está com ela. Jamie nem gosta de mim. Eu não quero que ela me veja chorando como um bebê.

— Eu não posso falar agora. — Abro a porta, coloco Docinho para dentro, fecho a porta na cara delas e corro para o meu quarto. Eu me jogo na cama e abraço um travesseiro com força suficiente para fazê-lo explodir. Félix pula no colchão, tentando se aconchegar a mim.

Eu não acredito, digo a mim mesma. Então, por que estou tão arrasada?

Digo a mim mesma que é porque fiz papel de idiota quando beijei Cash.

Meu celular toca. Ignoro.

Cinco minutos depois, ele toca novamente.

E de novo.

E de novo.

Arranco-o do bolso para desligá-lo, mas vejo que há uma mensagem da minha mãe.

Ah, ótimo! Verifico para ver o que ela diz, sabendo que não posso estar chorando quando ela chegar em casa.

Consegui o emprego! Preenchendo a papelada. Comprando comida chinesa para o jantar. Vejo você em uma hora.

Ouço uma batida na porta da frente. Merda! É Cash?

Olho pela minha janela, onde posso ver a rua. O carro dele não está em frente, mas não consigo ver quem está na varanda.

Meu celular apita novamente. É Lindsey. *Preocupada. Você está bem?*

Eu mando uma mensagem de volta. *É você quem está na porta?*

Sim.

Sozinha?

Simmm.

Eu enxugo o rosto, me obrigo a me levantar e vou até a porta da frente.

— O que há de errado? — Lindsey pergunta assim que eu abro a porta. Ela não aguarda um convite; simplesmente entra.

— É uma maluquice — eu digo.

— O que é uma maluquice? Cash fez alguma coisa?

Pego a foto amassada do bolso e a aliso para desamassá-la.

— Essa garota não se parece comigo, não é?

Lindsey pega o papel amassado, olha para ele e depois olha para mim.

— Parece, sim. O que é isso?

Meu peito aperta. Vou para a sala e me largo no sofá. Meu corpo parece mais pesado ainda.

— Você deveria dizer que não.

Ela se senta ao meu lado.

— Desculpa. Você deveria ter me dito isso antes de perguntar.

Eu respiro fundo. Ainda quero chorar, mas me seguro. Olho para Lindsey.

— Você não pode contar a ninguém.

— Eu não vou contar.

— Cash pensa... Ele acha que eu sou a filha desaparecida dos pais adotivos dele.

Ela olha para mim como se eu não estivesse falando coisa com coisa, o que me dá um pouco de esperança. Porque nada daquilo faz sentido. Não pode ser verdade.

— O quê?

— Ela foi sequestrada.

Os olhos de Lindsey se arregalam.

— Ele acha que você foi sequestrada?

Lindsey faz um som de bufar que é meio risada, meio descrença.

— Sim. É loucura. Eu acho que ele nem gosta de mim. Cash pensou que eu estava tentando enganar os pais adotivos dele, tentando extorquir dinheiro deles. Ah, e imagine só! Ele murchou meu pneu.

— O quê? — Lindsey repete. Então ela olha novamente para a foto.

— Ok, parece com você, mas... Isso é loucura.

— Eu sei. Quero dizer, sim, fui adotada, mas...

— Espera aí. — Ela se inclina para mais perto. — Você foi adotada?

— Sim.

Lindsey arregala os olhos.

— Ok, mas quando você foi adotada e quando essa garota desapareceu?

Eu franzo a testa.

— Na mesma época.

Ela olha para a foto novamente.

— Merda. — Quando Lindsey olha para mim, posso ver em seus olhos que ela está começando a acreditar.

— Não pode ser verdade. Meus pais não são sequestradores!

Ela faz uma careta e devolve a foto para mim.

— Você já procurou na internet?

— Procurou o quê?

— O sequestro?

— Não. — Eu me levanto. — Mas agora vou procurar. — Corro para o meu quarto, onde meu laptop está ligado.

— Você sabe o nome da garota? — Lindsey pergunta, me seguindo.

— Sim. — Sento-me na minha escrivaninha e coloco a foto de lado. Meu celular toca. Provavelmente é Cash. Eu o ignoro e digito na barra de pesquisa do Google: *criança desaparecida Emily Fuller*. Ao digitar o nome, sinto calafrios, como se isso significasse algo para mim. Mas não pode significar nada. Então ouço o nome na minha cabeça. *Emily. Emily. Emily*. Há uma familiaridade nele que eu odeio, mas não compreendo.

Clico no primeiro link, mas existe, tipo, uma dezena deles. O link se abre. Vejo a foto de uma garotinha. Uma garotinha que se parece muito comigo quando eu era pequena. Eu começo a ler. "Desaparecida em 3 de setembro de 2004." Minha respiração fica presa na garganta. Eu fui adotada em 4 de setembro.

Lindsey está lendo por cima do meu ombro.

— Você só foi adotada quando tinha 3 anos de idade?

— Quase 3 — respondo.

— Isso é muito estranho... — A voz dela ecoa.

Eu olho para Lindsey.

— Não sou eu. Não pode ser.

Meu celular toca novamente.

— Merda. — Eu o pego, vejo o nome de Cash e desligo.

Nesse momento, a campainha toca.

Lindsey se vira como se planejasse atender.

Eu agarro o braço dela.

— Não. Não quero vê-lo.

— Cash? — ela pergunta, e vai até a janela.

— Não vejo jipe nenhum lá fora. É uma van com o logotipo de uma floricultura.

A campainha toca novamente. Vou até a porta da frente e abro. Um homem está ali, com flores nas mãos.

— Chloe Holden? — ele pergunta.

É uma dessas perguntas que eu não deveria ter que pensar para responder, mas agora penso. Na verdade, pensei muito nisso durante toda a minha vida. Em quem realmente sou. Em quem meus pais realmente são.

Em que eu poderia ter feito de errado, tão pequena, para que meus pais me dessem para adoção.

De repente, sei quem enviou as flores. E começo a chorar novamente.

Uma hora depois, minha mãe está falando sem parar. Estamos sentadas na cozinha. Eu dou uma mordida no frango xadrez que ela trouxe para casa.

— Eles me adoraram! — Ela está animada. Feliz. Por isso escondi as flores no meu quarto. Eu quase as joguei fora. Eu já tinha tirado o buquê do vaso e segurado as flores acima da lata de lixo, mas não consegui.

Ele é meu pai. E... ele não é meu sequestrador. Essa coisa toda é um erro.

Então por que não conto à minha mãe?

Abro a boca para contar, mas nada sai. Porque isso poderia perturbá-la? Porque talvez eu não esteja convencida de que não é nada? As datas. O gato chamado Félix. A foto. Droga.

— Ele me disse que, por ter tido câncer, eu poderia oferecer mais apoio aos pacientes.

Estou tentando ouvir, mas ela já está se repetindo. Estou olhando para cima, depois para baixo, com o garfo na mão, enquanto persigo uma castanha-de-caju pelo prato.

— É o trabalho perfeito para você. — Pego a castanha e coloco na boca. Mastigo. Engulo. Não consigo sentir o gosto.

Minha mãe deixa cair o garfo.

— Não coma demais. Comprei sorvete de chocolate.

— Hmm... — Empurro meu prato e falsifico outro sorriso.

— Eu só começo quando a outra enfermeira sair. O que pode demorar duas ou três semanas. Eu gostaria que fosse agora. Ela estende o braço para pedir o meu prato. — Eu já contei que comprei umas bebidas que servem como suplemento alimentar? Eu me pesei esta manhã. Perdi mais alguns gramas.

Sim, porque você não come quando está chateada e você está quase sempre chateada.

— Você deveria beber, tipo, três por dia.

— Duas.

Olho para ela e tenho medo de perguntar, mas preciso. Porque, mesmo que ela esteja feliz agora, tenho medo de que algo pequeno, como o vaso de flores escondido no meu quarto, possa mudar isso.

— Você já recebeu os nomes dos terapeutas?

— Sim. E marquei uma consulta também.

Estou chocada.

— Sério?

— Sim. E é amanhã. — Ela aponta o garfo para mim. — Alguém cancelou a consulta.

— Ótimo!

Ela olha para mim, toda maternal.

— Você está se sentindo bem?

— Sim.

— Seus olhos parecem inchados.

Meu estômago aperta.

— Estou bem. Levei Docinho para passear. Eu acho que é alergia.

Ela continua a olhar.

— Seu pai ligou de novo?

— Não. — Merda. Ela sabe que andei chorando. E eu posso ver que a felicidade escorre dos olhos dela à simples menção do meu pai.

Ela continua me olhando.

— Tem certeza?

— Eu não tenho falado com meu pai. — Essa confissão me provoca um pouco de culpa. Eu deveria ter ligado para ele depois que as flores chegaram.

Não liguei.

— O que a deixou chateada?

— Nada. Estou bem, mãe.

— O que o deixou tão chateado?

Cash olhou para a sra. Fuller, parada à porta da cozinha. Quinta-feira era o dia de o sr. Fuller acordar mais tarde, então estavam apenas os dois acordados. E como ele não quisera jantar na noite anterior, ela tinha certeza de que havia algo errado. E havia mesmo.

Cash queria ir para o quarto e terminar a lição de casa, mas eles tinham uma regra tácita: se ela estivesse em casa, ele só tinha permissão para ir para o quarto depois das oito. Mesmo se Cash tivesse dever de casa, esperavam que ele o fizesse na cozinha.

A sra. Fuller achava que era isso que havia de errado com os adolescentes de hoje em dia. Os filhos passavam muito tempo no quarto e não conviviam o suficiente com a família.

Não importava que ela *não* fosse da família de Cash.

Era uma regra idiota.

— Não estou chateado. Eu já disse a você que comi um hambúrguer.

Ela fez uma careta.

— Isso explica por que você não jantou. Mas por que parece tão desanimado?

Porque magoei Chloe. Cash deveria ter pensado melhor antes de falar com ela. Ele deveria ter...

— É a lição de casa. Eu odeio resolver problemas de matemática.

A sra. Fuller se sentou.

— Eu posso ajudar. Não sou tão boa quanto Tony, mas...

— Não. — Ele olhou para o livro.

Cash a sentiu olhando para ele.

— Algo está aborrecendo você, Cash.

— Eu só preciso terminar isso.

Ela estendeu a mão e ergueu o queixo dele e o olhou direto nos olhos.

O toque dela doía, como o de Chloe havia doído aquele dia mais cedo.

— Eu me preocupo com você. — Ela o olhou como se estivesse tentando ler a alma dele.

Cash não queria ninguém vendo o que havia na sua alma.

— Pare de tentar me psicanalisar.

Ela deixou cair a mão.

— Na outra noite, quando você veio à sala de jantar, eu estava sofrendo e você me ajudou. Não acho que me lembrei de dizer obrigada.

— Não há de quê — Cash disse, sem saber por que ela estava fazendo aquilo.

— Eu quero fazer o mesmo por você. — O suspiro dela encheu o cômodo. — Mas você não nos conta os seus problemas. Você nos afasta. Eu quero fazer as coisas direito.

Você não pode fazer direito.

— Eu já disse que estou bem. — Um dia ele teria que contar aos Fuller sobre toda aquela história de Chloe/Emily, mas não enquanto Chloe estivesse chateada. E não até que Cash tivesse certeza absoluta de que estava certo. No caminho para casa, ele tinha pensado nas palavras de Chloe. *Você acha que estou tentando extorquir dinheiro deles? Que tipo de pessoa faria isso?*

O tipo dele. Cash fez isso. Ele se lembrou da dor profunda que viu nos olhos da mulher quando ele mentiu sobre ser o filho dela.

Cash tinha que ter certeza de que estava certo sobre Chloe ser Emily antes de contar aos Fuller.

Ele tinha que acabar com aquela raiva de Chloe para que pudessem descobrir a verdade. Mas como, se ela não estava nem mesmo respondendo às suas mensagens?

— Você não está bem — disse a sra. Fuller. — É como se achasse que não nos importamos. Nós te amamos.

Ele deixou cair o lápis.

— Pare. — A mesma frustração que Cash tinha sentido com Chloe brotou dentro dele.

— Parar o quê?

— Isso que está fazendo. Me desculpe, não posso ser o que você quer que eu seja. — Ele fechou o livro com força.

Os ombros da sra. Fuller afundaram.

— O que você acha que eu quero que você seja, Cash?

A resposta saiu sem que ele pudesse detê-la.

— Seu filho! Eu não sou seu filho!

A dor ficou estampada na expressão dela e ele quis dar um chute em si mesmo.

Cash olhou para o relógio do forno.

— São cinco para as oito. Posso ir para o meu quarto?

Ela assentiu.

Ele saiu da cozinha, mas não rápido o suficiente para não ouvir o suspiro de decepção da mãe adotiva.

Droga! Ele nunca fazia nada certo.

13

Eu estaciono na escola na manhã seguinte. Lindsey falou o caminho todo até aqui. Fazendo perguntas que não sei responder. Mas não fico irritada, porque são perguntas que eu preciso fazer a mim mesma. Emily Fuller tinha alguma marca de nascença? Havia algum suspeito? Havia descrições dos suspeitos?

Eu não voltei ao computador ontem à noite. Não consegui. Em vez disso, li um livro. Fiquei acordada e li um romance inteiro sobre vampiros e metamorfos, porque a história era muito distante da minha própria realidade. Eu queria ser transportada para longe da minha vida. Porque a minha vida é uma insana caixa de Pandora e, se eu abri-la, tenho medo do que vou encontrar.

Eu acabo de estacionar e olho para os prédios da escola. Estou cansada. Acho que dormi uma hora, talvez. Graças a Deus é sexta-feira. Pego minha bolsa e a mochila e percebo que não vou conseguir enfrentar isso também. Não vou conseguir passar o dia fingindo que está tudo bem. Não vou conseguir enfrentar Cash. Eu não tive nem coragem de ler as mensagens dele ainda.

— É isso, não vou para a escola — deixo escapar.

— Sério? — Lindsey pergunta.

— Quero pesquisar sobre Emily Fuller. — Por que toda vez que digo esse nome, sinto um *déjà-vu*? *Emily. Emily. Emily.*

— Eu tenho prova — diz Lindsey —, mas...

— Não — eu digo. — Preciso ficar sozinha. — Fui rude com ela? — Não é nada com você. Eu é que tenho que digerir essa coisa toda. Preciso ler todos aqueles artigos.

— Sua mãe não está em casa? — ela pergunta.

— Eu vou à biblioteca.

Ela parece preocupada.

— Tem certeza de que não quer que eu vá com você?

Eu confirmo com a cabeça.

— Venho buscá-la depois das aulas.

— Não. Vou pedir para Jamie me levar para casa. — Ela me abraça. — Vai ficar tudo bem.

Como?, quero perguntar. Só vai ficar tudo bem se eu descobrir que nada daquilo é verdade. E mesmo assim, não vai ficar assim tão bem. Minha vida está uma bagunça.

O sr. Fuller tinha, por fim, ido falar com Cash sobre o fato de o jipe ter sido riscado. A conversa quase atrasou Cash para a escola. Ele mentiu sobre não saber onde o vandalismo tinha acontecido. O sr. Fuller insistiu em denunciar o estrago ao seguro, mas não estava obrigando Cash a fazer denúncia na escola. No entanto, ele teve que fazer ao pai adotivo a mesma promessa que fizera à mãe. Que, se ele flagrasse algo na câmera, resolveria o problema sem brigas. Manter essa promessa não seria fácil, mas Cash pretendia tentar.

O sr. Fuller não havia mencionado nada sobre o comportamento rude de Cash com a sra. Fuller. A mãe talvez não tivesse contado ao marido. Provavelmente porque temia que o sr. Fuller expulsaria Cash de casa. Será que ela sabia que os dois estariam melhor sem Cash? Ele se sentia um mau caráter por magoá-la. Por que tinha se transformado naquele cretino?

Estresse. Preocupação com Chloe. O fato de estar chateado com o vandalismo que Paul fizera no jipe que os Fuller lhe haviam dado. O jipe que ele não merecia. O jipe que era a única coisa nova e perfeita que ele já tivera na vida.

Cash não via a hora de a primeira aula acabar, pois estava desesperado para ver Chloe. Esperou até Literatura Americana para encontrá-la antes que ela entrasse na segunda aula — na esperança de que ela falasse com ele. Chloe não apareceu.

Antes que o sinal tocasse, ele foi para a ala leste da escola, onde ficava o armário de Lindsey.

— Ei — ele chamou quando a viu.

Surpresa, ela apertou os olhos.

— Oi.

— Você sabe onde Chloe está? — ele perguntou.

Lindsey franziu a testa. Não era um bom sinal.

— Espero que você não esteja brincando com ela.

Agora era a vez dele de se surpreender.

— O que você quer dizer?

— Você sabe o que eu quero dizer! A vida dela já não está fácil. A perda do namorado, o divórcio dos pais e o câncer da mãe, e agora você despeja em cima dela aquela história de ela ter sido sequestrada.

Ele não tinha dito a Chloe para não contar a ninguém, mas ficou chocado ao descobrir que ela havia contado.

— Eu preciso falar com ela. Onde ela está?

— Ela não veio à escola. Disse que precisava pesquisar tudo que pudesse encontrar sobre o sequestro.

— Ela trouxe o laptop? — Cash perguntou.

Lindsey franziu a testa de novo.

— Hã?

— Ela está com o laptop?

— Por quê...?

— A mãe dela provavelmente está em casa, então Chloe não iria querer fazer essa pesquisa lá. Se não está com o laptop, isso significa que está na biblioteca.

A expressão de Lindsey confirmou seu raciocínio.

— Não fui eu que disse. — As palavras dela o perseguiram pelo corredor enquanto Cash desaparecia em meio à multidão.

É como se o silêncio da biblioteca estivesse pesando sobre mim. A cada dois minutos, olho por cima do ombro, com medo de que alguém esteja observando o que estou lendo, vendo as imagens, me vendo. Por razões que não posso entender, estou com medo. E não apenas da verdade. É o tipo de medo que sentimos quando imaginamos um monstro embaixo da cama.

Eu tento afastar isso. Olhando para o computador, não consigo acreditar que existam tantos artigos sobre o sequestro de Emily Fuller.

Mesmo que seja coincidência, não consigo deixar de me perguntar como meus pais não viram as fotos ou as reportagens e não acharam que eu parecia com Emily.

Termino o oitavo artigo. Meu coração está apertado e meus nervos, à flor da pele. Quando respiro, meu coração bate na garganta. Me esforço para não chorar. Clico num vídeo e coloco os fones de ouvido que estão ao lado do computador. Antes de apertar o botão, olho para o rosto de uma mulher na tela. Seus cabelos escuros, olhos azuis e feições me hipnotizam. Eu não quero ver, mas não consigo desviar o olhar. Eu me pareço com ela.

Minha respiração fica presa na garganta. Durante toda a minha vida, tentei não me perguntar como seria a minha mãe biológica. Eu tentei não ficar ressentida, porque tenho uma mãe, uma mãe que me ama. Mas nunca consegui superar o fato de minha mãe biológica não me amar. De ela simplesmente me entregar para alguma agência de adoção. E nessa única lembrança que tenho de mim mesma, chorando, sei que estou sentindo falta dela.

Eu sempre disse a mim mesma que não importava que ela tivesse desistido de mim, mas o abandono sempre esteve ali, me assombrando, roubando a felicidade do meu coração. Sempre me fazendo me perguntar o que havia de errado comigo.

Mas e se ela não tivesse me dado para adoção? E se, no final das contas, ela me quisesse?

Na minha cabeça, vejo a imagem da minha mãe adotiva, quase careca e magra demais, num roupão cor-de-rosa folgado. Por que sinto como se a estivesse traindo? Um nó se forma na minha garganta. Eu aperto o *play*.

"*Por favor, por favor, não machuquem o meu bebê.*" A voz dela soa na minha cabeça como música. É familiar ou minha mente está me iludindo? "*Ela é uma boa menina*", continua a mulher. "*Ela é feliz, meiga e inteligente.*" Há tanta dor na voz dessa mulher que ela vaza do computador e penetra a minha pele, o meu peito e se enrodilha como uma bola de elásticos prestes a se desenrolar. "*Por favor, não machuquem meu bebê. Por favor, devolvam a minha filha. Eu não consigo nem respirar sem ela.*"

Lágrimas escorrem pelas bochechas dela. Lágrimas estão escorrendo pelas minhas bochechas. Eu não me preocupo em enxugá-las. Isso dói. Dói tanto...

Como é possível? Isso é uma loucura. É um absurdo. Tem que ser um engano.

Alguém se senta ao meu lado. O medo me domina. Um grito sobe até a minha garganta. Eu me sobressalto, depois vejo Cash através das lágrimas.

Arranco os fones de ouvido.

— Chloe, por favor, vamos conversar.

Pego minha bolsa e minhas anotações e saio correndo da biblioteca. É apenas Cash, mas o medo paira sobre mim. O monstro embaixo da cama está lá fora.

Calafrios percorrem minha coluna como aranhas.

Escuto passos atrás de mim. É apenas Cash, mas percebo o meu coração batendo na garganta, enquanto ouço a voz dele implorando. Há um zunido nos meus ouvidos. Lágrimas deslizam por minhas bochechas. Um medo infundado, inexplicável, me envolve.

Chego ao meu carro e percebo que tenho que procurar as chaves. Antes que eu possa colocar a mão na bolsa, Cash está parado na minha frente.

— Precisamos conversar!

A bola de elásticos no meu peito começa a se soltar. Um. Dois. Três. *Pop, pop, pop.* Eles machucam minha pele.

— Como você sabia que eu estava aqui? — pergunto.

— Você não estava na escola.

Eu pisco.

Você foi à minha casa? Se você tiver dito algo sobre isso à minha mãe...

— Coloco o dedo no peito dele. — Se você tiver feito isso...!

— Eu não fiz nada.

— Ela já está sofrendo demais. Você não vai contar...

— Não vou. Pode acreditar.

Eu balanço a cabeça.

— Claro, como se você nunca tivesse mentido para mim nem nada.

Cash segura as minhas mãos.

— Você está certa. Eu menti. Meti o pé pelas mãos. Não sabia como dizer a você. Desculpe.

Começo a vasculhar a bolsa, procurando as chaves.

— Mas, Chloe, eu sei que você tem perguntas e eu posso responder muitas delas.

Balanço a cabeça mais uma vez.

— É um equívoco — eu digo e gostaria de acreditar nisso. Gostaria que o nome Emily não fosse tão familiar para mim. Queria que a voz da mulher no vídeo não continuasse ecoando no meu ouvido. Gostaria que esse medo louco desaparecesse. — Tem que ser um equívoco.

— Sei que é difícil. E talvez seja um equívoco. Mas vamos descobrir.

— Como? — pergunto a ele, em um tom de voz muito alto. — O que você quer que eu faça? Vá até a minha mãe e pergunte: "Ei, você me sequestrou?" — Eu fecho as mãos em punhos apertados. — Você não viu como a minha mãe está? Ela não está nem comendo direito, porque está deprimida. Isso a mataria!

Volto a vasculhar minha bolsa.

— Onde estão minhas malditas chaves? — Meu coração está batendo tão rápido que o meu peito vibra.

Vou até o capô do carro e despejo o conteúdo da bolsa em cima dele. Minha carteira, meu celular, pó compacto, um absorvente interno e algumas moedas soltas caem da bolsa e deslizam pelo capô. Eu olho minhas coisas, nada. Não acho minhas chaves. Devo ter deixado na biblioteca.

Pego minha carteira, a única coisa sem a qual não posso viver, e começo a voltar para a biblioteca.

Ele caminha ao meu lado.

— Chloe, por favor. Venha se sentar no meu jipe e vamos conversar. Podemos investigar isso juntos.

Eu o encaro.

— Talvez eu não queira descobrir a verdade.

Os olhos verdes dele se fixam em mim.

— Você está chateada. Está chorando e, se for à biblioteca, vão achar que algo está errado. Venha se sentar no meu jipe. Eu vou encontrar as suas chaves.

Seu tom de voz tranquilizador me contagia. Passo a mão no rosto.

— Ele está logo atrás de você. — Cash enfia a mão no bolso e eu ouço um sinal sonoro quando a porta do jipe se abre. — Entre. Vou encontrar suas chaves, ok?

Eu obedeço. Não sei por que, mas eu me viro e entro no jipe. Inclino a cabeça para trás e fecho os olhos. Mas então abro os olhos com a sensação de que alguém está do lado de fora, me olhando pela janela. Mas não há ninguém ali.

Fico sentada no carro, respirando. Só respirando. Em alguns minutos, ouço Cash voltar para o jipe.

Levanto a cabeça.

— Encontrou?

— Sim — ele diz, mas não vejo nada nas mãos dele. — Podemos conversar? Por favor.

Quero insistir para que ele entregue as chaves, mas a lógica intervém.

— Eu não sei o que dizer.

— Então deixe-me dizer outra vez que sinto muito. — Ele parece tão sincero. — Não sei como poderia ter lidado com isso de forma diferente, mas obviamente meti os pés pelas mãos.

— Não brinca, Sherlock!

Ele sorri, depois volta a ficar sério e parece culpado.

O som dos carros passando e da vida acontecendo ecoa do lado de fora do jipe, mas, ali dentro, tudo está silencioso. Eu respiro outra vez e tento afastar o pânico que cresce dentro de mim.

— Sério, como você me encontrou aqui?

— Quando vi que você não estava na escola, perguntei a Lindsey. Ela disse que você queria pesquisar sobre o sequestro. Com sua mãe em casa, imaginei que o único lugar para fazer isso era a biblioteca.

Eu balanço a cabeça confirmando, depois puxo o quebra-sol do carro para baixo e me olho no espelho. Ele tem razão. Eu pareço chateada. Esfrego os dedos no rosto e limpo pelo menos parte da maquiagem borrada. Então olho para as minhas feições e me lembro do rosto no vídeo. Do rosto dela. Minha mente recapitula o que acabei de ler. Lágrimas enchem meus olhos.

Eu me reclino no assento.

— Meus pais nunca teriam me sequestrado. — Olho para ele.

Eu posso ver que Cash tem dúvidas. Mas como posso ficar chateada com ele quando existe uma pequena parte de mim que...

— Então vamos investigar a adoção. Você sabe o nome da agência?

— Não — eu digo.

— Você sabe se eles são da região, de algum lugar próximo daqui?

— Acho que sim.

— Existe alguma maneira de você encontrar o nome da agência? Sua mãe tem documentos ou algo assim?

Lembro-me vagamente de um dia em que minha mãe encontrou esses documentos quando estava procurando a apólice de seguro da minha avó. Mas isso foi há muito tempo.

— Sim, mas não sei se ela não os deixou na casa do meu pai.

Ele balança a cabeça. Mais dúvidas.

— Talvez você possa dar uma olhada na sua casa.

— Sim.

— E a sua certidão de nascimento?

— Isso ela tem. Usou para me matricular na escola. Mas eu já vi. Lá está escrito que sou Chloe Holden e que meus pais adotivos são meus pais. E que nasci em 18 de novembro.

— Em que lugar você nasceu?

— Eu não sei. — Algo me ocorre. — Você não contou... a eles, para os Fuller, não é?

— Não. Acho que precisamos ter certeza antes de contar. Se eles pensarem que você é Emily e depois... você descobrir que não é, isso os fará sofrer muito.

Eu fecho os olhos por um segundo. Fico curiosa.

— Como eles são?

Cash olha para mim e vejo compaixão nos olhos dele.

— Eles são... legais. Muito bondosos. Rigorosos. Muito rigorosos. — Ele suspira. — São melhores que a maioria das pessoas. Muito melhores.

Ao ouvir a resposta de Cash, compreendo muito do que ele sente. Amor, respeito e algo mais que não consigo definir, mas estou muito sobrecarregada para perguntar agora. A verdade é que tenho tantas outras perguntas... Um dos artigos dizia que ambos estavam na faculdade de medicina quando a filha foi levada. Eu quero saber qual é a especialidade deles. Se os Fuller já disseram a Cash alguma coisa sobre Emily. Eles ainda sentem falta dela? Tenho algum trejeito da filha deles? Mas tenho medo de desmoronar se perguntar. Então não faço isso.

— Você não se lembra de nada antes de ser adotada? — Cash pergunta.

Eu quase lhe conto sobre a lembrança que tenho, mas estou muito perturbada para falar sobre isso.

— Quase nada.

— Você estava assistindo ao vídeo. A sra. Fuller lhe parece familiar?

— A voz... — Um nó de emoção se forma na minha garganta. — Eu não posso acreditar. Tem que haver um engano.

— Então vamos provar que há um engano.

— Como? — Fecho a mão num punho apertado.

— Há um arquivo na mesa do sr. Fuller, onde eles guardam uma cópia de todos os artigos. Vou tentar encontrá-lo e tirar fotos para termos cópias de tudo. Isso pode ajudar. Você procura os documentos da adoção.

— E se eu não conseguir? Não vou perguntar...

— Vamos descobrir.

— Você acredita que eles me sequestraram, não acredita? — A dor dentro de mim duplica de tamanho.

— Eu não sei no que eu acredito — ele diz. — Mas, juntos, podemos encontrar a verdade.

Meu punho aperta mais forte.

— Eu não sei. Talvez não seja uma boa ideia.

— Chloe, se você for Emily e seus pais a tiverem sequestrado, eles merecem...

— Eles não me sequestraram!

— Então por que não é uma boa ideia? Você quer respostas, não quer?

Eu quero. Acho que quero.

— Talvez eu não queira.

— Como você pode não querer saber a verdade?

— Minha vida já está de ponta-cabeça. — Mais lágrimas se acumulam nos meus olhos. — Eu tenho que ir. — Saio do jipe, olho para o meu carro estacionado perto e então me lembro de que ele está com as minhas chaves. Eu só fico parada ali.

Ouço quando Cash sai do jipe. Ele anda até ficar na minha frente.

— Quando você quiser conversar, me ligue, ok? — Cash parece preocupado e parte de mim quer abraçá-lo e chorar no ombro dele.

Em vez disso, só balanço a cabeça.

— Trabalho hoje à noite na oficina, mas saio por volta das oito. Poderíamos comer uma pizza.

— Não — eu digo.

Ele me entrega as minhas chaves.

Elas estão pesadas. Meu coração está pesado com a possibilidade de que eu seja Emily Fuller. Que meus pais nunca tenham desistido de mim. Que aquele monstro, o monstro embaixo da cama, tenha me tirado deles.

Entro no meu carro e saio do estacionamento. Não sei para onde estou indo, mas dirijo assim mesmo.

14

Cash observou enquanto Chloe se afastava. *Aquilo ia de mal a pior! O que ele está fazendo de errado? Como ela poderia não querer respostas?*

Então se lembrou do teste de DNA que ele nunca tinha olhado. Os Fuller haviam feito para ele no ano anterior, caso ele quisesse procurar a mãe biológica. O pai dele sempre dissera que a mãe tinha simplesmente acordado um dia e ido embora, abandonando-o. A sra. Fuller questionou essa história:

— Você não sabe, seu pai pode ter tirado você dela, como a pessoa que levou Emily.

A mãe adotiva tinha razão, mas Cash ainda não havia se convencido disso. Ele tinha medo de saber a verdade. Medo de como se sentiria ao descobrir a verdade. Era isso que Chloe estava sentindo? Às vezes o que você não sabe é mais assustador do que aquilo que você sabe. Mesmo que aquilo que você saiba já seja bastante assustador...

Ele ficou no estacionamento por uns bons trinta minutos, apenas remoendo as coisas. Sem saber se deveria voltar para a escola ou simplesmente ir para casa.

Quando resolveu ir para casa, sentiu um buraco no estômago. Ele não havia jantado na noite anterior nem tomado café da manhã, e estava morrendo de fome. Então parou numa loja de conveniência onde havia um McDonald's. Enquanto andava pelo corredor de doces da loja, viu sacos vermelhos brilhantes de Skittles e lembrou de Chloe falando sobre os Skittles vermelhos. *Eles são doces, mas um pouco azedinhos e têm gosto de recompensa.*

Ele pegou quatro pacotes.

Passei o resto do dia encolhida num banco do Whataburger. As cores brilhantes da hamburgueria e os fregueses alegres afugentam o medo infundado de antes. Lutando para ficar acordada, começo a navegar pelas páginas do Facebook dos meus antigos amigos e constato que todas as pessoas da minha antiga vida estão ótimas enquanto a minha vida fica cada vez mais insana. Visito a página de Alex. Ele adicionou várias fotos dele e de Cassie.

Depois procuro alguns dos meus autores favoritos e compro outro livro de vampiros para quando eu não conseguir dormir. Em seguida, leio alguns artigos on-line sobre como descobrir se um cara está saindo com você só porque quer sexo.

Eu queria que existisse um artigo que explicasse se um cara está saindo com você só porque acha que você é a filha dos pais adotivos dele. *Que raiva!* Então, quando penso em Cash, resolvo checar as mensagens não lidas que ele me enviou ontem.

São catorze.

Uma delas queria me lembrar de que a culpa não era dele.

Duas eram pedidos de desculpa, uma delas por ter enviado a mensagem de que a culpa não era dele.

Três eram para me avisar de que esqueci meu cobertor com ele. Duas eram para perguntar se ele podia me entregar.

Sete eram variações de *Me ligue.*

E uma mensagem muito longa era para dizer que eu tinha entendido tudo errado. Ela dizia: *Você está errada em pensar que não gosto de você. Achei você linda desde o instante em que trombou comigo e derramou toda a minha raspadinha. E você chamou minha atenção no ato. Então vi quem você era e tentei não pensar que você era linda. Mas não consegui. Então comecei a conversar com você e vi que, além de linda, você é engraçada e inteligente, e não consegui deixar de gostar de você. A única razão pela qual não beijei você primeiro foi porque eu estava com medo de que pudesse interferir no que eu estava prestes a te contar. E isso de fato aconteceu. Mas ainda gosto de você. E quero te beijar novamente. E de novo.*

Essa mensagem me tocou. Droga. Gosto dele também. E se a minha vida não fosse um caos, eu estaria pulando de alegria, porque também gosto muito de Cash.

Meu celular toca e chega uma figurinha da palavra "Olá" escrita em vermelho, com a mesma fonte usada no pacote de Skittles. A próxima mensagem diz para ligar para ele quando eu tiver vontade de conversas. E depois: *Eu sei que isso é difícil.*

A emoção forma um nó na minha garganta. Pego minhas batatas fritas frias, escrevo com elas a palavra "Oi", tiro uma foto e escrevo que vou entrar em contato à noite.

A resposta é outra foto: um Skittles com um rosto sorridente.

Sim. Eu realmente gosto de Cash.

No mesmo horário em que as aulas acabaram, fui para casa com um humor muito melhor do que quando saí, mas no momento em que entro em casa e vejo minha mãe, com lágrimas nos olhos, sentada na mesa da cozinha com as flores que escondi no meu quarto, meu humor despenca.

— Por que você mentiu para mim?

— Não menti — digo.

— Você não me disse que recebeu essas flores.

— Isso não é mentir.

— Bem, você me fez mentir! Liguei para o seu pai e dei uma bronca nele por se esquecer de lhe enviar alguma coisa. Ele jurou que enviou. Então eu encontrei as flores. Por que não me disse?

— Porque eu estava com medo de chatear você. Justamente o que está acontecendo. — Meu coração está batendo na boca e eu não preciso disso agora. Quando poderei levantar as mãos no ar e gritar *"Chega!"*?

— Você não pode esconder as coisas de mim! — ela retruca.

— Eu não estava...

— Seu pai está bravo por você não ter ligado para ele. Me acusou de fazê-la ficar contra ele. Vem vê-la amanhã. Mas eu não quero colocar os olhos nele novamente! Ele é um cretino. — Então vai para o quarto, batendo a porta.

Largo a bolsa e a mochila na mesa da cozinha e me jogo na cadeira. Chego à conclusão de que a sessão de terapia não adiantou muito.

Meu peito aperta, um nó se forma na minha garganta e estou chorando. Fico apenas sentada ali e tento não seguir minha mãe até o fundo do poço, onde tudo que existe é a depressão.

Nessa noite, troco mensagens com Lindsey. Ela quer que eu vá à casa dela, mas eu não tenho condições.

Estou prestes a ligar para Cash quando minha mãe bate na minha porta. Ela enfia a cabeça pelo vão. Vejo um pedido de desculpas em seus olhos.

— Posso entrar?

Eu deixo.

Ela se aproxima e se senta na beira da minha cama.

— Sinto muito. Novamente.

Eu assinto. *O que devo falar? Eu não perdoo você? Estou cansada de tudo isso? Você me sequestrou?* A última pergunta, que dá voltas na minha cabeça, bate fundo no meu peito.

— Obrigada pelo macarrão com queijo — diz ela.

Eu havia preparado o macarrão e deixado um prato sobre o fogão.

— Você tomou uma daquelas garrafinhas que fazem bem à sua saúde?

— Não, mas vou tomar.

Ela toca a minha mão.

— Sou uma péssima mãe.

No momento, isso é verdade. Mas, antes que meu pai a abandonasse, antes do câncer, ela era incrível. Então balancei a cabeça, dizendo que não. De todos os meus amigos, eu sempre soube que eu era a que tinha mais sorte quando se tratava de pais. Eu me sentiria tão amada se eles fossem sequestradores de crianças? Acho que não.

Percebo que minha mãe está me olhando.

— Como foi a terapia?

— Difícil. A terapeuta disse que tenho muita raiva.

— Você tem.

— Vou começar a ir uma vez por semana. Vou melhorar.

— E os remédios? — pergunto.

— Vamos tentar sem eles a princípio. Vou começar a fazer caminhadas todos os dias.

Eu tento não ser pessimista, mas quero gritar, *Caminhadas não vão resolver!*

— O terapeuta também acha que vou melhorar quando começar a trabalhar. Você sabe, sair de casa e ter algo em que pensar, além do câncer e do cretino do seu pai.

O comentário sobre o meu pai me incomoda, mas pelo menos ela está fazendo terapia e falando sobre isso.

— E se você não quiser ver seu pai, não precisa fazer isso.

Minha mente dispara. Eu não estou com vontade de vê-lo, mas não quero que a minha mãe sinta que tem o poder, consciente ou subconsciente, de determinar se quero vê-lo ou não.

— Eu vou vê-lo.

Decepção transparece nos olhos dela. Mas minha mãe assente.

— Encontrei um bom filme. Uma comédia. O terapeuta sugeriu que eu comece a rir mais. Quer assistir comigo?

— Sim. Só preciso fazer uma ligação primeiro.

Seu tom de voz fica mais agudo.

— Para o seu pai?

— Não. Cash. — Vou falar com meu pai quando ele vier, mas só de pensar nisso, já me encho de pavor.

— Você *gosta* dele, não gosta?

— Sim. — Admitir é difícil.

— Apenas tenha cuidado. Os homens podem apunhalá-la pelas costas.
— Depois de falar isso, ela sai do meu quarto.

Que conselho maternal mais doce e acolhedor... Eu volto para a cama. Penso em Cash e lembro como doeu quando meu pai foi embora. Lembro como doeu me afastar de Alex. Lembro que preciso ir para a faculdade no próximo ano. Lembro de minha única memória de quando eu era pequena, de ser arrancada da minha vida. Odeio esse sentimento e, se eu chegar perto de Cash, vou me sentir assim novamente. Já vou me sentir assim com Lindsey.

Tenho muitas razões para proteger meu coração, para não me deixar me apaixonar por Cash. Razões que nem incluem a suspeita dele de que eu seja Emily Fuller.

Volto a ouvir a pergunta que ele me fez antes.

Como você pode não querer saber a verdade?

Meu celular toca. Pensando que é Cash, meu coração dá um salto. Não é ele.

Antes de atender, verifico se minha mãe fechou a porta.

— Oi, pai.

— Como foi o seu dia? — a sra. Fuller perguntou quando Cash chegou em casa do trabalho e entrou na cozinha. O plano dele era subir as escadas e ir para o quarto, começar a lição de casa e decidir se iria tomar a iniciativa e ligar para Chloe ou esperar e deixar que ela fizesse isso.

— Ok — Cash respondeu, lembrando que ele e a mãe não tinham terminado a conversa de um jeito muito amigável na noite anterior.

— Posso fazer um sanduíche?

Ela franziu a testa e ele sabia por quê.

— Eu quis dizer, vou fazer um sanduíche. — A sra. Fuller odiava quando ele perguntava se podia fazer alguma coisa. Ela dizia que era um sinal de que ele não se sentia em casa. Ela estava certa. Cash não se sentia mesmo. Sim, ele gostava muito dos Fuller, mas não podia deixar de se perguntar se os dois não mudariam de ideia sobre ele se soubessem de todas as coisas que tinha feito ao lado do pai biológico. Eles não percebiam que Cash não era digno de generosidade?

— Melhor assim — disse ela. — Mas se estiver interessado, pode comer a pizza que guardei no forno para você.

— Muito interessado. — Ele tirou a caixa do forno e colocou no balcão. — Obrigado. — Cash pegou uma fatia e afundou os dentes no recheio macio e morno de muçarela e calabresa.

— De nada. — Ela sorriu. A sra. Fuller gostava de agradá-lo, tanto que às vezes o incomodava. — Tem salada na geladeira. Posso pegar para você.

— Não, apenas pizza, obrigado — ele agradeceu, mastigando com gosto.

Ela pegou um prato no armário e acenou para ele se sentar.

— Sente-se e coma. Vamos conversar um pouco antes de você subir e se trancar no seu quarto.

Cash se perguntou se isso era uma queixa com relação à noite anterior. De qualquer maneira, ele pegou a caixa e foi para a mesa.

— Onde está o sr. Fuller? — perguntou antes dar a segunda mordida.

— Foi nadar. — Ela apontou para fora, onde as luzes da piscina iluminavam o quintal. — Ele comeu cinco pedaços de pizza.

Ela pegou a tigela de Skittles que Cash havia deixado na mesa enquanto mandava uma mensagem para Chloe.

— Foi você quem comprou esses Skittles ou foi Tony? — ela perguntou.

— Fui eu.

Ela balançou a tigela por um segundo.

— Onde estão os vermelhos? São os melhores.

Cash engoliu a pizza.

— Eu comi. — Era mentira. Eles estavam num saquinho em seu quarto.

A sra. Fuller colocou a tigela na mesa.

— Você não me contou como são as suas aulas na faculdade.

— São boas. O professor é chato, mas não vejo problema. — Ele terminou sua primeira fatia e pegou outra. Ela lhe entregou um guardanapo. Cash colocou a pizza no prato e limpou a boca. — Como foi o seu dia?

— Foi ok.

— Salvou a vida de alguém?

— Estou trabalhando nisso. — Ela olhou para a tigela de Skittles, tirou uma balinha laranja e colocou na boca. — Você sabe, Tony e eu conversamos e você pode parar de trabalhar se quiser se dedicar mais à escola e terminar o ensino médio.

— Não, estou bem assim. Só tenho aula na faculdade às quartas-feiras. — Ele saboreava o segundo pedaço. A sra. Fuller assistiu Cash acabar de mastigar. Ele pegou o terceiro.

Ela franziu a testa.

— Não que a gente ache que você não dê conta. Achamos que você é muito capaz. É que... pense em como seria mais fácil se você apenas se concentrasse nos estudos.

— Eu gosto de trabalhar. — Cash deu outra mordida. — Essa pizza é muito boa — ele acrescentou, esperando mudar de assunto.

— Você está indo muito bem, mas poderia tirar notas melhores e entrar numa...

— Eu estou bem assim. — Seu plano era fazer um curso técnico depois do ensino médio e mais tarde ingressar na Universidade de Houston, que seria custeada por um programa do governo para pessoas como ele, que moravam em lares temporários. Mas Cash não queria falar sobre faculdades esta noite. Eles já haviam discutido quando ele disse que iria pleitear uma bolsa do governo que o programa de adoção oferecia. Cash já lhes devia o jipe. Não queria que pagassem também a faculdade.

— Você pode estudar onde quiser.

— Está tarde. Eu queria fazer a lição de casa. — Ele pegou o prato e o colocou na máquina de lavar louça. — Obrigado pela pizza. — Enquanto ele passava pela mesa, pegou outra fatia.

— Cash — ela chamou, parecendo um pouco impaciente.

Dando outra mordida, ele se virou, esperando que a sra. Fuller começasse a listar as universidades. Boas universidades, universidades caras. Ele começou a falar com o pedaço de pizza na boca.

— Olha, eu preciso...

— Queremos adotá-lo.

Ele ouviu as palavras, mas não as assimilou. O bocado de pizza, já no meio da garganta, bateu contra seu pomo de adão. Sua mente disparou. O coração doía. Ele se lembrou de quando disse que não era filho dela.

Era por isso que a sra. Fuller estava fazendo aquilo? Achava que ele queria ser filho dela?

Era a última coisa que Cash queria. Seu objetivo sempre fora pagá-los pelo jipe e sair da vida deles para que seus problemas não continuassem a afetá-los.

— Não. Péssima ideia. — Ele subiu as escadas correndo.

— Por quê? — ela perguntou, enquanto Cash subia. — Por que é uma péssima ideia? — Ele não respondeu.

15

Dez minutos depois do começo do filme e da segunda piada sobre preservativo, minha mãe decide que ele não é engraçado nem apropriado. Na verdade, é engraçado, pelo menos foi quando assisti com Alex um ano atrás. Lembro-me de todas as vezes que íamos à casa dele, deitávamos na cama e assistíamos a filmes. E fazíamos outras coisas.

Os pais dele tinham uma imobiliária e trabalhavam até tarde. Nós tínhamos a casa inteira para nós até por volta das oito. Eu, sinceramente, acho que, se os pais dele tivessem um horário de trabalho normal, nós não teríamos uma vida sexual.

Minha mãe tira o filme e assistimos à série *Law & Order*. Eu quase a lembro de que deveríamos assistir algo engraçado, mas tenho medo de que ela desligue a TV. Então fico de boca fechada. É uma reprise. Eu já vi esse episódio. Mas não quero que minha mãe se sinta abandonada, então fico e finjo assistir. O que estou realmente fazendo é repassando mentalmente o telefonema do meu pai.

Ele não fez rodeios. Pediu desculpas por não me ligar no primeiro dia de aula, alegando que tivera uma semana ruim. Eu queria perguntar se tinha algo a ver com a nova namorada.

Ele não disse nada sobre ter dado o meu quarto a Darlene, mas me falou que me amava e que sabia que não era perfeito.

Não pude discordar. Mas por mais triste que seja, acho que isso fazia parte do problema. Antes, ele era perfeito. Então Darlene apareceu. E sugou tudo o que ele tinha de perfeito. Ele me lembrou de que eu era filha dele e que a minha mãe não deveria tentar me colocar contra ele. Não pude discordar disso também.

Ele disse que precisava me ver e que sentia a minha falta. E eu gostasse ou não, ele era meu pai e não ia deixar minha mãe ficar entre nós. Eu quase perguntei: *E Darlene? Você vai deixar que ela fique entre nós?*

Consegui ficar quieta e concordei em jantar com ele amanhã à noite. Mas só depois que me certifiquei de que seríamos apenas nós dois. Eu notei o tom contrariado na voz dele quando perguntei. Eu não sabia se ele planejava trazer Darlene, mas ele concordou em vir sozinho. Ainda assim, estou esperando o nosso jantar com o mesmo entusiasmo com que espero minha menstruação.

Pego o álbum de fotos que minha mãe deixou sobre a mesa do escritório. Vou virando as páginas. Não acho que já tenha visto esse. Aposto que era de uma das minhas avós. Até nos mudarmos para cá, a maior parte das coisas da minha avó estava encaixotada no sótão.

Eu observo as imagens em preto e branco dos meus avós e da minha mãe quando era pequena.

Fotos dela quando criança, parecendo feliz. Viro a página e encontro fotos minhas.

Eu bem pequena. Eu segurando um presente com um grande laço.

Eu não parecendo feliz, apesar de estar segurando um presente.

Ali estão duas fotos que foram editadas, o que significa que minha mãe cortou a imagem do meu pai com a tesoura.

Minha mãe me vê olhando o álbum. Ela aponta para uma foto em que aparecem meus avós e eu.

— Essa foi tirada quando você os conheceu.

Eu observo a imagem. Meu eu mais jovem está olhando para a câmera como se estivesse implorando para alguém me salvar. O olhar no meu rosto me lembra o olhar dos animais que a gente vê naqueles anúncios comoventes para arrecadar dinheiro, promovidos pelas ONGs que cuidam de animais abandonados. O medo que eu tinha empurrado para longe me domina novamente.

Então vejo uma contusão na minha bochecha. *Como eu teria me machucado?*

— Tínhamos acabado de buscar você e viemos direto para cá, da agência de adoção.

Sinto meu coração acelerar.

— Como eu ganhei esse machucado?

Minha mãe olha para a foto.

— Eles disseram que você caiu no parquinho. Por quê?

Eu não sei, realmente não sei, mas o medo deixa os pelos da minha nuca arrepiados. Então percebo que essa é a minha chance de fazer perguntas.

— Então você me adotou numa agência daqui?

Eu folheio o álbum, não querendo que ela me veja esperando sua resposta com respiração suspensa.

— Em Fort Landing. Duas cidades mais para a frente. Eu lembro que a coloquei na cadeirinha do carro e voltei com você.

Eu olho para minha mãe. Ela ostenta um sorriso enquanto fala sobre mim quando eu era pequena. Um sorriso de amor. Não é o olhar de alguém que se lembra de ter sequestrado uma criança.

Eu não sei se posso chamar de alívio, mas meu peito fica mais leve. É como se isso confirmasse o que eu acredito que seja verdade. Meus pais não me sequestraram. Eu sei disso. Eu apostaria minha vida nisso.

— Quanto tempo levou a adoção?

— Oito meses. Os oito meses mais longos da minha vida.

Eu volto a olhar a foto do meu eu mais jovem. Tenho cabelos castanho-escuros encaracolados e meus olhos parecem grandes demais para o meu rosto.

— Eu pareço assustada.

— Você era nervosa. Confusa. Morou num lar temporário por um mês. Ficou apegada a eles.

Meu coração dá outro salto. Se isso é verdade, se morei num lar temporário, então não sou Emily Fuller, porque ela foi sequestrada no dia anterior à minha adoção.

— Eles disseram que demoraria um tempo para você se ajustar.

Eu engulo em seco.

— E demorou?

— Sim. Dormi com você por quase um mês, porque você chorava à noite. Eu te abraçava e cantava para você.

Eu acho que me lembro dela cantando. Meu peito dói quase como se estivesse sentindo o que senti na época. O que senti na única lembrança que me assombra. Confusa. Assustada. Insegura. Abandonada. Mal-amada.

— Eu falava alguma coisa sobre isso?

— Só que você queria sua mãe e seu pai. Partia meu coração. Eu ficava te dizendo que éramos sua mamãe e seu papai a partir daquele dia. Não demorou para você começar a sorrir.

Uma pergunta não sai da minha cabeça. Algo que eu secretamente sempre me perguntava.

— A agência lhe informou por que fui para a adoção?

Minha mãe parece surpresa. E também estou surpresa. Surpresa por nunca ter perguntado antes. Então, de repente, sei por que nunca perguntei. Parecia mais seguro não saber.

— Eles disseram que sua mãe era muito jovem e não era casada. Ela queria ficar com você, mas era difícil demais do ponto de vista financeiro. Nós temos muita sorte em ter você. Você é uma bênção. Tentei engravidar por muitos anos. Seu avô conheceu um casal que indicou essa agência. Não era muito caro. Eles conseguiam pais adotivos para muitas crianças mestiças um pouco mais velhas, cuja adoção é mais difícil.

Eles me disseram que eu sou, em parte, descendente de hispânicos, o que explica a coloração castanho-esverdeada dos meus olhos.

— Minha mãe é hispânica ou meu pai?

— Eu não sei.

Viro a página. Há uma foto minha com uma boneca. Uma daquelas que se parece com a criança que a ganha. Estamos com um vestido igual. Temos cabelos castanhos encaracolados e grandes olhos castanho-esverdeados. A boneca está sorrindo e, nessa foto, eu também. Eu me pergunto quanto tempo já tinha se passado desde a adoção.

Minha mãe sorri.

— Você adorava essa boneca. Fomos a uma loja onde tivemos que assinar um termo de adoção depois de comprar a boneca. Você a carregava para todo lugar.

— Eu não me lembro — digo. Recordo-me da caixa de brinquedos que vi no sótão da casa do meu pai quando estávamos nos mudando. — Eu ainda a tenho?

— Não. Nós a esquecemos num parque alguns meses depois que você a ganhou. Nós voltamos, mas alguém já tinha levado a boneca. Você chorou por semanas, querendo Emily de volta.

Minha respiração fica presa na garganta.

— Emily?

— Sim, foi o nome que você deu a ela.

Eram dez horas da noite quando o celular de Cash tocou. Ele saltou da sua escrivaninha, onde fazia o dever de casa distraidamente, enquanto pensava no que a mãe adotiva tinha dito e torcia para que ela não decidisse tentar terminar a conversa. Porque ele não sabia como terminá-la.

Por que é uma péssima ideia?

A única resposta de Cash seria perguntar por que ela achava que seria uma boa ideia. Os Fuller já tinham feito muito mais do que se esperava deles. Não sabiam como era difícil corresponder às expectativas deles? A sra. Fuller não se lembrava de como tinha ficado decepcionada quando o expulsaram da Westwood Academy? Ou, um ano antes, quando o acusaram de roubar um carro no bairro só porque ele fazia parte de um programa de adoção do governo?

Ou mesmo quando ele se envolveu na briga com Paul? Cash nunca conseguiria apagar seu passado. Droga, eles não conheciam metade do seu passado! Cash costumava furtar a aposentadoria do bolso de idosos. Roubava carros. Uma vez, quando o pai trabalhava na casa de um casal idoso, Cash havia entrado e furtado os cartões do banco e um colar valioso da mulher, uma joia que o marido acabara de comprar para presentear a esposa nas bodas de ouro.

Ele viu o número de Chloe na tela.

— Oi.

— Desculpe ligar tão tarde. Foi uma noite insana.

— Sua mãe não descobriu que você faltou às aulas hoje, não é?

— Não. Você contou para alguém?

— Não.

Ela ficou quieta e depois falou:

— Olha, eu tenho certeza de que minha mãe e meu pai não me sequestraram, mas... Estou achando que alguém fez isso. E você tem razão. Eu quero respostas.

— Ótimo. — Pausa. — Aconteceu alguma coisa para você mudar de ideia?

Chloe contou o que havia descoberto sobre a agência de adoção e o lar temporário em que tinha ficado durante um mês e sobre a boneca que se chamava Emily.

Ele odiava perceber a dor na voz dela.

— Vamos descobrir a verdade.

— Como?

— Acho que precisamos conversar com a sua babá. — Cash se sentou na cama.

— Babá?

— Emily estava com a babá quando desapareceu.

— Como você sabe?

— A sra. Fuller comentou um dia. E, desde que você chegou aqui, estou pesquisando na internet. Também li alguma coisa, alguns anos atrás, num arquivo que eles têm. E há outras coisas nesse arquivo. Tipo relatórios policiais e outras coisas. Vou tentar ver o arquivo novamente. Mas tenho que esperar quando eles não estiverem em casa. Mas, assim que eu desligar, vou ver quantas agências de adoção existem em Fort Landing. É uma cidade maior que Joyful. Pode existir mais de uma.

— São três — Chloe disse. — Eu chequei. Mas apenas uma estava aberta na época em que fui adotada, a Agência de Adoção New Hope, mas isso não significa que seja essa.

— Tem razão. — Ele encostou na cabeceira da cama. — Vou começar tentando encontrar a babá.

— Como?

— Internet.

— Encontrei minha certidão de nascimento. Ela diz que nasci aqui. — Cash a ouviu suspirar e o suspiro se parecia muito com o da sra. Fuller que o tocava tanto.

— Vamos descobrir.

— Você diz isso como se acreditasse que vamos mesmo descobrir.

— Eu acredito. Sou bom em descobrir coisas. Resolver quebra-cabeças. — *Cada golpe é como um quebra-cabeça. Você só tem que descobrir quais peças juntar.* Ele fez uma pausa. — Trabalho amanhã, mas saio às cinco. Você quer me encontrar? Podemos comer alguma coisa e conversar.

— Eu não posso. Meu pai está vindo para a cidade.

Será que ela só está dizendo isso porque não quer me ver?

— E domingo? — Ele apertou mais o celular na mão.

A linha ficou muda.

— Preciso pedir à minha mãe, mas não deve ser problema.

Ele se lembrou do que Chloe havia dito sobre o pai.

— Você vai ver seu pai numa boa?

— Não. Mas não importa... Não tenho escolha.

— Você sempre tem escolha — disse Cash. Até ele tinha escolha quando estava com o pai.

— Nenhuma que não causaria problemas.

— Já ouviu dizer que não se faz uma omelete sem quebrar os ovos?

— Então você é aquele que quebra ovos enquanto eu sou uma pessoa que põe panos quentes. Não tenho certeza se somos compatíveis.

Ele riu.

— Eu só quebro ovos quando não há outro jeito.

— Quando não houve outro jeito? — Chloe perguntou.

— O que você quer dizer?

— Quando foi a última vez que você teve que se defender? Além daquele dia em que brigou para defender o garoto, no primeiro dia de aula.

— Esta noite — ele disse, depois se arrependeu.

— O que aconteceu?

Cash concluiu que poderia contar parte do que havia acontecido.

— A sra. Fuller quer que eu pare de trabalhar na oficina.

— Por quê?

— Ela acha que me sobrecarrega por causa das aulas na faculdade e o ensino médio.

— Você está tendo aulas numa faculdade?

— Sim. Nas quartas-feiras à noite. Só para ajudar.

— Isso parece muita coisa mesmo — ela diz.

— Eu dou conta. Além disso, não é só por causa do tempo. Ela tem receio que eu mude de ideia e decida trabalhar na oficina e não ir para a faculdade.

— Mas, se você já está fazendo aula numa faculdade, por que ela tem esse receio?

— Porque também estou cursando Tecnologia Automotiva e não estou me candidatando para uma faculdade chique.

— Para que faculdade ela quer que você vá?

— Rice ou Harvard, pelo que sei.

— E por que você não quer ir para uma boa faculdade?

— Porque tem que ser uma faculdade estadual que a minha bolsa cubra.

No momento em que ele disse isso, desejou ter ficado quieto. Era como se a bolsa fosse uma esmola.

— Você tem uma bolsa do governo?

Cash hesitou.

— Por causa do programa de adoção.

— Isso é bom — disse Chloe.

— Sim — ele mentiu. E continuava dizendo a si mesmo que, quando concluísse a faculdade, reembolsaria o Estado também. Durante toda a vida, o pai dele não tinha feito nada a não ser lesar as pessoas. Cash tinha lesado muitas pessoas. Ele queria compensar isso.

— Você tem planos para a faculdade? — Cash perguntou para mudar de assunto.

— Universidade de Houston, provavelmente.

— Estou pensando nessa também. Mas por que "provavelmente"?

— No momento não posso deixar minha mãe do jeito que está.

— Mas ela já superou o câncer.

— Ela não superou o divórcio.

Ele se lembrou de Chloe dizendo que a mãe estava deprimida.

— Ela está muito mal?

— Depende de quando você pergunta. Hoje mais cedo, eu diria que ela estava realmente muito mal. Esta noite, estava melhor. Pelo menos está recebendo ajuda agora.

— Terapia?

— Sim. Hoje foi a primeira vez que ela foi. Espero que ajude.

— Sim. — Cash não colocava muita fé em terapeutas ou psiquiatras. Ele tinha sido forçado a fazer terapia por um ano, quando foi para um lar temporário. A única diferença era que havia aprendido a esconder melhor suas emoções.

A terapeuta não cansava de dizer: *Nada do que você fez foi culpa sua.* Mas era, sim. Ele sabia que estava errado quando fazia.

— Ela conseguiu um emprego, então espero que também ajude. Mas só começa daqui a algumas semanas.

— Que tipo de trabalho ela faz?

— Enfermagem.

— É isso que você vai cursar na faculdade? Medicina? — E se ela fosse a filha dos Fuller, não seria apropriado?

— Não. Estou pensando em Jornalismo. Ou Literatura Inglesa.

— Você quer ser escritora?

— Não. Minha mãe costumava escrever. Ela escreveu vários livros. Teve um editor numa grande editora de Nova York que pediu para ela fazer uma revisão no último que escreveu, mas então meu pai resolveu se separar e ela parou. Graças a Deus, ela não parou de ler livros.

— Você gosta de ler? — ele perguntou.

— Sim.

— O que você lê? Histórias de amor? — Cash perguntou para provocar.

— Claro! — Chloe riu. — Estou lendo um de ficção fantástica no momento. E você, lê?

— Eu costumava ler mais quando não estava trabalhando. Mas, gosto, sim.

— O que você leu nestes últimos tempos?

— Eu li *Outsiders — Vidas sem Rumo* e alguns do Stephen King durante o verão. Tentei ler *Cinquenta Tons de Cinza*, mas...

— Você leu *Cinquenta Tons de Cinza?* — Ela riu um pouco mais. — E você me recrimina por ler histórias de amor?

16

A risada dela fez o peito de Cash instantaneamente parecer mais leve.

— Eu disse que tentei ler. Não consegui terminar o primeiro capítulo.

— Não consigo nem imaginar você comprando ou pegando esse livro emprestado na biblioteca.

— Não fiz nada disso — ele disse. — A sra. Fuller leu e um dia eu entrei na biblioteca deles e peguei. Você não leu?

— Não. — O tom dela era agudo, denunciando uma mentira.

— Mentira. Você leu, sim.

Ela riu com culpa.

— Ok, eu e minhas amigas estávamos curiosas.

— E o que você achou? — Cash reajustou o travesseiro atrás das costas.

— Eu sei por que você não passou do primeiro capítulo. O que você planeja fazer na faculdade?

Cash notou que ela tinha mudado de assunto.

— Provavelmente algo ligado à área de negócios. Ainda estou indeciso também. Ele fez uma pausa. — Então, o que mais você faz além de ler livros eróticos?

Chloe riu de novo.

— Não sei.

— Você gosta de correr ou algo assim?

— Só se alguém estiver me perseguindo.

Agora foi ele quem riu.

— Quero dizer, para manter a forma.

— Eu sei. Eu costumava jogar futebol.

— E você era a mais bonita do time. — Ele lembrou da foto de Chloe e de várias colegas jogando futebol de shorts e a parte de cima de um biquíni. Ela parecia incrível.

— Como sabe? Ah, sim, você me stalkeou na internet.

— Eu não stalkeei você. Pesquisei sobre você.

— Você tem perfil no Facebook? — Ele a ouviu digitar algo no computador.

— Não. Pelo menos não com a minha verdadeira identidade.

— Você tem uma conta falsa no Facebook? Mas não tem uma com a sua verdadeira identidade...

— Isso mesmo.

— Por quê?

— Porque... gosto de stalkear as pessoas na internet. — Era uma piada. Chloe não riu.

— Sério?

— Na outra escola, ouvi dizer que alguns alunos estavam falando sobre mim no Facebook. Eu quis ver se era verdade... anonimamente.

Ela não disse nada por alguns segundos, então:

— Você costuma correr?

— Eu tento. Mas, neste verão, nadei mais.

— Você faz parte de uma equipe de natação? — ela perguntou.

— Não. Os Fuller têm piscina. E eu vou muito à casa de veraneio deles, no lago.

— Você não pratica esportes?

— Gosto de assistir. Mas nunca joguei.

— Sério? Com o seu tamanho, acho que algum treinador já devia ter feito você jogar futebol americano há muitos anos.

— Eles preferem evitar estudantes que moram em lares temporários. Nós nos mudamos muito.

— Você também?

— O quê? — ele perguntou.

— Mudou-se muito, antes de morar com os Fuller?

Ele passou a mão no rosto. Por que ele havia mencionado o programa de adoção?

— Eles são a minha quarta casa.

— Foi ruim?

Não tão ruim quanto viver com meu pai.

— Na verdade, não.

— Quantos anos você tinha quando seu pai morreu?

Ele queria mudar de assunto, mas Chloe o acusara de fazer isso no parque.

— Tinha 11.

— Como... como o seu pai morreu?

Merda. Essa era a desvantagem de se aproximar de uma garota. Ela queria saber a história da sua vida.

A linha ficou muda.

— Você não precisa contar, se não quiser.

Ele quase disse "ótimo", mas optou por:

— É uma longa história, e já está tarde.

— Sim. Melhor a gente desligar.

Cash a sentiu se afastando. Quando ele queria que Chloe se aproximasse.

— Ele morreu num acidente de carro. — Era verdade. Cash tinha batido o carro, mas a bala no peito do pai é que o matara.

— Você estava no carro com ele?

— Não.

— Sinto muito. — A emoção veio acompanhada de um pedido de desculpas. — Quando minha mãe teve câncer, eu estava com tanto medo de perdê-la... Não sei se conseguiria superar algo assim. Isso deve ter sido muito difícil pra você.

Cash odiava a compaixão que sentia na voz dela. Ele não merecia. E nem o vigarista do pai.

É sábado à tarde e estou na casa de Lindsey, ajudando-a a decidir o que vestir no seu encontro com David. Estou empolgada com a notícia de que estão saindo. E estou me esforçando para irradiar boas vibrações. Minha mãe ficou deitada o dia todo. Eu mal consegui tirá-la do quarto para comer.

Vê-la deprimida faz com que eu me sinta culpada por ter concordado em ver meu pai. Ah, sei que não é justo que ela me faça sentir dessa forma e, sinceramente, não acho que minha mãe *queira* que eu me sinta assim. Mas ela faz isso e eu me sinto culpada. Adicione a tudo isso o fato de que não estou ansiosa para ver meu pai e é compreensível que meu humor não esteja muito melhor do que o da minha mãe.

— Eu gosto mais dessa blusa azul — digo a Lindsey.

— Não é muito sem graça?

— Não, realça seus seios.

— Não mostra demais, não é? Não quero que ele pense que estou tentando levá-lo para o banco de trás do carro no primeiro encontro.

Eu solto uma risada.

— Essa blusa não diz "vamos saltar para o banco de trás?". Ela diz "olhe pra mim".

— E olhar para mim é bom, certo? — Ela franze a testa. — Não sei se estou pronta para isso.

— Você está pronta — eu garanto.

Ela me olha pelo espelho.

— Eu preferia que fosse um encontro duplo. Você não pode ligar para Cash e ver se vocês podem ir conosco? — Ela se vira.

— Eu não posso. Vou ver meu pai hoje à noite, esqueceu?

— Ah, que pena. — Ela franze a testa. — Foi mal.

— Eu também lamento... — Desabo na cama dela e juro que não vou começar a me queixar da minha vida. Já fiz isso o suficiente ontem à noite, quando conversamos depois do telefonema de Cash. Sandy, uma das minhas amigas antigas, só reclamava. — Além disso, eu ainda não estou saindo com Cash.

— Vocês vão sair no domingo. Além disso, você ficou com ele no balanço da varanda.

— É verdade. — Eu sorrio, ao me lembrar e, se eu pudesse só pensar nisso, em vez de em outras coisas, ficaria mais feliz. — Mas não sei se é um encontro de fato ou só uma reunião para descobrir se sou Emily Fuller.

Ela revira os olhos.

— Depois daquela mensagem que ele enviou sobre querer beijar você? Sim, eu mostrei a ela a mensagem de Cash.

— Tem razão. Acho que você não é a única que está nervosa.

— Apenas rezo para que, se ele tentar me beijar, eu não pense em Jonathon. Ele me enviou um e-mail esta manhã. Me perguntou o que eu ia fazer no final de semana.

— Você não respondeu o e-mail, não é?

— Respondi, mas apenas para dizer que estava ocupada. Tive que deixar claro que não estou em casa chorando por causa dele.

— Ele perguntou o que você andava fazendo?

— Perguntou. Eu não respondi. — Ela sorri.

— Esqueça esse cara — eu digo. — Esta noite vai ser divertida.

Lindsey se deixa cair na cama.

— Será que devo contar a David meu segredo mais profundo e sombrio?

— Qual segredo?

— Que minha mãe é lésbica. Ou isso não é algo que se diga no primeiro encontro?

— Por que você precisaria contar a ele?

— Porque se Lola estiver aqui, ele pode descobrir como você descobriu.

— Você não sentiria essa necessidade de contar a ele se sua mãe fosse heterossexual. Então, por que contar só porque ela é homossexual?

— Porque nem todo mundo acha que isso é normal como você.

— Não acho que você precise fazer alarde sobre isso.

Ela sorri.

— Obrigada.

— Pelo quê?

— Por ter vindo. Por dizer todas as coisas certas. Pedi a Jamie para fazer isso e ela disse que ela e a prima iam à manicure.

— Não esquenta. — Não sei se Lindsey percebeu que ela acabou de me dizer que sou sua segunda opção. É uma droga ser a segunda opção de alguém. Mas, ei, é melhor do que não ser opção nenhuma.

— Você vai perguntar ao seu pai o nome da agência de adoção?

— Se eu conseguir encontrar uma maneira de abordar esse assunto na conversa...

— Por que simplesmente não pergunta?

— Porque não sinto vontade de explicar que eu posso ser uma criança sequestrada!

Lindsey passa a escova nos cabelos.

— Você realmente não se lembra de nada da sua vida de antes?

Eu conto a ela sobre a minha única lembrança com o vestido de princesa.

— E o sequestro? Quero dizer, deve ter sido traumático e você se lembraria dele.

— Eu não me lembro.

O medo toma conta de mim. Conto a ela sobre a foto com o machucado no rosto. Do medo inexplicável que sinto.

— Ok, isso é de arrepiar — diz ela.

— Sim.

— Você não precisa contar ao seu pai sobre a história do sequestro. Apenas diga que esteve pensando sobre a adoção.

— Sim. — Mas como eu disse a Cash, sou de pôr panos quentes, não de quebrar ovos. Por outro lado, nas últimas vezes em que conversei ou estive com meu pai, eu estava surtando. Mas a coisa toda do sequestro é diferente. É muito maior. E se eu descobrir que sou realmente Emily Fuller, não vai haver uma tigela grande o suficiente para recolher todos os ovos que vou quebrar.

Meu celular avisa sobre a chegada de uma mensagem. Achando que é de Cash, sinto uma emoção brotar no meu peito. Não é de Cash.

É da minha mãe.

Avise seu pai que não deve entrar em casa. Eu não quero vê-lo! E pergunte a ele por que não pagou o seguro do seu carro ainda.

Um pensamento insano me ocorre. Não sobre minha mãe, mas sobre meu pai. Sobre perdoar papai.

Talvez eu não seja capaz de perdoá-lo até que minha mãe esteja bem. Talvez eu não seja capaz de perdoar meu pai até que minha mãe o perdoe.

O que pode ser, tipo... nunca.

Isso parece errado, mas pode ser verdade.

Eu me reclino na cama de Lindsey.

— Odeio a minha vida.

Cash trabalhou até um pouco mais tarde e já eram seis horas quando foi trocar de roupa. O celular tocou e, esperando que fosse uma mensagem de Chloe, ele pegou o aparelho. Não havia mandado uma mensagem para ela ainda, com receio de que ela fizesse perguntas sobre seu pai novamente, mas decidiu que mandaria uma mensagem mais tarde.

Cash esperava que ela estivesse acordada quando ele fizesse outra ligação tarde da noite. Se não fosse para falar sobre o passado, ele gostava de conversar com Chloe. Ele sorriu ao se lembrar da conversa sobre *Cinquenta Tons de Cinza*.

Olhou para a tela do celular. Não era uma mensagem de Chloe. Era da sra. Fuller. Ele se encheu de pavor. Tinha saído de casa aquela manhã sem vê-la. Cash não tinha ideia de como ela reagiria ao seu comentário de que seria uma "péssima ideia" adotá-lo.

Ele leu a mensagem.

Tony e eu estamos com vontade de comer comida indiana. Quer se juntar a nós no Kiran's Café?

Ele queria recusar o convite, mas talvez ir jantar fora fosse mais fácil do que enfrentá-la em casa.

Ele mandou uma mensagem. *Que horas?*

Sete?

Certo.

Ela enviou o *emoji* de uma carinha sorridente. A sra. Fuller sempre mandava mensagens com muitas carinhas sorridentes. Cash sabia que era um sinal de que ela se importava com ele. Ele também gostava de recebê-las.

Como ainda faltava uma hora, decidiu dar uma corrida até a livraria. Conversar com Chloe sobre livros o deixara com vontade de ler um. Talvez ele encontrasse um livro de ficção fantástica sobre o qual pudessem conversar.

Quando saio do banheiro, depois de me arrumar para me encontrar com meu pai, minha mãe está enrodilhada no sofá, com um livro e Félix no colo.

Ela olha para mim.

— Você está bonita.

— Obrigada. — Tudo o que fiz foi pentear o cabelo e colocar rímel e brilho labial, mas eu sei que essa é minha mãe fingindo que está tudo bem, e eu agradeço. Consulto as horas e vejo que são quase seis e meia.

Inclinando-me, acaricio Docinho, que está abanando o rabo como se achasse que vamos sair para dar um passeio.

— Você quer que eu traga algo para você comer? — pergunto à minha mãe.

— Não! Não quero comer nada que seu pai tenha comprado. — Ela já não está fingindo que está tudo bem.

— Vou preparar alguma coisa para comer.

— Por que você não escreve? — sugiro.

— Talvez.

Aposto que ela não vai nem tentar. E provavelmente não vai comer também. Eu verifiquei e, até hoje, ela só tomou duas das suas bebidas nutritivas, no total. E a promessa de beber duas por dia? Juro, minha mãe parece ainda mais magra agora.

— Até mais tarde.

Pego a bolsa e saio, me sentindo culpada por deixá-la sozinha.

Sentada nos degraus da varanda, vejo uma picape parar em frente à casa ao lado. Então Jonathon, o cão sarnento traidor, sai do carro. Ele me vê e me cumprimenta com a cabeça. Aceno de volta, mas não de uma maneira amigável. Sei que Lindsey já saiu há trinta minutos.

Eu o ouço bater na porta e perguntar por Lindsey. Escuto a mãe dela responder.

— Ela saiu.

— Pode dizer a ela...?

A porta se fecha. Eu sorrio. A mãe de Lindsey também não gosta do cão sarnento traidor.

Ainda estou sorrindo quando ouço passos. *Ah, merda!*

Olho para a rua, rezando para ver o carro do meu pai chegando. Mas não. Quando vejo, Jonathon está na minha frente.

— Você é a garota nova da escola, não é? Chelsea?

— Chloe — corrijo-o.

— Você e Lindsey não vão juntas para a escola?

— Sim. — *Cadê você, pai?*

— Você sabe onde ela está?

O que eu digo? O que eu digo?! Eu poderia dizer que ela saiu com um cara muito gato. Ou eu poderia...

— Não.

— Sabe com quem ela está?

O que eu digo agora? Vou optar pela verdade outra vez.

— Sim.

Ele faz uma careta.

— Mas não vai me dizer, certo?

— Não sou eu que tenho que dizer.

— Sabe, não sou um cara tão ruim quanto ela disse que sou.

Sei. Quer dizer, então, que você não pôs chifres nela?, eu penso, mas não pergunto.

Ele se inclina contra a cerca da varanda.

— De que cidade você veio?

— El Paso — digo, desejando que ele vá embora.

— Você gosta daqui?

— Não. — Quando olho para cima, ele está olhando para os meus peitos. Como se esse cara tivesse alguma chance comigo.

Ele esfrega a sola do sapato no degrau.

— Bem, já que não estou fazendo nada e você não está fazendo nada, quem sabe a gente possa...?

— Não. — O carro do meu pai para em frente à minha casa. Eu me levanto. — Tchau!

Quando entro no carro, a cabeça do meu pai está virada na direção de Jonathon, que fica nos encarando enquanto volta para a sua picape. Considerando que meu pai está dirigindo um conversível vermelho e tem cabelos espetados, Jonathon provavelmente acha que meu pai é meu namorado. *Ai, credo!*

— Quem é esse? — meu pai pergunta.

— Ninguém. — Esqueço minha antipatia por Jonathon e me defronto com a minha decepção em relação a meu pai. Ele precisa desistir desse cabelo espetado.

— Você já está namorando?

— Não. — Então eu me lembro de Cash. — Talvez.

— Não acha que é um pouco cedo?

Balanço a cabeça, discordando.

— Por que não nos apresenta? — Ele fala como um pai zeloso. Por que isso me irrita? Então percebo por quê. Meu pai perdeu o direito de falar comigo sobre garotos ou sobre sexo quando começou a transar com Darlene.

— Primeiro porque aquele cara não é meu namorado. Segundo, porque... deixa quieto. — Calo a boca. Eu não quero discutir.

Meu pai olha para mim e, pela expressão dele, posso ver que está pensando o mesmo que eu.

— É bom ver você. — Ele estende a mão e aperta a minha. — Faz muito tempo que não saímos juntos, só nós dois.

Se sentiu tanto a minha falta, por que não enviou flores na data certa ou não me ligou quando disse que ligaria? Eu engulo a pergunta. Hoje não vou quebrar ovos. Mas penso no comentário de Lindsey sobre fazer ao meu pai algumas perguntas "vagas" sobre a agência de adoção. Isso eu posso fazer.

Meu pai começa a falar.

— Procurei no Google restaurantes indianos em Joyful. Achei um, o Kiran's Café. Que tal um frango na manteiga?

17

A caminho do restaurante, conversamos sobre assuntos neutros. O clima. O último livro que li. Ele está tentando conversar, mas os assuntos acabam tão rápido que tenho receio de que logo não tenhamos mais sobre o que conversar.

— Como estão Brandon e Patrick? — pergunto, me referindo ao primo do meu pai e o marido dele. Acho que esse é um assunto seguro.

— Não sei. Faz muito tempo que não vejo os dois.

— Por quê? — Eles costumavam ir em casa pelo menos uma vez por mês, além de passar os feriados conosco. Brandon, que é chef de cozinha, sempre se encarregava das refeições.

— Nós vivemos ocupados.

Quando diz "nós", meu pai se refere a ele e a Darlene. Antes que eu possa me conter, meu próximo pensamento sai pela minha boca:

— Eles não gostam de Darlene? — Isso não deveria me deixar feliz, mas deixa. — Ou ela não gosta deles?

Essa possibilidade aumenta a minha angústia com relação ao meu pai. Como meus avós paternos morreram em um acidente de carro logo depois que meus pais se casaram, Brandon é o único parente que meu pai tem.

— Você não devia deixar Darlene acabar com a sua família. — Quer dizer que, mais uma vez, ele deixou que ela separasse a nossa família.

A expressão do meu pai muda.

— Não é bem assim. — A mentira fica evidente na voz dele.

Em alguns minutos, meu pai estaciona e entramos no restaurante impregnado com um aroma intenso de curry, cominho e açafrão. Meu estômago se contrai de fome, mas meu coração se contrai de dor. Sou transportada de volta a todas as vezes em que saí com meu pai no passado. Volto à época em que sair com ele era um dos meus programas favoritos. Nós ríamos. Falávamos de futebol. Discutíamos filmes. Ele perguntava sobre a escola, os meus amigos, a minha vida. Não como se estivesse checando o que eu andava fazendo, mas como se quisesse saber tudo sobre mim porque *eu* o interessava. Porque *eu* era importante para ele.

Sinto falta disso. Sinto falta dele. Do meu antigo pai. De como éramos antes. Um nó se forma na minha garganta.

Estamos sentados a uma mesa perto da porta. O garçom, um homem alto, mais velho e de ascendência indiana, nos entrega os cardápios. Noto que meu pai está olhando em volta como se estivesse confuso. Ele pega o cardápio, mas olha para o garçom.

— Este lugar não costumava ser a Pauline Pizzaria?

— Sim — diz o garçom. — Meu irmão comprou o ponto sete anos atrás.

— Foi o que pensei.

O garçom anota nossas bebidas e se afasta.

Meu pai olha para mim.

— Sua mãe trabalhava aqui. Eu costumava comer pizza aqui toda sexta-feira à noite, porque um funcionário que trabalhava às sextas-feiras gostava dela. — Há uma expressão suave no rosto dele, como se a lembrança fosse boa; então, de repente, ele pisca e o ar de felicidade desaparece. Meu pai abre o cardápio, como se quisesse se esconder atrás dele. É só uma suposição, mas juro que ele parece sofrer ao se lembrar da minha mãe. Ou talvez ao se lembrar do quanto a está fazendo sofrer.

Por outro lado, posso jurar que meu pai não sabe quanto ele magoou minha mãe. Ou quanto me magoou.

É muito egoísmo da minha parte querer que *ele* sofra também? Talvez seja normal, mas parece errado. Tudo parece errado. Estar aqui com ele parece errado.

Ele baixa o cardápio.

— Você quer pedir o de sempre? Frango na manteiga e cordeiro *vindaloo*, e dividimos os pratos?

— Tudo bem — eu digo.

— Quer mais alguma coisa?

— Talvez — eu digo, pensando que, quanto mais comida tivermos para comer, menos tempo teremos para conversar.

O garçom traz nossas bebidas.

— Prontos para pedir?

Meu pai olha para mim.

— Vamos pedir esses dois pratos primeiro e, depois, se você quiser mais alguma coisa, pedimos também, ok?

Eu concordo. Meu pai faz o pedido.

Quando o garçom se afasta, voltamos a olhar um para o outro.

— Na escola, vai tudo bem? — ele pergunta.

Acho que meu pai quer que eu diga que vai tudo bem, assim pode se sentir menos culpado.

— Estou sobrevivendo. Aos trancos e barrancos. — Não vou amenizar a culpa dele.

Ele me fala que encontrou Kara e Sandy na loja de CDs. Como meu pai só entrava na loja de CDs se eu implorasse, acho que ele estava com Darlene. Imagino o choque das minhas antigas amigas ao ver Darlene. Eu me pergunto por que nenhuma das duas me mandou uma mensagem falando sobre isso. Elas provavelmente acharam que isso ia me deixar chateada. Constrangida. Elas têm razão.

— Estou com fome — diz meu pai quando um garçom diferente passa por nós com dois pratos de comida.

— Eu também — minto. Não sei se vou conseguir comer. Todos aqueles aromas que antes me inspiravam sentimentos de amor agora me provocam náuseas.

Ficamos em silêncio outra vez. O telefone do meu pai toca avisando da chegada de uma mensagem. Ele lê. Eu me pergunto se é Darlene. Não. Ainda não tenho fome. O barulho do restaurante aumenta. Garfos batendo nos pratos. Ruídos de refeições sendo preparadas na cozinha. O burburinho das conversas. Ouço a recepcionista perguntando para quantos é a mesa.

— Três. Obrigado — responde o cliente. A voz me parece familiar.

Olho na direção da porta. Perco o fôlego. Cash está entrando com um homem e uma mulher.

A mulher do vídeo, só que mais velha. O homem tem cabelos escuros. E olhos castanhos. O mesmo tom castanho dos meus olhos.

Analiso o rosto dele.

Depois o rosto dela.

Eles são meus pais? Tenho o DNA deles? Fui arrancada da minha família? Parte de mim quer correr até eles, outra parte quer fugir.

Cash deve ter sentido o meu olhar, porque olha na minha direção e arregala os olhos, como quem diz, "*Ah, merda*".

Abro o cardápio para cobrir meu rosto.

— Por aqui — ouço a recepcionista dizer. Os passos se distanciam. Meu coração bate forte no peito. Ouço o sangue fluindo nos meus ouvidos.

Abaixo o menu e vejo Cash tentando fazer os Fuller se sentarem de costas para mim.

O pânico sobe até o meu peito como um líquido quente. Meus pulmões recusam o oxigênio.

— Você encontrou outra coisa que queira pedir? — meu pai pergunta.

Eu desvio os olhos para a mesa de Cash e depois para a porta.

— Não vai dar... — digo, sem querer, em voz alta.

— O que não vai dar? — ele pergunta.

Eu me levanto, não tão rápido a ponto de chamar atenção, e sigo na direção da porta.

— Chloe? — meu pai me chama. Não olho para trás.

Abro a porta. O ar quente me envolve. Ainda não consigo respirar.

— Merda!

Vou até o carro do meu pai e me encosto no capô. Meu coração está batendo na garganta. E então a ficha cai. Eu tenho que saber. Tenho que saber se eles são meus pais. Tenho que saber se não fui simplesmente abandonada, como se não fosse importante. Como se não fosse amada. Aperto os punhos.

Então ouço passos. O medo dá um nó no meu estômago. Será que eles me viram? Será que tudo vai acontecer agora? Por mais que eu queira conhecê-los, estou com medo. Ergo os olhos. É meu pai.

Seus passos devoram a calçada, na minha direção. Ele me olha com a testa franzida.

— Que diabos aconteceu? — ele me pergunta. Seus ombros estão tensos, sua expressão é carregada; a frustração é uma nuvem ao redor dele.

A raiva dele desperta a minha. Minha mente dispara e a única coisa em que consigo pensar é repetir o que eu já disse.

— Não vai dar.

— Não vai dar para fazer o quê?

— Ter um encontro de pai e filha como se tudo estivesse bem quando não está. — No segundo em que a desculpa sai da minha boca, não é mais uma desculpa. É a mais pura verdade. — Você me abandonou. Você não está nem aí comigo. — Sinto-me abandonada, como na época em que tinha 3 anos. Então, do nada, ouço uma voz, *Seu pai e sua mãe não querem mais você*. De onde, diabos, vem essa voz? Lágrimas enchem meus olhos. — Você pode abrir o carro? Por favor!

A expressão do meu pai endurece.

— Eu me divorciei da sua mãe, não de você!

— Não é o que parece — rebato.

Ele fica ali, ainda com raiva, ainda frustrado e ainda o homem que culpo por me causar tanta dor. Como ele pode não se envergonhar de si mesmo?

— Vou lá pagar o jantar. — Ele abre o carro.

Deslizo para o banco do passageiro e me encolho para que ninguém me veja caso saia do restaurante. É muito estranho que eu esteja aqui fora discutindo com meu pai enquanto meu pai e minha mãe de verdade podem, muito bem, estar dentro do restaurante.

Começo a suar, mas não me importo. Fico sentada ali, com as janelas fechadas e sentindo calor. Então sinto novamente. O medo. Quero fugir. Estou com medo.

Fecho os olhos, pressiono a cabeça contra o encosto do banco e tento respirar. O tempo passa. Um minuto. Dois. Três.

Cinco.

Oito.

Que diabos meu pai está fazendo? Ah, Deus. Será que os Fuller me viram e foram confrontar meu pai?

Meu celular toca e chega uma mensagem. Pego o aparelho. É Cash.

Ele: *Está tudo bem?*

Eu: *Não. O que está acontecendo?*

Ele: *Seu pai está pegando a comida para viagem.*

Eu: *Eles me viram?*

Ele: *Não.*

Ouço a porta do carro se abrindo. Sinto outra onda de medo. Eu a reprimo. Meu pai, parecendo chateado, me entrega uma grande sacola branca.

Ele se senta atrás do volante, mas não liga o carro.

— Você é minha filha. Minha garotinha. Não posso perder você, Chloe!

Lágrimas enchem meus olhos e eu me viro para a janela. O aroma de comida indiana invade o carro, o cheiro dos meus encontros com meu pai. De repente, passo a não gostar mais daquele cheiro.

Ele começa a falar novamente.

— Sei que eu deveria ter ligado e estraguei tudo. E, sim, eu só me lembrei tarde demais que era a data da sua adoção. Por isso suas flores não chegaram até você a tempo. Eu sou humano. Não sou perfeito, Chloe.

Meu peito queima de raiva, mágoa, desespero. Um pouco por causa de hoje. Um pouco por causa do passado. Ainda não consigo olhar para ele, mas digo:

— Você costumava ser perfeito. Você costumava se lembrar das coisas. Eu costumava ter importância para você.

Eu o ouço bater a mão no volante e dizer um palavrão de cinco letras. Depois de um segundo, ele diz:

— Você ainda é importante para mim.

O silêncio paira entre nós, dentro do carro. Tudo que ouço somos nós dois respirando e meu coração se partindo.

— Muitos pais se divorciam — diz ele como se isso fosse justificativa. — Pais e filhas no mundo todo continuam se dando bem. Por que nós não podemos?

A pergunta paira no ar e a resposta surge dentro de mim como o vulcão que ele e eu construímos para o meu projeto de ciências, na quinta série.

— Acho que a mãe delas não teve câncer! — Minha voz soa estridente. — O pai delas não as deixou cuidando de tudo. Tendo que lidar com a mãe vomitando por semanas a fio, enfrentando o pensamento de que a mãe estava morrendo!

As palavras jorram da minha boca. Não consigo contê-las. Estou quebrando todos os ovos. Não me importo. Parece que, se eu não disser tudo isso, algo dentro de mim vai explodir.

— Mamãe teve câncer! Mas é como se eu também tivesse tido. Fui eu quem preparou sopa de tomate e sanduíches de queijo grelhado para ela, porque ela não conseguia comer outra coisa. Fui eu quem se sentou no chão do banheiro com ela chorando, porque o cabelo estava caindo. Fui eu quem teve de ser forte quando não me sentia forte. Eu, pai! — Bato no peito. — Eu! Droga! Ela precisava de você. Eu precisava de você! Mas você estava muito ocupado para se importar... tingindo o cabelo, comprando um novo guarda-roupa e transando com a Darlene!

Meu pai segura o volante e desvia os olhos de mim. Respira fundo. Segura o ar. Segura mais um pouco. Então olha para mim, novamente. Eu vejo tudo nos olhos dele. Culpa. Dor. Até amor. E isso é o que mais dói.

— Eu... Eu sinto muito. Eu não... Eu fiz tudo errado. Fiz mesmo, querida.

Eu respiro com dificuldade. Estou instável. Todo meu mundo está instável.

Meu pai liga o carro e acelera. Meu colo está quente por causa das caixas na sacola. O cheiro impregna o carro. Quero jogar tudo pela janela. Nunca mais vou comer comida indiana outra vez.

Ele dirige em direção à minha casa. Entra no meu bairro. Mas não vira na minha rua.

— Aonde estamos indo? — pergunto.

— Não sei. Mas não posso deixar você sair deste carro até...

— O quê? — pergunto.

Eu o ouço engolir em seco.

— Até que... me perdoe. — A voz dele falha.

— Então vamos ficar neste carro por muito tempo! — Digo a mim mesma para não me sentir mal por ele estar sofrendo.

Ele vai para o parque. O mesmo ao qual Cash e eu fomos quando ele me contou sobre Emily.

Estaciona sob um poste de luz.

— Chloe, eu não sei o que eu estava pensando. Na verdade, eu não estava pensando. Você estava crescendo, sonhando com a faculdade e com garotos. Sua mãe só pensava em escrever, sonhando com uma nova carreira. E eu... Eu não tinha sonhos. Eu me sentia velho e cansado. — Ele respira fundo. — Então conheci Darlene e... — Ele para de falar.

— E você a amou mais do que amava mamãe e a mim?

Ele respira.

— Não. Mas não há desculpa para o que eu fiz. Eu vejo isso agora. É tão assustadoramente claro. Eu fui um idiota. Não mereço o seu amor. Não mereço o seu perdão. Mas não posso perder a minha garotinha. Por favor... me perdoe.

A dor dele é tão real que eu a sinto. Fico sem falar por quase um minuto, porque não sei o que dizer, mas depois as palavras jorram da minha boca.

— Eu não me recusei a ver você. Mas perdoar não é nada fácil. — Eu engulo. — Ainda te amo, mas às vezes preferia não amar.

Ele balança a cabeça, como se entendesse.

— O que posso fazer para ajudar? Faço qualquer coisa. Me diga. Sua mãe precisa de dinheiro?

— Eu... acho que não. Mas ela me disse para perguntar por que o seguro do meu carro não está pago.

— Não está pago? — ele pergunta.

— Ela disse que não.

— Mas Darlene disse... Vou averiguar. O que mais posso fazer?

— Nada. — Ouvir o nome de Darlene me deixa com raiva de novo.

Meu celular toca com a chegada de outra mensagem. Eu não olho. Deve ser Cash.

Ficamos sentados em silêncio, no carro, sentindo o calor.

— Trouxemos você aqui no dia em que a buscamos — meu pai diz.

Eu olho para ele, sem entender. Ele continua:

— Quando pegamos você na agência, fomos ver seus avós e depois viemos aqui. Eu coloquei você no balanço. Lembro-me de pensar em como você era delicada. Tão pequena, mesmo não sendo mais um bebê. Eu estava com medo, sabendo que, a partir daquele momento eu era responsável por cuidar de você. Coloquei você no balanço, mas estava com medo de empurrar com força demais e você cair. Você parecia assustada. Eu queria fazer alguma coisa, qualquer coisa para provar a você que eu era um cara legal. — Ouço a voz dele ficar embargada. — Eu me apaixonei por você logo de cara. Jurei que nunca deixaria ninguém machucá-la e agora eu sou o idiota que está te machucando. Eu me odeio por isso.

Eu não digo nada.

— Sei que vai levar um tempo para você me perdoar, mas não vou desaparecer da sua vida. Eu amo você — ele diz.

Sei que parece loucura, mas, mesmo depois de tudo o que aconteceu, nunca duvidei que meu pai não me amasse. Eu simplesmente não consigo entender como ele pode ter me amado e feito o que fez.

Sei que ele espera que eu responda. Que eu diga que o amo. Mas eu já disse isso uma vez. É tudo o que posso fazer.

18

—Chloe? — Meu pai pega a minha mão.

O toque me provoca um choque de dor. Eu quase me afasto, mas não faço isso porque sei que vou magoá-lo.

Nós ficamos sentados ali. Lembro-me do que eu queria perguntar a ele esta noite.

— Qual era o nome da agência de adoção?

— O quê?

Tiro a minha mão da dele.

— O nome da agência de adoção. Era em Fort Landing, não era?

— Sim. Acho que era... New Hope ou algo assim. Por quê?

Dou de ombros.

— Só curiosidade.

— Você está querendo...

— Não — me apresso a dizer. — E não diga nada à mamãe. Tenho medo que ela fique chateada.

— Não vou dizer nada.

Depois de outros segundos de silêncio, ele abre a porta do carro.

— Vamos lá? — diz ele.

— Onde?

— No balanço? Você costumava querer que eu te balançasse o tempo todo.

— Não — eu digo.

— Me deixe fazer isso... Você me disse uma vez que balançar era tão bom quanto voar.

Quase volto a recusar o convite, mas me lembro de quanto ele parecia chateado alguns minutos atrás, então resolvo sair do carro. Está escuro, mas a lua está cheia e brilhante. A noite está tão silenciosa que ouço nossos passos na calçada. Caminhamos até os balanços mais altos. Cada um se senta em um, deixando um espaço entre nós. Ele parece grande demais para estar num balanço. Eu me sinto muito grande. Mas a mágoa entre nós, de alguma forma, parece menor.

Eu balanço. Pernas para trás. Pernas para a frente. Contemplo a grande bola prateada no céu, as estrelas brilhantes. O movimento, o vaivém, parece de alguma forma catártico. A sensação é de que estamos voando.

Uma lufada de ar passa por mim quando meu pai pega impulso. Enquanto ele avança, eu recuo. Não estamos no mesmo ritmo. Percebo que pode demorar um pouco até que a minha relação com meu pai volte a ser como antes.

Eu não sei quando conseguirei perdoá-lo, mas essa é a primeira vez que sinto o arrependimento dele. Isso não resolve nada. Mas é um começo. Talvez nunca mais seja como antes, mas espero que encontremos um novo ritmo, um novo relacionamento entre pai e filha que não cause mágoas.

Acho que quebrar ovos pode ter suas vantagens.

Quando entro em casa, não sinto cheiro de comida vindo da cozinha. Minha mãe não preparou o jantar. Vou até o quarto, esperando que ela esteja acordada.

Ela está. Deitada no sofá, lendo. Não está escrevendo. Eu fico ali, lembrando-me de como me senti quando vi a sra. Fuller, como se tivessem me roubado alguma coisa — o amor da minha mãe. No entanto, eu tenho uma mãe. E por mais relapsa que tenha sido neste último ano, ela me ama. Eu sei disso. E eu a amo.

Ela ergue os olhos e de repente me sinto culpada. Culpada por ter sentido que ela não bastava, culpada por ter me queixado ao meu pai por ter de cuidar dela. Sim, eu sou uma cretina. Foi horrível para mim, mas não tanto quanto foi para ela. E, se fosse eu que tivesse adoecido, ela faria a mesma coisa por mim. Só que ela nunca teria reclamado. Meu peito se aperta.

Pego o meu celular.

— Você quer de quê?

— O quê?

— Estou pedindo uma pizza para nós.

— Pensei que você tinha saído com seu pai para jantar...

— Eu não comi nada — digo.

— Por quê? — ela pergunta.

— Estava sem apetite.

— Vocês discutiram? — Ela se endireita no sofá, como se estivesse se preparando para ficar com raiva.

— Quero a de lombo canadense com abacaxi — minto, porque sei que ela adora. — Um pouquinho doce e um pouquinho salgada. Está bom para você?

— Sim. Sobre o que foi a discussão?

— Você quer salada?

— Você não vai me contar?

— Você sabe o que acho que devemos fazer? — pergunto.

— O quê? — ela diz parecendo um pouco frustrada.

— Encomendar a pizza e depois dar outra chance para aquele filme que você queria assistir.

Ela faz uma careta.

— Era um pouco forte...

— Talvez. Mas o humor às vezes é um pouco forte. E nós duas precisamos rir.

— Você já viu?

— Sim. Mas quero ver de novo.

— Com quem? Com quem você viu aquele filme?

Eu franzo a testa.

— Promete que não vai ficar brava?

— Alex? — Como eu não nego, ela parece chocada, mas não muito brava.

— Sim. E nós dois rimos muito. E você está precisando rir também. Então vamos comer a pizza e assistir ao filme. E vamos rir das piadas de camisinha. Ok?

Ela parece surpresa com o meu jeito de falar, meio autoritário.

— Acho que não tenho escolha.

Lembro-me de Cash dizendo: *Você sempre tem escolha.* Mas, para minha mãe, essa é a escolha certa. E fico feliz que ela não esteja discutindo comigo. Já discuti o suficiente esta noite.

Quando Cash e os Fuller chegaram em casa, ele queria ir direto para o quarto.

— Acho que vou ler um pouco — disse a sra. Fuller, subindo as escadas, rumo à suíte principal.

Quando Cash começou a subir para o andar de cima, ouviu o sr. Fuller dizer:

— Cash, pegue duas cervejas na geladeira e vamos conversar aqui fora.

O quê?

— Cerveja?

— Sei que você já ficou bêbado antes.

— Eu não bebo tanto assim. — Ele já tinha visto o pai biológico beber demais e não tinha nenhuma vontade de fazer o mesmo.

— Eu não iria oferecer uma a você se achasse que bebe demais. Vou esperar aqui fora.

Cash pegou duas Bud Lights.

— O que eu fiz? — perguntou, com o palpite de que aquela pergunta tinha a ver com o comentário mal-humorado que soltara como resposta à sugestão de ser adotado.

— Obrigado por ir jantar conosco. Susan estava com receio de que você não fosse.

O sr. Fuller torceu a tampa da cerveja. Cash fez o mesmo.

— Ela te ama. — O sr. Fuller levantou a cerveja e deu uma golada.

— Ama até demais... — Cash tomou um gole.

— Ninguém pode amar demais — disse o sr. Fuller.

Cash discordava.

— Esta conversa é porque ela me disse que queria me adotar, não é?

O sr. Fuller baixou a cerveja.

— Nós não entendemos. Por que você não quer?

— Vou fazer 18 anos daqui a seis semanas. Não preciso de ninguém cuidando de mim.

— Todo mundo precisa de uma família, Cash.

Não, não é verdade.

— Olha, não é que eu não seja grato ao que vocês fazem por mim.

— Nós sabemos disso, Cash. É por isso mesmo. Você é grato. Nós temos certeza. E, tirando as briguinhas por aí, você é um bom garoto. Até suporta as regras de Susan... e algumas são ridículas! E eu sei que é porque você gosta dela. É por isso que não entendo por que você não quer a adoção.

Cash encolheu os ombros.

— Eu não sei o que dizer. Só não acho necessário.

O sr. Fuller tomou outro gole de cerveja.

— Você sabe do que ela tem medo?

— Não. — Cash girou a garrafa gelada nas mãos.

— Que, depois do seu aniversário, você arrume suas coisas e vá embora e nós nunca mais vejamos você. E... Caramba! Ela ainda sofre porque perdeu a filha. Não pode perder o filho.

A dor apertou o peito de Cash. Por isso ele esperava que Chloe fosse Emily.

— Não pretendo me mudar antes de me formar.

— E depois? — perguntou o sr. Fuller.

— Eu preciso ser eu mesmo.

— E quando tentamos fazê-lo ser algo que você não é?

— O tempo todo — disse ele, num tom firme. *Você quer que eu seja seu filho.* — Você ficou chateado quando me inscrevi em Tecnologia Automotiva.

Você quer que eu vá para uma faculdade chique. E a sra. Fuller quer que eu pare de trabalhar na oficina. O que eu não vou fazer.

— É errado da nossa parte querer que você vá para uma faculdade melhor? Você é tão inteligente, Cash! Você tem notas mais altas do que eu e Susan tínhamos. Você pode ser o que quiser. Por que quer ser mecânico?

— Não há nada de errado em ser mecânico. E eu vou para a faculdade, só não vou fazer o que você quer.

— Mas nós temos dinheiro...

— Eu consegui uma bolsa! — Cash se levantou.

— Cash, filho, por favor, sente-se.

Eu não sou seu filho.

Ao ver que Cash não faria isso, o sr. Fuller continuou:

— Estou implorando a você, não a magoe mais do que ela já foi magoada.

— Estou tentando não fazer isso. — Cash disparou para o andar de cima, procurando não bater a porta do quarto com muita força.

No quarto, o celular tocou. Uma mensagem de Chloe. Ele tinha enviado uma mensagem para ela mais cedo e perguntado se poderiam conversar.

A resposta dela: *Esta noite não posso. Vamos conversar amanhã.*

— Merda! — Cash jogou o aparelho na cama. Ele bem que precisava de uma distração. Precisava rir um pouco. Precisava ouvir a voz suave dela. Queria provocá-la mais sobre a leitura de *Cinquenta Tons de Cinza* e contar sobre o livro que comprara.

Ele queria...

Ele queria...

Ele queria...

Eram onze horas quando fui dormir. Minha mãe e eu rimos muito com o filme. Acho que foi um bom filme, mas na verdade ri mais de minha mãe do que de qualquer outra coisa. Agora não consigo dormir. Nada mais parece tão engraçado. Continuo vendo os Fuller na minha frente. O rosto dela no restaurante. O rosto dele. Os olhos dele. O homem que poderia ser meu pai.

Fico me perguntando se sou Emily. E se eu sou, o que seria da minha vida se eu não tivesse sido sequestrada e levada para longe da minha verdadeira família? Na outra vida, eu ainda seria eu? Como eles ainda são casados, eu teria sido poupada da tristeza causada pelo divórcio dos meus pais? Da angústia causada pelo câncer da minha mãe? Eu teria ido para uma escola particular e agora estaria planejando ingressar em uma das melhores faculdades do país? Quem eu seria se não tivesse crescido achando... achando que fui abandonada? Que fiz algo de errado. Até que ponto minha vida teria sido melhor?

Isso faz com que eu me sinta culpada novamente. Como se querer respostas, querer saber se meus verdadeiros pais me amavam, fizesse de mim uma filha ingrata aos olhos dos pais que me adotaram.

Afastando esse pensamento, começo a recapitular todas as coisas que eu disse para o meu pai. Tudo que eu disse é verdade, mas eu me lembro das lágrimas nos olhos dele, da dor que minhas palavras lhe causaram. Mesmo sabendo que ele mereceu, não me parece certo fazê-lo sofrer.

O pensamento mais absurdo me ocorre. E se o meu pai sofresse um acidente a caminho de casa? E se eu o perdesse! Lembro-me dele dizendo que me ama, enquanto estávamos sentados no carro. Ele precisava ouvir que eu também o amo, mas eu não disse nada. E se aquela foi a última chance que tive de dizer isso?

Eu sei, não devia pensar em tragédias como essa, mas penso assim mesmo, e essa bola de emoção — de tristeza e de uma culpa que eu não deveria sentir — fica represada no meu peito, como um grande elefante cor-de-rosa.

Pego o celular para mandar uma mensagem para o meu pai. Então percebo que ele não está na casa *dele*, percebo que a casa dele era minha e agora é a casa de Darlene. Jogo o celular longe e fecho as mãos em punho.

Penso em escrever uma mensagem para Lindsey, mas tenho certeza de que ela ainda está fora com David.

À meia-noite, pego o celular para mandar uma mensagem para Cash. Quero contar a ele que descobri o nome da agência de adoção. Quero alguém para me dizer que eu não deveria me sentir desleal por precisar de respostas. Ou talvez eu só queira conversar. Com ele. Ontem à noite, nossa conversa foi divertida. Me fez esquecer como a minha vida está bagunçada.

Não importa que ele esteja ajudando a descobrir se sou uma criança sequestrada. Não importa, por causa da provocação, do flerte, do desejo de saber mais sobre ele. Isso é divertido. É normal.

Eu preciso de mais coisas normais.

Começo a mandar uma mensagem para ele, mas o imagino dormindo em sua cama. Até imagino-o sem camisa. Nunca o vi sem camisa, mas posso imaginar como seria bom.

Nesse momento, meu celular toca, avisando sobre a chegada de uma mensagem. Levanto da cama num salto e pego o celular.

É dele. *Está acordada?*

Eu: *Sim. Quer conversar?*

Ele: *Não.*

Eu: *Não...?*

Ele: *Quero ver você. Estou aqui fora, em frente à sua casa.*

Eu: *Em frente à minha casa? Agora?*

Eu corro para a janela. Meu coração dispara.

Eu vejo o jipe dele. E mais do que tudo, quero ver Cash.

19

Eu me viro para ir até a porta, mas ouço o velho assoalho de madeira rangendo embaixo dos meus pés descalços. Paro e percebo que estou vestindo apenas shorts e uma camiseta combinando.

Estou decente?

Sim. Embora esteja sem sutiã, a blusa não é justa.

Meu próximo pensamento é se minha mãe está me ouvindo.

Corro de volta para a janela.

Não tem tela. Estou prestes a destrancá-la quando meu celular tocar novamente.

Ele: *Isso significa que você não quer me ver?*

Eu: *Estou abrindo a janela.*

Ouço a porta do jipe abrir e fechar, e vejo Cash. O peso no meu peito diminui como neblina se dissipando.

Ele parece tão lindo, caminhando em direção à minha janela... Em direção a mim.

— Tenho medo de acordar minha mãe, se abrir a porta da frente — sussurro.

Ele olha para cima.

— Você quer que eu entre?

— Não, eu vou sair. — Olho para baixo. É apenas uma queda de um metro de altura. Considerando que tenho um metro e setenta de altura, não é nada. Coloco o tronco para fora da janela, monto no parapeito, depois me viro e coloco a outra perna para fora. Estou inclinada para a frente, sentada na janela. Tudo que preciso fazer é saltar.

— Eu pego você. — As palavras dele soam tão doces. Eu quero que ele me pegue.

Cash estica a mão e eu salto. As mãos deslizam para baixo da minha blusa de pijama. Sinto o toque dele na minha cintura nua, e é tão bom, tão quente, tão doce. Eu instantaneamente sinto borboletas no estômago.

Quando coloco os pés no chão, recupero o fôlego, não por causa do salto, e sim em razão do toque de Cash. Ele me puxou para mais perto ou eu é que me aproximei?

Nós nos beijamos. Os lábios macios de Cash deslizam sobre os meus. As mãos dele descansam na minha cintura, e seus polegares fazem pequenos círculos nas minhas costas, logo acima da minha cintura. Minhas mãos se movem para a cintura dele.

Eu me inclino mais para perto. Meus seios, sem sutiã, estão comprimidos contra o peito sólido dele. Uma emoção, um doce formigamento, toma conta de mim.

— Uau. — Ele se afasta.

— Sim. — Eu sorrio. — Eu queria mandar uma mensagem para você.

— Por que não mandou?

— Achei que estivesse dormindo.

— Não consegui dormir — ele diz.

— Nem eu.

— Noite ruim? — ele pergunta.

— Sim. E você?

— Sim. Mas está melhor agora. — Ele se aproxima e me beija novamente. Desta vez, a língua dele desliza entre os meus lábios; sua boca tem gosto de menta, como se ele tivesse tomado um refresco.

Quando o beijo termina, estamos ambos sem fôlego.

— Você quer ir a algum lugar?

Eu reviro os olhos.

— Estou de pijama e descalça.

Seus olhos se desviam para os meus pés.

— Que fofura...

Enfio os dedos na grama quente.

— Meus pés?

— Você inteira! — diz ele. — Quer se sentar na varanda?

Eu ouço um miado. Félix pula no peitoril da janela do meu quarto.

— Não! — digo a ele, e Félix volta para o meu quarto. Cash fecha a janela.

— Talvez no seu carro — eu digo, sem querer que ninguém me veja de pijama, beijando um cara na minha varanda da frente.

— Tudo bem. — Ele tira a mão da minha cintura e segura a minha mão enquanto caminhamos para o carro dele. Eu entrelaço meus dedos nos dele.

— O que aconteceu? — pergunto, lembrando-me do comentário sobre a noite ruim. — Eles não me viram, não é?

— Não. Só um pouco mais da mesma ladainha.

— Você quer dizer deixar o emprego e ir para uma faculdade melhor?

— Sim — diz ele.

— Lamento por você.

Chegamos ao jipe de Cash.

— Você quer sentar no banco de trás?

Lembro-me do comentário de Lindsey sobre não querer que David pensasse que ela queria se sentar no banco de trás.

— Só para conversar — diz Cash, como se estivesse lendo meus pensamentos. — E beijar. — Ele parece envergonhado. — Não é para... você sabe.

— Sei. — Eu sorrio porque acredito nele. Cash não está ali para tentar algo para o qual eu não esteja pronta.

Fico na ponta dos pés e beijo a bochecha dele.

— Obrigada.

— Pelo quê?

— Por vir aqui.

Cash abre a porta de trás e entra no jipe depois de mim. O console entre os assentos está abaixado. Deslizo apenas até a metade do banco e fico perto dele. Cash se acomoda ao meu lado e fecha a porta.

— Ovelhas — diz ele.

— O quê? — pergunto.

— Você tem ovelhas nos shorts e na blusa.

Eu olho para baixo.

— Estou de pijama.

— Eu sei. — Sorrindo, ele tira meu cabelo da bochecha. — Ah, tome.

Ele tira algo do bolso. É um saquinho.

Eu sorrio ao ver o que é.

— Skittles vermelhos. Obrigada. — Coloco um na boca.

Então coloco um na boca dele.

— O que fez a sua noite ficar ruim? Encontrar os Fuller no restaurante?

— Em parte. E eu sou uma quebradora de ovos agora.

— O quê?

— Lembra que eu acusei você de ser um quebrador de ovos enquanto eu sou alguém que gosta de pôr panos quentes?

— Sim. O que você fez?

— Fiquei com muita raiva. Disse ao meu pai o que eu pensava dele por ter saído de casa e me deixado sozinha para cuidar da minha mãe doente.

— Muito bem. — Seu tom carinhoso me atinge em cheio no coração. — O que ele disse?

— Acho que meu pai finalmente percebeu o idiota que ele foi.

— Isso foi bom? — pergunta Cash.

— Não. Na verdade, não. Eu o magoei. — Mordo o lábio. — Ele chorou. Implorou para que eu o perdoasse.

— E você o perdoou — ele diz quase como se fosse uma coisa ruim.

— Não. Eu disse a ele que não era fácil. Mas eu falei que ainda o amo.

— Você é uma pessoa melhor do que eu — Cash diz.

Eu vejo algo nos olhos dele.

— Quem você precisa perdoar?

— Muitas pessoas.

Ele me beija novamente. Eu me perco na sensação da sua boca contra a minha.

Em alguns minutos, estamos deitados no assento, um de frente para o outro. Nós nos beijamos, nos beijamos e nos beijamos. As minhas mãos estão em seu peito; as dele, ainda na minha cintura. Ele sobe a minha blusa nas costas e suas mãos começam a vir para a frente. Para os meus seios.

Então ele tira as mãos das minhas costas e enterra o rosto no meu pescoço. Sinto sua respiração contra minha bochecha. Eu abro os olhos. As janelas do carro estão embaçadas. Ele levanta a cabeça e eu vejo seus olhos. As pupilas estão dilatadas. Eu sei que ele parou para cumprir sua promessa. E eu quase gostaria que ele não tivesse prometido nada.

Cash sorri. Eu sorrio de volta.

— Eu precisava disso — ele diz. — Você me faz... esquecer as coisas ruins.

— Sim. — Eu o beijo outra vez, mas termino rapidamente. Lá no fundo, sei que precisamos desacelerar. Sei o que vem a seguir. E, embora pareça ótimo, não estou realmente pronta para o próximo passo.

Eu toco os lábios dele.

— Você faz eu me sentir tão... normal.

— Normal? — Ele sorri contra os meus dedos. — Para uma garota que lê histórias de amor, acho que você pode fazer melhor do que isso.

Eu solto uma risada.

— Não, quero dizer, não sou Chloe, cuja mãe tem câncer ou está depressiva. Ou Chloe, cujo pai é um cafajeste. Ou Chloe que pode ser uma garota sequestrada. Sou apenas uma garota normal, sentindo coisas incríveis enquanto beija um cara muito gato.

— Gosto da parte do "cara muito gato" — diz ele.

— Eu gosto do cara muito gato.

— Você é incrível. — Cash corre um dedo pela minha bochecha.

Lembro-me do que eu queria dizer a ele.

— Você estava certo. Meus pais usaram a Agência de Adoção New Hope.

— Como você sabe?

— Perguntei ao meu pai.

— Você contou a ele...?

— Não, eu disse que estava curiosa e pedi que não comentasse nada com a minha mãe.

Cash assente.

— Deveríamos ir até essa agência. Pedir para ver a sua documentação.

— Eles me deixariam ver? — Sento-me.

— Você não tem 18 anos ainda, mas logo terá, então quem sabe? Talvez deem algum papel para seus pais assinarem.

A mágica do beijo começa a desaparecer e eu me lembro do que estou enfrentando.

— Eu quero fazer isso. Vou fazer, mas... — Eu me lembro de ouvir minha mãe rindo aquela noite. — Não posso pedir para a minha mãe assinar nada. Isso pode deixá-la ainda mais deprimida.

— Eu poderia forjar a assinatura dela.

— Isso é ilegal.

— Não tão ilegal quanto sequestrar uma criança.

Sim, a mágica se foi.

— Meus pais não me sequestraram. Eles me adotaram.

— Eu não quis dizer... — Cash hesita. — Antes de irmos, precisamos saber tudo que for possível. Vou tentar dar uma olhada no arquivo. Podemos ir à agência na segunda-feira.

Concordo.

Os olhos verdes encontram os meus com cautela.

— Quando perguntei se você se lembrou de algo de antes da adoção, você disse "mais ou menos". Do que você se lembra?

— Nem chega a ser uma lembrança completa. Estou sentada num sofá, ele é marrom-claro e manchado. Estou chorando, assustada. Calço sapatos pretos de verniz, com fivelas. O tapete é sujo. E estou usando um vestido de princesa e segurando uma tiara.

— Havia alguém com você?

— Não sei. Tudo o que sei é que estou com medo.

— Como se você tivesse sido sequestrada?

— Não sei, mas esse sentimento, esse mesmo medo, às vezes eu sinto do nada. — Minha garganta dá um nó. — Ou talvez seja do dia em que a minha mãe me deixou na agência de adoção. E se estivermos errados? E se tudo isso for uma coincidência? E meus verdadeiros pais simplesmente não me queriam?

Ele franze a testa.

— São muitas coincidências. Sua vida aqui. O nome do seu gato. A data em que Emily foi sequestrada e que você foi adotada. A sua boneca.

— Sim, mas ainda assim podem ser simples coincidências.

O ombro dele se aproxima do meu.

— Vamos descobrir.

Fecho os olhos e me lembro de quase ouvir alguém me dizendo que minha mãe e meu pai não me queriam mais. Isso aconteceu ou foi só uma impressão que eu tive? E o machucado no rosto...?

— Você acha que, se os Fuller tivessem me visto, eles me reconheceriam?

— Sim. Você está como naquela foto.

Eu me inclino contra ele.

— Isso é tão difícil...

— Eu sei — diz Cash.

Nesse momento, um carro para em frente à casa de Lindsey. Vejo quando os faróis se apagam.

— É Lindsey voltando para casa, depois do encontro com David. — Eu me abaixo no assento e o puxo para baixo. Ele volta a se levantar.

— Opa! Eles estão na varanda. Vão se beijar.

— Pare de bisbilhotar. — Mas então eu me levanto e vejo David beijar Lindsey.

— Que bom! — digo, esperando que Lindsey não esteja pensando em Jonathon.

— Isso é mais que bom. — Cash me puxa para baixo e me beija. E ele está certo. É mais do que bom.

Nos beijamos até ouvirmos o carro de David se afastar. Então eu digo:

— Já é tarde.

— Tem razão. — Ele me leva de volta até a janela e a abre.

Eu calculo a altura.

— Entrar vai ser mais difícil do que foi para sair.

— Salte e eu te dou impulso. — Ele pega os Skittles da minha mão e os coloca no bolso.

Apoio as mãos no parapeito da janela e pulo. As mãos dele empurram meu traseiro e Cash me dá impulso para cima. Metade do meu corpo já está do lado de dentro. De repente, acho engraçado. Dou risada e olho para trás.

— Já pode tirar as mãos da minha bunda agora.

— Eu estava apenas ajudando — diz ele, e sorri.

Acabo de escalar a janela, depois me viro e olho para Cash.

Ele me entrega as balas e depois dá um salto se apoiando no parapeito. Seus ombros enchem o espaço da janela, os bíceps musculosos enrijecendo, os olhos verdes nos meus.

Ele me dá um breve beijo de despedida.

— Bons sonhos.

— Você também.

Eu o vejo voltar para o carro. Corro a língua pelos lábios para saborear o gosto do beijo dele. Mesmo com todos os problemas, pela primeira vez estou começando a gostar de morar em Joyful.

20

Depois do café da manhã de domingo, Cash me envia uma mensagem, dizendo que vai estar aqui em casa às onze para me pegar. Corro e me arrumo, e, um pouco depois das dez, dou uma passada na casa de Lindsey. Cumprimento Lola e a mãe de Lindsey me acompanha até o quarto dela. Assim que a porta se fecha, ela diz:

— Ele me beijou duas vezes enquanto estávamos na sala de jogos, jogando sinuca.

— E uma vez quando te acompanhou até a porta. — Eu me sento na cama dela.

Lindsey parece chocada.

— Você estava me espionando?

— Não. Estava no carro de Cash quando David trouxe você para casa.

— Cash? Pensei que você tivesse saído com seu pai.

— Eu saí, mas, à meia-noite, Cash me mandou uma mensagem e disse que estava no jipe , em frente à minha casa.

— E...? — ela pergunta.

— Foi muito bom. — Estou sorrindo e pensando em cada arrepio e emoção. Como era a sensação da mão dele nas minhas costas nuas... mas não quero compartilhar essas coisas com Lindsey. É quase como se esses momentos deixassem de ser tão especiais se eu os compartilhasse. Eles são o meu segredo. — Mas diga como foi o seu encontro.

Ela passou a descrever todo o encontro, contando que venceu David na sinuca e que eles riram muito por causa disso, depois acrescentou:

— Ah, adivinha quem veio aqui a noite passada?

— Jonathon — eu respondo. — Eu estava esperando meu pai na varanda quando ele parou a picape. — Contei que a mãe dela tinha fechado a porta na cara de Jonathon. Então contei que ele tinha ido falar comigo.

— Cretino. Veio me ver e depois te convidou para sair.

— Ele não disse um encontro, mas...

— Mas ele quis dizer isso. Ugh! Aquele idiota!

— Sim. Ele é mesmo.

Ela sorri.

— Você vai sair com Cash hoje?

— Às onze.

— Quer que eu ajude você a escolher algo para vestir?

Eu faço uma careta.

— Estava pensando em ir assim mesmo.

— Levante-se.

Eu faço o que ela pede. Ela me olha e de repente me sinto incrivelmente insegura. Lembro-me de Kara e Sandy sempre me dando conselhos de moda.

— O jeans está ótimo. Mas vista aquela sua blusa vermelha e as botas pretas. E passe mais brilho labial e rímel.

— Ok. — Eu me sinto um pouco melhor quando lembro que usei aquela roupa na escola, e não me sinto tão malvestida assim. Pego o celular no bolso para ter certeza de que não vou me atrasar.

— Você perguntou ao seu pai sobre a agência de adoção?

— Sim. — Conto a Lindsey toda a história do meu pai. Os Fuller no restaurante. Ela ouve cada palavra com atenção, sussurrando "Merda!" e "Cruzes!" a cada poucos minutos.

Depois conto a ela que Cash quer fotografar toda a papelada que os Fuller têm sobre Emily.

— Ele diz que deveríamos ir à agência.

— O que você vai fazer se descobrir que é realmente Emily?

A pergunta é simples, mas de repente não me parece nada simples.

— Como assim?

— Você vai morar com eles? Não acha que os Fuller vão esperar isso de você? Quero dizer, você está prestes a ir para a faculdade e eles não a veem há uns... quinze anos?

A pergunta bate no meu peito como uma bola de futebol que não vejo de onde veio — e me tira o fôlego. *Morar com eles?*

Lindsey continua falando, algo sobre não querer que eu mude de endereço, mas mal estou ouvindo.

Eu não tinha pensado ainda no que os Fuller poderiam esperar de mim. Não fisicamente. Não emocionalmente. Devo amá-los instantaneamente assim como amo minha mãe e meu pai? E se eles me culparem por não me lembrar deles? Por não encontrar meu caminho para casa mais cedo? E se eles *de fato* esperarem que eu more com eles?

Domingo, quando Cash desceu as escadas para ir à casa de Chloe, o sr. Fuller estava saindo da cozinha.

— Ei, quer fazer uma corrida comigo?

— Não posso. Vou encontrar o grupo de estudo novamente. Eu já disse à sra. Fuller.

O sr. Fuller assentiu.

— Qual é o nome dela?

— O quê? — O sr. Fuller soltou uma risada. — Nenhum cara toma banho e sai cheirando a perfume antes de ir estudar. E você sorriu durante todo o café da manhã. Qual é o nome dela?

Cash queria negar, mas cedeu.

— Chloe.

— Ela é bonita?

Merda. Por que contou a ele?

— Por favor... não conte à sra. Fuller.

— Por quê? Ela ficaria contente.

— Ela vai querer conhecê-la e...

— Por que não quer que a gente conheça a garota? — ele perguntou, a sobrancelha erguida, com preocupação.

— Porque não estamos nessa fase ainda.

O homem se inclinou na direção de Cash.

— Em que fase vocês estão? — Quando Cash não respondeu, ele disse: — Você precisa... de proteção? Porque...

— Não. — Cash percebeu o seu enorme erro ao contar ao sr. Fuller o nome de Chloe. Quando a verdade viesse à tona, ele perceberia que Cash estava saindo com a filha dele.

— Olha, sei o que acontece depois que vocês estão namorando há algum tempo...

— Eu preciso... ir — disse Cash, já abrindo a porta.

Enquanto estava a caminho da casa de Chloe, ele refletiu por um minuto sobre quais seriam as repercussões do namoro entre eles. Droga, se ela fosse Emily, os Fuller provavelmente iriam querer que ela namorasse alguém melhor.

Quanto mais distante Cash estava da casa dos Fuller, no entanto, menos ele se preocupava com isso e mais pensava em Chloe. Em como a noite passada tinha sido maravilhosa. Ele mal tinha dormido à noite, lembrando de cada toque, cada risada, cada sensação do corpo dela contra o dele. Cash nunca havia sentido nada parecido. Sim, ele já tinha saído com muitas garotas. Gostava de estar com elas. Mas não era a mesma coisa. Aquilo era mais intenso. No entanto, de alguma forma, mais confortável.

Quando estava quase na casa dela, ele percebeu que não tinha vontade nenhuma de conhecer a mãe de Chloe. Algo lhe dizia que ela não ia gostar dele.

Quando estacionou em frente à casa de Chloe, ele deixou as preocupações de lado. *As pessoas são como cães, conseguem farejar o seu medo!*

Ao entrar na varanda, viu a mãe de Chloe através da janela.

Ela estava vestindo jeans muito grandes, uma camiseta e uma bandana. Parecia doente. Jesus, ele esperava que o médico estivesse certo sobre ela estar bem... Cash bateu na porta. A sra. Holden atendeu.

— Oi. — Ele ofereceu o que esperava ser um sorriso descontraído.

— Estou indo! — ele ouviu Chloe gritar.

— Entre — disse a sra. Holden.

— Como vai? — Cash entrou na sala de estar.

— Tudo bem. — Ela o estudou com aquele olhar novamente. Como se ele não fosse bom o bastante. E ela estava certa, mas...

Chloe veio franzindo a testa e praticamente o arrastou porta afora.

— Tudo ok? — ele perguntou.

Chloe olhou para a casa, atrás dela, como que preocupada com a possibilidade de a mãe ouvir.

— Não.

Não? Os dois entraram no jipe dele.

— O que há de errado?

— Eu não sei se consigo fazer isso.

As palavras de Chloe afundaram no peito dele.

— Fiz algo errado ontem à noite?

— Não. Eu quero dizer, a coisa toda de Emily.

— O que aconteceu?

Ela caiu contra o encosto do banco.

— Eu simplesmente não sei como os Fuller vão reagir ou o que eles vão esperar de mim.

Ele começou a dirigir.

— Você disse ontem à noite que queria fazer isso.

— Eu quero, mas...

— Eles vão ficar eufóricos por tê-la encontrado e eu não sei o que você quer dizer sobre o que vão esperar de você.

— Aonde estamos indo? — ela perguntou.

— Para o parque, conversar. — O silêncio os seguiu até chegarem. Quando Cash desligou o motor, olhou para ela.

Ele queria beijá-la, mas não parecia o momento certo.

— Por que está preocupada com isso?

— É só que...

— Você está com medo de saber que seus pais sequestraram você?

— Por mais que ele quisesse acreditar que não era esse o caso e por mais que a infância perfeita que Chloe tivera fosse um indício de que eles não eram do tipo que sequestra crianças, Cash ainda tinha dúvidas.

— Não! — Ela retrucou. — Eu já disse que meus pais não fariam isso.

— Então, o que é?

Chloe suspirou.

— E se eles me culparem por não me lembrar deles? Por não encontrar o caminho de volta para casa? Ou se esperarem que eu os ame logo de cara, como eu amo a minha mãe e o meu pai? Eu não conheço os Fuller.

— Culpar você? Você não tinha nem 3 anos de idade. E eles vão ficar tão felizes ao ver que está viva que não vão julgá-la pelo que você sente.

Ela torceu as mãos no colo.

— E se tentarem me fazer morar com eles? Eu não posso abandonar minha mãe. Eu não vou fazer isso.

— Você tem quase 18. Ninguém pode obrigá-la a fazer nada.

— Eles ainda podem tentar e...

— Por que se preocupar com isso agora? Vamos primeiro descobrir se você é de fato Emily.

Ela mordeu o lábio.

— Só se você me prometer uma coisa.

— O quê?

— Mesmo que eu acabe descobrindo que sou filha dos Fuller, é minha escolha contar a eles ou não.

— O quê? Você está dizendo que talvez não conte a eles?

— Eu simplesmente não sei como a minha mãe vai reagir a isso. Preciso saber a verdade, mas não posso deixar que isso a magoe. E...

— E o quê? — Cash perguntou, vendo os olhos dela se encherem de lágrimas.

— Eu me sinto... desleal. Como se querer conhecer meus verdadeiros pais fosse como dizer que os meus pais adotivos não bastam. Como se tudo que eles fizeram por mim não contasse.

— Você não está dizendo isso...

— Eu sei que é loucura, mas minha mãe está sofrendo muito agora.

Cash olhou para ela.

— Você só está com medo.

— Sim, estou com medo. Essa coisa toda é uma loucura.

— Ok, entendi, mas você não pode esconder isso deles.

Droga, Chloe não estava vendo a situação como um todo.

— Você acha que os Fuller não estão sofrendo? Você sabe quantas vezes eu já vi a sra. Fuller chorar? Se você é filha deles, eles merecem saber. Eles não fizeram nada errado.

— Nem meus pais — disse Chloe. — Um dia vou contar a eles. Posso até fazer isso quando descobrirmos. É só que... se minha mãe ainda estiver assim, então quero ter certeza de ela vai conseguir encarar a situação. — Ela suspirou. — Por favor, Cash. Prometa que vai deixar que eu decida isso.

21

Ele me dá sua palavra. Mas posso dizer que não ficou feliz por fazer isso. Saímos do parque e vamos para o Whataburger. Pedimos os lanches e ficamos ali sentados, quando meu celular toca, avisando sobre a chegada de uma mensagem. É do meu pai. Abro a tela. Uma imagem aparece. É preciso um segundo para descobrir o que é, mas, quando descubro, meu coração dá um salto.

É o meu quarto. O *meu* quarto! Ele levou minhas coisas de volta. Então leio a mensagem: *Seguro do carro pago. Desculpe, estava atrasado.* Eu sorrio, mas lágrimas enchem meus olhos.

— O que foi? — pergunta Cash.

— Meu pai me devolveu o meu quarto. — Eu pisco, tentando afastar as lágrimas. — Desculpe.

— Por quê?

— Você já me viu chorar quantas vezes? Sei que garotos odeiam isso. — Eu faço uma careta.

— Eu não me importo. Não se a garota tiver um motivo real. Você anda passando por um bocado de coisa ultimamente. — Ele olha para sua bebida e gira o canudo. — Você nunca chorou na frente de Alex?

Lembro-me de que, quando meu pai foi embora e mesmo quando minha mãe teve câncer, eu guardei tudo dentro de mim. Apenas uma vez realmente perdi o controle na frente de Alex. Foi quando minha mãe foi diagnosticada. Ele me pegou em casa e, quando entrei no carro, comecei a chorar.

Alex me abraçou como se estivesse pouco à vontade e disse que ele entenderia se eu não quisesse ir para a casa dele. Esse foi o jeito de ele dizer que estava tudo bem se não transássemos. Na época, eu vi isso como uma forma de apoio. Mas agora eu me lembro de que ele me levou para casa uma hora depois. Era como se não soubesse lidar com a minha tristeza.

Eu comparo isso com o jeito como perdi o controle na frente de Cash várias vezes. Então me lembro de como pedi desculpas por despejar meus problemas em cima dele. O que foi que ele disse? *Eu aguento.*

Erguendo o olhar, percebo que Cash está esperando uma resposta.

— Não. Alex não sabia ser muito solidário.

— Eu sabia que não gostava muito dele. — Havia um tom de provocação na voz de Cash, mas também um toque de verdade.

Nossos cheeseburgers e batatas fritas chegam.

Devoro uma batata frita e sinto um pouquinho de ketchup no canto da minha boca. Pego um guardanapo, mas Cash é mais rápido e passa o dedo na minha boca. Nossos olhares se encontram. A lembrança de beijá-lo na última noite, de suas mãos nas minhas costas nuas, provoca um ardor no meu peito. E pelo ardor em seus olhos verdes, sei que ele está pensando a mesma coisa.

No domingo seguinte, estou me vestindo para sair com Cash outra vez. Esta semana eu fui pega numa montanha-russa de emoções. Preocupada com minha mãe, com meu pai, em ser Emily. Até comecei a acordar com medo. Quase como se estivesse revivendo alguma coisa. Eu tento, com todas as minhas forças, ignorar tudo isso. Não adianta voltar ao passado para encontrar problemas. Um passado que pode nada mais ser do que a imaginação de uma criança. Eu já tenho muitos problemas no presente para resolver. Fora isso, quando estou com Cash, parece que estou caminhando nas nuvens.

Como o sr. Fuller tirou alguns dias de folga, Cash não conseguiu colocar as mãos no arquivo até esta manhã, quando os pais adotivos saíram para tomar o café da manhã. Cash está mais chateado com esse atraso do que eu. Não que eu não queira desvendar esse enigma, mas é que minha mãe não está facilitando. Eu até me ofereci para caminhar com ela, mas ela recusou.

— Aonde você vai? — minha mãe pergunta quando saio do meu quarto.

— Vou sair com Cash. Eu te disse ontem.

— Esqueci. — Ela se reclina no sofá.

Minha mãe está esquecendo muita coisa ultimamente.

Ouço o motor do carro de Cash e, como minha mãe ainda está de pijama, eu vou encontrá-lo lá fora.

Nós nos beijamos quando entro no jipe.

— Você está bem? — Cash pergunta.

Ele é bom em entender o meu humor.

— Sim. É só a minha mãe. Ela ainda está no maior baixo astral.

— Lamento. — Ele se dirige para a gráfica, onde vamos tirar cópias. — A impressora deles tem um cartão de memória. Está aqui comigo.

A impressora deles. Eu olho para Cash.

— Você sempre diz "a casa deles" ou "a impressora deles", como se nada fosse seu.

— Nada é meu — Cash diz como se não entendesse o que eu quero dizer.

— Eu sei, mas é como se... Você não se sente à vontade lá?

Ele hesita.

— Me sinto, sim.

— Mas você não se sente em casa, não é? — E se Cash não se sente, não sei se *eu* vou me sentir. Não que eu fosse morar com eles, mas que tipo de pessoas os Fuller são?

A pergunta parece incomodá-lo.

— Eles só estão cuidando de mim temporariamente, por causa do programa de adoção do governo.

Eu tento entender o que ele está dizendo.

— Então eles tratam você como se estivessem apenas oferecendo um lar temporário?

Cash franze a testa.

— Eu estou num lar temporário. — O tom de voz dele provoca um aperto no meu coração.

Ele entra no estacionamento da loja e para o carro. Então olha para mim.

— Eles não me tratam mal. São até bons demais para mim. Eu só não sinto que faça parte da quela família.

— Por que não?

Ele olha para o para-brisa.

— Eles merecem ter a verdadeira filha de volta. Eles merecem você.

— Nós não sabemos se sou Emily.

— Ok, eles merecem alguém como você. Alguém bom.

— Você não é bom?

Cash franze ainda mais a testa.

— Você não entende, porque nunca morou num lar temporário.

De acordo com a minha mãe, morei, sim, mas não me lembro, por isso não conto.

— Esta é a quarta família com quem moro. Você aprende a não começar a pensar nela como sua casa, porque as coisas podem mudar.

Um nó se forma na minha garganta.

— Eu não posso imaginar como seja crescer dessa maneira.

— Não é tão ruim... Só estou explicando por que as coisas são diferentes. A última coisa que eu quero é que você comece a sentir pena de mim. Eu odeio isso. — Cash sai do jipe.

Faço o mesmo.

— Eu não tenho pena de você — minto.

Vamos até um balcão nos fundos da loja.

— Posso ajudá-la? — um rapaz me pergunta.

Cash é quem fala:

— Preciso imprimir algumas cópias de uns arquivos que estão num cartão de memória.

— Tudo bem. — O olhar do cara permanece em mim. — Posso fazer isso pra você.

— Não. Pode deixar que eu faço sozinho — diz Cash. — Já fiz isso antes.

O cara assente e finalmente olha para Cash.

— Vou ligar o número um.

Em alguns segundos, Cash conecta o cartão de memória a um computador e digita algo no teclado. A impressora começa a cuspir papéis.

Cash pega a minha mão.

— Quer ir tomar alguma coisa depois? Podemos examinar tudo enquanto bebemos.

— Certo. Mas preciso estar em casa às quatro. Tenho lição de casa.

— Você deveria ter trazido. Poderíamos fazer juntos.

— Sim. Mas não quero que minha mãe fique sozinha por tanto tempo.

— Ok. — O computador para de imprimir. Cash junta os papéis e pega o cartão de memória.

— Posso dar uma olhada? — fala o cara atrás do balcão.

— Vou pagar no caixa. — Enquanto avançamos, Cash sussurra: — O cara não tira os olhos de você.

— O quê?

— Aquele cara está de olho em você.

— Nada a ver — digo.

Quinze minutos depois, estamos sentados numa pequena lanchonete e ele tira os papéis do envelope e os organiza em duas pilhas.

— Tirei duas cópias de cada, para que cada um de nós possa ficar com uma.

Observo as pilhas crescerem com o que parecem ser cópias de artigos de jornal. Alguns deles têm fotos da bebê Emily Fuller. Fico novamente chocada ao ver como elas se parecem com as fotos do álbum da minha avó.

Cash finalmente termina de arrumar as folhas em duas pilhas iguais, mas ainda está segurando uma folha na mão.

— Droga. Está faltando uma.

— Você acha que deixou no banco de trás do carro?

— Espero que sim. — Ele parece preocupado.

— É um problema se a perdemos?

— Não, é só que... Você nunca deve deixar rastros.

— Rastros?

Cash olha para mim.

— É só algo que o meu pai costumava dizer.

É a primeira vez, desde que nos conhecemos, que o ouço mencionar o pai numa conversa casual.

— Você sente falta dele?

— O quê? — ele pergunta, franzindo a testa.

— Você mencionou seu pai e eu... eu me pergunto se você ainda sente falta dele.

— Não. — Seu tom é brusco.

Lembro-me de Paul mencionando o boato de que Cash havia assassinado o pai. Eu não acreditei na ocasião, e Cash me disse que o pai morreu num acidente de carro, mas, por algum motivo, ele não parece... lamentar a morte do pai.

— Ele era um bom pai?

— Não. — Ele examina a folha em sua mão.

Uma dor aguda atinge o meu peito.

— O que ele fazia?

Cash olha para mim.

— Digamos que, se existe um livro de regras sobre como ser um bom pai, ele nunca o leu.

Eu quero pedir detalhes, mas algo me diz que Cash não quer dar mais nenhum. Acho que, se uma coisa realmente ruim tivesse acontecido comigo, eu também não ia querer falar a respeito. Por outro lado, algo de fato aconteceu na minha vida. Eu fui abandonada por alguém que não me quis ou fui sequestrada. De todo jeito, isso é ruim.

Cash analisa as pilhas de papel.

— Deve ter alguma coisa aqui que nos ajude.

— O que você está procurando?

— Não sei. Algo que possa... acionar a sua memória.

Eu estremeço ao me lembrar de acordar com medo. Quero mesmo que a minha memória seja acionada? Eu quero. Mas também não quero. Passo a mão na parte de trás do meu pescoço.

— O que foi?

— Estou com medo, mas é bobagem. Hoje não é por mim que tenho medo. É como se eu estivesse sentindo o mesmo medo de quando era pequena. Não faz sentido.

— Eu acho que faz, sim. — Ele descansa a mão na minha. — Às vezes o passado nos assombra.

Olho para Cash e vislumbro sua dor.

— O que assombra você?

Ele balança a cabeça.

— Vamos analisar esses papéis. Tenho um palpite de que algo aqui vai nos mostrar onde procurar respostas.

Ele pega uma folha.

— Lembra que eu disse que precisávamos conversar com a babá?

— Sim. — Eu me inclino e chego um pouco mais perto.

— Eu estava lendo um artigo na internet que dizia que a polícia suspeitava que ela havia participado do sequestro.

— Ela foi presa?

— Não, eles não tinham provas. Mas o estranho é que ela até descreveu um homem que disse que falou com você no parque aquele dia. Acho que a polícia não acreditou nela. Estou esperando descobrir algo aqui que nos ajude a encontrá-la, porque o nome dela, Carmen Gonzales, pode muito bem ser falso. E eu também quero ligar para ela ou, melhor ainda, ir vê-la para fazer perguntas.

Essa ideia me assusta.

— Mas, se ela participou do sequestro, não vai nos contar nada.

— Se ela se recusar a conversar, essa será uma pista.

— Mas ela não vai ficar imaginando por que você está fazendo perguntas? Você não pode contar a ela sobre mim.

— Eu não vou. Vou inventar alguma coisa. Talvez dizer que a minha irmã desapareceu na mesma época e estou procurando alguma semelhança entre os dois casos. Ou que eu tinha uma irmã adotiva que parecia Emily Fuller e está na Califórnia agora e eu disse a ela que investigaria.

A resposta de Cash me espanta.

— Uau. Você é bom em... — quase digo "mentir" — inventar histórias.

— Eu disse que vamos descobrir a verdade.

Pego uma folha com uma foto do sr. e da sra. Fuller. Alguns desses artigos são os mesmos que li na biblioteca.

— Eu costumava me perguntar como eram meus pais de verdade. E, quando conhecia outras crianças que se pareciam comigo, eu me perguntava se seriam meus irmãos. Se meus pais me abandonaram, talvez tivessem feito o mesmo com outros filhos. Até eu ter uns 8 ou 9 anos, sempre que minha mãe ou meu pai ficavam chateados comigo, eu tinha medo que também me abandonassem, como meus pais biológicos.

Eu respiro, para aliviar o peso no meu peito, e percebo que provavelmente é assim que Cash se sentiu a vida toda também.

— Então você sempre soube que era adotada? Não é algo que eles acabaram te contando um dia?

— Eu acho que sempre soube. — Minha mente me leva de volta a um mosaico de lembranças de que sou adotada. A maioria delas é dolorosa. — Na segunda série, minha professora estava grávida. Um dia, cheguei em casa chorando porque ela parecia muito feliz por ter um bebê na barriga, e eu estava com medo de que a minha mãe não conseguisse me amar tanto quanto a professora amava seu bebê, porque eu não tinha nascido da barriga dela.

— O que sua mãe disse? — ele pergunta.

— Que uma pessoa ama com o coração, e não era preciso estar na barriga de alguém para estar no coração. Ela me perguntou se eu a amava menos porque sabia que não tinha nascido da barriga dela.

Cash aperta a minha mão.

— Acho que ela disse a coisa certa.

Lágrimas enchem meus olhos.

— Sim, ela sempre dizia a coisa certa. Eles me amam. Mas... Eu ainda questionava isso. Sempre existiu um vazio aqui. — Coloco a mão no centro do meu peito. — Quando meu pai foi embora e minha mãe e eu nos mudamos para cá, senti isso ainda mais. — Engulo em seco. — Acho que é isso que eu quero no final das contas. Não sentir mais esse vazio.

Ele aperta minha mão outra vez.

— Podemos conseguir isso.

Seu tom é tão carinhoso, seu sorriso é tão acolhedor, que eu sei que nunca recebi isso de Alex. Eu me inclino para a frente e o beijo. Ele me beija de volta.

Quando o beijo termina, estamos ambos sorrindo. Coloco a mão no peito dele.

— O que posso fazer para ajudar você a preencher esse vazio?

Cash parece surpreso.

— Eu não sinto um vazio.

Não discuto com ele, mas sei que é mentira. Tenho certeza de que existe um vazio maior que o meu ali.

Parte de mim se pergunta se isso não foi parte do motivo da atração entre nós. Se não foi o que me levou a defendê-lo para a srta. Anderson. A concordar em encontrá-lo no café. Talvez pessoas feridas sejam inconscientemente atraídas umas para outras.

Isso explicaria por que Alex não conseguiu me compreender. Talvez pessoas que andam por aí com vazios no peito instintivamente se reconheçam.

Também quero ajudá-lo a preencher esse vazio. Eu me lembro das mensagens de texto vermelhas do Skittles e ele comprando as balas para mim e como isso me deixou... feliz.

— Qual é o seu doce favorito?

— Skittles vermelhos. — Cash sorri.

— Esse é o meu. E o seu?

— Aqueles caramelos macios.

— Qual é a sua banda favorita?

— The Black Keys.

— O que você mais gosta de fazer? — pergunto.

Ele sorri e eu sei que ele está pensando em sexo. Bato no peito dele.

— Além disso.

Ele ri.

— Beijar você.

— O que você mais gosta de fazer que não tem a ver comigo. E se responder que é beijar outra pessoa, vou bater em você.

O sorriso dele se amplia.

— Deitar na cama e ouvir música. É como uma recompensa depois de ter concluído alguma coisa, como a lição de casa ou uma prova.

— O que...?

Ele coloca o dedo sobre os meus lábios, como se para eu desistir de fazer perguntas.

— Deveríamos estar lendo estes artigos. São quase três horas.

— Eu sei — digo. — Mas há tantas coisas que eu gostaria de saber sobre você, e isso é bom.

— Sim, é bom. — Ele toca o meu rosto.

Olho as pilhas de papéis.

— O que temos entre nós é maior que tudo isso, certo?

— Claro!

Eu indico os papéis com a mão.

— Isso me assusta.

— Eu sei — Cash diz como se realmente entendesse.

— Isso — eu faço um gesto com a mão entre nós — meio que me assusta também.

— Por quê? — A preocupação enche os olhos dele.

— Porque sou uma idiota insegura às vezes. Porque meu coração já se partiu duas vezes. Uma vez por causa de Alex e outra vez por causa do meu pai. Porque eu tenho medo de perder pessoas e talvez seja porque... — eu aceno para os papéis novamente — eu tenha perdido pessoas muito tempo atrás.

— Eu não vou magoar você. — Ele faz uma pausa e diz: — Se você não sentisse nem um pouco de medo, aí, sim, haveria algo errado. — Cash fala isso como se fosse uma citação de Einstein ou Freud.

— Quem disse isso?

— O idiota do meu pai, mas ele estava certo dessa vez.

— Ele era muito ruim? — Eu vejo a mágoa nos olhos de Cash enquanto faço a pergunta.

— Bem ruim. — Ele olha para baixo, para eu saber que não vai dizer mais nada. Eu quero insistir e dizer que não é justo eu despejar meus problemas nele, enquanto ele não me conta nada. Mas algo me diz que não vai adiantar nada.

Pego a primeira folha da pilha. Ele pega outra. Começamos a ler.

— Diz aqui que Emily nasceu em 6 de novembro. Eu nasci em 18 de novembro.

Ele olha para mim.

— Eles poderiam muito bem ter mentido.

— Verdade. — Continuo lendo. A emoção enche meu peito quando leio os apelos dos Fuller para que o sequestrador devolva a filha deles. Fico olhando para o rosto da sra. Fuller novamente. A sensação desconfortável me traz a lembrança em que estou sentada no sofá manchado. Estou tão triste e apavorada que... Fecho os olhos e ouço a voz novamente. A voz de um homem. *Sua mãe e seu pai não te querem mais.*

E por um segundo, juro que vejo o rosto dele. Cabelo ruivo. Olhos castanhos. Ele me assusta. Não gosto dele. Então me lembro do machucado na fotografia. Sinto calafrios.

Cash toca meu braço, mas eu suspiro como se...

— Você está bem? — Ele afasta a mão.

— Não. Sim. Eu acho que...

— O quê? — ele pergunta.

— É como se eu me lembrasse de outras coisas, mas são só fragmentos.

— Que tipo de coisas?

— Alguém me dizendo que minha mãe e meu pai não me querem mais. Parte de mim está com muito medo de lembrar, mas outra parte... Se fui mesmo sequestrada, quero que essa pessoa pague por isso. Ele me fez sofrer. Ele fez os Fuller sofrerem.

Naquele momento, eu me dou conta: posso não estar pronta para contar à minha mãe ou até ao meu pai, mas preciso de respostas. E eu preciso delas agora.

— Podemos ir à agência de adoção amanhã?

22

Segunda-feira, a uma hora da tarde, paramos em frente à Agência de Adoção New Hope. Mandei uma mensagem para Lindsey na noite passada e disse a ela que não ia à escola hoje. Ela perguntou se estava tudo bem. Mandei uma mensagem de volta. *Explico mais tarde.*

Cash e eu nos encontramos e passamos uma hora no Whataburger. Ele ficou me explicando o que eu deveria dizer e o que não deveria. *Você só está aqui porque quer conhecer seus pais biológicos. Sou apenas um amigo que veio acompanhá-la. Você precisa agir com calma, não como alguém que parece desesperado.*

Mas agora, olhando para o prédio da agência, tudo o que sinto é desespero.

— Vou estragar tudo — digo a ele quando saímos do jipe.

— Não, vai ficar tudo bem. Apenas se lembre do que eu disse.

— Mas estou tremendo. — Estendo as mãos para ele ver. — Não vou conseguir fazer isso.

Cash aperta meu braço.

— Está tudo bem. Você ficaria nervosa se estivéssemos aqui só para perguntar sobre seus pais biológicos.

Eu mordo o lábio.

— Se eles me sequestraram, vão mentir. Por que achamos que isso ia funcionar? Não vai.

— Se eles mentirem, eu vou saber.

— Como? — A palavra sai aguda.

— Sou bom em interpretar pessoas.

— Ninguém consegue interpretar pessoas tão bem.

— Eu consigo. Meu pai me ensinou. Se eles estiverem por trás do sequestro, vão ficar nervosos e eu vou saber.

— Se eles estiverem? Você não acredita que eles estejam por trás disso? Ainda pensa que meus pais me sequestraram! — eu o acuso.

— Não é verdade — diz ele. — No começo eu pensava. Mas não penso mais.

Percebo que estou tendo uma reação exagerada porque estou nervosa.

— Desculpe. Só estou com medo.

— Tudo bem. Estou com você.

Cash pega minha mão e entramos.

— Posso ajudá-los? — pergunta uma mulher vestindo um uniforme verde atrás do balcão. Ela tem a idade da minha mãe.

Eu me forço a falar.

— Sim. — Avanço um pouco e coloco as mãos no balcão para não cair.

— Meu nome é Chloe Holden. Esta agência intermediou a minha adoção, quinze anos atrás. Eu queria algumas informações sobre os meus pais biológicos.

— Ah. Bem... Normalmente, isso é tratado com advogados.

— Ela está representando a si mesma. — O tom de Cash é confiante.

— Você tem horário marcado? — A pergunta soa ríspida.

— Não. — Estou pronta para fugir dali.

— Já estamos aqui — Cash insiste. — Com certeza alguém pode conversar conosco.

— Vou ver se o sr. Wallace pode atendê-los.

Esperamos vinte minutos antes de sermos levados a uma sala de reunião. É uma salinha com uma mesa de madeira comprida e escura e um forte odor de lustra-móveis. Eu percebo que esperava ver a sala com o sofá marrom sujo e o carpete manchado. Nada está sujo. É tudo muito limpo, muito estéril. Mas o ar-condicionado está ligado na sala e espalha ar frio com um zumbido.

Quando a mulher sai, eu cruzo os braços.

— Você está indo muito bem. — Cash se inclina e sussurra: — Há uma câmera aqui, então não diga nada.

Eu concordo com a cabeça. Ele aperta a minha mão. Nós esperamos. Esperamos muito tempo. Um relógio na parede marca o tempo. Um minuto. Dois. Três. *Tique-taque, tique-taque, tique-taque.*

Cash começa a falar banalidades. Me conta sobre uma viagem que ele e os Fuller fizeram para o Havaí. Eu tento ouvir, mas minha mente fica dando voltas.

— Por que estão demorando tanto? — Estou perdendo a coragem.

Ele não responde porque passos pesados soam do lado de fora. Eu prendo o fôlego.

É como se o tempo desacelerasse quando a porta se abre. Meu coração bate contra o esterno, ouço o sangue jorrando nos meus ouvidos e eu sinto. Sinto a lembrança tomando conta da minha mente. Sou pequena e sinto explodir dentro de mim a dor do abandono. Minha garganta está áspera, como se eu tivesse chorado muito. Estou com medo, medo das pessoas desconhecidas. Medo do homem...

Meus dedos agarram o braço da cadeira como se eu estivesse no dentista. Odeio dentistas.

Cash coloca a mão sobre a minha, como se estivesse me passando confiança.

Olho para o grandalhão de cabelos grisalhos. Será que eles costumavam ser ruivos? Ele tem olhos castanhos. Como o cara que eu imaginei. Está vestindo um terno escuro, mas é a gravata vermelha que prende minha atenção. Forço meu olhar a se erguer para o rosto dele. O ar fica preso na minha garganta. Será que estou olhando para o meu sequestrador?

Eu posso ouvir a voz novamente. *Você vai ganhar outra mamãe e outro papai.*

Eu não quero outros!, ouço meu eu mais jovem gritar.

Cash sentia a tensão sair de Chloe em ondas. O homem corpulento tinha na mão um bloco amarelo com algumas anotações rabiscadas. O olhar dele estava fixo em Chloe, como se estivesse tentando se lembrar dela.

O homem se aproximou, com sua grande estrutura, e se inclinou sobre a mesa.

— Como vai? — Ele ofereceu a mão para Chloe. — Sou o sr. Wallace.

Cash levantou-se primeiro.

Sua mão carnuda deslizou para a de Cash. E a primeira coisa que Cash notou foi que a palma da mão dele estava úmida.

Nunca deixe suas palmas suarem. É um sinal de que você não está à vontade.

— Minha recepcionista não soube me dizer seu nome — disse Wallace para Cash.

— Cash Colton — respondeu ele. — Amigo de Chloe.

— Certo. — Ele soltou a mão de Cash.

Chloe se levantou e ofereceu a mão ao homem. Ele se inclinou e, quando fez isso, Cash leu a anotação no bloco. *Chloe Megan Holden. 18 de novembro.*

— É um prazer conhecê-la, srta. Holden. — O sr. Wallace sentou-se em frente a eles. — Está com seu documento?

Nervoso ao pensar no homem vendo a carteira de motorista de Chloe, com todas as informações dela, Cash esperou até que ela a pegasse e tirou o documento da mão dela, cobrindo o endereço com o polegar.

O homem não disse nada.

— Como podemos ajudá-la?

Cash esperou Chloe falar. Ele estava prestes a falar por ela, mas Chloe começou a falar primeiro.

— Gostaria de obter informações sobre meus pais biológicos.

— Entendo — disse Wallace. — Fomos nós quem fizemos a sua adoção?

Por que ele estava fazendo uma pergunta cuja resposta já sabia?

— Sim. — Ela mexeu na cadeira.

— Você tem uma cópia da papelada? — perguntou o homem.

— Não está comigo. — Chloe parecia se desculpar.

— Quantos anos você tem? — O sr. Wallace puxou a gravata.

Como você não sabe? Você anotou o aniversário dela nesse bloco, seu idiota.

— Farei 18 anos no dia 18 de novembro.

O sr. Wallace pegou uma caneta.

— Seus pais estão cientes do seu interesse em encontrar seus pais biológicos?

— Sim. Eles só estão ocupados e não puderam vir.

O homem assentiu.

— Bem, eu certamente posso entender o seu interesse em obter respostas, mas infelizmente você não tem 18 anos ainda e eu não posso dar informações sem o consentimento dos seus pais.

Cash observou o homem ajeitar a gravata novamente e desviar os olhos.

Observe as mãos e os olhos — isso irá dizer se alguém está mentindo.

— Mas são apenas dois meses — disse Chloe.

— Sinto muito. — O sr. Wallace se remexeu na cadeira.

Cash notou gotas de suor na testa do homem.

— Há algum papel que eles possam assinar para poupá-los de vir aqui? — Chloe perguntou, parecendo um pouco menos nervosa.

— Receio que eles ou um advogado tenham que vir. — O homem deu outro puxão na gravata. — Espero que não tenham vindo de muito longe só para perder a viagem.

Não era uma pergunta, mas estava implícita. O homem queria saber onde Chloe morava. Antes que Chloe sentisse o impulso de responder, Cash se adiantou:

— Obrigado pela ajuda. — Ele olhou para Chloe. — Vamos voltar com os pais de Chloe.

Os olhos do sr. Wallace se estreitaram.

— Seria melhor se vocês marcassem um horário. Assim podemos verificar o seu arquivo com antecedência e ver se é possível liberar informações.

— Por que não seria possível?

A confiança de Chloe agora era maior.

— Depende do tipo de adoção. Se for uma adoção fechada, nós...

— Não foi fechada. Meus pais disseram que, sempre que eu quisesse informações, estaria autorizada a procurá-las.

— Claro, mas só vou saber com certeza quando verificar o seu arquivo.

E lá estava. A primeira mentira.

— Precisamos ir. — Cash se levantou.

— Foi uma perda de tempo — digo no segundo em que saímos do prédio. Meu peito está pesado e ainda estou tremendo.

— Não, não foi. — Cash pega a minha mão.

— Não conseguimos porcaria nenhuma. — A única coisa que está me impedindo de chorar é saber que Cash já me viu fazer isso muitas vezes.

— Ele está mentindo.

Lembro-me de Cash dizendo que é bom em interpretar pessoas, mas, sério...

— Como você sabe?

— A mão dele estava suada quando apertou a minha e...

— As minhas também estavam. — Ando mais rápido para acompanhar o passo dele.

— Sim, porque você estava nervosa. Por que você acha que ele estava nervoso?

As palavras de Cash ficam dando voltas na minha cabeça enquanto tento acreditar nelas.

Ele abre as portas do jipe com o controle remoto e depois olha de novo para o prédio, como se achasse que alguém talvez estivesse nos vigiando. Eu me viro e vejo as persianas se mexendo, como se alguém estivesse espiando.

— Você acha que estão nos observando? — Eu baixo a voz.

— Acho — ele responde com convicção. — Merda. Eu sou um idiota. Não deveria ter estacionado aqui.

Entro no jipe. Cash contorna o carro e faz o mesmo.

Sento-me, tentando absorver o que ele acabou de dizer. Então balanço a cabeça.

— Ele não poderia ter mentido. Não nos contou nada.

Cash baixa a cabeça para olhar o prédio outra vez, através da janela do carro.

— Ele disse que não olhou o seu arquivo.

— E você acha que ele olhou?

— Ele tinha seu nome completo escrito no bloco amarelo e sua data de nascimento. Você não chegou a dizer a ele nenhuma dessas duas coisas. Ele está escondendo algo. Só precisamos descobrir o quê.

Cash arranca com o carro.

Ainda estou tentando digerir o que Cash falou, quando ele continua:

— Precisamos ver os papéis da adoção. — Ele olha para mim. — Você procurou em todos os lugares da sua casa?

— Sim... menos no quarto da minha mãe.

— Sua mãe vai a algum lugar hoje?

— Não sei.

Ele faz uma careta.

— Da próxima vez que ela sair, procure os documentos lá, ok?

— Ok. Mas como isso vai ajudar? — A frustração irradia das minhas palavras.

— Acho que lá deve estar escrito se foi uma adoção aberta ou fechada.

Então Cash pragueja:

— Merda.

— O que foi? — pergunto.

— Eu li que, se uma adoção é feita por meio do Estado, então ela é fechada.

— Mas minha mãe sempre disse que eu poderia encontrar meus pais biológicos.

— Talvez ela tenha dito isso para fazer você se sentir melhor.

— Eu acho que não.

Ele aperta meu braço.

— Vai tudo ficar bem.

— Então por que parece que não vai?

Lágrimas enchem meus olhos.

— Eu vou descobrir. — Ele se vira e olha para mim. — Nós precisamos dar um jeito de colocar as mãos no seu arquivo.

— Como? Eles não vão mostrar nada para mim.

— Então nós pegamos.

— Pegamos? — Eu balancei a cabeça. — O que você quer dizer?

Eu o ouço expirar.

— Deixe que eu resolvo isso.

— Resolve o quê?

— Como descobrir isso.

— Você disse que vai pegá-lo. Não pode invadir o lugar.

— Vamos nos concentrar na leitura de toda a papelada do arquivo dos Fuller. Vou continuar tentando encontrar a babá.

— E se não conseguir?

— Vamos conseguir.

Chego em casa na mesma hora que teria chegado se tivesse ido para a escola. Minha mãe está dormindo no sofá. Ela ainda está de pijama. Não saiu para caminhar hoje.

Eu gostaria que ela já tivesse começado a trabalhar.

Tento acordá-la, mas ela murmura algo sobre precisar dormir. Faço meu dever de casa. Mais tarde, preparo um queijo grelhado para nós duas. Ela come apenas metade, se recusa a tomar uma de suas garrafinhas cheias de calorias, então me diz que vai para o quarto ler.

Eu fico assistindo *Law & Order*, esperando que minha mãe venha me fazer companhia. Ela não vem. Eu finalmente vou para a cama e tiro da mochila os papéis do arquivo dos Fuller. Eu me afasto da porta, pois, se minha mãe entrar, posso escondê-los. Leio o artigo sobre a babá contando à polícia sobre o homem que falou com Emily naquele dia no parque. Sinto calafrios quando leio a descrição dela. Cabelo ruivo. Olhos castanhos. Poderia ter sido o sr. Wallace?

Recordo-me da imagem do rosto que vi na minha lembrança. Os dois homens eram parecidos? Acho que não, mas não tenho certeza.

Meu telefone toca e vejo que é uma mensagem de Cash. *Quer conversar?* Eu respondo que sim. Ele liga. Enfio os papéis de volta na mochila, apenas para o caso da minha mãe acordar e entrar no meu quarto.

— Você está bem? — A preocupação dele flui através da linha.

— Sim — eu digo, mesmo sem ter certeza de que é verdade, e volto a me deitar.

Ele me conta sobre seu trabalho na oficina e a respeito do seu amigo, Devin, que trabalha lá.

Ele é alguns anos mais velho do que Cash, mas Cash se identifica com ele porque Devin também passou algum tempo num orfanato. Falo sobre Kara e Sandy, minhas antigas amigas. Que fiquei triste quando voltei de El Paso, porque nossa amizade já não era a mesma. Então ele me diz para abrir o YouTube e ouvirmos uma música juntos. Ele escolhe uma música e depois eu escolho outra.

É bom. É fácil. Não tem nada a ver com o que aconteceu hoje. Nada sobre minha adoção ou eu ter sido sequestrada.

Ficamos no telefone por quase uma hora. No final da conversa, ele me diz que planeja ler o resto dos papéis dos Fuller, e tudo volta à minha memória. A incerteza. O medo. As perguntas.

— Você leu mais alguns artigos? — ele pergunta.

— Li um pouco.

Fecho os olhos, não querendo que a conversa tome esse rumo.

— Vou ler mais amanhã.

— Tem certeza de que está ok?

— Tenho — minto de novo, pensando no rosto que imaginei, e o medo percorre minha espinha até o pescoço. Sinto uma dor de cabeça chegando. — Só cansada.

Nós desligamos. Exausta, física e emocionalmente, caio no sono no mesmo instante. Durmo até ser arrancada do sono com minha mãe gritando meu nome.

Levanto da cama num salto. Minha mãe está de pé ao lado da minha cama. Uma tempestade de emoções troveja dentro de mim. Não consigo recuperar o fôlego. Eu me sinto como um peixe fora d'água, ofegante. Meus pulmões finalmente se abrem.

Inspiro o ar.

— Você está bem? Estava gritando.

Meu rosto está molhado de lágrimas.

— Um pesadelo... — murmuro.

— Sobre o quê?

— Não me lembro. — Então eu me recordo. Lembro-me dele gritando para eu dormir no sofá sujo. Eu me lembro de chorar muito. Não quero estar lá com ele. Quero minha mãe e meu pai. Fico chamando pela minha mãe.

Quanto disso é verdade?

Engulo as lágrimas e o desespero. Então abraço minha mãe e me agarro a ela.

— Você ficou repetindo: "Minha mãe me ama". E não parava de me chamar.

Não era você que eu estava chamando.

Eu a solto.

— Me desculpe, acordei você.

— Tudo bem. Chegue para lá, vou dormir com você.

Eu faço isso. Minha mãe se encolhe ao meu lado, até dividimos meu travesseiro. Passa a mão no meu cabelo do jeito que sempre faz quando estou doente.

— Você está certa. Amo você — ela diz isso para me confortar.

Eu engulo outra rodada de lágrimas.

— Também te amo. — Eu me acomodo junto a ela. Imagens do sonho fazem cócegas na minha mente. Sei que preciso me lembrar delas, tentar entender, mas estou muito abalada. Afasto o sonho. E, nesse instante, o desejo de apenas aceitar o carinho dela, seu conforto, parece um *déjà-vu.*

Já fiz isso antes. Tentei esquecer as lembranças de monstros, a perda de outra pessoa e aceitei minha mãe. Aceitei o amor dela e tentei parar de amar outras pessoas.

Rodney Davis entrou pela parte de trás da agência de adoção. A ex-esposa ligara e dissera que o irmão dela, Jack Wallace, tinha mandado que ele aparecesse na agência depois do trabalho. Rodney normalmente não seguia ordens. Mas talvez Jack precisasse de algo que o ajudasse a embolsar uma boa grana. Trabalhar como segurança não era suficiente para bancar o estilo de vida que ele apreciava, então qualquer chance de ganhar uma graninha extra o atraía.

Ele foi até a porta dos fundos. Quando descobriu que estava trancada, bateu na porta.

A porta se abriu quase imediatamente. Jack estava de pé ali.

Seu cabelo estava arrepiado, seu terno, amassado, e seu rosto, quase tão vermelho quanto a gravata. Pressão alta provavelmente, porque ele havia ganhado vários quilos desde a última vez que Rodney o vira. Mas o maldito Jack parecia um velhote.

— O que houve? — perguntou Rodney.

— Seu esquema finalmente foi descoberto!

— Que esquema?

— Como diabos você pode perguntar isso? Você sabe que esquema.

Sim, Rodney sabia muito bem, mas...

— Isso aconteceu quinze anos atrás. Como pode ser um problema agora?

— Ela está procurando os pais! É por isso que pode ser um problema! — Jack fechou as mãos gordas em punhos apertados.

Rodney esfregou a palma da mão no peito.

— Diga a ela que eles não querem encontrá-la. Ou diga que estão mortos.

— Ela ainda pode querer conhecer o resto da família. E com o acesso fácil aos testes de DNA, pode descobrir! Eu sabia que isso voltaria a nos assombrar! Estávamos ferrados. E você é o culpado. Se tivesse pego a garota do México como disse que faria, nada disso teria acontecido. Nada disso!

— Não estávamos ferrados! — Ele se recusava a admitir. Porque esse tipo de coisa significava prisão. Ele já tinha sido preso oito anos antes e não havia gostado nem um pouco.

Droga, se aquela merda viesse à tona, eles poderiam acusá-lo de ter assassinado a garota. Ele não era culpado da morte dela. Nem a tocara. Ela simplesmente tinha morrido. Então ele fez o que tinha que fazer. Livrou-se do corpo e a substituiu.

Droga. Ele não ia voltar para a cadeia.

— Qual é o nome dela?

— Por que quer saber?

— Qual é o nome dela? — Ele deu um passo para a frente, num gesto intimidador.

— Não. Eu não deveria ter te ligado. Cuido disso eu mesmo. Você já estragou tudo.

Ele agarrou Jack pelo pescoço, apertou a mão ao redor da garganta dele e o encurralou contra a parede.

— Qual. É. O. Nome. Dela?

Quando Jack não respondeu, Rodney apertou ainda mais a garganta dele.

— Chloe Holden — Jack gritou.

— O endereço dela?

— Não sei.

Rodney apertou ainda mais.

Jack pegou a mão dele.

— Já disse que não sei! — Sua voz saiu fraca, sufocada.

Rodney afrouxou um pouco o aperto.

— Tudo o que tenho é o nome dela e a placa do cara que a levou.

— Que cara?

— Outro adolescente. Disse que o nome dele é Cash Colton. A placa do carro é tudo que tenho.

Rodney acreditou nele, mas não soltou seu pescoço.

— Você vai me dar?

Jack, os olhos tão arregalados que pareciam querer saltar das órbitas, assentiu.

Rodney o soltou. O homem massageou o pescoço e afastou-se da parede.

— Vou. Mas você não precisa fazer nada ainda. Ela não tem 18 anos. Farei o que você disse, direi a ela que os pais não querem vê-la. Vou ser convincente.

— Apenas me dê as informações. Me dê tudo que sabe!

23

São dez horas, de uma quarta-feira à noite, e estou na cama, olhando a papelada de Emily, para ver se deixei passar alguma coisa, e esperando Cash chegar em casa da faculdade, para que possa me ligar.

Ontem, depois da escola, Cash e eu ficamos no Whataburger lendo os artigos sobre Emily. Descobrimos muitas coisas que não sabíamos. Por exemplo, o sequestro na verdade aconteceu num parque em Amigo, Texas, a três horas daqui.

Não sabemos por que Emily estava lá, mas o artigo afirma que era a babá quem cuidava dela. Outro artigo dizia que os Fuller não sabiam que a babá tinha levado Emily para Amigo. Isso me fez pensar que os policiais estavam certos. A babá deve ter participado do sequestro.

Então encontramos um artigo com o nome da babá: Carmen Lopez Gonzales. Descobrimos que o sobrenome Lopez ajudaria a restringir as três dezenas de Carmen Gonzales das cidades vizinhas.

Cash começou uma nova busca ontem à noite para achar a babá. Ele diz que, se encontrar o endereço, planeja ir até lá.

Mas ele ainda acredita que o sr. Wallace estava mentindo. Contei a ele sobre o sonho que tive, mas que o homem nele não se parecia com o sr. Wallace. No entanto, Cash insiste em dizer que a agência está por trás de tudo.

Não sei mais em que acreditar. Mas depois de desabafar com Lindsey, ela acha que Cash está certo. Então, talvez ambos estejam certos.

Não apenas isso, mas também descobri que Cash é realmente bom como detetive. Ele percebe coisas nos artigos que eu não noto, como o fato de nenhum deles revelar que eu estava usando uma fantasia de princesa. Eu me pergunto se essa memória é verdadeira.

Por mais louco que isso pareça, ainda estou me sentindo nas nuvens quando se trata de Cash e eu. Eu o vejo na escola todos os dias. Falamos ao telefone toda noite. Ontem à noite, depois do Whataburger, fomos ao parque e ficamos no banco de trás do carro nos beijando, conversando e rindo. Eu fiz mais perguntas tolas sobre ele.

Agora conheço muitas banalidades a respeito de Cash Colton. A cor favorita dele — e, sim, no começo ele disse marrom porque era a cor dos meus olhos, mas eu disse que isso era bobagem. Ele admitiu que gostava de azul.

— Mas não de olhos azuis — ele insistiu.

Eu sei que o vegetal favorito dele é vagem. Ele não gosta de ervilhas. Sei que ele quebrou o braço quando tinha 9 anos. Quando perguntei como, ele disse que caiu de uma árvore, mas algo me diz que ele estava mentindo. Acho que o pai dele fez isso. E mesmo agora, pensando nisso, me alegra pensar que esse homem está morto.

Eu fecho os olhos. Acho que nunca me senti assim com relação a ninguém. Mas odeio o pai de Cash. Por algum motivo, tenho certeza de que a dor que vejo nos olhos dele, a dor que ele tanto se esforça para esconder, foi causada pelo pai. O tempo que Cash passou em lares temporários provavelmente não ajudou a diminuir seu sofrimento.

Mas sempre que ele menciona o pai, vejo seus olhos ficarem mais escuros e meio vazios, como se ele odiasse se lembrar.

Tentei fazer perguntas sobre o pai, mas Cash ou muda de assunto ou diz: "Não gosto de falar sobre isso". Se eu insistisse, acho que ele falaria, mas sei que as pessoas têm que *querer* compartilhar. Eu só queria que ele falasse se realmente quisesse compartilhar comigo.

Meu celular toca quando chega uma mensagem. Espero que seja de Cash, mas, não, é do meu pai. Ele está mandando mensagens todos os dias.

Só para dizer oi. Eu não o perdoei, mas estou feliz que ele esteja tentando. Estou feliz que ele tenha devolvido o meu quarto. Espero que ele não tenha ficado com o cheiro de Darlene.

Leio a mensagem.

Boa noite, meu raio de sol!

Vou enviar um emoji. Quase escolho aquele com um sorriso e uma lágrima, porque, quando ele usa apelidos carinhosos, eu me lembro de como tudo costumava ser bom antigamente e que agora nada é tão bom quanto antes. Mas desisto da lágrima. Guardo essa pequena mágoa dentro de mim. Envio um emoji com um sorriso de verdade, esperando que logo eu não tenha mais dúvida sobre qual emoji enviar.

Ouço os passos da minha mãe do lado de fora do quarto. Entro em pânico, agarro o travesseiro e cubro com ele as cópias dos artigos de jornal. Meu maior medo é que mamãe os encontre. Até os levei para a escola comigo.

Uma batida na porta. Meu coração acelera.

Ela abre a porta.

— Está acordada?

— Sim. — Vejo uma das folhas na beira da minha cama. É um dos artigos de jornal e tem uma foto de Emily Fuller. Meu coração começa a acelerar no ritmo do tema do filme *Tubarão*. Se eu tentar esconder, ela pode ver.

E se eu não esconder? Ela pode ver.

— Não consigo dormir — minha mãe diz. — Estou fazendo chocolate quente. Quer um?

— Sim! — Pulo da cama e corro para a porta, fazendo minha mãe voltar para o corredor. Concordaria em comer besouros se isso tirasse minha mãe do meu quarto.

Eu me sento na mesa da cozinha, enquanto ela prepara o chocolate quente.

Ela está muito quieta e sinto que há algo errado. Tenho medo do que seja.

Ela ainda está instável. Tem dias bons e dias ruins. Eu consigo ver a diferença. Nos dias bons, minha mãe está vestida quando chego em casa da escola, e eu sei que ela realmente caminhou, como o terapeuta recomendou.

Nos dias ruins, ela ainda está de pijama. Hoje foi um dia em que ela ficou de pijama. O que significa que não seguiu as ordens do médico.

— Você caminhou hoje? — pergunto, esperando que ela se sinta mais propensa a fazer isso se souber que vou perguntar.

— Um pouco. — É mentira, e eu não esperava isso. Quando ela começou a mentir?

Foi caminhar de pijama? Eu mordo a língua.

— Quando você volta ao terapeuta?

— Sexta-feira.

— Talvez deva conversar com ele sobre a possibilidade de tomar algo para a depressão.

Minha mãe faz uma careta.

— Quer marshmallow?

— Claro! — digo. Ela joga pedacinhos brancos nas xícaras e se senta ao meu lado. Espero que me diga o que tem em mente, torcendo para que não seja nada terrível.

Meu celular toca no quarto e sei que é Cash.

— Quer ir buscar o celular? — ela pergunta.

— Não.

Minha mãe olha para mim.

— Acha que é seu pai? — Ela fala "pai" como se falasse aquela palavra de cinco letras.

— Provavelmente é Cash — eu digo.

— Eu não gosto muito dele.

Você não gosta de nada. Foi para dizer isso que você me trouxe aqui na cozinha? Isso não vai acabar bem, porque, no momento, Cash é a única coisa boa na minha vida. Lindsey também, mas Cash se transformou no meu porto seguro.

— Ele é um cara legal —digo, mas, se ela soubesse o que nos aproximou, discordaria.

— Seu pai sabe que você está namorando?

— Mais ou menos.

— Ele sequer se importou?

Vê-la falar mal do meu pai me incomoda muito, tomo um gole do meu chocolate quente; o doce e pegajoso creme de marshmallow deixa meus lábios grudentos.

— Ele acha que é um pouco cedo, mas não disse que eu não podia.

Eu não menciono que não daria a mínima se ele dissesse que não posso namorar.

Ela gira a xícara nas mãos. E respira fundo.

— O que você acha da ideia de ele se casar com aquela insignificante destruidora de lares?

Eu perco o ar.

— Ele vai se casar com Darlene? Ele te contou isso?

Então — *bam!* — eu me pergunto se é por isso que ele levou minhas coisas de volta para o meu quarto, esperando que eu não ficasse tão chateada. *Esqueça meu quarto, pai. Isso é sacanagem!*

A espuma doce nos meus lábios não tem mais um gosto tão doce. Tudo tem um gosto amargo. Quero dizer, não pode ser verdade. Meu pai está atrás da vaca nova no pasto. Certamente, um dia Darlene deixará de ser novidade! Não que eu sonhe com o dia em que meus pais voltem a ficar juntos. Não depois de tudo que ele fez para magoar minha mãe. Mas... Não! Simplesmente não dá!

É como se apenas o pensamento já estragasse todas as fotos ainda não tiradas do meu futuro. Aniversários. Dia dos Pais. Meu casamento.

Darlene vai estar em todas elas.

Dói muito saber que ela está morando com ele, morando no lugar onde estão todas as lembranças que vivemos, mas *casamento*?! Ele não pode fazer isso!

Mas ele pode. Meu pai pode fazer o que quiser. E já fez. Deixou a minha mãe enfrentando o câncer sozinha. Me deixou enfrentando o câncer da minha mãe sozinha.

— Ele disse para você me dizer? É disso que se trata?

— Não.

— Então como você sabe?

— Tem uma compra numa joalheria no cartão de crédito dele.

Estou tentando entender.

— Você não sabe se é um anel de noivado...

— Custou 5 mil dólares — diz ela. — Seu pai tinha uma regra: ele nunca gastava mais de mil dólares numa joalheria. Só fez isso quando comprou meu anel de casamento. E ele se excedeu em apenas 1200 dólares no meu anel. Acho que ele ama mais essa mulher. — A amargura é evidente na voz dela.

Emoções bombardeiam minha mente. Tento mudar a linha de raciocínio. E eu faço isso. Olho para minha mãe.

— Como você sabe o que ele gasta no cartão de crédito?

— Ele não mudou a senha. — Minha mãe deve ter lido minha mente, porque diz: — Se ele não quisesse que eu bisbilhotasse, deveria ter mudado.

— Isso está errado — eu digo. Mas meu pai se casar é pior.

— Por que não liga para ele? — ela diz. — Veja se ele conta para você. Temos o direito de saber, não temos?

Agora eu sei por que fui convocada para o chocolate quente.

Ela quer que eu ligue para o meu pai. Quer que eu fique chateada com ele. Estou chateada com ele. Mas estou chateada com minha mãe por querer que eu fique chateada.

— Vou para a cama! — Pulo da cadeira e a deixo ali, ruminando a sua raiva e bebendo seu chocolate quente sozinha.

Rodney afastou o telefone do ouvido.

— Já lhe disse que estou cuidando disso! — O tom da voz de Jack pelo telefone era estridente.

— Eu não gosto do jeito como você cuida das coisas. — Rodney sentou-se no carro. Ele tinha conseguido as informações sobre a placa do carro do garoto e havia passado para o colega de trabalho. O jipe era de propriedade de um tal Cash Colton, mas o seguro do carro estava em nome de Anthony Fuller. Provavelmente um padrasto.

Trabalhar como guarda de segurança tinha suas vantagens. A primeira era que havia um outro cara na empresa que era policial. E, quando

Rodney explicou que aquele carro tinha seguido a sua sobrinha e eles queriam ter certeza de que não era um antigo namorado, o colega ficou feliz em poder ajudar.

— Consegui o endereço do garoto.

— Aquele garoto não tem nada a ver com a história! — disse Jack.

— Não, mas ele sabe onde está a garota.

— Não, Rod. Não faça nada com ele.

Rodney passou a mão no volante.

— Pare de ser covarde. Só vou segui-lo até ele me levar à garota.

— Isso está errado, Rod. Muito errado. Estou falando sério. Estou cuidando de tudo. Vou descobrir. Posso dar conta disso. Além do mais, a garota não ligou nem trouxe os pais. Ela pode até desistir.

— E se não desistir?

Rodney olhou para o endereço.

Joyful, Texas. Hmm... Joyful. Quem já tinha ouvido falar desse lugar? Droga, quando tudo estivesse acabado, talvez ele se mudasse para lá. Com duas ex-mulheres exigindo pensão para as crianças e a namorada bancando a megera e colocando-o para fora de casa, ele bem que precisava de outro lugar para morar.

— Eu disse, já descobri. Vou escrever uma carta como se fosse da mãe da garota. Vou fazer de um jeito que ela não vai mais querer entrar em contato com a mãe. Ninguém vai sair ferido. Então não faça nada.

Rodney esfregou a mão na barba malfeita. Será que dava para confiar naquele velhote? Principalmente porque não era Jack quem poderia acabar com uma acusação de assassinato. Por outro lado, talvez ele conseguisse dar um jeito em tudo... Era tentador.

— Ok, vou me afastar, mas, se descobrir que você está me escondendo alguma coisa, é de mim que você vai ter que fugir. Não vou deixar barato. Entendeu?

Ele desligou.

Então verificou o endereço novamente. Droga, ele poderia ir para casa e brigar com Peggy ou poderia ir atrás de informações. Apenas para o caso de as coisas ficarem pretas. Por outro lado, já era muito tarde. Talvez ele fosse para casa saber se o humor de Peggy estava muito ruim.

— Desculpe, eu estava na cozinha com mamãe — digo quando ligo para Cash, uma hora depois. Demorei todo esse tempo para ficar bem depois da conversa com ela e poder conversar com Cash.

— Está tudo bem? — Ele obviamente ouve a frustração na minha voz.

— Não.

— O que aconteceu?

Percebo que estou fazendo de novo, despejando minhas preocupações sobre ele, ao passo que Cash não me conta nada. Mas eu não paro.

— Preciso que você faça uma coisa para mim.

— O quê?

— Sabe aquele perfil falso do Facebook que você tem? — Docinho pula na cama.

— Sim.

— Você pode ficar amigo de alguém no Face e me dizer o que há na página dessa pessoa?

— Quem?

— Darlene. — Félix esfrega a cara na minha bochecha.

— A namorada do seu pai?

— Sim.

— O que você está querendo saber?

— Se o meu pai a pediu em casamento.

— Caramba! — diz ele.

— Pois é. — Passo a mão no pelo do meu cachorro.

— Você não acha que ela está grávida, acha?

O ar fica preso nos meus pulmões.

— Não! Ai, meu Deus, eu nem tinha pensado nisso. Merda!

— Respire — diz ele, para me acalmar.

— Por que você disse isso? — Eu bato no meu travesseiro.

— Eu não estava... Desculpe. Por que você acha que eles vão se casar?

— A minha mãe está bisbilhotando as faturas do cartão de crédito. Meu pai fez uma compra numa joalheria.

— Isso não significa que seja um anel de noivado.

— Foram 5 mil dólares!

— Ok, então talvez tenha sido. Por que você não pergunta a ele?

— Ah, tenho certeza de que meu pai não vai gostar de saber que minha mãe está bisbilhotando a fatura do cartão de crédito dele.

— Ok, entendi. Você sabe o nome dela no Facebook?

— Sim, ela me enviou um pedido de amizade logo depois que meus pais se divorciaram.

Ele solta uma risada.

— E Darlene pensou que você seria amiga dela?

— Eu nunca disse que ela era inteligente. — Dou a ele as informações sobre Darlene.

— Vou enviar a solicitação e ver se ela aceita.

Ele faz uma pausa.

— Você encontrou mais alguma coisa no arquivo?

— Não. Eu estava lendo e mamãe entrou. — Eu me deito na minha cama.

— Ela não viu, não é?

— Quase.

— Você parece chateada — diz ele.

— Estou bem.

— Quer que eu vá até aí?

— É tarde. Minha mãe não iria gostar.

— Posso esperar uma hora e você se esgueira pela janela. — Há uma provocação na voz dele.

Sorrio, me lembrando.

— Não acho que minha mãe vá conseguir dormir esta noite. Se ela me pegasse, surtaria.

— Acho que ela já surtou esta noite.

Ele deduz mais sobre a minha noite do que eu lhe contei.

— Sim — eu digo.

O silêncio preenche a linha até ele dizer:

— Encontrei a babá.

— O quê?

— Encontrei a babá no Face. Depois achei o número dela na lista telefônica.

Meu coração dispara.

— Você falou com ela?

— Só liguei. Falei com a sobrinha. Ela disse que a tia está no México e só volta daqui a três semanas. Me deu o endereço dela. Mora a cerca de uma hora daqui.

— Você disse a ela o que queria?

— Não, eu disse que desejava falar com a tia dela sobre um conhecido em comum. Deixei meu número e disse que ela poderia ligar. Mas a sobrinha deu a entender que esperaria a tia voltar para dar o recado.

Félix sobe no meu peito. Docinho está lambendo meu braço. Eles sentem que estou aborrecida.

— Precisamos arquitetar um plano.

Um nó se forma na minha garganta.

— Odeio pensar nisso. Está me tirando o sono. Sinto muito pelos Fuller. Sinto muito por Emily. Depois me lembro que eu posso ser Emily. Depois sinto muito pelos meus pais. Parte de mim quer ser Emily, porque isso significaria que não fui abandonada. Parte de mim está assustada com a possibilidade de ser Emily, porque tenho medo de que a vontade de ser ela signifique que não quero os pais que tenho. — Minha voz fica mais aguda. — E, sim, agora com toda a coisa do divórcio e da depressão, eu quase não quero os pais que tenho, mas... É como um furacão de diferentes emoções me sacudindo. E ainda há você.

Eu respiro. Fecho os olhos.

— Eu? — ele pergunta.

— Sim. — É como a noite com meu pai. Eu não consigo me calar. — Você... sabe tudo a meu respeito e nunca me diz nada sobre você. Sei que o seu passado deixou marcas, e quero ajudá-lo do jeito que você está me ajudando. Por que não confia em mim?

Silêncio. Uma batida. Duas. Três.

— Eu confio em você. — A frustração é evidente na voz dele. — Com exceção dos Fuller e dos meus pais adotivos anteriores, que leram meu relatório, você sabe mais sobre mim do que qualquer pessoa.

— Então por que não me conta o resto?

Ficamos calados por um momento.

— Você não entende — ele diz.

— O que não entendo?

— Droga, Chloe! Você é inocente. Todas as coisas que aconteceram com você não são culpa sua. Você não fez nada de errado. Você é perfeita.

As palavras dele confirmam o que eu sempre soube: Cash não se sente digno.

— Pelo que você acha que é culpado? Seja o que for, você está errado. Você só tinha 11 anos quando seu pai morreu! — No mesmo instante, ela se lembra das palavras de Paul. *Disseram que ele matou o pai. Atirou bem no coração.* Ela não acreditou. Não mesmo. No entanto, ela se lembra da história dele sobre o acidente de carro e como algo pareceu meio estranho.

— Eu já tinha idade suficiente para distinguir o certo do errado. — A dor é evidente nas palavras dele. Então, Cash diz: — Merda. Tenho que desligar. Está vindo alguém.

Eu acharia que era mentira se não tivesse ouvido a voz da sra. Fuller dizendo:

— Vi sua luz acesa. Está tudo bem? — O som está abafado, como se ele tivesse colocado o telefone na cama, mas o som ainda é audível.

— Só não consigo dormir — diz Cash.

— Nem eu. Vou fazer um chá calmante. Quer uma xícara?

— Claro! — Cash responde. Ouço um clique e a linha fica muda.

Fico segurando o aparelho no ouvido. Perguntas em espera no meu coração. Mas sabendo, sabendo com certeza, que Cash não é má pessoa.

24

Vou para a escola cedo, na quinta-feira de manhã. Estou preocupada com minha mãe. Ela não se levantou da cama. Antes de sair, quando enfiei a cabeça pela fresta da porta do quarto dela, ela mal se despediu. Eu queria que começasse a trabalhar logo.

Consulto o relógio, esperando ver Cash antes da primeira aula. Lembro da nossa conversa sobre seus segredos e fico nervosa, me perguntando se ele está chateado comigo.

No caminho, Lindsey fala sem parar. Está comparando David a Jonathon. David é mais bonito, mas o fato de ela estar falando de Jonathon revela que ainda não o esqueceu.

— Então, o que você acha? — Lindsey pergunta.

Eu devo ter desligado, porque não tenho noção do que ela está perguntando.

— Desculpe, ainda estou meio dormindo — digo. E estou mesmo. Não tive outro pesadelo na noite passada, mas acordei pensando nele. Pensando nos Fuller, na babá e no rosto que vi. — O que eu acho sobre o quê?

— De sairmos juntas com nossos namorados, sábado à noite?

— Ah... — eu digo, mas não estou muito a fim. Como não quero deixar a minha mãe muito tempo sozinha e a agenda de Cash é cheia, fico muito pouco tempo com Cash e gostaria de encontrá-lo a sós.

— Por favor, diga que sim...

Agora me sinto culpada.

— Vou ver o que Cash acha.

Chegamos à escola. Lindsey vai procurar David. Eu fico em frente à escola, esperando ver Cash.

Quando o jipe cinza chega, espero enquanto ele estaciona e depois ando na direção dele.

Ele está configurando a câmera quando chego lá. Cash me conta que riscaram o carro dele e que ele suspeita de Paul, por isso instalou a câmera para pegá-lo em flagrante caso tente vandalizar o jipe de novo. Ele também diz que prometeu aos pais adotivos que não iria arranjar outra briga. Estou preocupada com isso. Cash está realmente chateado. Ele adora esse jipe.

Cash faz um gesto para eu entrar no carro.

Eu me sento no banco da frente.

— Bom dia!

Ele se inclina e me beija. O beijo parece desesperado. Quando nos separamos, seu olhar encontra o meu e eu posso ler sua mente. Cash está me implorando para eu não perguntar sobre o passado dele. E eu não vou fazer isso. Porque ele tem de *querer* confiar em mim. Mas o fato de ele não me contar não me incomoda.

— Darlene aceitou meu pedido de amizade.

Eu estava tão preocupada com os segredos dele que me esqueci dela.

— Você olhou a página dela?

— Sim.

— E, então?

— Não há nenhum comentário sobre ela estar noiva nem fotos de joias caras. Você quer que eu abra a página no meu celular para você ver?

Eu hesito.

— Ela tem fotos do meu pai?

— Sim. E você tem razão. Ela só usa roupas provocantes. Você quer ver?

— Só para eu saber que meu pai pode se casar com uma vadia? — Suspiro. — Não, eu não quero ver.

— Você não sabe se ele comprou um anel de noivado — ele me lembra.

— Tem razão... — Meu celular toca avisando sobre a chegada de uma mensagem. Claro, é meu pai.

Tenha um ótimo dia!

Eu mostro a Cash. Ele diz:

— Sinto muito.

Quero mandar uma mensagem para o meu pai, falando uns desaforos, mas não faço isso. Porque, se eu falasse uns desaforos, isso depois exigiria uma explicação. E como sei que ele ficaria chateado com a minha mãe por bisbilhotar a fatura do cartão de crédito dele, não posso fazer isso. No entanto, não respondo à mensagem dele. Não posso nem mesmo enviar um emoji.

Lembro-me do pedido de Lindsey para que façamos um programa juntos no sábado. Pergunto a Cash sobre isso. Sua expressão diz que ele não quer. Estou prestes a desistir, quando de repente ele diz:

— Pode ser divertido.

Quando estou na primeira aula, percebo a razão por que Cash pode ter dito sim. Não vamos ficar sozinhos e ele não vai se sentir pressionado a me contar seus segredos.

Será que ele vai desistir de ir ao parque esta tarde?

Por que ele não pode me contar nada? Cash diz que confia em mim, mas não estou muito convencida.

O sinal toca e estou a caminho do meu armário quando ouço o meu nome. Olho para trás e vejo que é Paul. Meu impulso é simplesmente continuar andando, sem dar atenção a ele, mas minha intuição diz que Paul simplesmente vai me seguir.

Ele se aproxima e fica na minha frente. Muito perto. Dou um passo para trás.

— O que você quer?

— Tenho uma festa amanhã à noite. Queria saber se você gostaria de ir comigo?

Estou tão chocada que levo um minuto para entender que ele está me convidando para sair.

— Ah... — Tento encontrar uma resposta, mas, quando não consigo pensar em nenhuma, apenas disparo um "não".

— Por que não? — ele pergunta.

Porque você pratica bullying. *Porque não gosto de você. Porque estou namorando Cash.*

— Você está realmente namorando aquele garoto adotado? — Paul pergunta quando eu não respondo.

Eu realmente não gosto dele.

— Sim.

— Ele foi para o centro de detenção juvenil. Não é bom sujeito.

Eu levanto o queixo e sinto a minha boca se contrair de raiva.

— Obviamente, não concordo com você.

Ele se inclina.

— Então você gosta de delinquentes. — Paul quase encosta o rosto no meu. — Também posso ser bem malvado se você quiser...

Eu olho bem nos olhos dele.

— Você é um babaca. — Dou um passo para trás.

— Você vai se arrepender — diz ele. — Pode acreditar.

Eu o vejo ir embora, os punhos fechados, os ombros tensos, a raiva fazendo minha cabeça zumbir. Meu primeiro pensamento é encontrar Cash e contar a ele. Dizer que ficaria feliz se ele desse um soco no nariz daquele cara. O segundo pensamento é que não posso fazer isso. Não posso contar a Cash. Ele confrontaria Paul. Arranjaria outra briga.

Quando chego em casa da escola, minha mãe ainda está de pijama, esticada no sofá com Félix. Então ela não foi caminhar. Mas pelo menos está acordada. Lembro-me de tê-la deixado sozinha na cozinha, ontem à noite, depois que me contou sobre a joia que meu pai comprou.

— Oi. — É triste ver como é fácil empurrar as coisas para baixo do tapete.

— Como foi seu dia? — Ela se senta no sofá.

— Ok — minto, meus pensamentos em Paul.

— Apenas ok? — minha mãe pergunta. — Aconteceu alguma coisa?

— Não — minto de novo, entregando a ela um pacote de biscoitos recheadas.

— O que é isso? — ela pergunta.

— Eu parei numa loja de conveniência e sei que você gosta destas biscoitos. — Docinho late na porta dos fundos. Eu o deixo entrar.

— Obrigada. — Minha mãe abre o pacote e morde um biscoito.

— Que delícia! — diz ela com a boca cheia de chocolate. Percebo que seus olhos parecem vermelhos, como se ela tivesse chorado.

Meu coração se aperta. Eu preciso que ela melhore. Preciso parar de sentir que estou pisando em ovos cada vez que estou perto dela.

Eu preciso disso porque quero perguntar a ela sobre a adoção. Quero que ela vá comigo obter informações sobre meus pais biológicos. Quero muito, mas, olhando para minha mãe agora, sei que ela não vai conseguir encarar isso numa boa.

— Você almoçou? — Eu me agacho para acariciar Docinho.

— Sim... — Ela não parece ter certeza.

Aposto que não e decido preparar algo bem calórico para o jantar. Então me lembro que a despensa está quase vazia.

— Você foi ao supermercado? — pergunto, com medo de que a resposta seja não.

— Eu meio que tirei o dia de folga — diz ela.

Minha mãe está tirando muitos dias de folga.

— Podemos fazer isso neste fim de semana — sugere ela. — Você pode comer um sanduíche. Este é o meu jantar. — Ela levanta o pacote de biscoitos.

Mordo a língua e me lembro do dia em que minha mãe preparou o frango assado com parmesão. Quando a casa cheirava a comida e amor. *Eu quero aquela mãe de volta*.

— Cash e eu vamos levar Docinho ao parque. — Docinho ouve a palavra "parque" e começa a abanar o rabo.

— Ok. — Pela voz dela, sei que não gostou. Eu ignoro.

Nada de quebrar ovos com minha mãe. Não quando ela está tão arrasada. Além disso, pareço reservar esse privilégio ao meu pai, pelo menos às vezes. Ele me mandou outra mensagem logo após a escola e eu a ignorei também.

Escovo os dentes e pego um cobertor para levar ao parque.

Quando volto, minha mãe está dormindo.

Ouço uma porta de carro se fechar e, pensando que é Cash, pego as balas de caramelo que comprei e enfio no bolso.

Coloco a guia em Docinho. Depois, com o cobertor, a bola e o cachorro a tiracolo, vou para fora, poupar Cash de ver minha mãe deprimida.

Quando saio na varanda, vejo que não é o carro de Cash que ouvi. É Jonathon.

Ele me lança um sorriso enquanto caminha até a casa de Lindsey. Sorrio de volta.

Ouço a porta da frente de Lindsey se abrir e ela dizer algo que não compreendo. Então Jonathon entra.

— Que merda... — Eu me preocupo que Lindsey esteja a ponto de estragar um relacionamento bom com David. Mas não tenho muito tempo para me preocupar, porque Cash chega.

Em quinze minutos, estamos no parque, sentados no cobertor.

Docinho, deitado ao nosso lado, já está cansado de pegar a bola que Cash joga para ele.

Deitamos no cobertor. O ombro dele está encostado no meu e ele segura a minha mão. Eu olho para Cash e vejo que está observando o céu.

— Estou vendo um elefante. — Ele aponta para cima.

Eu sorrio.

— Onde?

— Ali. Veja a tromba. Mas ele só tem três pernas. — Cash ri. — Mas tem um monte de elefantes de três pernas mais para lá, certo?

Eu fico olhando.

— Estou vendo.

— Acho que você quer um destes. — Ele pega um pacote de Skittles. Então se apoia num cotovelo. — Vou encontrar um vermelho para você.

— Trouxe uma coisa para você também. — Pego os caramelos no bolso.

O sorriso dele se alarga.

— Você me trouxe caramelos! — Cash diz como se fosse um grande presente, como se ele não tivesse acabado de me dar um pacote de balas que comprou para mim.

— Sim. — Abro a embalagem, tiro um do pacotinho e depois desembrulho a bala.

— Abra. — Coloco a bala em sua boca.

Ele geme de prazer.

— Desculpa. Mas isso é melhor do que Skittles.

— Não é, não. — Pego o pacote da mão dele e encontro um Skittle vermelho.

Ficamos deitados ali, chupando balas e olhando as nuvens brancas e fofas. Lembro-me de Paul e quase me sinto culpada por não contar a Cash sobre o que aconteceu, mas sei que pode terminar mal.

Eu o sinto olhando para mim. Inclino a cabeça para o lado.

— O que foi?

Ele relaxa e seus lábios tocam os meus. O gosto agridoce do Skittle e a doçura do caramelo se misturam no beijo.

Quando paramos, nossos olhos se abrem, se encontram e se fixam. Os sons do parque flutuam ao nosso redor, pessoas conversando, um cachorro latindo, Docinho roncando e alguns pássaros cantando, mas de alguma forma parece que só nós estamos ali.

— Não é que eu não confie em você, Chloe. É que... isso... — ele gesticula com as mãos — ... está tão bom... Eu gosto do jeito como está. Gosto que isso não tenha nada a ver com o meu passado. O que aconteceu comigo é ruim, e isto é bom. É tão bom que eu não quero estragar. Isso faz sentido?

Eu olho fixamente os olhos verdes de Cash e juro que vejo sua alma. E vejo o vazio ali. O mesmo vazio que eu tenho.

— Mais ou menos — digo. — Mas não acho que algo poderia estragar isto.

Ele me beija novamente.

Meu celular toca. Tiro o aparelho do bolso e franzo a testa.

— É o meu pai.

— Atenda se quiser — diz Cash.

— Não. Não estou preparada para falar com ele. — Nós nos deitamos e continuamos olhando para o céu. — Você viu se Darlene postou alguma coisa sobre um anel?

— Eu chequei e ela não postou nada.

Ficamos em silêncio novamente, e eu gosto de estar tão perto dele. Estamos de mãos dadas. Seu ombro, seu braço e sua perna estão pressionados contra mim. Sinto um formigamento por toda parte e gostaria que Cash estivesse ainda mais perto.

Ele se mexe.

— Ontem à tarde, antes de eu ir para a aula na faculdade, fui até a casa da babá.

Eu engulo em seco.

— Por quê? Você disse que ela não estava em casa.

— Ela não está. Foi só para saber onde ela mora. Pensei em ligar para a sobrinha novamente. Mas não quero parecer muito ansioso. Isso pode fazê-la desconfiar.

— Acho que ela vai suspeitar de qualquer maneira — eu digo.

— Você não sabe. — Mas ele franze a testa.

Fico de lado e o encaro.

— Você vai ficar muito decepcionado se eu não for Emily?

— Não. Vou me surpreender, porque acho que você é ela, mas não vou ficar desapontado. Por que acha que eu ficaria?

Eu suspiro.

— Não sei. Parece que você quer que eu seja ela.

— Sinceramente, seria melhor se não fosse. Você sabe, por causa do nosso namoro, mas... acho que você é Emily. — Ele toca meu rosto. — Como você quer que essa história acabe? — ele pergunta. — E esqueça esse medo de magoar seus pais.

Eu reflito antes de responder.

— Por um lado, eu quero ser ela... saber que não fui abandonada. Mas, por outro, eu não quero. Sempre pensei que, se eu pudesse descobrir quem são meus pais de verdade, eu poderia... descobrir quem sou. Agora, parece que... se eu descobrir quem eu era nessa outra vida, vou perder parte da pessoa que sou. Sei que não faz sentido, mas...

— Faz sentido — diz ele. — Mas não acho que isso vá mudar quem você é.

— Mãe, já cheguei! — grito quando entro em casa.

Fico ali, esperando sentir o cheiro da comida cozinhando no fogão. Quero dizer, sim, eu sei que isso é bem improvável, mas, ei, posso ter esperança de que minha mãe de repente tenha acordado, ido ao supermercado e decidido ser mãe, não tenho?

Minha mãe não responde.

— Mãe? — Vou para a sala de estar, o sofá está vazio.

Ando em direção ao quarto dela. A porta está entreaberta. Minha mãe está na cama e a luz está apagada.

— Mãe? — Eu me inclino contra o batente da porta.

Não ouço nada.

— Vou pedir comida chinesa para o jantar.

Nada. Eu poderia ter passado mais tempo com Cash...

Meu celular avisa que chegou uma mensagem.

Dou uma olhada na tela. É Lindsey.

Por favor, venha aqui!

Percebo que a picape de Jonathon já não está mais ali.

Lindsey provavelmente quer falar sobre a visita dele. Mas, juro que, se ela estiver pensando em reatar com aquele brutamonte, vou matá-la.

— Mãe, vou à casa da Lindsey. Pedirei a comida chinesa quando voltar.

Minha mãe nem se mexe, mas responde:

— Parece bom, Chloe. Vejo você quando voltar — ela fala como se eu fosse a mãe dela.

Então murmuro:

— Obrigada por ser o adulto aqui.

Com raiva, vou para a casa de Lindsey.

Antes de sair na varanda, meu celular toca. É meu pai de novo.

Não. Não estou a fim de encarar isso agora. Prefiro conversar com Lindsey e falar sobre os problemas dela com Jonathon.

Eram quase seis horas quando Cash pegou a saída para o bairro dos Fuller. Às quintas-feiras, geralmente só ficavam ele e a sra. Fuller em casa. Ele tinha enviado uma mensagem para ela cerca de uma hora atrás, avisando que talvez chegasse atrasado. Ela havia mandado outra, para falar que estava indo ao supermercado e perguntar o que ele queria jantar. Ele disse a ela para surpreendê-lo.

Quando chegou em casa, havia um sedan preto estacionado na garagem. A porta da garagem estava aberta. O carro da sra. Fuller estava lá dentro, mas o porta-malas estava aberto e as sacolas das compras ainda estavam lá.

Ele achou que ela tinha chegado em casa mais cedo. Pegou algumas sacolas e entrou. Ao chegar na cozinha, ouviu a voz dela falando num tom estridente.

— Eu disse que ela estava viva. Eu sabia! Meu Deus, alguém pegou a foto da progressão da idade que coloquei no Walmart. Pode ter sido ela.

As palavras da sra. Fuller e a emoção em sua voz fizeram Cash parar no meio do caminho. O medo ficou represado na boca do estômago. Sem fazer barulho, ele colocou as sacolas no balcão da cozinha.

— Senhora — disse uma voz masculina —, não conte muito com isso. Estamos desconfiados de que seja outro golpe. Talvez o mesmo sujeito que os enganou da última vez.

Cash congelou ao ouvir isso.

— Mas você disse que ele a viu. Você disse...

Ele a viu? Merda. Alguém viu a foto da progressão da idade e reconheceu Chloe?

— Olha, o funcionário disse que a foto parecia ser de uma garota que esteve na loja. Eles queriam tirar fotocópias, mas...

Fotocópias?

Droga! Era a cópia que tinha ficado na gráfica.

A voz do pai ecoou em sua cabeça. *Nunca deixe rastros.*

— Olha, é terrível ter de dizer isso, mas provavelmente é como da última vez.

— Nós não sabemos — disse a sra. Fuller. — Pode ser ela. Espere. Você disse que *eles queriam tirar fotocópias?* Quem estava com ela? Talvez fossem os sequestradores. Eles ainda poderiam estar prendendo-a contra a vontade. A testemunha deu uma descrição do homem?

Cash encostou no balcão. Ele estava ferrado agora. Caramba!

— Ele deu uma olhada melhor na garota do que no cara. Mas acha que o rapaz tinha uns 20 anos, então é improvável que seja o sequestrador.

— O que vocês vão fazer? Por favor, me diga que vão investigar.

O desespero ficou evidente na voz da sra. Fuller e afundou no coração de Cash. Ele se lembrou de que ela tinha chorado por quase dois meses depois que o homem os enganara da última vez. Mas só que agora não era um reles vigarista que iria magoá-la. Era Cash. Ele causara tudo aquilo.

Droga! Ele tinha que descobrir a verdade. E rápido. Não podia esperar para conversar com a babá. Precisava colocar as mãos nos documentos da adoção de Chloe. Mas como?

Fico uma hora na casa de Lindsey, convencendo-a a se afastar de Jonathon. Uma hora ela está me ouvindo e jurando que não vai mais vê-lo, mas depois...

— Sei que esse cara não presta — diz ela. — Mas ainda gosto dele.

— Você não pode reatar esse namoro. Ele vai trair você de novo.

Lindsey faz uma careta.

— Jonathon disse que não estava dando em cima de você, ele só ficou com pena.

Ah, certo! E você acredita? Ela está mais iludida do que eu pensava.

— Eu sei que tenho que dizer que não. Mas...

— Sem "mas" — eu digo. — Sério, eu não seria sua amiga se deixasse você voltar com ele.

Ela franze a testa.

— Jamie disse que eu deveria dar uma segunda chance a ele.

Fico sentada ali na cama dela, tentando pensar na coisa certa a dizer.

— Bem. Então volte para ele, mas depois não fale que não avisei.

Meu celular toca. É meu pai de novo.

— É Cash? — ela pergunta.

— Não. Meu pai.

— Você perguntou a ele sobre o anel?

— Não. — O telefone para de tocar. Eu concluo que ele vai deixar uma mensagem.

Olho para Lindsey.

— Preciso ir. Tenho que pedir o jantar.

Ela faz beicinho.

— O que devo fazer com Jonathon?

Balanço a cabeça.

— Tire-o da sua vida.

— Isso não é radical demais? — ela pergunta num tom irritado. — Seu pai traiu sua mãe e você ainda fala com ele.

As palavras dela me dão nos nervos.

— Sim e você, mais do que qualquer pessoa, sabe que ainda não o perdoei por isso. Olhe a bagunça que ele fez na minha vida. — Eu me levanto. — Dane-se! Faça o que você quiser! Mas não diga que ele não estava dando em cima de mim, porque estava.

Eu vou embora. Estou quase na minha casa quando meu celular toca novamente com uma mensagem de áudio do meu pai.

Paro na varanda para apagá-la. Mas, em vez disso, coloco o celular no ouvido.

— *Chloe, onde você está? Estou preocupado com a sua mãe. Liguei algumas horas atrás e ela não estava falando coisa com coisa. Dê uma olhada nela e me ligue!*

Não estava falando coisa com coisa? Eu me apresso para abrir a porta da frente. Corro para o quarto dela.

— Mãe! — grito. Ela não responde. Está imóvel na cama. Acendo a luz. E a primeira coisa que vejo é o frasco de comprimidos aberto na mesa de cabeceira. — Não! — Corro para ela. — Deus não, não! Mãe? — grito.

25

Estou prestes a chamar uma ambulância quando ela murmura:

— O que foi? — Ela abre os olhos devagar. Tenta se sentar, mas não consegue.

Eu olho para o frasco. Ainda há comprimidos dentro dele.

— O que você está tomando? — Pego o frasco e leio o rótulo. É um sedativo. — Quando você começou a tomar comprimidos para dormir? — pergunto.

Ela se senta, mas se desequilibra, como se estivesse bêbada.

— Por quê? — Ela está irritada.

Eu leio o rótulo que diz que ela deveria tomar apenas um por noite.

— Quantos você tomou?

Ela franze a testa.

— Quantos?

— Eu sou enfermeira. Sei quantos posso aguentar.

— Então você tomou mais de um?

— Pare. Não precisa fazer esse estardalhaço todo. — Ela pega o frasco.

— Não, é você que precisa parar! Me responda! Quantos você tomou? — Eu olho para ela. Vejo a data em que os comprimidos foram aviados. — Posso contar e descobrir.

Ela balança a cabeça.

— Me dê meus comprimidos!

— Não. Você não vai abusar de remédios agora! — Lágrimas enchem meus olhos. — Você sabe quanto medo eu senti achando que você não acordasse mais? Você não dá a mínima para mim!

— Não fale assim, mocinha!

— Ah, não! Você não pode reclamar do jeito que eu falo enquanto se entope de comprimidos pra dormir!

— Eu não... Eu só precisava dormir!

— Quantos você tomou? E não minta porque vou contá-los!

Ela finalmente parece envergonhada.

— Tomei dois, mas...

Balanço a cabeça.

— Isso não tem desculpa!

Minha reação parece deixá-la zangada, mas minha mãe não pode ficar mais zangada do que estou agora.

— Por que você não vai gritar com seu pai em vez de gritar comigo? — ela diz. — Ele vai se casar!

— Eu não me importo com o que o meu pai está fazendo. Eu me preocupo com o que *você* está fazendo. — Jogo os comprimidos na mão e começo a contá-los, piscando para conter as lágrimas. Conto vinte. Leio o rótulo para ver quantos comprimidos havia nele.

— Mãe, aqui tinha trinta comprimidos. Você tomou dez! Dez comprimidos em quatro dias!

— Eu tomei alguns durante o dia. — Ela enxuga as lágrimas. — Quando durmo, não me lembro do que ele fez para nós.

Eu tampo o frasco de comprimidos.

— Vou ficar com estes comprimidos. Você pode me pedir um à noite se precisar. Agora, você precisa se levantar e comer alguma coisa! — E ela também precisa combater o efeito dos remédios e se recompor.

Quando minha mãe não levanta da cama, eu digo:

— Levante-se. Não vou deixar você fazer isso consigo mesma ou comigo! Amanhã você vai pedir um remédio para depressão ao seu médico. Se não estiver com a receita quando chegar em casa, eu mesma vou pedir ao médico! — Saio com tudo do quarto dela e entro no meu, batendo a porta o mais forte que posso.

Jogo o frasco de comprimidos na mochila e caio na cama. Começo a chorar. Lembro-me da mensagem do meu pai. Vou mandar uma mensagem para ele, mas não sei o que dizer. Digo a verdade? Será que ele não vai insistir para que eu vá morar com ele?

Com ele e Darlene. A noiva dele.

Estou tão brava com a minha mãe que não consigo nem ficar no mesmo cômodo que ela, mas não posso deixá-la sozinha. Não posso morar com Darlene.

Enxugo as lágrimas para escrever a mensagem. Digito: *Mamãe está bem*. Depois desligo o celular, pego um travesseiro e resolvo dar vazão às lágrimas pelo tempo e com a intensidade que for necessário.

— Droga! — Rodney pegou a saída onde havia uma enorme estátua de um cavalo e uma placa. Mas era um daqueles condomínios fechados. Então a garotinha que ele havia tirado da família anos atrás estava se dando muito bem na vida. Ele daria qualquer coisa para encontrar alguém rico para sustentá-lo...

Ele parou. Precisaria de uma senha para entrar. Então olhou com mais atenção e percebeu que precisava de mais do que uma senha. Havia um guarda sentado dentro de uma guarita de vidro.

Como ele tinha saído do trabalho às dez da noite e Peggy o chutara para fora de casa no dia anterior, decidiu ir até Joyful. Mas agora tudo lhe parecia pura perda de tempo. Ele bateu no volante com a palma da mão.

Naquele momento, um par de faróis iluminou o carro dele. Um veículo estava saindo do condomínio. A cancela se levantou. Rodney inclinou-se contra o volante para ter uma visão melhor.

Por um segundo, ele imaginou ver algo. Depois piscou. Não, ele não estava imaginando. Um jipe cinza-escuro estava saindo pelo portão.

Mas que sorte! Ele deixou o jipe passar e depois o seguiu. Chegou perto o suficiente apenas para se certificar de que era a placa correta.

Era.

Acordo com um barulho. Eu me levanto e minha cabeça dói. Meu rosto está inchado de tanto chorar.

Ouço o barulho novamente. Rolo na cama. Tenho certeza de que é apenas Félix com um brinquedo. Então ouço Docinho soltar um rosnado baixo. Abro os olhos e vejo um rosto na janela. Quase grito.

Mas então reconheço o rosto.

Jogo as cobertas para o lado. Olho para o meu corpo e vejo a minha camisola. É velha, desbotada e tem o desenho da Pequena Sereia na frente, mas não me importo. Abro a janela. No momento, nada me parece melhor do que estar nos braços de Cash.

— Entre. — Eu recuo.

Ele entra pela janela e olha para mim.

— Qual o problema?

Eu me vejo no espelho da cômoda. O rímel está manchando meu rosto. Começo a explicar, mas só tentar pensar em como explicar faz com que eu volte a chorar.

Ele me abraça. Coloco a cabeça no peito dele e deixo as lágrimas rolarem.

— O que aconteceu, Chloe?

Finalmente me afasto e tento deter o fluxo de lágrimas.

— Lembra que meu pai estava tentando falar comigo?

Ele diz que sim.

— Bem, quando cheguei em casa, minha mãe estava na cama. Fui à casa de Lindsey e meu pai continuava tentando falar comigo. Ele deixou uma mensagem e disse que minha mãe estava agindo de forma estranha. Corri para casa e não conseguia acordá-la. — Ela solta um soluço. — Havia um frasco de comprimidos na mesa de cabeceira. Pensei... que ela estava morta.

— Nossa! Ela está bem?

— Ela por fim acordou, mas está tomando muitos comprimidos para dormir. Tomou dez em quatro dias. Só deveria tomar um por dia. Fiquei furiosa.

— Você tinha mesmo que ficar! — Cash diz. — Isso é loucura. O que o seu pai falou?

— Não contei a ele. Só mandei uma mensagem dizendo que minha mãe estava bem e desliguei o celular. Não quero falar com ele. Minha mãe disse que ele vai se casar com Darlene. — Recuo e desabo na cama. — Me desculpe, eu deveria ter percebido que você me ligaria. Eu só... estava muito chateada.

— Tudo bem.

— Guardei os comprimidos — digo. — Disse que, se ela não pedisse um remédio para depressão amanhã, eu ligaria para o médico. E vou fazer isso.

Solto outro suspiro.

— Eu pensei que ela estava morta. E tudo que eu conseguia pensar era que a culpa era minha, porque não atendi à ligação do meu pai mais cedo.

— Não. — Ele cai na cama ao meu lado. — Não seria culpa sua. Você a levou para o hospital?

— Não. Ela ficou bem, depois. Eu a fiz se levantar e comer alguma coisa. Eu a ouvi andando pela cozinha, então tenho certeza de que comeu. — Olho para o relógio e é quase uma da manhã.

Ele me abraça e eu não me sinto tão sozinha.

— Estou tão cansada de me preocupar com ela, quando eu mesma tenho toda essa história da adoção com que lidar.

Ele me beija na testa.

— Eu sei.

Em alguns minutos, estamos deitados na cama. Estou de lado. O braço dele está em volta da minha cintura e minha cabeça está apoiada no peito dele. Lembro-me de que estou sem sutiã novamente e algo me diz que ele também percebeu. Não que esteja fazendo algo errado.

Eu levanto a cabeça e o beijo. Ele me beija de volta. Isso parece tão certo, quando tudo na minha vida parece errado. Sei que minha mãe está dormindo no final do corredor, mas de repente não me importo mais. Aprofundo o beijo.

Ele me acompanha, mas não vai mais longe. Eu quero ir mais longe.

Sento-me na cama e tiro a camisola. Os olhos dele se arregalam.

— Chloe...?

Meus instintos me dizem que ele vai me dizer para vesti-la novamente. Eu o beijo antes que ele possa falar alguma coisa. As mãos dele estão nas minhas costas nuas. Seu toque é incrível. Cash é incrível.

Eu me deito na cama, a boca dele encontra a minha. Suas mãos estão nos meus seios. Eu deslizo minha mão para baixo da camisa dele.

— Não. — Ele se afasta. Eu me deito na cama.

Cash olha para mim. Para minha pele nua. Seus olhos estão nos meus seios. Então seu olhar se desvia para minha calcinha rosa.

— Nós não podemos...

— Por quê? — Eu me sinto rejeitada.

— Não — ele diz como se soubesse o que estou sentindo. — Você é linda e eu adoraria... Mas não assim. Não com sua mãe aqui. Ele olha em volta e encontra minha camisola.

Envergonhada, fecho os olhos.

Ele se deita ao meu lado.

— Olhe para mim.

Eu obedeço.

— Quero muito isso, mas não agora que você está chateada e sua mãe pode nos pegar no flagra. — Ele me beija e depois me afasta. Seu olhar baixa novamente. — Vista isso antes que eu mude de ideia.

Eu me sento. Ele desliza a camisola pela minha cabeça. As mãos de Cash roçam nos meus seios, enquanto abaixa a camisola até a minha cintura.

Eu me deito outra vez. Ele se deita ao meu lado e me puxa para mais perto.

— Sinto muito — eu digo. — Eu não deveria ter...

— Não, jamais se desculpe por isso. — A voz dele está rouca. Cash se apoia num cotovelo. — Isso foi um presente que eu apreciei muito. E vai acontecer. Só que não agora.

Eu começo a chorar novamente. Cash se deita e me puxa para perto dele. Coloca a mão na minha cintura. E eu fico deitada ali, a cabeça no peito dele, ouvindo seu coração bater. Seu peito é forte, firme e reconfortante. Quando estou com Cash, minha vida não parece tão tumultuada.

Tudo que sei, depois disso, é que ele me acorda com um beijo.

— Tenho que ir — diz Cash.

Sorrio, sem saber direito se é uma hora da manhã ou três, e percebo como foi bom dormir um pouquinho com ele, mesmo que só tenhamos dormindo.

— Obrigada por ficar.

— Eu é que agradeço — ele diz.

Enquanto eu o observo saltando pela janela, um leve sentimento invade meu peito. E eu sei o que é. É algo que nunca senti por Alex.

Estou me apaixonando por Cash Colton.

Rodney recostou-se no banco do velho Honda e olhou para a casa antiga.

Ele tinha seguido o garoto para outro bairro. Um bairro com casas velhas e caixas de correio caindo aos pedaços. O jipe estava estacionado em frente a uma casinha com uma pequena varanda, onde uma luz atraía insetos. Mas em vez de ir para a varanda, o rapaz foi até a janela da frente.

No início, Rodney pensou que ele fosse espiar pelo vidro. Mas, não, ficou de pé ali apenas por um segundo antes de escalar a janela.

Quer apostar que é ela quem mora aí?

Adolescentes fazendo suas estripulias.

Ele pensou em ir embora, mas resolveu ficar até saber se era de fato a casa dela.

Droga, Rodney não tinha um pingo de sono e tudo o que esperava por ele em Fort Landing era o quarto de um hotel barato. Por que não ficar? O carro era mais confortável do que aquela maldita cama.

Uma hora e meia se passou antes que ele visse o garoto escalando novamente a janela.

Ele viu o jipe sair. Então esperou mais meia hora. Saiu do carro, checando para se certificar de que ninguém o vira, e foi até a janela.

Um cachorro latiu do outro lado da rua e ele hesitou, esperando para ver se o animal se aproximaria. Quando nada aconteceu, ele foi até a janela. Com cautela, apoiou-se no parapeito e deu uma olhada.

Uma luz noturna brilhava ao lado da cama, e ele viu uma garota deitada. Não que ela parecesse uma garota, parecia mais uma mulher.

Os cabelos escuros estavam espalhados pelo travesseiro. Ela usava uma camisola que delineava suas curvas.

Rodney se perguntou como ela reagiria se ele fizesse uma visitinha ao seu quarto.

Mas seria realmente ela? Avançando, estudou o rosto da garota e tentou se lembrar de como ela era quando criança. Cabelos e olhos castanhos, pele clara. Para Rodney, ela era apenas outra criança ilegal.

Mas ele se lembrou de que ela falava um inglês perfeito. E que isso o preocupara, mas não o suficiente para que ele fizesse algo a respeito. E ela lutava como gente grande. Tinha coragem. Gritou como uma alma penada. Mas Rodney só precisou bater nela uma vez para que calasse a boca. Depois disso, ela começou a ouvi-lo.

Ele continuou a espiar a moça. Sim, poderia ser ela. Já crescida. O olhar dele foi atraído para as curvas dela novamente, as pernas longas, nuas, para fora das cobertas.

Seria uma pena se ele tivesse que matá-la. Talvez Jack realmente conseguisse consertar isso. Talvez. Mas se não conseguisse, ele faria o que fosse preciso. Rodney não iria para o xadrez.

De repente, um latido ecoou de dentro da sala e um cachorro deu um salto. Suas patas pousaram no parapeito da janela, o focinho bateu no vidro e ele arreganhou os dentes.

Rodney caiu no chão.

Estava quase correndo quando ouviu a janela se abrir. Ele se arrastou para o outro lado da casa e se escondeu atrás do carro do vizinho. Droga.

— Cash? — Uma voz chamou baixinho, da janela.

Rodney ficou onde estava e não respirou até ouvir a janela se fechar.

Ele estava prestes a voltar para o carro quando uma luz se acendeu numa janela na parte de trás da casa.

Ele olhou de trás do carro e viu uma sombra se mover para a janela.

Outra mulher.

Alta. Mas não cheia de curvas. A mãe dela, talvez? Seria tão bonita quanto a filha?

Ele ficou atrás do carro do vizinho por mais dez minutos, antes de voltar para o seu próprio carro.

Na manhã seguinte, estou terminando meu café da manhã quando ouço a porta do quarto da minha mãe se abrir.

Eu paro de comer meu cereal. A raiva cresce dentro de mim mais uma vez.

Ela vem e se senta ao meu lado na mesa.

— Chloe...

— Não — eu digo. — Eu não quero ouvir você dizer quanto está arrependida ou que a culpa é do papai. Isso só tem a ver com você.

— Eu não estava tentando me matar — diz ela num tom recriminador. Mas ela não tem o direito de me repreender.

Eu me levanto.

— Não, você estava apenas abusando de drogas! — acuso-a. — O que você diria se eu tivesse feito isso, mãe? Posso pegar três ou quatro para tomar hoje à noite?

A culpa ronda os olhos dela.

— Sinto muito. Eu...

— Eu não quero ouvir isso! — Fico ereta. — Se quiser compensar, vá à sua consulta e peça remédios para depressão. Se não estiver com eles quando eu voltar para casa, não sei o que vou fazer. Te amo, mãe, mas não vou ficar assistindo você se matar.

— Eu não estava...

— Apenas faça o que eu disse!

— Vou fazer. Prometo. — A voz dela fraqueja.

Saio de casa. Acho que a briga vai rolar solta. Estou quebrando os ovos com minha mãe agora.

Lindsey está de pé ao lado do meu carro, olhando para mim quase com a mesma culpa que minha mãe. Droga, esqueci que estava brava com ela também.

— Você ainda vai me dar carona? — Lindsey pergunta.

— Sim — digo.

— Sinto muito — diz ela. — Eu não deveria ter dito aquilo sobre o seu pai.

Entramos no carro. Eu olho para Lindsey e digo:

— Me desculpe, explodi com você. Não gosto de Jonathon. Não acho que eu esteja errada no que disse, mas também não cabe a mim falar o que você deve fazer.

Ela faz uma careta.

— Eu sei. Só queria que você não estivesse certa. Ainda somos amigas?

— Sim. — Eu quase digo a ela sobre minha mãe, mas parece um tópico muito pesado para tratar logo pela manhã. Pela mesma razão, coloco meu celular só para vibrar e vou para a escola. Mas eu sinto o aparelho zumbindo agora no meu bolso de trás. Provavelmente meu pai.

Nem desliguei o motor quando vejo Cash andando na direção do meu carro. Ele está sorrindo e meu coração acelera. Sei que ele está pensando na noite passada. E, embora eu não me arrependa, ainda estou envergonhada. Eu nunca era a primeira a tomar a iniciativa com Alex.

Lindsey vê Cash.

— Vou na frente para que você aproveite seu beijo matinal.

Cash cumprimenta Lindsey e depois entra no meu carro.

Ele se inclina sobre o console e me beija. É um beijo carinhoso. Mas um pouco mais quente do que antes.

— Eu não consegui dormir nada depois que fui embora. — Ele toca meu rosto.

— Sinto muito. — Sorrio.

— Não sinta. Coloquei uma música, deitei na cama e fiquei pensando em você.

— Sobre como eu sou terrível? — Abaixo a cabeça.

Cash ri.

— Você pode ser terrível comigo sempre que quiser.

Bato no peito dele com a palma da mão.

— Como estava sua mãe esta manhã? — ele pergunta.

Conto a Cash sobre a nossa discussão.

Depois de alguns minutos, ficamos calados e ele diz:

— Algo aconteceu na noite passada. Eu não contei, porque... você já estava chateada. — Seu tom é muito sério.

— O que foi?

— Lembra-se da fotocópia do artigo que deixamos na gráfica?

— Sim.

Cash me conta que havia detetives na casa dele e eu imediatamente começo a entrar em pânico.

— O que eles vão fazer?

— Tudo o que disseram é que vão investigar.

— Mas como? O que eles podem fazer?

— Podem colocar algo no noticiário local. Perguntar às pessoas se elas viram você.

— Caramba! As pessoas me reconheceriam. — Meu estômago dá um nó quando penso em como isso afetaria mamãe. — Minha mãe não vai conseguir enfrentar isso agora, Cash. Ela jura que não estava tentando se matar, mas eu não sei com certeza. Ela é um esqueleto ambulante, sem vontade de viver. Não tem nada além de mim. Sou tudo o que ela tem. E, se ela pensar que vai me perder... — Lágrimas escorrem dos meus olhos.

— Eu não estou dizendo que eles vão fazer isso. Esssa hipótese é só o pior que poderia acontecer.

— Eu odeio essa situação... — digo e um nó se forma na minha garganta.

— E o seu pai? Você acha que poderia pedir a ele para ir com você à agência?

— Pedir ao meu pai? Eu nem estou falando com ele agora! E não acho que ele faria isso sem avisar minha mãe. — As emoções rodopiam no meu estômago. — Pensei que ela estivesse morta. Não posso correr o risco de fazê-la piorar agora. Simplesmente não posso. — O nó na minha garganta se torna um caroço no meu coração. Uma grande bola de dor indesejada.

— Então você pode pelo menos pedir que ele encontre os papéis da adoção? Se nós os tivéssemos em mãos...

— Como vou explicar isso?

— Eu não sei, mas temos que fazer alguma coisa. A sra. Fuller está...

— Você disse que ia falar com a sobrinha da babá novamente.

— Eu tentei. Ninguém está atendendo ao telefone. Deixei uma mensagem, mas ela não retornou.

— Então ligue outra vez. Eu quero descobrir tudo isso, mas não posso magoar minha mãe.

Cash olha para mim e a compreensão que sempre vejo em seus olhos não está presente ali agora.

— E depois? — ele pergunta.

— Depois o quê?

— Quando você descobrir a verdade? Vai contar à sua mãe? Contar aos Fuller?

Uma onda de raiva toma conta de mim.

— Você prometeu que era escolha minha resolver quando contar.

— Eu sei, mas você não entende, Chloe. Sua mãe não é a única que está sofrendo. A sra. Fuller também está.

Ele sai do carro e me deixa ali, chorando sozinha.

26

Durante todo o dia, temi que a polícia tivesse divulgado minha foto e alguém na escola tivesse me reconhecido. Estou sofrendo. Estou com raiva. Do mundo, e até de Cash! Ele não falou comigo durante a aula de Literatura Americana, mas me encontra a caminho do estacionamento depois das aulas. Ele não diz nada a princípio. Apenas me abraça. Minha raiva evapora.

— Sinto muito — diz ele. — Eu não quis...

— Eu sei. Também sinto muito. — Fico na ponta dos pés e o beijo.

— Vou desvendar isso — diz ele.

Lindsey se aproxima, Cash me beija novamente e se afasta. Lindsey e eu vamos para casa.

O carro da minha mãe está na entrada para carros, quando chego em casa.

Eu estaciono. Minhas mãos estão suando. Eu me pergunto se é porque estou nervosa, com receio de que minha mãe não tenha trazido o remédio dela ou se é porque estou preocupada que a polícia já tenha colocado meu rosto nos noticiários.

Coloco a mochila no ombro, lembrando-me de que os comprimidos da minha mãe ainda estão escondidos lá dentro e eu não posso largá-la sobre a mesa, então entro na cozinha.

Um estranho silêncio reina na casa, como se não houvesse ninguém. Mas o carro de minha mãe está estacionado na frente.

— Mãe?

Ela não responde. Largo a mochila no meu quarto, então vou ao quarto dela. A porta está aberta. A cama feita. Essa é a primeira vez depois de muito tempo.

— Mãe? — Bato na porta do banheiro.

Sem resposta. Meu coração bate acelerado. Meu olhar se volta para a cama dela. Lembro-me dos segundos mais longos que já vivi quando pensei que minha mãe estivesse morta. Estou prestes a entrar em pânico. Então percebo que Docinho não está em casa também. Ela provavelmente foi dar um passeio.

Nesse momento, a porta da frente se abre. Vou até a sala.

— Oi. — Minha mãe solta o Docinho. Ela está usando uma peruca e jeans que realmente parecem ser do tamanho dela. — Como foi a escola?

— Ok. — Eu fico ali, esperando que ela me diga. *Por favor, mãe, diga que você trouxe o remédio para depressão! —* Mãe?

— Peguei minha receita. Está na mesa da cozinha.

Eu me inclino para trás até ver que a receita está realmente ali, ao lado do laptop de minha mãe.

— Um dos efeitos colaterais é que esse remédio pode me fazer engordar. Então isso é bom. Ah, recebi ordens médicas para começar a escrever de novo.

Pelo menos parte da tensão que carrego no meu peito evapora. Ela fez o que pedi. Foi buscar a receita do remédio para depressão. Estou tão aliviada que uma onda de lágrimas arde nos meus olhos. Eu pisco.

— Você adorava escrever.

— Eu sei. Li os três primeiros capítulos. — Ela sorri. — Estão realmente muito bons. Pensei que eu ia ler e descobrir que estavam horríveis. Mas não.

— Você não tinha quase terminado o livro quando... — *Quando percebeu que papai estava traindo você?...* — parou de escrever?

— Sim, só tenho mais uns dois capítulos para terminar. Mas vou reler tudo primeiro. Até procurei na internet e descobri que há um grupo de escritores aqui na cidade. Eles se reúnem nas noites de quinta-feira. Eu acho que vou.

— Isso seria muito bom! — Lembro-me de quando minha mãe participava de um grupo de escritores em El Paso. Ela vivia feliz.

Ela olha para baixo por um segundo, depois para mim.

— Sei que tem sido difícil para você e isso não é justo. Sei que prometi antes, mas estou falando sério desta vez. Vou melhorar.

Eu vejo verdade nos olhos dela. Pode ser excesso de otimismo, mas acredito nela. Eu a abraço. É um abraço apertado. E longo. Não consigo disfarçar as lágrimas. Então uma grande onda de medo me assalta. Se a foto com a progressão de idade aparecer nos noticiários, isso voltará a abater mamãe?

Mais tarde, vou para o meu quarto pensando em ligar para Cash.

— Você conseguiu gravar alguma coisa com a sua câmera? — pergunto. Sei que ele verifica a filmagem todo dia, esperando pegar Paul no flagra. Também espero que ele pegue. O idiota não falou mais comigo desde que me convidou para sair, mas eu ainda não gosto dele.

— Não. Mas não vou desistir. Cada vez que passo por ele na escola, ele sorri para mim para me provocar, como se quisesse que eu reagisse.

— Mas, mudando de assunto, como está sua mãe?

— Parece melhor. — Eu me reclino na cama. Félix pula e se acomoda no meu colo. — Ela quer que eu vá jantar e fazer compras com ela. Está lendo o livro que escreveu, pensando em recomeçar a escrever.

— Muito bom! — diz ele. — Talvez ela comece vida nova.

— Sim — eu digo com esperança, depois, pergunto: — Como estão as coisas aí?

— Ninguém em casa ainda. O que é estranho, porque os dois chegam cedo às sextas-feiras. Félix está me seguindo para todo lado.

Uma pergunta louca me ocorre. O gato dos Fuller se lembraria de mim se eu fosse Emily? Afasto esse pensamento.

— Você trabalha hoje à noite, certo?

— Sim. Entro à cinco.

— Lembre-se de que vamos sair com Lindsey e David amanhã.

— Não me esqueci disso. — Ele não parece muito animado.

Coloco meu Félix ao meu lado.

— O que vamos fazer se eles mostrarem a foto da progressão no noticiário?

— Se alguém reconhecer você, vamos precisar dizer a verdade.

— E se acusarem meus pais de me sequestrarem? E os Fuller não vão
ficar chateados com você por não ter contado a eles logo de início? — Minha
linha emite um sinal sonoro. — Merda... — digo.

— O que foi? — Cash pergunta.

— Meu celular está bipando. Deve ser uma mensagem do meu pai.

— Você vai ter que falar com ele, mais cedo ou mais tarde — Cash diz.

Lembro-me dele dizendo que eu deveria perguntar ao meu pai sobre
a coisa toda da adoção ou pelo menos perguntar sobre a documentação.

— Você fala como se fosse fácil.

— Não foi minha intenção. Sei que é difícil.

O telefone bipa outra vez, avisando que recebi uma mensagem.

— Ligue para o seu pai. A gente se fala quando eu sair do trabalho.

Dez minutos depois, me deito na cama, reunindo coragem para falar
com meu pai. Então verifico as mensagens de áudio para ter certeza de que
são dele.

São. Está insistindo para que eu ligue para ele. Está preocupado. Ele
me ama. Eu sou filha dele. Está preocupado com a minha mãe.

Ah, sério! Ele está preocupado com a minha mãe? Ele não se importou
quando ela teve câncer! Paro de ouvir a mensagem e ligo. Ele atende no
primeiro toque.

— Chloe, ando muito preocupado.

— Sinto muito não ter atendido as suas ligações. — Sinto minhas mãos
para ver se elas estão úmidas. Elas estão. Droga, Cash estava certo sobre
as palmas das mãos suarem quando mentimos.

— Liguei antes de você ir para a escola e mandei cinco mensagens na noite passada.

— Desculpa. Eu estava... com mamãe.

Meu pai suspira.

— Ela está bem?

— Sim.

— Ela estava bebendo ontem à noite, não estava?

— Não. — Eu encaro minha colcha.

— Estava sim. Ela não falava coisa com coisa.

Fecho os olhos. Félix esfrega a carinha no meu rosto.

— Ela tomou comprimidos para dormir.

— Muitos?

— Ela não tem dormido bem — digo, sem responder à pergunta dele.

Meu pai não diz nada. O silêncio permanece e eu me pergunto se ele está se sentindo culpado, sabendo que é o motivo de ela não conseguir dormir, razão pela qual tem que tomar comprimidos para esquecer.

De repente, Docinho late e apoia as patas da frente na janela, para olhar para fora. Eu me lembro dele fazendo o mesmo ontem à noite. Pensei que Cash tivesse voltado, mas não.

Meu pai continua:

— Vou para Fort Landing a trabalho na quarta-feira. Farei uma parada em Joyful na volta. Podemos jantar na quinta-feira?

Eu hesito. Será que minha mãe vai ficar chateada? Então me lembro de que ela vai estar na reunião dos escritores. Pelo menos é o que eu espero.

— Tudo bem — digo, pensando em pedir a ele que vá na agência de adoção comigo. Apenas o pensamento faz meus pulmões se comprimirem, prendendo o ar.

— Ótimo — diz ele. — Podemos conversar, então.

Conversar? É quando percebo que ele provavelmente virá para contar sobre o casamento.

— Só você? — pergunto de uma maneira não muito amorosa.

— Sim — meu pai retruca.

E — *bam!* — estou irritada com ele outra vez. Não, estou mais do que irritada. Estou muito chateada e volto a quebrar ovos novamente.

— Se você vai vir para me dizer que vai se casar com Darlene, você...

— Eu não vou me casar com Darlene! — meu pai logo explica.

— Mas mamãe disse...

— Sim, ela me falou isso também. E, quando neguei, ela me chamou de mentiroso. Então ela me disse que viu o boleto do meu cartão de crédito. Que diabos ela está pensando quando...?

— Você não comprou um anel de noivado para Darlene?

— Não. Meu cartão de crédito foi roubado. Fizeram várias compras com ele...

O alívio vem quando meus pulmões liberam o ar.

— Jura?

— Eu não minto para você.

Quero perguntar se ele está pensando em pedi-la em casamento no futuro, mas decido ficar feliz com a notícia que acabo de receber.

Ficar feliz até quinta-feira, quando, no fundo, sei que preciso falar com ele sobre a adoção. Só tenho que descobrir uma maneira de convencê-lo a não contar à mamãe.

Cash estava morrendo de fome quando chegou em casa do trabalho aquela noite. Ele foi para a cozinha dos Fuller, abriu a geladeira e viu uma embalagem branca para viagem com o nome dele na tampa. A sra. Fuller tinha trazido o jantar para ele novamente.

Ele franziu a testa, mas estava com muita fome para recusar.

Jogou num prato o que parecia ser frango com parmesão e colocou no micro-ondas. Enquanto a refeição esquentava, comeu uma torrada.

Então ouviu vozes e passos na sala de jantar. Não, não apenas vozes, vozes raivosas. Ele desligou o micro-ondas antes que a campainha do eletrodoméstico tocasse.

— Você não quer encontrar a nossa filha? — a sra. Fuller gritou.

— Eu também a amava, Susan — disse o sr. Fuller. — Perdi minha garotinha. Mas não vou suportar passar por tudo aquilo novamente.

— Passar pelo quê? — A voz da sra. Fuller falhou.

— Ver você afundar de novo na depressão. Perder você.

— Alguém viu a nossa filha!

— Não. Alguém viu uma garota que se parecia com ela. É um golpe, assim como os policiais disseram. Assim como o último cara para quem você deu dinheiro.

— Nós não sabemos. E tudo o que fiz foi pedir à polícia que solicite as gravações em vídeo do Walmart para ver quem tirou a foto dela do quadro, no mês passado. Isso pode nos levar a ela.

O estômago de Cash se contrai. Por que diabos ele havia tirado aquela foto de lá?

— Seria bom se você pudesse pelo menos me apoiar — ela disse.

— Eu te apoiei. Fui com você à delegacia, não fui?

— Mas se você insistisse...

O sr. Fuller gemeu.

— Eu não insisti porque sabia que eles não iam fazer nada. Só porque uma foto desapareceu de um quadro de avisos, isso não significa...

— Eles a viram! — a sra. Fuller gritou.

Cash encostou no balcão.

Droga. Ele tinha causado tudo aquilo. Era culpa dele.

— Tudo o que eles precisam fazer é assistir à gravação em vídeo — disse a sra. Fuller.

— Por quanto tempo, Susan? Você não sabe quando levaram a foto. Pode ter sido meses atrás. A loja fica aberta dezessete horas por dia, sete dias por semana.

— Eu teria assistido ao vídeo para eles. Eu ficaria acordada noite e dia para encontrar minha garotinha.

— É disso que estou falando. E o trabalho, Susan? E os seus pacientes? E eu? E Cash. Pensei que você o considerava sua prioridade, que queria provar que ele faz parte da nossa família. Se você for para o fundo do poço novamente...

Cash se sentiu magoado com as palavras do pai adotivo.

— Não entendo por que você não quer procurá-la! — A dor e o desespero eram evidentes nas palavras da sra. Fuller.

— Ela se foi, Susan!

— Não! Ela está viva! — a sra. Fuller gritou. — Uma mãe sabe se o seu filho está vivo ou não.

Passos subiram as escadas. Cash engoliu em seco, cheio de culpa. Culpa por causar isso a eles. Culpa porque ele tinha feito isso com a mãe de um garotinho que se parecia com ele.

Então ouviu mais passos.

Cash virou-se. O sr. Fuller estava ali parado, olhando para ele.

— Desculpe. Não sabíamos que você...

— Está tudo bem.

— Tem comida na geladeira para você.

— Estou esquentando no micro-ondas.

O sr. Fuller foi até a geladeira e pegou uma cerveja.

— Alguém estava fazendo cópias de um artigo publicado sobre Emily. Nossa filha. O artigo tinha a foto da progressão de idade. Eles deixaram uma cópia na gráfica e o funcionário que atendia no balcão disse que a garota que havia solicitado as cópias se parecia com a da foto.

Cash assentiu como se não soubesse.

— O que a polícia vai fazer?

— Nada. Eles têm certeza de que é um golpe. E eu tenho muito medo do que isso vai causar a Susan... Ela está prestes a cair novamente naquele poço escuro...

Cash queria contar a ele. Contar sobre Chloe. Dizer que a sra. Fuller não estava louca. Admitir tudo. Confessar que ele havia tirado a foto do quadro de avisos e deixado a cópia do artigo na impressora. No entanto, não podia pensar só nos pais adotivos. Agora tinha que pensar em Chloe também.

O sr. Fuller olhou para Cash.

— Antes de você, ela... só pensava em Emily. Ela a perdeu de novo quando aquele cretino nos enganou. Por causa de você, ela... ela conseguiu superar. Eu não sei se vamos ter a mesma sorte desta vez! — O desespero soou forte na voz do sr. Fuller. — Vejo você amanhã. — Ele saiu da cozinha.

Cash ficou observando o pai adotivo se afastar, sentindo a mesma impotência no peito, o mesmo desespero que ouvira na voz do sr. Fuller. Fechou as mãos em punho, com vontade de bater em alguma coisa. Não, o que ele queria era consertar tudo isso.

Certamente, quando Chloe descobrisse a verdade, quando soubesse com certeza que era filha dos Fuller, ela faria a coisa certa. Ele tinha ligado para o número da babá novamente a caminho do trabalho, mas ninguém atendera. Mesmo se ele falasse com a babá, isso provaria alguma coisa?

Ele precisava de provas. Provas sólidas.

Naquele momento, Cash sabia o que precisava fazer. Tinha que pegá-los. Pegar os papéis da adoção.

Ele retirou o prato do micro-ondas e o levou para o quarto.

Ele e o pai haviam invadido museus. Uma agência de adoção seria muito mais fácil. Ele lembrou como ele e o pai tinham entrado no museu. É isso que ele tinha de fazer.

27

Sábado à tarde, Rodney parou na frente da casa de Jack. Tinha pego o endereço com a ex-esposa, irmã de Jack. O ex-cunhado obviamente tinha se dado bem nos últimos quinze anos, porque seu estilo de vida estava muito mais sofisticado. O sobrado de tijolos aparentes ficava num bairro agradável. Isso incomodava Rodney. Ele deveria ter melhorado de vida também. Ajudara o homem a construir o seu negócio, fornecendo crianças no primeiro ano da agência de adoção.

Criado por uma madrasta hispânica, ele falava espanhol desde os 5 anos de idade. Não tinha dificuldade para encontrar famílias carentes no México e na América Central que desistiam de um filho para tentar uma vida melhor nos Estados Unidos, em troca de alguns milhares de dólares. E como Jack ganhava cinco vezes mais de famílias desesperadas para ter um filho, era um negócio muito rentável.

Às vezes, Rodney não tinha nem que pagar às famílias e, nesse caso, ele ficava com o dinheiro de Jack. Pessoas pobres queriam uma vida melhor para os filhos também. Por isso ele encontrava o mesmo tipo de família nos Estados Unidos, que estava desesperada para oferecer uma criança para adoção. Era dinheiro fácil.

Tudo acabou quando aquela garota morreu. Jack o culpou. Então ele surtou, dizendo que a polícia estava na cola dele. Rodney garantiu que poderia substituir a garota. Ele até já tinha uma família em vista no México, pronta para desistir de uma criança, mas, no último minuto, eles tinham mudado de ideia.

Desesperado e talvez um pouco fora de si (naquela época ainda se drogava), encontrou outra garota. Ele pensou que ela era apenas uma criança adotada ilegalmente. Como diabos poderia adivinhar que uma babá traria o filho de médicos ricos para a parte mais pobre da cidade?

Ainda olhando para a casa, ele desligou o motor, saiu do seu Honda e foi bater na porta da frente.

A esposa de Jack, Linda, atendeu à porta. No segundo em que seus olhos se encontraram, ela fez cara feia.

— Então você é a razão da pressão alta do meu marido?

— Prazer em vê-la também. — Rodney tentou entrar.

Ela não se afastou da porta.

— Vá embora, Rod. Ele não precisa de gente como você na vida dele.

— Não pode fazer isso, Linda. Diga a ele que estou aqui!

Por um segundo, ele pensou que teria de forçar a porta para passar. Mas ela cedeu. Rodney entrou e, em seguida, Linda saiu do cômodo. Ele ficou ali, admirando os móveis elegantes.

— O que você está fazendo aqui? — Jack perguntou, ao entrar na sala. Sem o seu terno de executivo, vestindo shorts cáqui, ele parecia mais velho ainda. E, caramba, o homem era apenas cinco anos mais velho que Rodney!

— Parece que você está muito bem de vida. Quem contratou para fazer o meu trabalho?

— Ninguém. Ando fazendo as coisas do jeito certo. O que você quer?

— Pensei em contar as novidades.

O rosto de Jack ficou vermelho.

— Que novidades? — O medo fez o velho arregalar os olhos. — Eu disse que já estou cuidando de tudo. Não quero fazer parte de nada do que você estiver planejando.

— Calminha. Só queria contar que encontrei a garota — disse Rodney.
— A menos que...? Aconteceu alguma coisa? A garota voltou? — Ele deu um passo em direção a Jack, observando-o.

— Não. Não me procurou mais.

— Então por que você está quase sujando as calças de medo?

— Eu não estou. Já escrevi a carta e tudo mais.

— Que carta?

— Eu já disse. Vou entregar à garota uma carta que ela vai pensar que é da mãe biológica. Lá diz que a mãe não quer vê-la. Vai dar certo.

— Espero que sim. — Rodney virou-se em direção à porta, depois parou. — Você tem aí umas cem pratas?

— Por quê? — A expressão de Jack enrijeceu.

— Porque estou precisando. E porque, pelo que parece, você está montado na grana.

Nosso encontro duplo na noite de sábado foi bom, mas Cash estava meio quieto. Distante. Ele me contou que ouvira uma briga dos pais adotivos. E que o sr. Fuller tinha contado que a polícia não estava investigando o caso de Emily Fuller. Embora para mim isso fosse bom, Cash não parecia nada feliz.

Eu sei que ele está preocupado com os Fuller. Parte de mim se preocupa com a possibilidade de que ele me culpe por eles estarem sofrendo.

Nós não nos vimos no domingo, porque Cash disse que os Fuller queriam que ele os ajudasse a podar as plantas do jardim.

Então, quando as aulas terminam na segunda-feira, espero poder passar algum tempo com Cash. E, como hoje é o primeiro dia de trabalho da minha mãe, peço a ele que vá à minha casa.

Cash me segue, no carro dele, da escola até em casa, mas Lindsey mal saiu do meu carro quando ele me diz:

— Não posso ficar muito tempo. Estou fazendo uns turnos de trabalho extras esta semana.

— E a sua aula na quarta-feira?

— Vou perder uma aula. Mas não importa.

Como não passo de uma tola insegura, me pergunto até que ponto *eu* importo. Começo a me perguntar se ele simplesmente não gosta mais de mim.

— O que há de errado? — Pego a mão dele. — Você está com raiva de mim?

— Não. É só que... A sra. Fuller não foi para o trabalho hoje. Esta manhã, parecia que ela nem tinha dormido.

— Eles ainda estão brigando?

— Não. Mas eles não estão conversando. Ela está dormindo no seu quarto.

— O quê? — pergunto, achando que não entendi direito o que ele disse. Cash franze a testa como se tivesse dito algo que não deveria ter revelado.

— No quarto de Emily.

Minha mente dispara.

— Eles moram na mesma casa que na época...?

— Não. Mas eles têm um quarto. É pintado de rosa e tem tudo que era seu... todas as coisas de Emily. Roupas. Brinquedos. Livros. As fotos. É como um santuário. A sra. Fuller está dormindo lá.

Cash vai embora logo depois, mas o estado de espírito dele fica comigo.

De alguma forma, minha preocupação com a minha mãe ofuscou toda a história da adoção *versus* sequestro. Mas foi apenas temporariamente, porque a ideia da sra. Fuller dormindo no quarto com todas as coisas que a fazem se lembrar da filhinha que pode ser eu traz tudo de volta. E eu ouço a voz novamente, *Sua mãe e seu pai não querem mais você.*

Mas, se eu sou Emily, eles me queriam. Eles me amavam. Me amavam tanto que, mesmo quinze anos depois, ainda têm um santuário para mim.

Eu me jogo no sofá. Pego a foto do álbum da minha avó e folheio até encontrar aquela foto minha. Uma foto minha com a minha boneca Emily. Vejo o meu olhar vazio.

Nós a esquecemos num parque alguns meses depois que você a ganhou. Nós voltamos, mas alguém já tinha pego. Você chorou por semanas, querendo Emily de volta.

Eu me pergunto se eu chorava pela boneca ou por tudo que havia perdido. Meus pais. Talvez até eu mesma.

Eu me perdi de quem eu era. Eu me perdi de Emily Fuller. Será esse o vazio que sinto?

Minha mãe chega por volta das seis da tarde.

— Nossa, que cheiro bom!

Depois de passar uma hora sentindo pena de mim mesma, lembrei-me de que queria surpreender minha mãe com um jantar.

No sofá, tiro Félix do meu colo e encontro minha mãe na cozinha.

— Como foi o dia? — Quando a vejo sorrindo, forço um sorriso também.

Ela coloca a bolsa na mesa, depois tira a peruca.

— Foi cansativo. Mas bom. Tudo foi bom. Os médicos são simpáticos. Tive uma hora de almoço e fui a um café ao lado do consultório, escrevi um pouco e tomei uma sopa. Essa foi a melhor parte do dia.

Ela me abraça. Eu a abraço de volta. Quando nos separamos, olho para ela.

— Uau, seu cabelo está crescendo, mãe!

Ela toca a cabeça.

— Eu sei, notei isso hoje de manhã. Talvez mais uma semana e eu não precise mais da peruca.

— Acho que você poderia deixar de usá-la agora. Coloque uns brincos grandes, batom vermelho e vá ser feliz.

Nós rimos. Depois jantamos e conversamos sobre o livro dela.

Após o jantar, ela pega o laptop, senta-se no sofá e escreve. Eu vou para o meu quarto fazer minha lição de casa. Félix se junta a mim. Enquanto o acaricio, penso no outro Félix. Nos Fuller. Na sra. Fuller dormindo no quarto de uma garotinha desaparecida que pode ser eu.

E me pergunto: se entrasse naquele quarto, eu me sentiria como se ele fosse meu? Será que o vazio que ainda sinto no meu coração iria embora?

Na quarta-feira, Cash aparece antes de ir para o trabalho. Assim que ele entra, sei que algo está errado. Seus olhos estão brilhando de raiva.

— Consegui.

— O quê?

— Peguei aquele idiota, Paul. A câmera registrou. — Ele me entrega o celular. O vídeo mostra Paul ao lado do jipe de Cash, com outro jogador de futebol de cabelo ruivo.

Paul diz:

— Você acha que ele percebeu que fomos nós que riscamos o carro?

— Provavelmente não — responde o ruivo. — Ele é um idiota.

— Talvez ele note agora. — Paul muda de posição e ouve-se o barulho de metal arranhando metal.

— Eles fizeram de novo? — pergunto.

— Sim, mas agora estão na minha mão!

Eu observo Cash. Acho que nunca o vi tão fora de si.

— Você vai mostrar o vídeo ao diretor?

— Vou fazer melhor do que isso. Ele vai desejar nunca ter tocado meu jipe. — A tensão sai dele em ondas.

— Você não pode provocar outra briga. Vai arranjar problema.

— Problema é meu nome do meio. Já nasci causando problemas. É o que as pessoas esperam de mim.

— Estou falando sério, Cash.

— Eu também.

— Entregue o vídeo ao diretor e deixe que ele resolva.

— Não. Eles fizeram isso comigo, não com o diretor.

— Cash, não...

— Você está outra vez se negando a quebrar ovos, Chloe. Não entende?...

— Pense nos Fuller. Se fizer alguma coisa, vai magoá-los.

— Não estou tentando magoá-los. — Seu tom é de raiva. — Mas aqueles idiotas danificaram a única coisa que eu deixei que os Fuller me dessem. É a única coisa nova que já tive. Ele era perfeito. Eles o arruinaram.

Suas palavras vêm carregadas de emoção.

— Mas vai magoar os Fuller. Eles já estão sofrendo o suficiente agora.

Os olhos dele brilham.

— Isso é exatamente o que eu digo desde que me levaram para a casa deles. Eu não pertenço àquele lugar! — ele grita.

Eu imploro para ele pensar melhor. Mas ele não está ouvindo.

Eu desabafo com Lindsey, que diz todas as coisas certas, mas isso não me ajuda. Quanto mais penso no que aconteceu, mais me culpo por não lidar melhor com a situação. Eu sabia quanto Cash amava o jipe. *É a única coisa nova que eu já tive. Ele era perfeito.* Eu lamento muito por ele.

Resolvo mandar uma mensagem para Cash. Ele não responde. Eu telefono. Ele não atende.

Sei que ele está no trabalho, mas não poderia pelo menos me responder? Preciso dizer a ele que sinto muito.

Envio uma mensagem para minha mãe: *Vou ver Cash. Estarei em casa em uma hora.*

Como ele me mostrou onde trabalha, sei o caminho.

Enquanto dirijo, tento inventar o pedido de desculpas perfeito, que diga que não acho que ele tenha intenção de magoar os Fuller.

Eu chego à oficina. As luzes estão acesas no escritório, mas as portas da oficina estão fechadas.

Estaciono. Quando entro no escritório, um cara aparece por uma porta lateral.

— Olá — cumprimento.

— Oi. — Ele é jovem. Lembro-me de Cash dizendo que ele é amigo de outro funcionário, Devin.

— Cash está aí? — pergunto.

Ele sorri.

— Você é Chloe?

Eu forço um sorriso.

— Sim.

— Ele fala de você o tempo todo.

— Obrigada. Posso vê-lo?

Devin parece confuso.

— Ele só trabalha nos fins de semana agora. Acho que tem aula às quartas-feiras.

— Mas eu... — Ele me disse que ia faltar à escola para trabalhar. — Tudo bem. — Sinto como se mil formigas andassem sobre o meu peito, criando buracos de dúvida, corroendo tudo que acredito saber a respeito de Cash. Sobre nós.

Eu vou embora, mas estaciono a um quarteirão de distância para tentar entender.

Meu celular toca. É uma mensagem. Eu a leio. É ele.

Ele: *Desculpe. Só estava chateado com Paul.*

Eu: *Onde você está?*

Ele: *No trabalho.*

Eu: ...

O que devo dizer? Por que ele mentiria sobre estar no trabalho? Então me lembro que minha mãe me fez essa mesma pergunta sobre o meu pai. E agora sabemos o que papai estava fazendo.

Lembro-me de Cash assistindo aulas com garotas da faculdade. Garotas com quem ele pode ter saído antes. Agora aquelas mil formigas estão corroendo meu coração.

Cash esperou que Chloe respondesse. Ela não respondeu.

Ele enviou outra mensagem.

Posso passar aí mais tarde?

Sem resposta.

Ela ainda estava chateada? Era bem provável, ele tinha agido como um idiota.

Cash ligou para ela. A ligação caiu direto no correio de voz. Ele deveria ir à casa de Chloe agora? Olhou para o prédio da agência de adoção. Não, ele precisava ficar. Tinha ido lá todas as noites naquela semana e até agora os funcionários da empresa de limpeza não haviam aparecido. E, para conseguir o que queria, sem se dar mal, ele precisava saber quando viriam.

Certamente a agência tinha um serviço de limpeza. Toda empresa tem.

Ele se recostou no jipe, parado no estacionamento de uma farmácia do outro lado da rua. *A parte mais difícil do trabalho era a preparação.* Ele se lembrou das noites em que tinha dormido no carro enquanto o pai estudava suas próximas vítimas.

Uma hora se passou. Duas. Seu estômago roncou.

Ótimo.

Agora ele estava com fome, infeliz, pensando no cretino do pai e irritado com Paul.

Mandou uma mensagem para Chloe novamente. Sem resposta.

Ligou outra vez. Sem resposta. Deixou uma mensagem novamente, dizendo a ela que estava arrependido.

Uma hora depois, viu uma van estacionar no prédio do outro lado da rua. Ele esperou e viu duas mulheres saírem de lá com vassouras e um aspirador de pó.

— Finalmente.

Eram onze horas quando Cash foi embora. Ele mandou uma mensagem para o sr. Fuller e disse que estava ajudando alguns colegas de escola a trocar um pneu. Então correu para a casa de Chloe.

A casa estava às escuras. Felizmente, isso significava que a mãe dela já estava dormindo. Ele foi até a janela de Chloe e bateu no vidro. Ele viu Chloe deitada na cama.

Mas ela não se levantou.

Ele bateu de novo.

Chloe se sentou na cama e olhou para a janela.

Tentou abri-la. Estava trancada. Por quê...?

Ela por fim se levantou, mas, quando abriu a janela, colocou a cabeça para fora.

— Eu não quero falar com você.

— Sei que eu estava furioso com Paul e que descarreguei tudo em cima de você. Me desculpe.

— Vá embora. — Ela começou a fechar a janela, mas ele a impediu e subiu no parapeito. — Você não passa de um mentiroso. — A mágoa irradiava das palavras dela, doendo como um tapa no rosto.

— Mentiroso?

Ela ficou parada ali, rígida. Ele nunca a vira com tanta raiva.

— Eu fui me desculpar com você no seu trabalho. Você não estava lá. Você disse que estaria no trabalho toda noite. Por acaso está saindo com alguma garota da faculdade?

— Garota? — Ele finalmente entendeu tudo. — Não. Não estou saindo com garota nenhuma. Você tem razão, eu não estava no trabalho. Menti porque... Sabia que você tentaria me convencer a desistir...

— Desistir do quê? Você foi arranjar briga com Paul?

— Não. Eu estava fazendo tocaia na agência de adoção. Temos que conseguir aqueles arquivos para provar que você é Emily.

— "Fazendo tocaia"? Está pensando em invadir a agência ou algo assim?

— Sim, tipo isso.

— Você está ficando louco? — ela sibilou.

— Não.

— Isso é contra a lei!

— São só papéis. Só vou encontrá-los.

— Você pode ir para a cadeia.

— Não vão me pegar. Nem vou roubar nada. Vou apenas tirar fotos, como fiz com os documentos dos Fuller.

— O que você vai fazer é arrombamento e invasão.

— Não vou arrombar a agência. Vou te contar o que farei.

28

— Meu frango marsala está ótimo! — meu pai diz. — O seu prato está bom?

É quinta-feira. Não sei como consegui suportar a escola mesmo estando tão brava com Cash, mas agora estou sentada num restaurante italiano com meu pai. Minhas mãos estão suando e tenho certeza de que há abelhas rastejando no meu pescoço. Eu estou assustada. Mas não estou com tanto medo de magoar os sentimentos do meu pai do que estou do plano de Cash. Então coloco meu plano em prática.

Vou levar meu pai à agência comigo. A única coisa terrível que poderia acontecer hoje à noite, além de meu pai dizer não, é ele insistir em contar à minha mãe. Mas eu tenho um plano para isso também. Ele pode incluir quebrar mais ovos, mas eu vou fazer isso.

— Onde está sua mãe hoje à noite? — ele pergunta.

Eu coloco na boca uma garfada de macarrão.

— Na reunião de escritores.

— Ela está escrevendo?

— Sim. Ela está melhor. — Olho para meu pai disfarçadamente. Percebo algo diferente. O cabelo dele. Está com o penteado que ele costumava usar antes do divórcio.

— Eu preciso pedir um favor a você — deixo escapar.

Meu pai abaixa o garfo como se pudesse sentir a seriedade na minha voz.

— O que é?

Engulo em seco.

— Lembra quando você e mamãe disseram que, se eu quisesse conhecer meus pais biológicos, eu poderia?

— Sim. — Ele se endireita na cadeira. — E você quer?

— Sim.

Meu pai olha para mim.

— Bem, você tem quase 18 anos. Não deve ser difícil.

— Eu quero fazer isso agora — eu digo.

— Agora?

— Amanhã.

Meu pai parece confuso.

— Fazer o que amanhã?

— Ir à agência de adoção com você e ver os documentos da adoção.

Ele olha para mim surpreso.

— Bem... Não sei se é assim que funciona. Acho que precisamos procurar um advogado.

— Não. Eu já fui à agência. Disseram que não podem me dizer nada porque não tenho 18 anos, que eu precisava do consentimento dos meus pais. Nós podemos fazer isso.

Ele puxa sua cerveja mais para perto.

— Isso é... Você está querendo encontrá-los por causa... do que eu fiz?

Eu olho para meu pai.

— Não. Só preciso saber das coisas.

Ele se acomoda outra vez na cadeira.

— O que a sua mãe acha disso?

Suspiro.

— Mamãe não sabe. E você não vai dizer a ela. Ela finalmente está melhorando. Não posso correr o risco de preocupá-la.

— Esse é mais um motivo para esperar mais alguns meses — ele argumenta. — Você já vai ter...

— Não. — Bato com a mão na mesa. — Amanhã.

— Querida, eu trabalho amanhã.

— Então agora o seu trabalho e Darlene são mais importantes do que eu?

— Chloe, você não está sendo justa.

Provavelmente não, mas não vou desistir. Vou ser durona.

— É justo o que você fez à mamãe? O que você fez comigo? Não pedi nada a você desde que arruinou a minha vida. E você não pode fazer isso por mim? Só isso?

Meu pai olha para mim. *Está funcionando?*

A culpa nos olhos dele revela que está funcionando.

— É tão importante assim para você?

— Sim.

Ele fica sentado ali, como se estivesse refletindo, então balança a cabeça, como se resistisse.

— Se eu fizer isso pelas costas da sua mãe, ela vai me odiar.

— Tarde demais, pai. Ela já te odeia. Ela quer matar você. Agora você só tem que se certificar de que eu não comece a te odiar também.

— Como foi o jantar? — minha mãe pergunta quando chego em casa.

Eu havia contado a ela que ia jantar com meu pai. Achei que, se mentisse e ela descobrisse, seria pior.

— Foi bom — eu digo. — Como foi a reunião com os escritores?

— Boa.

Eu sorrio.

— Como você se sentiu? Sem a peruca? — Eu a incentivei a fazer isso. Ela sorri.

— Uma mulher veio me dizer que estava morrendo de vontade de cortar o cabelo tão curto quanto o meu. Eu disse a ela que tinha quase morrido também. Eu não disse literalmente.

Dou risada, e é como se um grande peso saísse do meu peito, sabendo que ela não vai ficar reclamando do fato de eu ter ido ver meu pai. Talvez apenas talvez, a minha vida vá melhorar, no final das contas.

Vou para a cama, coloco meu pijama de ovelha e ligo para Cash.

— Como foi o jantar? — Seu tom é preocupado e doce como deve ser o de um namorado.

— Ele vai fazer o que pedi.

— Sério?

— Sim. — Docinho pula e se encolhe ao lado da minha perna.

— E ele não vai contar à sua mãe?

— Ele queria, mas eu o ameacei.

— Com o que você o ameaçou?

— Fazer picadinho com os testículos dele.

— O quê?

Solto uma risada.

— Brincadeira. Ele vai ficar num hotel esta noite e me buscar amanhã, depois que minha mãe sair para o trabalho. Vou me arrumar e fingir que vou para a escola.

— Uau! — diz ele. — Você vai ficar bem?

— Sim. — Sorrio. — Como estão as coisas por aí?

A pausa diz que não estão boas. A felicidade com o meu sucesso desaparece. Faço carinho no meu cachorro, que me olha com amor.

— Eles ainda não estão se falando. Ela também não foi trabalhar hoje.

— Ela dormiu no meu quarto? — Então me corrijo. — No quarto de Emily? — Sabendo da certeza de Cash e da minha quase certeza de que sou Emily, não posso deixar de imaginar como vou me sentir se descobrir que não sou ela. Se eu tiver que voltar a acreditar que meus pais não me quiseram.

— Sim. — Cash faz uma pausa. — Ah, decidi o que fazer com o vídeo de Paul.

Meu estômago dá um nó.

— O quê?

— Peguei o número de Paul com Mike, o cara que eu sei que está namorando a irmã de Paul. Vou enviar o vídeo para Paul.

— O que você vai dizer a ele?

— Só que eu sei que ele fez isso e, se me provocar novamente ou mexer com alguém na escola, eu o entregarei.

— Você... não vai entregá-lo?

— Não. Quando falei com Mike, ele me contou algumas coisas.

— Que tipo de coisas?

— Paul não se dá bem com o pai. A mãe dele morreu vários anos atrás. Mike disse que, no ano passado, um assistente social estava pensando em tirar a guarda do pai, depois que Paul levou uma surra brutal.

— E ele ainda está morando com o pai agora?

— Sim. Se o pai aceitar assistir a algumas aulas, eles não tiram o filho dele.

— Isso está errado.

— Sim. Então não quero ser motivo para o pai de Paul ser violento com ele. Quero dizer, os Fuller têm seguro e ele cobre o conserto do jipe.

Meu peito de repente parece pesado e leve ao mesmo tempo. Parte de mim não quer que ele releve o mau comportamento de Paul. No entanto, estou orgulhosa com a atitude de Cash.

— Acho que te amo — murmuro. Quando ouço o que eu disse, bato a palma da mão na testa.

— O quê? — Cash pergunta.

Eu poderia mentir, mas...

— Eu disse que acho que te amo. — Engulo em seco, com medo de que seja cedo demais.

Ele fica quieto por um longo e desconfortável segundo.

— Você *acha* que me ama? Mas não tem certeza?

Eu respiro e depois solto uma risada.

— Amo você — digo. — Paul não merece que você faça isso, mas por você ser quem é... eu te amo.

Cash fica quieto novamente.

— Acho que também te amo.

Eu limpo a garganta.

— Acha?

— Eu amo você. — Ele suspira. — Não vou negar que fico apreensivo com tudo isso que está acontecendo, pensando se vai dar certo... Mas vamos tentar, não é?

— Você quer dizer, se eu for realmente Emily?

— Sim.

— Não importa. Não somos parentes.

— Eu sei, mas acho que pode ser estranho... para eles. Os Fuller.

Essa revelação de Cash toca fundo em mim, porque sei quanto ele ama os pais adotivos. Ah, ele não me disse, mas eu sei. — Eu não quero te perder. Não importa quem eu seja.

— Vamos resolver isso. Eu também não quero te perder.

— Promete? — pergunto.

— Prometo — garante ele. — Agora, responda a uma pergunta. E eu quero a verdade, ok?

— Ok. — Fico nervosa, sem saber o que pode ser tão importante.

— O que você quis dizer com "fazer picadinho com os testículos dele"?

Nós caímos na risada ao mesmo tempo.

Meu pai e eu somos levados para a mesma sala de antes. Embora o sr. Wallace tenha recomendado que marcássemos hora, eu tinha medo de que ele se recusasse a nos receber. Então, simplesmente aparecemos. Eu me sento e me abraço por causa do frio e do nervosismo. O fato de não ter conseguido dormir na noite passada não ajuda muito.

— Você está bem? — meu pai pergunta.

— Nervosa.

— Está tudo bem. — Ele coloca a mão no meu ombro. O toque dele só deixa meu coração mais apertado. As panquecas que comi pela manhã agora parecem pesadas no meu estômago, não doces.

Sorrio, pois sei que meu pai está fazendo isso porque pedi e o pressionei. De qualquer maneira, sei que ele só está tentando fazer média comigo, para subir um pouquinho no meu conceito.

A porta da sala se abre. Dou um salto na cadeira. Como havíamos aguardado muito tempo da última vez, eu esperava que o mesmo acontecesse hoje.

— Olá. — O sr. Wallace entra. Juro que ele está usando o mesmo terno preto e a mesma gravata vermelha. Mas percebo algo diferente. Na mão ele tem um envelope pardo. Minha documentação?

— Sr. Holden, eu presumo?

Como meu pai teve que mostrar um documento de identidade ao funcionário, o homem não está apenas presumindo.

— Sim. — Meu pai se levanta e oferece a mão ao sr. Wallace. — Acho que já nos conhecemos.

— Sim, tem razão.

Eu levanto e ofereço minha mão também. Fico alarmada ao ver como a palma da mão do sr. Wallace está úmida. Ele está pensando em mentir novamente?

Nós nos sentamos.

— Obrigado por concordar em nos receber sem hora marcada — meu pai diz.

— Sem problema.

O olhar do sr. Wallace se desvia para mim.

— Estou realmente feliz por você ter nos procurado. Tentei ligar, mas o contato que temos não está atualizado.

Graças a Deus.

— De qualquer forma, depois que você foi embora, na semana passada, srta. Holden, abri o seu arquivo. Fiquei decepcionado quando vi que se tratava de uma adoção fechada.

— Fechada? — Meu pai se inclina para a frente.

— Sim. Isso significa...

— Eu sei o que isso significa — diz meu pai —, mas nos disseram que, se nossa filha decidisse saber mais sobre a adoção, ela poderia.

— Sim, poderia. Entramos em contato com os pais biológicos para ver se eles estavam dispostos a encontrá-la. Em última análise, é uma escolha dos pais biológicos. Mas a filha de vocês veio da assistência social do governo e, como devem saber, todas essas adoções são fechadas.

Lembro-me de Cash ter me dito isso. Então o sr. Wallace não está mentindo. Não sobre isso.

Meu pai balança a cabeça.

— Eu poderia jurar que nos disseram que nossa adoção seria considerada aberta.

O sr. Wallace franze a testa.

— Sinto muito, vocês estão equivocados. Acho que tenho uma cópia... — Ele enfia a mão no envelope e pega alguns papéis. Ele os desliza sobre a mesa para que meu pai os veja.

Ele se inclina para lê-los.

— Veja o terceiro parágrafo da segunda página.

Meu pai pega o documento. Ele o lê, depois vai para a última página e eu o vejo procurar as assinaturas na parte inferior.

— Acho que entendemos errado. — Meu pai olha para mim consternado. — Eu poderia jurar que conversamos sobre isso.

— O processo de adoção é um momento muito delicado, os fatos muitas vezes são mal interpretados. No entanto, como vi que sua filha estava realmente atrás de respostas — seu olhar se desvia para mim —, entrei em contato com a mãe biológica.

Ouço o que ele está dizendo e percebo que isso significa que não sou Emily Fuller. Meu coração se aperta e sinto diferentes emoções disputando espaço no meu peito. Arrependimento. Ressentimento. Então, eu *queria* ser Emily. Queria ser ela, porque, se fosse, isso significaria que não fui abandonada. Queria acreditar que meus pais ainda me amavam. Que eles construíram um santuário para mim.

O sr. Wallace puxa a gravata.

— Infelizmente, ela não deseja um reencontro. No entanto, decidiu escrever uma carta na esperança de oferecer algumas respostas. Espero que isso a ajude a descobrir o que acha que precisa.

Eu não sei o que esperava sentir, mas não era isso.

De repente, estou com raiva, furiosa — tão irritada que eu quero gritar. Ela me entregou para adoção aos 3 anos de idade e acha que não mereço conhecê-la?! Cinco minutos comigo. Dez. O que custaria a ela?

— Isso não é justo! — digo. — Eu mereço conhecê-la!

Em cerca de três minutos, estamos fora da agência. Estou sentada no assento do carro esportivo do meu pai. Olho para o envelope na minha mão. Pedi para ficar com a papelada e o sr. Wallace concordou. Certamente, se os documentos fossem falsos, ele não teria permitido...

— Você vai ler agora? — meu pai pergunta.

— Não! — Enfio tudo na minha bolsa.

— Você quer almoçar? — A voz dele é suave. Sabe que estou sofrendo. Ele se importa. Isso não deveria bastar? Saber que eu tenho uma mãe e um pai que me amam?

Por que não é suficiente?

— Não. Quero ir para casa.

— Eu posso ficar até...

— Não. Eu vou ficar bem. Apenas me leve para casa. Por favor.

Olho pela janela para que ele não veja minhas lágrimas.

29

Quando chegamos em casa, meu pai me abraça forte e diz quanto me ama. Eu acho que ele quer ser meu super-herói novamente, mas isso não é possível. Acho que ele não pode mais consertar as coisas. Não acho que alguém possa. Antes que vá embora, ele me faz prometer que vou ligar para ele depois que ler a carta.

Eu entro em casa. Sou recebida por Docinho e Félix.

Lembro-me do quanto me surpreendi ao saber que os Fuller e eu temos gatos com o mesmo nome.

Entro no meu quarto, seguida por oito patas. Sento-me na beirada da cama e olho para a carta.

Deslizo o dedo pelo papel e sinto a fisgada de um corte.

— Merda. — Coloco o dedo na boca para diminuir a dor. Sinto o gosto de sangue na língua. Digo a mim mesma que não preciso abrir a carta. Por que eu deveria me importar com ela? Meu lábio começa a tremer e me lembro de estar sentada no sofá com aquele traje de princesa, me sentindo sozinha. Abandonada.

Eu não tenho ideia do que a carta diz, mas lê-la não pode me fazer sofrer mais do que já estou sofrendo.

Pego a carta.

Antes de começar a ler, vejo a folha de papel manchada de sangue. Por alguma razão, isso me parece poético. Nós compartilhamos o mesmo sangue. Talvez o mesmo sorriso, as mesmas características faciais, mas eu nunca vou saber. Então me concentro na caligrafia. É fluida e feminina. Quase bonita.

Eu pisco para afastar as lágrimas e começo a ler.

Querida garotinha,

Eu estou sentada aqui, nesta cadeira de madeira dura, há mais de uma hora tentando pensar em como explicar as coisas sem dizer a você verdades cruéis. E finalmente cheguei à conclusão de que, se vou escrever esta carta, é melhor que eu seja sincera.

Eu tinha 18 anos de idade. Era ingênua e acreditava que todo mundo tem um lado bom. Conheci um rapaz na faculdade e ele me pediu para ajudá-lo a fazer sua mudança. Eu concordei. Ele parecia um cara legal.

Mas não era.

Eu suspiro e coloco a mão nos meus lábios trêmulos ao perceber o que ela está dizendo. Tenho que enxugar os olhos para continuar a ler a carta.

Os hematomas na minha pele desapareceram, mas não as feridas que ficaram no meu coração. Não contei a ninguém. Estava morta de vergonha.

Abandonei a faculdade no mês seguinte e voltei para a casa da minha família. Seis semanas depois, soube que estava grávida. Eu era contra o aborto. Não sabia o que fazer. Pensei na adoção. Mas, quanto mais próxima ela ficava, mais eu queria acreditar que eu não conseguiria. Eu queria acreditar que conseguiria ficar com você.

Quando você nasceu, era tão bonita... Eu queria te amar. Eu de fato te amei de muitas maneiras, mas, às vezes, quando você olhava para mim, eu podia vê-lo. Eu tentei, garotinha, tentei ficar com você. Lutei contra a depressão, a raiva, os pesadelos de reviver aquela noite terrível.

Eu sei que você não é ele. E você não tem culpa; por favor, não pense que tem, mas, por causa do que ele fez, eu fique traumatizada e... você tinha os olhos e os lábios dele, e eu sabia que nunca te amaria como você merece ser amada. Fiquei tão mal que não conseguia nem pegar você no colo.

Solto um suspiro triste, Docinho aparece e descansa a cabeça no meu colo. Félix põe as patas no meu braço.

Aquele homem me roubou a vida que eu merecia, mas eu me recusei a roubar a vida que você merece. Espero que a sua vida seja cheia de amor e risadas. Eu rezo para você entender que oferecê-la para adoção foi uma tentativa que fiz para dar a você uma chance.

Peço que me perdoe por ser uma pessoa fraca e por não me dispor a conhecê-la. Sei que estou lhe pedindo perdão mesmo sabendo que talvez não possa me perdoar. Mas peço a você que me perdoe não por mim, mas por si mesma. A amargura é como um câncer. Pode consumir você viva. Minha vida é triste. E, quando penso em você, e eu penso em você, imagino-a cheia de felicidade e sonhos.

Atenciosamente,

Sua Mãe Biológica

Meu telefone toca. É uma mensagem. Inclino-me e vejo o nome de Cash na tela. Sei que ele quer que eu seja Emily. Neste momento, eu daria tudo para ser Emily.

Estendo a mão para pegar o aparelho, mas desisto. Não quero falar. Desligo o celular. Me deito na cama e choro até dormir.

Três horas depois, acordo com as batidinhas familiares na minha janela.

Eu me levanto. Meu rosto está inchado, meu peito e minha garganta doem. Vejo a janela aberta e Cash saltando para dentro.

— Você vai ter que desistir de desligar o celular. Não vou me conformar com isso. — Ele se aproxima, dá uma olhada em mim e não precisa nem perguntar nada. Ele me puxa para um abraço e eu caio no choro.

Quando não estou mais soluçando desesperadamente, ele se afasta um pouco.

— O que aconteceu?

Mordo o lábio.

— Não sou Emily. Meu pai era um estuprador. Minha mãe não podia suportar a ideia de tocar em mim.

Ele apenas me olha.

— Quem disse isso?

— Ela me escreveu uma carta. — Eu faço um gesto para a mesa de cabeceira. Cash fica ali, com descrença nos olhos.

— Eles até me deram uma cópia dos papéis da adoção.

— Posso vê-los? — ele pergunta.

Eu concordo.

Cash pega a carta.

— Isso é sangue?

— Cortei o dedo no papel. — E sinto como se tivessem cortado meu coração também. Ele lê. Contrai a mandíbula a cada palavra que absorve. Então deixa a carta de lado e olha os outros documentos.

— É mentira, Chloe. Eu não acredito nisso.

Balanço a cabeça.

— A agência não me daria tudo isso se fosse mentira. As assinaturas dos meus pais estão no documento. A assinatura dela também está lá.

— Pode ser tudo falso.

— Não é falso.

Ele me abraça novamente. Seus braços são tão quentes... Ele se inclina e diz no meu ouvido:

— É mentira, Chloe.

Eu olho para Cash.

— Por que alguém mentiria sobre isso? Por que alguém escreveria uma coisa tão horrível se não fosse verdade?

— Para convencê-la a parar de procurar seus pais.

Balanço a cabeça.

— Cash, acabou. Eu não sou Emily. Sei que você gostaria que eu fosse. — Sinto mais lágrimas se formando. — Eu daria qualquer coisa para ser ela agora. Mas não é verdade. Eu sou o resultado de um estupro.

— Não! Não entende? Eles escreveram uma carta para impedi-la de tentar descobrir mais alguma coisa.

Eu desabo na cama.

— Pare! Desista! Só preciso aceitar isso.

Acabo convencendo Cash a ir embora. Pego meu celular e vejo que recebi dez mensagens do meu pai. Escrevo para ele, dizendo que estou bem e agradeço por ter ido comigo à agência. Ele envia uma mensagem de volta e pergunta se pode me ligar. Eu respondo que não estou pronta para conversar.

Passo o resto da tarde com um pano frio no rosto, para que, quando minha mãe chegar em casa, não perceba que estive chorando.

Claro, não adiantou. Quando ela entra pela porta, me abraça e diz que me ama, eu me desfaço em lágrimas. Culpo o fato de ser nova na escola. Dou a desculpa de que sinto falta dos meus antigos amigos. Culpo a TPM.

Ela tenta culpar meu pai, depois Cash.

— Não. Eu juro.

Saímos ao ar livre e nos sentamos no balanço da varanda. Minha mãe se senta e eu descanso as pernas no braço do balanço e coloco a cabeça no colo dela. Ela corre os dedos pelo meu cabelo, do jeito como costumava fazer quando eu estava chateada com alguma coisa. Com uma voz calma, fala sobre seu dia e seu livro. Ela ri e sorri, e percebo quanto senti falta dela. Quanto eu a amo. E quanto ainda é profundo o medo que sinto de que o câncer possa voltar.

Também percebo que minha mãe biológica fez a coisa certa. Ela pode não ter me amado. Mas agora eu tenho uma mãe que me ama. Sim, ela passou por um período difícil, mas todo mundo tem o direito de surtar às vezes.

Terça-feira era o dia do pagamento. E, quando Rodney viu seu cheque, constatou que só teria duzentas pratas para pagar as contas. Felizmente, ele sabia onde conseguir mais. E como queria falar com Jack de qualquer maneira, por que não fazer isso cara a cara?

Ele entrou no carro e seguiu para a Agência de Adoção New Hope. Quando entrou, havia um casal sentado na sala de espera. Ele caminhou até o balcão, onde uma mulher de meia-idade estava folheando alguns papéis.

— Jack está? — Ele se inclinou contra o balcão.

— Você tem horário marcado? — Seu tom era arrogante.

— Não preciso. — Ele começou a andar pelo corredor.

— Senhor? — ela gritou, mas Rodney a ignorou.

Ele seguiu em direção a um escritório nos fundos e abriu a porta sem bater. Jack, sentado em sua mesa, olhou para ele. A expressão foi instantaneamente de medo.

A suspeita de Rodney aumentou.

— Ela veio te procurar de novo, não foi?

— Não — disse Jack. Mas a mentira estava estampada na cara dele.

Rodney fechou a porta. Disparou até a mesa, apertou a mão em torno do pescoço gordo de Jack e empurrou-o, com cadeira e tudo, até prensá-lo contra a parede.

— Não minta para mim, Jack. Odeio quando as pessoas mentem! — Ele apertou mais o pescoço do homem, até sentir os ossos a ponto de se quebrarem. — Agora, vou soltar você, mas, se não começar a abrir o bico, vou terminar este servicinho aqui. Entendeu?!

O homem assentiu.

Deus, ele era presa fácil!

Rodney o soltou e deu ao homem três segundos para recuperar o fôlego.

— O que aconteceu?

— Ela... — a voz dele fraquejou. — Veio aqui com o pai adotivo. Fiz o que prometi. Dei uma carta a ela, como se fosse da mãe. — Jack passou a mão no pescoço. — Ela não vai mais querer saber dos pais biológicos.

— Você não sabe!

— Você não vai fazer nada! — disse Jack. — Não pode machucar aquela garota, Rod. Ela não fez nada.

— Ela pode falar.

— E dizer o quê? Ela tinha 3 anos de idade. Nem se lembra de você. Meu negócio é que está em jogo. Deixe-a em paz.

Rodney olhou para o velho. Jack estava certo.

A garota talvez não se lembrasse dele, mas isso o fez lembrar de alguém que poderia reconhecê-lo. A babá. Rodney tinha lido no jornal a descrição que ela dera do homem que viu conversando com a criança.

Que inferno! Ele teria que matar a babá também.

A questão era: quem matar primeiro? Ele se apressou para a porta.

— Espere! — implorou Jack. — E se eu lhe der dinheiro? Dez mil dólares. Você pode desaparecer. Esquecer tudo.

Rodney parou e olhou para trás.

— Vinte e cinco mil.

Quarta de manhã, Cash saiu do quarto com uma mochila contendo tudo de que precisaria de dia e à noite.

Chloe havia passado os últimos três dias tentando se recuperar do desânimo que a envolvera. Cash parou de tentar convencê-la de que ela estava errada e fingiu que estava conformado. Mas, caramba, seus instintos lhe diziam que ela era Emily! E ele iria provar isso.

Depois de dar apenas alguns passos no corredor, ouviu os Fuller discutindo novamente. Ele parou e ficou remoendo a culpa. Então uma porta bateu e ele presumiu que era melhor sair logo de casa.

Quando desceu as escadas, viu que o sr. Fuller estava na sala. Reconhecendo isso como uma oportunidade, Cash disse:

— Um grupo de amigos meus está se reunindo para estudar e talvez a gente passe a noite na casa de Jack.

— Não durante a semana — disse o sr. Fuller.

Cash se encolheu.

— Eu não acho que ficar acordado até tarde uma noite vá me prejudicar. Além disso, faço 18 anos daqui a três semanas. Vejo vocês amanhã!

Ele foi para a garagem e estava prestes a entrar no jipe quando o sr. Fuller apareceu.

Cash ficou rígido, preparado para discutir, mas o sr. Fuller disse:

— Você pergunta primeiro.

— O quê?

— Sei que você não vai estudar. Então não se esqueça de perguntar primeiro se ela quer fazer sexo.

Cash balançou a cabeça.

— Não vou...

— Apenas ouça...

— Não — disse Cash. — Pare de se preocupar comigo e se preocupe com sua esposa. — Caramba, doía vê-los tão infelizes, especialmente porque ele é que causara toda aquela confusão. E se dizer a verdade a eles não fosse magoar Chloe, ele confessaria. Mas não podia fazer isso. Não que ele estivesse desistindo. Naquela noite ele conseguiria a prova.

— Estou, sim, bastante preocupado com ela — disse o sr. Fuller, parecendo ofendido. — Mas ela vai sair dessa. — Então, ele balançou a cabeça. — Olha, hoje em dia você não deixa simplesmente acontecer. Você pergunta. E, pelo amor de Deus, use proteção.

— Isso não é... Eu tenho que ir para a escola!

Quarta-feira à tarde, quase às cinco horas, Cash estacionou o carro no estacionamento de uma galeria de lojas, a uma quadra da agência de adoção. O dia estava nublado e anoitecera mais cedo. Ele pegou o celular pré-pago no porta-luvas. Tinha comprado o aparelho de um estudante que costumava frequentar a escola particular. O garoto trabalhava numa loja de conserto de celulares e ganhava um dinheiro extra vendendo os aparelhos mais antigos.

Depois de verificar as horas, Cash desceu do jipe e pegou a mochila. Começou a andar pelo quarteirão, em direção à Agência de Adoção New Hope.

Sim, Cash ainda acreditava que Chloe era Emily. E já era hora de provar isso.

Ele sabia que Chloe ficaria chateada, por isso não tinha contado a ela que faria isso. No entanto, ela já estava chateada pelo fato de ele não ter acreditado que aquela carta idiota era da verdadeira mãe dela. Não que eles tivessem discutido por causa isso, mas Cash sentia a tensão entre os dois. Ele também sentia a dor de Chloe ao pensar que o verdadeiro pai dela era um estuprador.

Sim, ele podia compreender como Chloe se sentia porque ele tinha convivido com o próprio pai, um ser humano absolutamente desprezível. Quase sem perceber, ele tocou a cicatriz no centro do peito. A cicatriz da bala que quase o matara. A bala de uma arma que seu pai poderia muito bem ter disparado.

A buzina de um carro o arrancou do devaneio e lançou-o de volta à tarefa que tinha pela frente.

Parado na farmácia novamente, ele se escondeu na lateral do prédio, para ficar longe da vista de quem saísse da agência. Quando viu o SUV preto, que sabia pertencer ao sr. Wallace, percebeu que estava quase na hora. Se eles fizessem como de hábito, o sócio de Wallace na agência sairia em cinco a dez minutos. A recepcionista sempre saía quinze minutos depois. Nesse meio-tempo, ele teria que entrar em ação.

No horário previsto, o carro do sócio de Wallace saiu da agência.

Cash calçou as luvas e esperou até que o automóvel descesse o quarteirão para então atravessar a rua.

Ele foi para a parte de trás do prédio da agência, onde a recepcionista estacionava seu Cruze azul. Da rua, era possível ver apenas parte do carro dela. Olhando em volta para garantir que não estava sendo observado, ele pegou na mochila seu abridor de portas universal e foi direto ao trabalho. Já havia verificado e sabia que o carro dela não tinha alarme, o que facilitava muito o trabalho dos ladrões de carros.

Em segundos, ele ouviu o leve clique da fechadura. Era bom saber que arrombar carros era como andar de bicicleta. Cash entrou no veículo, abriu o porta-malas e a porta do passageiro também.

Com a adrenalina correndo nas veias, ele saiu do carro e foi para a parte de trás do edifício. Retirando da mochila uma jaqueta grossa e uma máscara de esqui, vestiu ambos. Depois enfiou a mochila dentro do casaco, dando tapinhas para criar a aparência de um homem com uma barriga de cerveja. Por fim, pegou o celular pré-pago, comprado especialmente para a ocasião, e discou.

Ele já tinha ligado várias vezes para garantir que, desta vez, ela atenderia ao telefone depois que todos tivessem ido embora. Ela atendeu.

O telefone tocou uma vez.

Duas.

Três vezes.

Se ela não atendesse, o plano não iria funcionar. Os músculos do pescoço de Cash estavam tensos.

— Agência de Adoção New Hope. Posso ajudar?

O alívio tomou conta dele.

— Sim, eu sou Charles Tannon e trabalho ao lado da sua agência. Acabei de ver um cara nos fundos tentando arrombar um Cruze azul. Eu gritei, ele fugiu, mas deixou o carro aberto.

— Ah, não... Ele fugiu? — ela perguntou, em pânico.

— Sim. Entrou em outro carro e saiu cantando pneu.

— Obrigada! Poderia se encontrar comigo...?

Cash desligou e foi para a extremidade oposta do edifício, do ponto de vista do carro estacionado.

Ouviu a porta da frente se abrir e passos apressados. Quando a recepcionista dobrou a esquina, ele correu para a porta. Antes de entrar, vestiu a máscara de esqui.

Sem diminuir o passo, disparou para o banheiro masculino, ao lado da sala de espera. A porta estava aberta, então ele a deixou assim. Entrou num cubículo, subiu no vaso sanitário e apoiou os dois pés na parede.

Ele escutou a sra. Carter voltar falando... ao telefone? Ele escutou a conversa.

— Não. O cara assustou o ladrão. Ele não mexeu nem no porta-luvas. Meus vinte dólares de emergência ainda estão lá. — Pausa. — Não. Não quero esperar a polícia. — Pausa. — E dizer o quê? Alguém arrombou o meu carro? Estou voltando para casa. Ligue o forno e eu colocarei o frango para assar quando chegar.

Cash podia jurar que ouviu a porta abrir e fechar, mas ainda esperou quase uma hora para sair do banheiro.

Com a máscara ainda no rosto e a mochila servindo como barriga postiça, ele procurou câmeras. Não tinha certeza se havia alguma, mas, como sabia da existência de uma na sala de reuniões, imaginou que poderia haver outras. Mas, se tudo transcorresse como Cash planejara, eles nunca nem verificariam as fitas.

Ele vestiu as luvas e foi até o arquivo.

Ali não havia um arquivo com o sobrenome Holden. Merda! Se eles tivessem destruído tudo, não adiantaria nada ter invadido a agência.

Cash estava ali, fumegando de raiva, quando percebeu que o arquivo ainda podia estar na mesa de alguém. Correu para trás do balcão e entrou no primeiro escritório. Ali havia pilhas de arquivos. Ele foi verificá-los. Sua respiração parecia restringida pela máscara de esqui.

Um arquivo. Dois. Três...

Sete. Não estava ali.

Saiu do escritório e entrou em outro. E ali, bem em cima da mesa, estava o arquivo Holden.

Como ele tinha feito tocaia no prédio por apenas uma semana, não tinha certeza se a equipe de limpeza vinha no mesmo horário toda noite. Ele pegou o celular e, página por página, fotografou os documentos. Embora não tivesse tempo para ler, observou uma fotocópia da carta que tinham dado a Chloe.

Seu coração disparou. Ele continuou tirando fotos. A cada poucos minutos, jurava ouvir algo.

Não entre em pânico. Você sempre estraga tudo quando entra em pânico. Lembre-se, isso é um jogo. É divertido.

Podia ter sido o jogo do pai dele, mas Cash nunca gostou de jogar. E, com certeza, não era divertido.

Quando terminou, ele juntou as folhas do arquivo e colocou-o onde estava antes. Então foi para a frente do escritório, encontrar o melhor lugar para se esconder enquanto a equipe de limpeza não chegava.

Como as luzes dos fundos do prédio tinham sido acesas primeiro, nos dias em que ele estivera de tocaia ali, presumiu que limpavam primeiro os escritórios.

Cash olhou ao redor. Se ele se escondesse atrás do balcão e um dos faxineiros ficasse para trás, ele seria visto. Se entrasse no banheiro e eles decidissem limpar o banheiro primeiro, Cash seria pego com certeza.

Sua opção mais segura era atrás do balcão.

Ele se sentou no chão.

Ficou encolhido ali, lembrando de trabalhos parecidos que fizera com o pai. Depois afastou esses pensamentos e sentiu vontade de começar a ler os arquivos. Ele tinha acabado de tirar o celular do bolso quando os faróis de um carro inundaram a sala da frente.

Será que a equipe de limpeza viera mais cedo? Na semana anterior, só tinham aparecido às onze da noite. E não era nem nove ainda.

Ou será que um dos funcionários tinha voltado?

Segurando a respiração, ele ficou ali, sem se mexer, esperando e apurando os ouvidos. Se fosse um funcionário, Cash estaria encrencado.

A fechadura da porta fez um clique. A porta se abriu. A luz do escritório da frente se acendeu. Vozes encheram a sala com o barulho de rodinhas.

Era a equipe de limpeza.

— *Vamos a terminar rapido. Quiero estar em casa pronto.*

Uma das famílias adotivas com quem ele tinha morado era hispânica, por isso ele entendeu o que a mulher dizia. Ela queria chegar em casa cedo.

— *Si. Yo voy limpiar los baños primero. Tu limpias las oficinas.*

Uma iria limpar os banheiros primeiro e a outra, os escritórios.

Passos ecoaram. Mas não para o banheiro ou para os escritórios. Em direção a ele. Cash fechou os olhos. Não respirou.

O som de papel de bala soou no balcão e ele se lembrou do pote de bombons no balcão. Ótimo, uma faxineira viciada em doces seria sua ruína.

Ele ficou imóvel. A vontade de sair correndo era grande.

Fique calmo, nunca se precipite.

Os passos começaram a se afastar para o outro lado. Ele esperou até ouvir a porta do banheiro se fechar. Dizendo a si mesmo que estava na hora, Cash enfiou a mochila embaixo da jaqueta e saiu correndo de trás do balcão.

Ele mal havia entrado na sala da frente quando ouviu um grito do corredor.

Você é tão desastrado, garoto, que nem posso acreditar que tenha meu sangue! Ele ouviu as palavras do pai.

Merda!

30

Levou dois segundos para ele girar a chave que as faxineiras tinham deixado na fechadura, antes de sair do prédio. Tempo suficiente para que a outra faxineira saísse do banheiro e gritasse também. Quando ele saiu do estacionamento, arrancou a máscara, mas continuou andando. Estava quase escuro. Cash disparou entre duas lojas, recuperou o fôlego, arrancou a jaqueta e enfiou de volta na mochila, junto com a máscara.

Com a mochila no ombro, ele saiu andando, tentando parecer calmo. Não olhou para trás, apenas continuou andando, marcando os passos para a liberdade e para o seu jipe.

Entrou no carro. A camiseta estava encharcada de suor. Ligou o motor e arrancou. Quando desceu a rua, um carro da polícia, com as sirenes ligadas, passou por ele.

Só então ele se lembrou do telefone. E se tivesse caído da mochila? Ou será que ele havia esquecido o aparelho no escritório e estava realmente em maus lençóis?

Ele encostou o carro, abriu a mochila e não respirou até encontrar o celular. Ainda em pânico, voltou a dirigir, ouvindo as rodas rolarem no asfalto e o coração bater na garganta.

Tentando controlar a respiração, disse a si mesmo que estava tudo bem. Ele tinha tomado precauções. Estava usando máscara, jaqueta e a barriga postiça para parecer mais gordo.

Cash continuou dirigindo por trinta minutos antes de decidir se era seguro encostar. Viu um Whataburger e entrou no estacionamento. Com o coração ainda batendo forte, pegou o celular para ler os arquivos.

Viu que recebera uma ligação e duas mensagens de Chloe.

Ele leu uma: *Onde você está? Por favor, me diga que não está fazendo o que disse que faria!*

A mensagem de voz dizia a mesma coisa.

Ele mandou uma mensagem de volta. *Estou bem. Ligo depois.*

Então abriu as imagens dos arquivos e começou a ler.

Leu uma página e depois passou para a seguinte. Cada uma delas o deixava mais apreensivo. Ali estavam documentos assinados com os nomes dos Holden e outro de uma Marie Garza, a mulher que a agência alegava ser a mãe biológica de Chloe. As imagens seguintes eram uma cópia da carta manuscrita para a garotinha adotada.

Ali havia um envelope apenas com o nome de Maria Garza no campo do endereço do remetente e outra carta manuscrita para a agência.

> *Caro sr. Wallace,*
>
> *Me desculpe, fiquei chateada quando ligou. Sei que não é sua culpa se a criança precisa de respostas.*
>
> *Infelizmente, não estou disposta a divulgar minhas informações.*
>
> *No entanto, escrevi uma carta e peço para o senhor entregar a ela.*
>
> *Me desculpe, agora não estou preparada, nem acredito que estarei um dia, para conhecê-la.*

Ela tinha assinado a carta: *Maria Garza.*

Cash suspirou. A frustração aumentou dentro dele. Passou as imagens e na tela apareceu uma certidão de nascimento. Era de uma criança nascida em 18 de novembro e chamada Christina Garza.

Se ele acreditasse no que estava lendo, era verdade.

Chloe não era Emily.

Merda! Como ele poderia estar tão errado?

O telefone tocou. O número de Chloe apareceu na tela.

— Onde você está? — ela perguntou.

— Estou indo para a sua casa. Podemos conversar?

— Sobre o quê? O que você fez, Cash?

— Me encontre lá fora. Espere na varanda. Vamos dar uma volta no parque e conversar. Estarei aí em trinta minutos.

Com os bolsos agora cheios de dinheiro, Rodney decidiu faltar no trabalho. Em vez disso, comprou uma arma na rua, pois ele nunca usaria a dele. E também arranjou um gorro. Um daqueles que as pessoas usavam no inverno e que cobria as orelhas. E que esconderia também seus cabelos ruivos, que já estavam ficando grisalhos. Ele roubou um carro também. Um Corolla preto que não se destacaria na rua. Não precisava comprar um carro quando tantos idiotas deixavam os seus destrancados.

Durante anos ele tinha ganhado a vida roubando carros. Não importava que tinha sido preso por causa disso e pegara quase um ano de prisão.

Felizmente, ele aprendera com seus erros.

Jack tinha sido burro ao pensar que ele iria embora. Rodney não passaria a vida toda fugindo. Ele mesmo resolveria seus problemas. Sempre fora assim.

Não gostava do que ia fazer, mas não tinha alternativa. Jack agradeceria a ele também. Aquele velho gordo não sobreviveria muito tempo na prisão.

Com a garota fora do caminho, amanhã ele iria a uma biblioteca e pesquisaria todos os artigos antigos que tinham sido publicados sobre o caso. Ele lembrava que um deles citava o nome da babá. Felizmente, não seria muito difícil encontrá-la.

Rodney parou o carro em frente à casa da garota. As luzes ainda estavam acesas. Desligou o motor e acomodou-se no banco do carro.

Esperaria até ela dormir. Iria até a janela dela e *bang*. Trabalho fácil.

Nesse momento, a porta da frente se abriu. Ela saiu. Sozinha. Ele pegou a arma. No final das contas, talvez não tivesse nem que esperar.

Vou para a varanda no escuro; o ar tem um aroma de chuva e outono. Disse a mamãe que ia dar uma volta de carro com Cash. São quase onze.

— Só quinze minutos — eu disse a ela, lembrando-a de que eu não estava pedindo muito.

Minha mãe concordou.

Faróis iluminam a rua. É ele. Quando para, corro para o jipe de Cash e entro.

— Você invadiu a agência de adoção?

Ele começa a dirigir, depois olha para mim. A culpa é evidente nos seus olhos.

— Sim.

Ele vira à direita como se estivesse indo para o parque.

— Eu disse para você não fazer isso.

— Eu sei. Eu só... achei que estava certo.

Ouço algo na voz dele.

— E agora você sabe que não estava, não é? — Jurei que deixaria de acreditar, mas talvez eu não tenha conseguido. Porque sinto outra onda de decepção encher meu peito.

Ele entra no estacionamento do parque.

— O que dizem os documentos? — pergunto.

Cash estaciona o carro e me entrega o celular.

— Há uma certidão de nascimento de uma tal Christina Garza, nascida em 18 de novembro.

Eu leio o que está na tela do celular.

— Christina Garza. — Sinto meus lábios tremerem. — Esse é o meu nome. — Meu nome antes de me tornar Chloe Holden.

O pai está como desconhecido. Claro, ela não iria colocar o nome dele.

Deslizo a tela para ver o que mais Cash encontrou. Há uma foto de um envelope endereçado à Agência de Adoção New Hope, apenas com o nome do remetente: Maria Garza. Mas não há nenhum endereço de correspondência. Eu amplio a imagem e observo o selo carimbado. NASHVILLE, TENNESSEE e a data carimbada é de quatro dias atrás.

Engulo em seco.

— Então, eu sou realmente a filha de um estuprador.

— Só porque ele é um mau caráter, isso não significa que você também seja.

Ouço as palavras dele e depois me lembro.

— Você me disse que "problema" era o seu nome do meio. — Inspiro, expiro e percebo quanta coisa Cash e eu temos em comum.

— Eu estava errado. O que importa não é quem são os nossos pais, é quem somos. Mas eu tinha tanta certeza... — Ele se inclina e me beija.

— Pelo menos o nosso namoro não vai ser um problema para os Fuller — eu digo.

— Tem razão — diz Cash.

Eu o beijo.

— Obrigada por fazer isso por mim. Eu sei meu nome agora. Mas, se você tivesse sido pego, eu ficaria arrasada.

O olhar dele encontra o meu. Cash parece estar prestes a dizer alguma coisa. Receio que ainda queira me convencer de que isso é uma mentira, então eu o beijo de novo só para não ter que ouvir, mas o beijo torna-se mais ardente e me delicio com a sensação dos lábios dele nos meus.

Cash se afasta.

— Descobri que a casa do lago dos Fuller vai ficar vazia no domingo. Poderíamos passar o dia todo lá. Se o dia estiver quente, podemos nadar no lago, preparar hambúrgueres na churrasqueira, apenas curtir.

Eu sorrio.

— Seria ótimo.

— Concordo — diz Cash. — Ah, e eu acho que tenho boas notícias para você!

— O que é?

— Darlene mudou o *status* dela na página do Facebook. Ela está solteira agora.

— Sério?

— Sim, e também postou que o namorado a largou porque o irmão fez besteira. Eu acho que o irmão da Darlene roubou o cartão de crédito do seu pai.

Eu solto uma risadinha.

— É ruim da minha parte achar que sejam boas notícias?

— Não.

Quando Cash se afasta, digo:

— Eu te amo.

— Você não só "acha" que me ama? — ele pergunta.

— Não só "acho" — eu digo.

Nesse momento, faróis brilham atrás de nós. Ouço a porta de um carro bater.

— Quem será? — Cash se vira.

Passos soam do lado de fora do carro.

Um homem caminha até o jipe. Não, não apenas um homem. Um policial. Ele bate na janela de Cash.

— Merda... — Cash murmura baixinho, antes de baixar o vidro do carro.

— O que vocês estão fazendo?

— Apenas conversando — respondo.

Ele se inclina e levanta o rosto como se estivesse tentando farejar algo no ar. Provavelmente acha que temos maconha ou algo assim. Ele olha para Cash.

Sinto que Cash está ficando tenso, mas posso dizer que ele está tentando agir como se não estivesse nervoso.

— Só estávamos conversando, seu guarda. Não estamos fazendo nada de errado.

— Bem, o parque está fechado. É melhor levar sua namorada para casa.

Cash liga o motor e saímos do estacionamento atrás de um Corolla preto.

— Você está bem? — pergunto, olhando para Cash de perfil e reparando na testa franzida.

— Sim. Não gosto de policiais.

— Por que não?

— Sou adotado. Eles nos culpam por qualquer coisa.

Dou de ombros.

— Você realmente acredita nisso?

— Eu sei disso. O vizinho dos Fuller teve um carro roubado. Eu estava lá havia alguns meses. Eles disseram aos policiais que poderia ter sido eu. A polícia veio e conversou com os Fuller e comigo. Me acusou de roubá-lo. O policial era um verdadeiro idiota. Uma semana depois, descobriram que a filha do vizinho tinha levado o carro para dar um passeio, batido o veículo e o largado na casa do namorado.

— Sinto muito. — Pego a mão de Cash.

— Eu também. — Ouço a emoção na voz dele.

Droga! Rodney teve sorte de ter visto o policial. Ele tinha seguido o jipe até o parque e encontrado a oportunidade perfeita. Estava quase saindo do carro quando o maldito policial apareceu. Ao olhar pelo retrovisor, viu o jipe deixar o estacionamento do parque atrás dele. Mas o policial estava logo atrás do jipe.

Ele virou uma esquina assim que possível e fugiu. Não achava que já estivessem atrás do carro roubado, mas ele não podia arriscar.

Amanhã seria outro dia. Merda, de qualquer maneira, talvez fosse melhor ele cuidar da babá primeiro. Como Jack disse, a garota podia nem se lembrar dele.

Na quinta de manhã, Rodney foi à biblioteca pública de Joyful para ver se conseguia encontrar o nome da babá. Começou pesquisando um sequestro em Amigo, Texas. Encontrou. Havia até uma foto do parque onde ele tinha sequestrado a menina.

Também havia uma foto da garotinha. Era linda. E ela também seria uma mulher bonita, quando crescesse. Bem, ela já era quase uma mulher.

Ele começou a ler. Carmen Lopez Gonzales, contratada como babá por Susan e Anthony Fuller...

Fuller? Ele se lembrava que aquele era o sobrenome da garota que sequestrara. Mas por que parecia tão familiar agora?

Fuller? Fuller?

Ele releu o nome. Anthony Fuller.

Merda! Era um dos proprietários do jipe.

Que diabos aquilo significava? Isso poderia significar apenas uma coisa.

Eles sabiam. Sabiam quem era a garota. Era isso que significava, não era?

Ele continuou lendo o artigo. O parágrafo seguinte incluía uma descrição que a babá fornecera dele. E que incluía até sua tatuagem. Rodney bateu a mão na mesa.

Ele não iria para a prisão.

Não mesmo!

Talvez devesse fazer o que Jack sugerira e fugir. Mas será que realmente queria passar o resto da vida fugindo?

No sábado, depois que Cash chegou em casa do trabalho, planejou contar a verdade aos Fuller. Dizer que ele tinha tirado do quadro de avisos a foto com progressão da idade e tirado as fotocópias, mas, quando entrou em casa, o casal estava aconchegado no sofá, assistindo a um filme.

Eles pareciam felizes e a incerteza o abateu. Se contasse tudo a eles agora, isso causaria mais problemas?

— Temos uma reserva às oito horas no Perry's Steakhouse — disse a sra. Fuller. — Você vem conosco?

— Não. Eu... preciso fazer alguns deveres de casa.

Ele se sentou numa cadeira, ainda refletindo se deveria contar tudo a eles ou não. Se não contasse, seria porque não queria ser acusado de causar tanta dor aos pais adotivos? Ou seria porque... caramba, ele ainda não acreditava que Chloe não era Emily?

Ou talvez fosse por causa da mensagem que ele recebera da babá aquele dia. Ela deveria estar em casa amanhã. Parte dele ainda queria falar com ela, mas Chloe não iria gostar. Era como se ela quisesse fingir que nada daquilo havia acontecido.

A sra. Fuller levantou-se.

— Bem, vou tomar banho. — Ela se aproximou e bagunçou os cabelos dele. — Estamos orgulhosos de você, Cash. — Então ela foi para o quarto.

O sr. Fuller sentou-se no sofá. Quando ouviu a porta do quarto se fechando, ele olhou para Cash.

— Ela está melhor.

Cash apenas assentiu com a cabeça.

Domingo de manhã, estou parada na janela do meu quarto. Um pouco ansiosa e muito animada para passar o dia inteiro com Cash. O jipe para em frente à minha casa, eu pego a mochila e desço as escadas.

— Vejo você mais tarde, mãe — digo. Vou pegar na cozinha a sacola com as compras que fiz para o churrasco. Claro, Cash tinha insistido em comprar tudo, mas, como ele pagara a conta nas últimas vezes que comemos fora, eu não deixei.

Minha mãe não responde. Volto para a sala, onde ela está no sofá com o laptop no colo.

— Tchau — digo.

Ela não levanta os olhos do computador. O cabelo já tem alguns centímetros de comprimento agora. Ela não está usando peruca. Até já ganhou peso. Parece mais saudável. Até feliz.

Assim que eu superar a história de que sou filha de um estuprador, talvez a minha vida volte a ficar praticamente normal. Bem, se eu não contar a preocupação de que o câncer da minha mãe possa retornar.

— Mãe? — eu digo. — Mamãe!

Ela finalmente olha para mim.

— O que foi?

— Estou indo.

Nesse momento, lembro que meu pai tentara explicar as razões pelas quais ele a traíra. O que foi mesmo que ele havia dito? *Sua mãe tem o livro dela.* Oh, não, isso não justifica, mas talvez eu possa entender que ele se sentia um pouco sozinho.

— Mãe? — repito. — Mãe!

— Vai para onde? — ela pergunta.

Eu franzo a testa.

— Para a casa no lago com Cash. Pedi a você na quinta à noite, lembra?

— Ah, sim — diz ela. — Os pais dele vão estar lá?

Como estou preocupada que ela desaprove, eu minto.

— Sim. — Eu me sinto um pouco culpada. Especialmente porque... bem, estou achando que hoje é o dia em que as coisas entre mim e Cash vão passar para o próximo nível. Parte de mim tem certeza de que essa é a coisa certa a fazer. Eu estava pronta havia duas semanas, quando tirei a camisola, mas a outra parte está... bem, nervosa.

Pode não ser a minha primeira vez, mas é a minha primeira vez com Cash. E isso parece importante. Parece mais importante do que com Alex. Ou mais importante de um jeito diferente. A última vez foi... um ritual de passagem. Eu gostava de Alex, mas não estava... apaixonada por ele. Desta vez é porque... quero estar com Cash.

— Divirta-se e não chegue muito tarde. Você tem escola amanhã.

Eu digo que tudo bem. Quando vou para a varanda, Cash está saindo do carro.

— Eu preciso entrar? — ele pergunta.

— Não. Ela está escrevendo o livro dela.

Ele pega as compras da minha mão.

— Eu trouxe um isopor com gelo para manter a carne e o queijo gelados. Você pegou seu biquíni?

— Sim. — Faço um gesto para a minha mochila.

— Ótimo. Deve fazer muito calor, então a água do lago vai estar perfeita. — Ele coloca as compras no chão e olha dentro da sacola para retirar a carne e outros itens que precisam ser mantidos no gelo. Quando vê o saquinho de caramelos, olha para mim. — Obrigado.

Entramos no jipe.

— Eu já disse como estou feliz por você ter se mudado para cá? — ele diz.

— Acho que sim — respondo. — Mas você pode me dizer novamente.

Ele passa um dedo sobre os meus lábios.

— Eu nunca estive assim, tão feliz.

— Eu também.

Um sentimento quente enche meu peito.

Leva quase duas horas para chegarmos à casa no lago, mas a hora passa rápido. Ligamos o rádio, mas conversamos sobre música e discutimos sobre a escola. Ele não enviou o vídeo para Paul ainda, mas planeja fazer isso amanhã. Estou um pouco preocupada, achando que Paul talvez queira arranjar briga com ele. Se fizer isso, será que Cash vai conseguir se controlar para não entrar na briga?

Conversamos sobre Lindsey e eu digo que ela e David nos convidaram para jogar sinuca no próximo fim de semana. Cash me conta sobre sua aula de Tecnologia Automotiva e que ele está finalmente trabalhando com motores de carros. Falamos sobre tudo, menos sobre o fato de que eu não sou Emily. Sei que nós dois ainda pensamos a respeito disso. Mas, desde que nos encontramos quarta à noite, não mencionamos o assunto.

Cash finalmente chega a um portão e digita alguns números. A grande cancela de madeira se levanta e nós entramos.

— Maldição! — Rodney viu quando o jipe cinza arrancou. Ele bateu a mão no volante. Outro maldito condomínio fechado.

Ele realmente odiava os ricaços!

Deveria ter dado o tiro na estrada, mas toda vez que pensava em fazer isso, outro carro aparecia.

Ele passou lentamente pelo portão, observando para que lado o jipe tinha virado depois de entrar no condomínio. Pelo menos não havia nenhum guarda por perto.

Ele dirigiu por mais três minutos, depois deu a volta. Tinha passado os últimos dois dias vigiando a residência da babá. Ela não estava em casa.

Ele precisava fazer isso. Pôr um ponto final naquela história. Desde quarta-feira, só conseguia pensar no risco de ser pego e de passar o resto da vida na prisão.

Ele parou no acostamento, ao lado do portão de entrada, e ligou o ar--condicionado. O calor era insuportável. Ficou sentado no carro, suando, esperando outro carro entrar. Não parecia que o condomínio era grande. Ele encontraria o jipe. Encontraria os dois garotos. Terminaria o que viera fazer ali.

Então, se tivesse sorte, Carmen Gonzales estaria em casa e ele poderia cuidar dela. Depois, fugiria do Texas. Iria para algum lugar legal. Algum lugar em que não fizesse aquele maldito calor.

Finalmente, um carro entrou. Rodney parou atrás e conseguiu passar antes que o portão se fechasse. Agora tudo o que ele precisava fazer era encontrar o maldito jipe e liquidar com os dois garotos.

Quando chegamos à casa do lago, fico chocada. Eu tinha imaginado uma casinha rústica. Não é rústica. Nem é pequena. É três vezes maior que a casa onde minha mãe e eu moramos.

Cash para na garagem, saímos do carro e entramos na casa pela cozinha.

— É enorme.

— Sim, é mais um investimento do que qualquer outra coisa. Eles a alugam na maioria das vezes. A gente fica aqui uma semana ou duas no verão e nos fins de semana quando não está reservada.

Ele coloca o isopor no chão da cozinha e o esvazia, guardando as compras na geladeira.

— Você quer nadar agora?

— Sim, vou me trocar. — Olho em volta.

— Há um banheiro logo atrás de você — ele diz.

Entro no banheiro e visto meu biquíni. Eu tinha comprado um novo logo antes de nos mudarmos para cá, então o usei apenas poucas vezes. Estou na frente do espelho. O biquíni não é minúsculo. Na verdade, a parte de baixo é como um short, mas ainda mostra muita pele. Com exceção daquela noite em que arranquei a camisola, Cash não viu muito mais do que isso.

De repente me ocorre que eu nunca vi Cash sem camisa, o que por algum motivo me parece estranho. Alex tirava a camisa sempre que tinha uma chance. E ele não tinha nem metade do corpo que Cash tem.

Olho para a porta do banheiro e me pergunto se talvez eu devesse vestir uma camiseta por cima do biquíni antes de sair, mas isso me parece meio idiota. Então, pego a toalha que trouxe e a amarro na cintura.

Com a mochila no ombro, eu saio do banheiro.

Cash não está na cozinha, então suponho que tenha ido se trocar também. Ele volta vestido com uma sunga e uma camiseta.

Agora eu realmente gostaria de ter vestido uma camiseta.

Ele olha para mim e sorri. Depois se aproxima e me beija.

— Temos toalhas lá fora. Podemos usar aquelas para que você não tenha de levar para casa uma toalha molhada. E eu também tenho protetor solar. — Ele sorri. — E vou ficar feliz em ajudá-la a passá-lo nas costas.

— Só se eu puder passar nas suas. — Eu sorrio, mas ainda estou um pouco nervosa.

— Claro.

Coloco minha mochila sobre o balcão e jogo minha toalha por cima.

Cash me observa. O olhar dele está fixo em mim.

— Uau... — ele diz. — Você é tão linda...

Ele me faz me sentir bonita — não vulnerável, como alguns caras, quando veem você de biquíni.

Saímos pela porta dos fundos, que leva a um pátio coberto, onde há uma mesa e cadeiras, uma churrasqueira e duas grandes redes.

Ele pega duas toalhas e o protetor solar num armário.

— Isso é legal — eu digo.

O braço dele passa pela minha cintura. A sensação do seu toque na minha pele nua provoca arrepios até os meus dedos dos pés. Andamos até o final do deque que leva à água, onde ele deixa as toalhas e o filtro solar

Cash tira a camisa por cima da cabeça. Tento não olhar, mas não sigo evitar. Meus olhos devoram sua pele nua. Ele tem uma linha de pelos escuros que começa perto do umbigo e desaparece dentro da sunga. Eu ergo os olhos e, quando faço isso, vejo uma cicatriz. Quase no centro do peito. Ela tem cerca de dez centímetros de comprimento e é reta, exceto no meio, onde é arredondada, do tamanho de uma ervilha.

Ele joga a camiseta sobre a pilha de toalhas.

— O que aconteceu? — pergunto antes de perceber que posso ter sido indiscreta.

31

Cash já esperava a pergunta. Na verdade, ele repassou na cabeça a mentira que contara às outras três garotas que o tinham visto sem camisa. A mentira que incluía um skate e uma garrafa de cerveja quebrada. Mas ele não queria mentir para Chloe.

— Não é uma história bonita — disse ele. Então pegou o protetor solar. — Venha cá, vou colocar um pouco disso nas suas costas.

Ela se aproximou. Seus olhos encontraram os dele e Cash já podia ver empatia ali, como se, de alguma maneira, ela soubesse que era difícil para ele falar a respeito.

— Eu quero saber — disse Chloe.

Ele assentiu.

— Eu fui baleado.

— Seu pai? — Os olhos dela ficaram úmidos.

Ele fechou os olhos por um segundo.

— Ele não puxou o gatilho, mas poderia muito bem ter puxado — Cash se forçou a dizer. — Eu disse que ele não era um cara legal. — Ele ainda precisava dizer isso a si mesmo. — Enganava as pessoas. Roubava carros. Roubava lojas de conveniência. Atacava os mais vulneráveis. Os idosos. Eu fingia ter câncer e as pessoas nos davam dinheiro. Magoei pais como os

Fuller. Meu pai viu uma foto com progressão da idade e o garoto parecia um pouco comigo e...

Ele a ouviu prender o ar.

— É por isso ...?

— Sim. — Cash fechou os olhos, rezando para que isso não fizesse ela mudar de opinião a respeito dele. Deles. Mas, se isso acontecesse, ele não poderia culpá-la. — O último crime que ele cometeu foi numa loja de conveniência. Um policial acabou aparecendo por acaso. Eu estava no carro. Era eu que dirigia o carro de fuga.

— Você disse que tinha 11 anos quando ele morreu.

— Eu tinha. Meu pai me ensinou a dirigir quando eu tinha 8 anos. Ele me ensinou tudo. Como dar golpes, enganar as pessoas, roubar.

Chloe balançou a cabeça.

— Como você levou um tiro?

— Um policial entrou quando meu pai estava roubando a loja. Ele puxou uma arma e meu pai atirou nele. — Cash suspirou, lembrando que estava sentado no carro e vendo através do vidro. — Ele normalmente nunca atirava. Sempre dizia que, se um serviço fosse bem executado, não era preciso uma arma.

Engolindo suas emoções, Cash continuou.

— Ele pulou dentro do carro e gritou para eu dirigir. Não tínhamos chegado ao final da rua quando uma radiopatrulha nos alcançou. Eu parei o carro. Não queria morrer. Meu pai estava gritando comigo. Joguei as chaves pela janela. — Cash ainda podia ouvi-lo, ouvir a raiva na voz dele. — Meu pai gritou com os policiais e disse que me mataria se eles não recuassem. Então ele me disse para ir pegar as chaves do carro. Eles atiraram. Várias vezes. Disseram que não esperavam que eu fosse uma criança.

Cash desviou o olhar.

— Fui baleado. Meu pai também. Ele pegou as chaves. Eu o chamei. Fiquei deitado ali, sangrando, morrendo de medo. Ele nem olhou para mim. Deu a partida e foi embora. — Os olhos de Cash arderam. — Ele só andou uns trezentos metros. Bateu num carro parado, mas foi a bala que o matou. Sei que menti sobre isso, eu apenas...

Lágrimas corriam pelo rosto de Chloe.

A vergonha arranhava a consciência de Cash.

— Eu disse que eu era um problema. Fiz coisas terríveis. E não a culpo se você quiser ir embora. Eu não mereço alguém como você.

Ela piscou e algumas lágrimas umedeceram seus cílios.

— Pare de dizer isso! Você tinha 11 anos! Não era culpa sua. — Chloe cerrou o punho. — Eu gostaria que seu pai não estivesse morto, porque queria matá-lo eu mesma.

Cash balançou a cabeça.

— Você não entende. Eu sabia que o que estávamos fazendo era errado, Chloe.

— Ele batia em você também, não batia? — Mais lágrimas escorreram pelo rosto dela. — Ele quebrou seu braço, não quebrou?

— Sim. Mas eu deveria ter...

— Eu odeio o seu pai, Cash! Eu o odeio tanto quanto amo você. — Chloe se aproximou e tocou a cicatriz no peito dele. — Eu não posso acreditar que fico aqui me lamentando por causa da minha vida quando você passou por tudo isso. Me desculpe. — Ela o abraçou e eles ficaram assim no deque, apenas abraçados, por um longo tempo.

Quando ela se afastou, ele viu algo que nunca tinha visto antes. Aceitação.

Sim, os Fuller o aceitavam, mas eles não sabiam das coisas que ele tinha feito. Cash nunca tinha contado a eles.

Nunca tinha contado a ninguém. Ninguém além de Chloe. E ela não o culpava.

— Vamos nadar agora ou o quê? — ela perguntou.

Cash olhou para ela.

— Você tem certeza de que quer ficar comigo?

— Está brincando? — ela disse, indignada.

— Não, me escute, eu entendo se...

— Nós vamos nadar ou o quê? — Chloe repetiu.

— Eu só quero que você...

Ela o empurrou. Cash se desequilibrou e caiu na água. Quando emergiu, estava rindo. Ela ficou no píer, e era só sorrisos, curvas e pele nua. Era a coisa mais linda que ele já vira, e Chloe sabia de todas as coisas ruins que ele tinha feito e ainda assim o amava.

No final das contas, talvez sua vida não fosse a tragédia que ele pensava.

Eles nadaram, correram e brincaram na água por uma hora. Quando saíram, deitaram-se na rede e se beijaram.

Quando as coisas quase foram longe demais, ele parou, desvencilhou-se de Chloe e se sentou.

Cash passou a mão pelos cabelos.

— Nós poderíamos... se você quiser, nós poderíamos...

— Vamos lá para dentro — disse ela.

Ele olhou para Chloe.

— Me disseram que eu tinha de perguntar...

— Perguntar o quê?

— Se você queria... você sabe.

Ela fez uma cara engraçada.

— Quem te disse isso?

Cash riu.

— O sr. Fuller.

— Perguntar deixa tudo meio estranho, não acha?

Ainda sorrindo, ele disse:

— Pensei a mesma coisa. Mas faz um pouco de sentido. Deve ser uma escolha, não... uma precipitação. Não quero que você se arrependa depois.

Chloe assentiu.

— Ok.

Ele levantou uma sobrancelha.

— Ok...?

O sorriso dela aumentou.

— Ok, você pode perguntar.

— Ah — ele disse. — Você quer... ir lá para dentro?

Ela mordeu o lábio.

— A garota com quem você namorou e que tinha uma casa no lago aqui perto... vocês dois, você sabe.... foram lá para dentro... aqui?

— Aqui não — ele disse com sinceridade.

— Não foi com ninguém aqui?

— Ninguém. — Ele respondeu com sinceridade e imaginou que, se ela tinha perguntado, ele também poderia. Você e Alex...?

— Não aqui — ela disse.

Os lábios dele se apertaram.

— Eu não gosto desse Alex.

Ela sorriu.

— Eu também não gosto *dela*. — Chloe alisou o cabelo para trás. — Você trouxe proteção?

— Sim. — Então ele se preocupou... — Não que eu planejasse... Quer dizer, eu nunca teria feito nada se...

— Eu sei — disse ela, poupando-o de ter que dizer mais.

Eu acordo. Tudo foi incrível e cheio de emoção. Com muitos "eu te amo". Eu chorei. Ele imediatamente pensou que algo estava errado. Eu imediatamente o convenci de que não estava.

Cash colocou uma música para tocar, peguei emprestada a camisa dele e nós ficamos deitados na cama por uma hora, rindo, conversando, abraçados um ao outro... até cochilamos. Quando me sento na cama, vejo Cash sentado a uma mesinha de canto, com o celular na mão.

Ele deve ter ouvido algum barulho, porque olha para mim e se levanta para me beijar.

— Está ficando com fome?

— Estou morrendo de fome — eu digo.

— Eu também. Já preparei a grelha.

O cabelo dele está molhado, o que significa que tomou banho. Eu não posso acreditar que não acordei antes...

— Posso tomar banho?

— Sim. Coloquei toalhas limpas no banheiro.

Quando saio do banho, ele ainda está sentado à mesa. Olha para mim. Estou com a mesma calça jeans e a mesma blusa.

— Gosto mais de você com a minha camisa.

Eu sorrio.

Ele checa o celular.

— O que você está olhando? — pergunto.

Ele faz uma cara estranha.

— Não vai ficar brava?

De repente, eu me dou conta.

— As fotos da papelada da agência de adoção?

Ele assente com a cabeça.

— Você trouxe a carta com você?

— Cash...

— Apenas me responda.

— Sim. Eu não queria deixar em casa, para minha mãe não... Está dentro da minha mochila. Por quê?

— Algo me pareceu estranho e eu não consegui descobrir o quê... mas acho que sei o que é.

Eu captei o que ele está dizendo.

— Cash, eu não quero começar...

— Posso só dar uma olhada na carta?

— Sim — eu concordo.

Ele entra no outro cômodo. Quando volta, está com a carta na mão.

— Eu estava certo, Chloe. As cartas são falsas.

Balanço a cabeça.

— Como...? Você não pode saber com certeza...

— Eu sei. Olhe. — Ele pega o celular da mesa e vai até onde estou, na cama.

— O nome da sua mãe biológica na certidão de nascimento é Marie. Mas na assinatura dela, aqui, parece um a no final. Na carta que ela enviou ao sr. Wallace e no envelope que foi enviado, ela assinou como Maria. Veja como ela escreve o M em "Sua Mãe Biológica". Não é igual a dos documentos da adoção. Você pode ver.

Eu não olho.

— Eu não posso fazer isso, Cash. Eu já aceitei.

— Basta olhar. — Ele segura a carta e o celular.

Eu olho. E ele está certo, mas...

— Minha assinatura não é a mesma o tempo todo.

— Mas tem o nome dela na certidão de nascimento. É Marie, não é Maria. E o nome no envelope é Maria, não Marie.

Eu o ouço, mas... Quando não digo nada, ele acrescenta:

— Ontem recebi uma mensagem da babá. Ela voltou do México. Eu não respondi a mensagem. Mas acho que deveríamos conversar com ela.

Minha mente dispara e meu coração tenta acompanhar.

— Não. Eu não vou começar isso de novo, Cash.

— Não quer saber a verdade?

— Eu sei a verdade.

— Me dê uma chance, Chloe. Vá comigo ver a babá e, se ainda não nos convencermos, deixarei para lá. Eu prometo.

Rodney estacionou em frente ao seu hotel e correu para dentro, para lavar o sangue.

Ele não havia encontrado o garoto e a garota. Mas achara a babá. As luzes dela estavam acesas. Ele ficou de tocaia lá fora, observando e esperando até que os vizinhos fossem dormir.

Foi fácil entrar na casa.

Ele entrou, silencioso como um rato, certificando-se de que ela estava sozinha. Ela estava.

Lavando as mãos na pia do banheiro, observou a água sangrenta ser sugada pelo ralo. Ele não tinha gostado de fazer o que fez. Isso apenas provava que ele não era assim tão ruim. Ele até desejou que a babá não tivesse acordado. Não tivesse acendido a luz do quarto. No entanto, quando ela o viu, Rodney teve certeza de que ela o reconhecera.

— Você! — ela gritou.

Ele hesitou. E isso deu tempo suficiente para a babá vir para cima dele.

Rodney atirou nela à queima-roupa. Então a maldita mulher caiu sobre ele. Sangrou em cima dele. Ele fechou os olhos e lembrou-se de que não tivera alternativa.

Era isso ou a prisão.

Ele não iria para a prisão.

Agora Rodney tinha que cuidar da garota. E o rapaz? Provavelmente teria que cuidar dele também.

A caminho da escola, na segunda-feira, Cash parou para abastecer o carro. Parado ali, ele apertou os botões e enviou o vídeo para o número de Paul. Ainda segurando a bomba, percebeu que estava sorrindo. Não por causa de Paul, mas porque não se lembrava de um dia ter se sentido tão feliz, ou exausto.

Ele mal tinha dormido na noite anterior. Revivendo cada momento do domingo, desejando que Chloe estivesse na cama com ele, e tentando imaginar quando eles poderiam ficar juntos novamente. Naquela tarde não seria possível, porque o pai de Chloe estava na cidade e, no dia seguinte, ela tinha concordado em ir com ele conversar com a babá, logo depois da escola.

Chloe o fizera prometer uma dúzia de vezes que, se não descobrissem nada, ele desistiria. Cash prometeu. Mas, caramba, ele não conseguia *deixar* de acreditar que estava certo. Chloe era Emily!

Depois de ouvir o clique da bomba, indicando que o tanque estava cheio, ele foi comprar Skittles. Em cima do balcão, havia buquês de rosas à venda. Ele pegou um vermelho.

Voltando para o jipe, viu um homem encostado na porta do passageiro do jipe. Um cara grande e corpulento, com cabelos grisalhos e ralos. Ele observava Cash sem disfarçar. Cash se aproximou com cautela.

As palavras do pai soaram em sua cabeça: *Nunca baixe a guarda. Todo mundo quer se aproveitar de você. Todos lá fora querem te pegar.*

Ele tirou as chaves do bolso e desejou não estar segurando um buquê de rosas vermelhas.

— Posso ajudar?

— Mas que romântico!... — O homem apontou para as flores.

— O que você quer? — Cash perguntou, aliviado quando outro carro parou na bomba ao lado.

— Acho que sou eu quem pode ajudá-lo. Meu nome é Ken Jennings. — Ele estendeu a mão carnuda.

Cash não retribuiu o cumprimento. Os pelos da nuca estavam arrepiados, de sobreaviso, dizendo que aquele cara era problema.

— Eu não conheço você, então não tem como me ajudar.

— Veja só, pessoas me procuram para resolver os problemas delas.

— Eu não tenho nenhum problema.

Cash fez sinal para o cara se afastar do seu jipe.

O homem não se moveu.

— Você tem, sim. Eu tenho uma fita de vídeo do seu carro estacionado numa lavanderia em Fort Landing. O mais surpreendente é que, na mesma hora, alguém invadiu a Agência de Adoção New Hope.

Os músculos de Cash ficaram tensos. Droga! Ele deveria ter procurado uma câmera antes de estacionar.

— E olha só que coisa, por acaso eu sei que seu passado é problemático. Basta eu fazer algumas ligações e logo você vai estar com um par de algemas, tentando explicar muita merda. Você quer isso?

O coração de Cash bateu forte, mas ele não se atreveu a demonstrar medo.

— Tire a bunda do meu jipe.

— Agora, garoto, me escute. Só peço que esqueça tudo isso. Deixe isso para lá. O cara que me contratou não quer arranjar problemas. Mas tem alguém que não pensa assim. Sua namorada precisa...

— Se você tocar nela, eu vou te matar. Saia da minha frente. — Cash fervia de raiva. O homem se afastou da porta, mas Cash teve que se controlar muito para não esmurrar o cara.

Em vez disso, entrou no jipe e partiu. Que diabos ele ia fazer agora?

32

Chego à escola alguns minutos mais cedo. Estaciono, saio do carro e olho ao redor para ver se Cash está por ali.

David deu carona para Lindsey até a escola, portanto estou sozinha. Vejo o jipe de Cash parar e começo a andar na direção dele.

— Que diabos seu namorado está fazendo? — fala uma voz atrás de mim.

Eu me viro. Paul, com os punhos cerrados, vem como uma bala na minha direção. Cash me disse que iria enviar o vídeo, por isso sei do que se trata.

— Tenho certeza de que ele explicou isso na mensagem — digo e sei disso também, porque ajudei a escrevê-la.

— Ele está querendo acabar com as minhas chances de conseguir uma bolsa de futebol? — Paul grita na minha cara.

Eu dou um passo para trás.

— Afaste-se dela! — Ouço Cash dizer, enquanto corre na nossa direção.

— O que você está tentando fazer? — Paul grita para Cash.

— Nada. Leia a droga da mensagem. Agora pode ir andando — ele diz. A expressão de Cash endurece. A raiva contorce suas feições. Ele parece pronto para lutar.

— O que você vai fazer? Contar para o treinador? — Paul se aproxima.

Cash pega meu braço.

— Vamos.

Eu começo a andar junto com ele.

Paul corre à nossa frente e assume uma posição defensiva.

Cash me solta e agarra Paul pela camiseta e o pressiona contra um carro.

— Escute aqui. Eu sei que seu pai é um otário. Eu também tinha um pai assim. Estou te dando uma chance de se mandar daqui, mas não precisa muito para eu mudar de ideia. Agora, afaste-se de mim! E pare de tentar ser como o cretino do seu pai! Entendido?

O rosto de Paul fica branco.

Cash o solta e me agarra pelo braço.

— Temos que ir.

Eu o deixo me levar.

— Para onde?

— Eu estraguei tudo, Chloe. Agora tenho que consertar.

— Consertar o quê?

Chegamos ao jipe dele.

— Entre. Vou explicar enquanto dirijo.

— Explicar o quê? — Eu vejo a mão dele sangrando. — Você está machucado.

— Por favor. Confie em mim. Pode entrar no carro? — Ele parece desesperado.

Sua tensão é contagiosa. Eu entro, mas, assim que ele se senta atrás do volante, eu começo a interrogá-lo de novo.

— O que está havendo, Cash?

— Eles sabem que invadi a agência de adoção. — Ele se afasta da escola.

— O quê? Você disse que ninguém o viu.

— Mas estava enganado. Eles sabem que eu fui até lá.

— Chamaram a polícia?

— Acho que não.

— Mas eu não compreendo. Por quê...?

— Eles estão tentando esconder o fato de que sequestraram você. Querem que a gente esqueça toda a história. E eles a ameaçaram. Você é Emily. — O medo é evidente nos olhos de Cash.

Minha cabeça está a mil por hora.

— Nós não sabemos.

— Você acha que eles fariam isso se não quisessem esconder alguma coisa? — Ele bate no painel com a palma da mão. — Droga! Você é Emily!

Meu peito aperta, minha cabeça gira.

— O que vamos fazer?

— Vamos contar à polícia. Não. Primeiro, vou pegar a papelada toda, depois nós vamos à polícia. Vamos mostrar tudo a eles.

— Espere. Pare. Vamos pensar primeiro. Eles vão prendê-lo por invadir a agência.

— Eu não me importo. Contanto que peguem aquele cretino.

A tensão dificulta a minha respiração.

— Eu disse para você não invadir essa agência. Eu avisei. Agora veja o que aconteceu.

— Eu sei! — Cash diz. — Sinto muito. — Ele continua dirigindo.

Eu fico tentando entender. Estamos a cerca de dois quilômetros da casa dele.

Mas tudo em que consigo pensar é na confusão que isso vai causar. Para minha mãe. Para Cash. Para o meu pai.

— Meu pai! — Lembro que ele talvez já estivesse na cidade. E lembro também que eu costumava procurá-lo quando estava com problemas. Ele era meu super-herói.

— O que tem seu pai? — pergunta Cash.

— Vou ligar para o meu pai. — Pego meu celular, localizo o número dele e ligo. — Pai? — digo quando ele atende.

— Sim.

Cash fala alto:

— Diga a ele para nos encontrar na delegacia.

Eu olho para Cash. Um soluço escapa dos meus lábios.

— Chloe? Está tudo bem?

— Eu preciso de você. Você pode vir à minha casa?

— Qual o problema, querida?

— Eu não posso explicar agora, apenas venha. Por favor.

— É sobre a adoção?

— Sim — eu digo. — Apenas venha, ok?

— Estou a caminho — diz ele. — Estou a cerca de duas horas daí. Estarei aí o mais rápido que puder. Você tem certeza de que está bem?

— Sim. — Desligo e olho para Cash. — Me leve para casa.

— Vamos pegar os papéis primeiro — diz ele.

— Não! — Eu grito com ele. — Eu quero ir para casa. Droga. Eu te falei para não invadir a agência! Agora veja no que deu.

De repente, ouço um grande estrondo. Vidro se quebrando. Cash pisa no freio.

— Se abaixa! — ele grita. Quando eu não faço isso, ele segura minha cabeça e me empurra para baixo.

Tento me libertar de Cash, mas depois ouço outro estrondo. Então um baque na lateral do carro.

— Por favor, diga que não estão atirando em nós! — eu grito.

Cash não responde, ele está muito ocupado dirigindo.

O jipe dá uma guinada e ouço outro tiro.

Cash gira o volante e o carro dá um solavanco como se tivesse batido em alguma coisa. Estou sendo jogada de um lado para o outro, e o cinto de segurança machuca meu ombro. Eu grito de novo.

Algo colide contra a traseira do jipe. Começamos a girar.

Cash não tira a atenção do volante. Ele finalmente recupera o controle do carro e começa a dirigir em linha reta. Então pisa no acelerador. Está com os nós dos dedos brancos no volante.

— Ele foi embora? — pergunto.

— Fique abaixada! — Cash grita, e ele está olhando para trás. — Eu o tirei da estrada.

Fecho os olhos e rezo. Passam alguns segundos. Depois um minuto. Eu não ouço mais nada. Não ouço o motor de outro carro, apenas o som da minha própria respiração. Mas eu não me sento ereta no banco. Estou com muito medo para me mexer. De repente, Cash vira à direita e faz uma parada brusca.

Abro os olhos e vejo a estátua de um cavalo. Então vejo um homem nos olhando de dentro de uma guarita.

— Devagar, Cash!

— Ligue para a polícia! — Cash grita para o homem. — Alguém está atirando em nós. Envie a polícia à minha casa. E, se um Corolla preto tentar entrar, não deixe! O motorista está armado. Agora, abra este maldito portão!

O homem começa a abrir o portão. Cash afunda o pé no acelerador. Nós avançamos a toda velocidade. Um minuto se passa.

Eu assisto quando Cash pega um controle remoto no quebra-sol do carro. Então ele vira à direita novamente. Ouço o barulho de uma porta de garagem se abrindo. Ele entra ali com o carro e, em seguida, começa a pressionar o botão da garagem para fechar.

Olha por cima do ombro.

— Vamos! — ele diz. — Vamos entrar!

— Estou com medo! — exclamo.

— Vamos, Chloe.

Consigo desafivelar o cinto de segurança. Ele corre para o outro lado do jipe e praticamente me arranca do carro. Depois me pega pelo braço e nos tranca dentro de casa. Da casa dele. Da casa dos Fuller. Ele para na cozinha e olha para trás.

— Me siga.

— Para onde? — pergunto.

— O sr. Fuller tem uma arma na sala de musculação.

— Você acha que ele ainda vai vir atrás de nós?

— Eu não sei, mas não vou esperar para ver.

Meu corpo todo está tremendo. Eu o sigo para o andar de cima, até uma sala de musculação.

Ele corre para um armário e o abre. Então pega uma arma de fogo.

Vê-la me causa outra onda de medo.

— Você sabe como usá-la?

— Sim — diz Cash.

E eu não sei se isso faz eu me sentir pior ou melhor.

— Siga-me — diz ele.

Faço o que ele diz e avançamos pelo corredor. Ele abre uma porta e corre para uma janela.

Eu fico ao lado dele.

Meu coração está batendo rápido. Eu o ouço nos meus ouvidos e o sinto na base do meu pescoço.

Então ouço um miado. Olho para baixo e vejo um velho gato malhado amarelo aos meus pés. Ele se levanta e fareja o ar. Até parece que está me cheirando. Félix. Meu coração se aperta.

Lágrimas enchem meus olhos. Eu olho em volta. O quarto é rosa. Há uma bicama com uma colcha de arco-íris. Os armários estão forrados de fotos, brinquedos e livros. Eu ando até uma prateleira e toco um ursinho de pelúcia — meu coração para. Tudo é familiar. Tudo é... meu.

— Merda! — diz Cash.

— Ele está vindo? — consigo perguntar.

— Não, não é ele. É a sra. Fuller.

Ouço uma porta bater no andar de baixo.

— Droga! — Rodney bateu com o punho no painel e tentou dar partida no motor novamente. Ele engasgou e não pegou.

Sangue escorria da sua testa, onde ele tinha batido a cabeça quando o jipe colidiu propositalmente contra o seu carro. Respirou fundo, tentando pensar no que fazer. Ele ardia de ansiedade para ligar o carro, encontrá-los e resolver o problema de uma vez por todas.

Ele virou a chave novamente. O motor pegou. Ansioso para terminar o serviço, Rodney estava prestes a entrar na rua, quando ouviu sirenes.

— Merda! — Ele agarrou a pistola.

Não iria voltar.

Então, para sua surpresa, as duas radiopatrulhas passaram por ele a toda velocidade.

Ele ficou sentado ali por mais alguns segundos, com seu próprio sangue provocando ardor em seus olhos; depois percebeu que tinha que dar o fora daquele lugar.

Eu fico ali, ouvindo o que Cash acabou de dizer, mas rezando para que não seja verdade.

— Cash? — ouço uma mulher gritar lá embaixo. — Cash, onde você está? Ele parece tão em pânico quanto eu.

— O que eu faço? — ele pergunta, colocando a mão na cabeça.

Passos soam nas escadas.

— Cash!

Ele corre para a porta. Fico ali, com os pés pregados no chão.

— Estou aqui — ele diz. — O que aconteceu?

— O pânico ecoa na voz dela.

Cash limpa a garganta.

— A polícia está a caminho. George deve ter chamado.

— Eles estão procurando você. Onde esteve? Tony está a caminho. Eu liguei para você. Por que não atendeu?

— Desliguei o celular. Eu posso... explicar — diz Cash.

— É a polícia, eles estão perguntando por você.

— Eu sei — diz Cash. — Eu pedi a George, o segurança que estava no portão, para chamar a polícia

— O quê? Não. Eles foram ao meu trabalho.

— Mas eu acabei de ligar para eles. — A confusão é evidente em seu tom de voz.

— Você machucou... alguém? — pergunta a sra. Fuller.

Eu posso ver Cash parado no corredor. Os ombros dele estão tensos. Ele está com a arma atrás das costas.

— Estavam atirando em nós — diz Cash. — Eu tirei o carro do sujeito da estrada.

— A polícia acha que você atirou nela?

— O quê? — pergunta Cash. — Atirou em quem? Eu não atirei em ninguém. Foi ele quem atirou.

— Por que você não está na escola? Ah, Deus, Cash. O que você fez, filho?

— Eu não fiz nada. O que estão dizendo?

Eu ouço o pânico na voz da sra. Fuller e então a vejo dar um passo para ficar mais perto de Cash.

Eu não me movo. Sinto-me entorpecida. Meu corpo está tremendo. Estou fria. Muito fria.

Cash olha para mim. Não estou respirando. Estou tonta. Eu me força a puxar o ar.

Ela me vê. Os olhos da sra. Fuller se arregalam. Ela dá um passo, então coloca as mãos trêmulas sobre a boca.

— Meu Deus!

Ela dá um passo mais para perto. Eu não consigo respirar.

Ela dá outro passo e eu recuo. Não sei por quê, mas não quero que ela me toque. Estou com medo. Medo do que vou sentir. Minha visão fica turva. De repente, vejo pontos pretos diante dos olhos.

— Como é possível? — Ela olha para Cash. — Não compreendo.

Um celular toca. É o da sra. Fuller. Ele está não mão ela. Então uma campainha toca.

A sra. Fuller balança a cabeça.

— Cash? Como...? — Ela corre para mim.

Meus joelhos cedem. Ela me pega nos braços.

Um choro suave sai dos meus lábios. A sra. Fuller me puxa na direção dela. Estou cercada pelo cheiro dela.

De repente, sou uma criança pequena. E ela é minha mãe. Eu sou Emily Fuller. Eu conheço o cheiro dela. Conheço o toque dela. Sei que ela é minha mãe.

Seu pai e sua mãe não te querem mais.

Estou sentada no sofá marrom sujo. *Eu quero minha mãe. Eles me querem, sim! Eles me amam!*, eu grito.

Sinto o tapa no meu rosto. Sinto meu queixo doer. Sinto meu rosto ardendo. Sinto meu corpo caindo contra o sofá.

— Emily? Emily. — Eu ouço a voz da sra. Fuller. Começo a soluçar no ombro dela. Meus joelhos cedem completamente e eu caio no chão.

Ela se ajoelha ao meu lado.

— Ah, meu bebê. Você está bem...

A campainha continua a tocar. Um telefone continua a tocar. Vejo Cash ir até a janela novamente.

— É a polícia — ouço Cash dizer. — Sra. Fuller, o que eles pensam que eu fiz?

Ela olha para Cash.

— Eles acham que você atirou em Carmen Gonzales.

33

—A babá? — Cash perguntou, olhando para a sra. Fuller. Tudo aconteceu muito rápido. Os tiros. O carro girando na estrada. Nada estava fazendo sentido.

A senhora Fuller assentiu.

— Como você sabe...?

— Eu estava tentando descobrir o que ela sabia sobre Chloe. Sobre Emily — Cash respondeu.

A campainha tocou novamente, seguida de batidas. As batidas ficaram mais altas.

— Eles encontraram seu número de telefone registrado no celular dela. Mensagens. Queriam saber onde você estava ontem. Eu disse que você estava no trabalho. Eles ligaram de volta e disseram que você não estava no trabalho. Onde você estava?

Ele ficou ali, sentindo mil emoções diferentes

— Eu estava na casa do lago.

— Comigo — Chloe disse com uma voz fraca.

— Ok. — A sra. Fuller se levantou. Ele notou que as mãos dela ainda estavam tremendo. Ela se abaixou e ofereceu uma mão a Chloe.

— Vamos abrir a porta.

Cash olhou para a arma que segurava e a colocou na mesa de cabeceira. A sra. Fuller ofegou ao ver a arma.

Será que ela pensava que ele tinha matado a babá?

Ela se virou e começou a descer as escadas. Cash a seguiu.

Chloe andou ao lado dele, um passo de cada vez. Ele segurou o braço de Chloe, com medo de ela cair. Ela recuou. E o olhar de horror no rosto dela o fez querer xingar a si mesmo.

Droga. Eu te falei para não fazer isso! Agora veja o que aconteceu. Cash se lembrou da raiva dela. E sabia que a merecia. Lembrou-se de ver o homem segurando a arma de fogo. Lembrou-se de vê-lo apontando diretamente para Chloe.

Ele tinha causado aquilo. Ele quase a matara.

Quando chegaram ao pé da escada, a sra. Fuller parou.

— Vão para a sala de estar. Vocês dois.

Cash levou Chloe para lá, depois voltou e ficou na entrada.

A sra. Fuller olhou para ele.

— Vá para a sala de estar! Eu falo com eles. Quando Tony chegar, vamos todos para a delegacia.

Cash fez o que a mãe adotiva mandou.

Quando ela abriu a porta da frente, suas palavras flutuaram até a sala de estar.

— Nós o levaremos à delegacia.

— Desculpe — respondeu uma voz grave —, mas há várias coisas em jogo. Existe o ataque a Carmen Gonzales. O guarda de segurança que fica no portão disse que seu filho entrou dizendo que estavam atirando nele, e havia uma garota abaixada no assoalho do carro. Se eu puder apenas falar com ele e com a garota por um minuto, vou embora e deixo que vocês o levem à delegacia mais tarde. Mas preciso vê-los.

Cash saiu da sala. O policial parado ali era o mesmo idiota que o acusara de roubar o carro. O mesmo cara que o tratara como lixo porque ele era adotado.

— Estou aqui — disse Cash.

O homem franziu a testa ao ver Cash.

— Gostaria de explicar o que aconteceu?

— Um homem estava atirando em nós — disse Cash, se empertigando.

— Alguém tentou atirar em vocês? — a sra. Fuller perguntou, com pânico na voz.

— Está tudo bem — Cash disse a ela.

— E onde ocorreram esses supostos tiros? — perguntou o policial.

— Supostos tiros? — perguntou Cash, indignado. — Você é um idiota, sabia?

— Cash — repreendeu-o a sra. Fuller.

Cash a ignorou.

— Meu jipe está na garagem, com vários buracos de bala na lataria. E está amassado onde eu colidi com o outro carro, para tirá-lo da estrada. Vá olhar e depois venha me falar dos "supostos" tiros.

O outro policial se moveu.

— Vou checar a garagem.

O primeiro policial ainda estava lá, encarando Cash.

— O que você sabe sobre Carmen Gonzales?

— Eu nunca vi essa mulher. Mandei uma mensagem para ela e falei com a sobrinha.

— Sobre o quê? — perguntou o policial.

Quando Cash não respondeu, o policial fez outra pergunta.

— Onde estavam ontem?

— Acho que você pode esperar para conversar com ele na delegacia — a sra. Fuller disse.

— Você acha que eu fiz algo a ela? — Cash perguntou ao policial. — Por quê? Porque sou filho do meu pai? Você acha que sou igual a ele? O que você quer fazer? Atirar em mim? Não seria a primeira vez que um policial faz isso!

— Ele está dizendo a verdade. — Chloe se aproximou. — Fiquei com ele o dia todo.

— Qual é o seu nome? — perguntou o policial a Chloe, olhando para ela como se sua associação com Cash de alguma forma já a tornasse suspeita. Já a tornasse um lixo. E, droga, talvez ele fosse de fato uma má influência. Cash quase a matara. Assim como o pai fizera com ele.

— Eu disse que você pode falar com eles mais tarde! — a sra. Fuller repetiu. — Vamos contratar um advogado para os dois.

— Eu não preciso de um advogado! — Cash vociferou. — Não fiz nada! Não tenho nada a esconder.

O outro policial voltou.

— O jipe tem buracos de bala.

Eu fico parada ali enquanto Cash começa a tentar se explicar.

— Espere — diz o policial grosseirão. — Leve-a para fora da sala. — Ele aponta para o outro policial.

Eu começo a contestar, mas percebo que não vai adiantar nada. Vou para a cozinha. O policial faz um gesto para eu me sentar à mesa. Meus joelhos quase cedem antes de eu afundar numa cadeira.

— Não fizemos nada errado — eu digo. — Ficamos juntos o dia todo ontem.

A sra. Fuller entra na cozinha.

— Você não tem que falar a ele.

O olhar do policial se volta para a sra. Fuller.

— A senhora é a mãe dela?

A sra. Fuller hesita. Então sua voz fraqueja quando ela diz:

— Sim!

Lágrimas enchem meus olhos.

A sra. Fuller fica ao meu lado.

— Vai ficar tudo bem.

Nesse momento, meu celular toca. Eu o tiro do bolso. Seco as lágrimas da bochecha e recupero o fôlego.

— É meu pai. Posso atender?

Meu pai ainda está a uma hora de distância. Eu tento explicar, mas sei que apenas o deixei mais confuso.

Ele me faz prometer seis vezes que estou bem. Mas nada soa bem quando você termina o telefonema dizendo, "Estão me levando para a delegacia".

A porta da cozinha se abre. O sr. Fuller entra. Quando ele me vê, fica paralisado.

Sinto um nó na garganta. Quero chorar. Abaixo a cabeça na mesa e apenas choro.

A sra. Fuller diz:

— Ela está viva — e começa a chorar, e os dois se abraçam.

O sr. Fuller fica me encarando e sinto como se eu fosse desmoronar. Então é hora de ir para a delegacia. Os policiais não querem Cash e eu juntos. A sra. Fuller se recusa a deixá-los me levar num carro de polícia. Ela me leva e o sr. Fuller leva Cash em seu carro. Ela também me diz que o sr. Fuller vai contratar um advogado para nos encontrar lá.

Começo a lembrá-la de que não fiz nada, mas não tenho mais forças. Entramos no SUV dela.

Ela olha para mim.

— Você pode explicar alguma coisa?

Eu engulo o pânico que ainda bloqueia a minha garganta e conto a ela como conheci Cash. Explico que ele pensou que eu estivesse tentando extorqui-los.

— Então, quando ele soube que eu era adotada...

— Adotada? — ela pergunta.

Falo sobre meus pais. Sobre a agência de adoção.

Ela chora mais um pouco. Quando para num sinal vermelho, olha para mim novamente.

— Você não se lembra de mim?

Eu hesito. Mordo o lábio.

— Não... Mas, quando nos abraçamos, reconheci seu cheiro. — Começo a chorar novamente.

Ela se aproxima e pega minha mão.

— Vai ficar tudo bem. Você está em casa agora.

O jeito como ela diz aquilo, "em casa", deveria fazer com que eu me sentisse bem, mas, em vez disso, me dá um frio na barriga. Eu começo a chorar novamente.

— Eu amo meus pais.

Ela parece quase ofendida e olha de volta para a estrada.

— Vamos descobrir o que aconteceu.

Quando entramos na delegacia, um homem vestindo um terno preto está parado na porta.

— Sra. Fuller?

— Sim. O senhor deve ser o sr. Jordon.

— Sim, senhora.

Ele olha para mim.

— Srta. Holden?

Confirmo com a cabeça.

— Temos uma sala onde podemos conversar. — Ele nos faz entrar.

— Você pode, por favor, chamar o sr. Carter aqui? Ele é o detetive que trabalhou no caso do sequestro da minha filha.

— Eu já falei com ele — diz o sr. Jordon.

A sala com apenas uma mesa e cadeiras em volta me lembra a da agência de adoção, mas, em vez de cheirar a aromatizante, cheira a suor. A medo. E pode ser o meu próprio.

Sentamos e o sr. Jordon diz:

— Falei com o sr. Fuller, mas ainda preciso esclarecer algumas coisas.

— Onde está Cash? — pergunto, lembrando como o policial o tratara. — Ele tem um advogado?

— É claro — diz a sra. Fuller, sentada ao meu lado.

O sr. Jordon pega caneta e papel, e olha para mim.

— A polícia acredita que Cash, possivelmente junto com você, foi ver Carmen Gonzales.

— Nós não fomos! — digo. — Eu juro.

Ele assente e diz:

— Me disseram que seu pai está a caminho. Devemos esperar até ele chegar para conversarmos.

— Não fizemos nada errado — digo e repito a história de como eu conheci Cash.

Ele balança a cabeça, confirmando que compreende.

— Acho que precisamos esperar até que os pais adotivos da srta. Holden estejam aqui.

— Pagaremos pela representação — diz a sra. Fuller.

O homem franze a testa.

— Ela é menor de idade e, antes que eu possa pegar o caso dela, preciso da permissão dos pais.

— Ela é minha filha — diz a sra. Fuller.

A porta da sala se abre e minha mãe entra.

— Deus, Chloe! Seu pai ligou e disse que você estava aqui. O que está acontecendo?

Eu me levanto. Ela passa correndo pela sra. Fuller e me abraça. Eu começo a chorar novamente e a tremer como antes.

Minha mãe se afasta e diz:

— O que aconteceu?

— Alguém tentou atirar neles — diz a sra. Fuller.

— O quê? — Minha mãe olha para ela e, depois, de volta para mim. — Você está ok? — Ela corre as mãos para cima e para baixo nos meus braços.

Eu assinto com a cabeça.

Então minha mãe se volta para a sra. Fuller.

— Quem é você?

Os ombros da sra. Fuller se enrijecem e ela se levanta.

— Eu sou a mãe dela.

Minha mãe não se move. Ela só fica ali parada, como se precisasse absorver as palavras.

— Você não é a mãe dela coisa nenhuma — diz minha mãe, e olha para o sr. Jordon. — Quem é ela?

O homem se levanta.

— Vamos deixar Chloe e a mãe conversarem a sós.

A sra. Fuller se encolhe, mas anda em direção à porta. Então ela para, se vira e vejo raiva em seus olhos. Ela olha para minha mãe.

— Se você é responsável por isso, eu vou descobrir. E não vou descansar até que esteja atrás das grades!

— Do que você está falando? — pergunta minha mãe.

O sr. Jordon se coloca entre as duas mulheres.

— Voltamos daqui a alguns minutos.

A porta se fecha. Minha mãe olha para mim.

— Você tem algumas explicações a me dar, mocinha.

Eu caio na cadeira e, pela terceira vez, começo a contar a história de como conheci Cash.

— Eu sabia que não gostava daquele garoto! — lamenta minha mãe.

— Cash não fez nada de errado! — eu insisto. — Mas eles acham que Cash matou uma mulher. Talvez desconfiem até de mim.

— O quê? — Ela franze a testa e suas mãos estão tremendo. — Isso não faz sentido.

Eu tento explicar sobre a babá.

— Você não é essa garota! Nós adotamos você.

— Achamos que a agência de adoção está por trás do sequestro.

— Você acredita nisso? — Ela olha para mim.

Eu quero tanto proteger minha mãe, esquecer tudo aquilo, mas é tarde demais. É a hora da verdade, eu sei. Sinto como se estivesse me afogando. E talvez eu tenha que assistir minha mãe se afogar também...

— Essa é a coisa mais ridícula que já ouvi. Vamos entrar em contato com a agência de adoção. Eles vão colocar um ponto final em tudo isso.

Engulo em seco.

— Eu já estive lá.

— Na agência de adoção?

Eu confirmo com a cabeça.

— E eles lhe disseram que isso tudo é um equívoco, certo?

Eu não sei nem por onde começar a contar.

— O que eles disseram a você? Negaram tudo, certo?

— Eles mentiram, mãe. Para mim, Cash e até para papai.

Os olhos de minha mãe se arregalam e depois se estreitam.

— Seu pai? Ele foi com você?

— Eu implorei para ele. Você estava deprimida e...

— Ele não tem o direito de fazer isso sem me consultar! Onde ele está? Que maravilha. Acabei de começar a Terceira Guerra Mundial!

— Ele não queria, mãe, eu insisti.

— Cuido disso mais tarde — diz minha mãe, com a raiva apimentando as palavras. — Como você sabe que eles mentiram?

— Porque alguém procurou Cash e ameaçou a ele e a mim se não parássemos de procurar minha mãe biológica. Então começaram a atirar em nós. — Meu coração volta a bater acelerado. — E eu apenas sei, mamãe. Eu me lembro das coisas. — Lágrimas enchem meus olhos.

Ela coloca a mão na boca e vejo que sua respiração está trêmula.

— Cash atirou na mulher?

A raiva que ferve dentro de mim transborda.

— Não! — eu grito. — Você ouviu alguma coisa do que eu disse, mãe? Ele estava tentando me ajudar. Alguém atirou em nós.

Nesse momento, a porta se abre e meu pai entra.

— Precisamos conversar! — Minha mãe bate a mão na mesa.

— Com quem você está deixando ela sair? — rebate meu pai.

— Parem! — Eu me levanto tão rápido da cadeira que ela desaba no chão. — Eu não vou ficar aqui ouvindo vocês dois discutirem. Tive um dia realmente ruim! Isso é sobre mim agora. Eu sou a filha aqui. E se vocês não querem agir como meus pais, então podem ir embora! — Coloco a mão sobre minha boca e soluço.

Minha mãe se levanta e me abraça. Meu pai fecha a porta.

34

—Não se preocupe comigo — disse Cash ao sr. Murphey, o advogado que os Fuller haviam contratado. — Preocupe-se com Chloe.

— Emily — disse a sra. Fuller. — O nome dela é Emily.

Cash estava sentado numa sala de interrogatórios, ladeado pelos Fuller. Ele não podia culpar a sra. Fuller por se sentir como se sentia, mas não podia esperar que Chloe esquecesse os últimos quinze anos da vida dela.

— Agora ela se chama Chloe — disse Cash. — Ela não se lembra...

— Senhora — disse o sr. Murphey —, eu não quero interromper, mas preciso entender o que aconteceu entre Cash e Carmen Gonzales.

— Ele está certo — disse o sr. Fuller.

Lágrimas encheram os olhos da sra. Fuller.

— Essas pessoas sequestraram meu bebê.

— Eles não sequestraram — disse Cash. — Estou dizendo que a agência é que está por trás de tudo. Se você tentar fazer com que os pais dela pareçam pessoas ruins, isso não vai funcionar. Ela ama os pais adotivos. Eles a amam. Ela já teve festas de aniversário com palhaços e pula-pula... Não foram eles que a tiraram de você.

— Como você sabe? — ela perguntou.

— O pai dela foi à agência de adoção para tentar obter informações. Se eles estivessem por trás do sequestro, ele não teria feito isso.

— Então ele sabe que ela foi sequestrada e ele não...

— Não. — Cash recostou-se na cadeira. — Não é o que parece.

O sr. Murphey interrompeu.

— Podemos falar sobre Carmen Gonzales?

O sr. Fuller colocou a mão nas costas da esposa.

— Susan, precisamos cuidar de outras coisas primeiro.

Ela assentiu.

Cash contou ao advogado que havia entrado em contato com a babá.

O sr. Murphey assentiu.

— O detetive Logan notou que você tinha um machucado na mão. Como se machucou...?

— Eu nunca vi a babá — disse Cash. — Tive uma discussão com um garoto da escola no estacionamento.

— Alguém viu? — perguntou Murphey.

— Eu não sei.

O advogado franziu a testa.

— Prepare-se para responder perguntas sobre isso. Agora, como você conheceu a babá? — o sr. Murphey perguntou.

Cash engoliu em seco e não olhou para os Fuller quando respondeu.

— Eu peguei o arquivo na mesa do sr. Fuller. O nome da babá estava lá.

Ele continuou e contou a eles sobre o homem que o abordara no posto de gasolina.

— Ok — o sr. Murphey bateu o lápis no papel. — Uma coisa não sei ao certo: por que o homem ameaçou você e não a garota?

Cash suspirou.

— Porque eu invadi a agência.

— Você fez o quê? — perguntou o sr. Fuller.

— Eu entrei e tirei fotos de todos os arquivos dela.

Eu conto a meu pai, mais uma vez, a história sobre como conheci Cash. Minha garganta está ardendo de tanto chorar e falar. Uma batida soa na porta.

O sr. Jordon enfia a cabeça na fresta.

— Podemos conversar?

— Sim — diz meu pai.

Ele entra.

— Quem é você? — minha mãe pergunta.

— Eu sou o sr. Jordon. — Os Fuller me contrataram para representar Chloe.

— Vá embora — disse minha mãe. — Não queremos você aqui. Vamos contratar o nosso próprio advogado. Eles vão tentar levar você embora.

— Eu tenho quase 18 anos — digo. — Não podem fazer isso.

Minha mãe bate a mão na mesa novamente.

— Ela ameaçou me pôr na cadeia!

O sr. Jordon fala:

— Eu não estou aqui para tratar do caso da paternidade. Estou aqui para falar sobre Carmen Gonzales.

— Eu não me importo. Vamos contratar o nosso próprio advogado — minha mãe insiste.

— Espere — diz meu pai. — Eu pago você. Ele trabalha para nós agora.

— Não! — rebate minha mãe.

— Nossa filha pode estar com problemas. Nós precisamos dele.

— Eu não fiz nada — digo. — E Cash ficou comigo o dia todo ontem.

O sr. Jordon se senta.

— A polícia quer conversar com você.

Dez minutos depois, estamos esperando os policiais. Meu pai saiu para pegar uma bebida e um pacote de biscoitos para mim. Quando volta, ele também traz uma Coca Diet para minha mãe.

Quando lhe entrega a lata, ela parece prestes a dizer algo desagradável. Eu limpo a garganta que já está doendo muito.

Ela aceita a oferta do meu pai.

Afasto-me, coloco as pernas sobre a cadeira e encosto a cabeça nos joelhos. Fico sentada ali, preocupada e pensando em Cash. Não falo nada. Não me mexo. Meu pai e minha mãe também permanecem imóveis.

Em alguns minutos, o sr. Jordon entra, acompanhado por dois policiais. Há cadeiras suficientes para todos. Eles se sentam. Eu nunca fui claustrofóbica, mas agora é assim que me sinto. Simplesmente não parece haver oxigênio suficiente na sala.

— Sou o detetive Carter — diz um dos policiais que eu não conheço. Lembro-me da sra. Fuller perguntando por ele, e posso senti-lo olhando para mim. Eu me pergunto se ele ainda acha que isso é uma farsa.

O policial grandalhão, Logan, que foi rude conosco na casa da sra. Fuller, olha para mim.

— Onde você estava ontem?

— Na casa do lago dos Fuller.

— O dia todo?

— Sim. Nós só voltamos depois das sete da noite.

— Ela está dizendo a verdade — afirma minha mãe. — Eu estava em casa.

— Como ela está? — pergunto. — A babá?

— Ela está em coma, mas ainda viva. — O policial muda de posição na cadeira. — Você viu o homem que estava atirando em vocês hoje?

— Não. — Lágrimas enchem meus olhos. Minha mãe pega minha mão. — Cash me empurrou para o assoalho do carro.

— Cash disse quem ele achava que era?

Eu tento pensar.

—– Eu não acho que ele chegou a dizer, mas acabou me contando que ele tinha sido ameaçado por um cara naquela manhã, porque estávamos querendo saber sobre a adoção. Então acho que nós dois presumimos que fosse ele.

O policial assentiu.

— O sr. Colton está com a mão machucada. Você sabe me dizer como ele a machucou?

— Ele e um colega de escola discutiram esta manhã. Cash achou que o cara estava me importunando. Ele não bateu, apenas o empurrou contra outro carro.

O policial assentiu mais uma vez.

—– E o nome desse colega de escola? — ele perguntou, mas eu poderia dizer que o policial estava apenas me testando.

— Paul Cane. Cash nunca viu a babá. Íamos falar com ela amanhã. Nós é que levamos tiros.

— Vocês encontraram o homem que fez isso? — meu pai pergunta ao policial.

— Encontramos um Corolla preto que se encaixa na descrição do carro, mas não, não localizamos o homem.

— Srta. Holden — diz o detetive Carter, e coloca a mão na mesa. — Você acredita que é Emily Fuller?

Sinto minha mãe e meu pai me encarando.

— Sim — eu digo, e minhas amígdalas se fecham.

— Você se lembra de alguma coisa? — eu faço que sim com a cabeça. — Durante anos, tudo que eu me lembrava era de estar sentada num sofá. Havia um tapete sujo, e eu estava segurando uma tiara e usando, tipo, um vestido de princesa.

Os olhos do homem se arregalam.

— E você se lembrou de mais alguma coisa?

Mais uma vez, eu assinto com a cabeça.

— Um rosto. Um homem de cabelos ruivos. Ele me disse... que minha mãe e meu pai não me queriam mais. — Um nó se forma na minha garganta. — Ele me bateu.

Minha mãe solta um suspiro indignado e pega minha mão.

Agora o detetive Carter assente.

— Gostaríamos de fazer um teste de DNA.

— Não! — diz minha mãe. — Eles vão tentar te levar embora.

— Ninguém vai me levar embora. — Concentro-me novamente no policial.

— Diga onde e quando eu preciso fazer isso.

— Na verdade, eu já tenho o material aqui. Os Fuller já tinham requisitado o teste. Eles têm acesso a um laboratório que fornecerão o resultado do exame mais rápido do que o nosso. — Ele me dá instruções sobre como preparar uma amostra de DNA.

Eu esfrego o interior da bochecha duas vezes com o que parecem cotonetes e o detetive os coloca dentro de um saquinho plástico. Então ele hesita.

— Uma outra coisa — ele diz. — Os Fuller gostariam de falar com você. Mas você é quem decide.

— Não. Chloe está cansada — diz minha mãe.

Minha mãe está certa, estou exausta. Tão cansada que quase concordo com ela, mas percebo que minha mãe precisa saber que isso é escolha minha.

— Eu vou vê-los. — Eu me viro para minha mãe. — Vamos fazer isso do jeito certo.

O tempo passa e, por fim, o sr. e a sra. Fuller entram. Todos os policiais saíram da sala. Só estamos minha mãe, meu pai e eu, mas os Fuller não se sentam. Eles apenas ficam ali, parados na porta.

Ambos olham para mim e depois se concentram na minha mãe e no meu pai.

— Cash está bem? — pergunto.

— Tanto quanto possível — diz o sr. Fuller, e o jeito como ele olha para mim me comove.

— Posso vê-lo? — pergunto.

— Eles não querem que vocês dois se falem até que tudo esteja esclarecido.

— Não fizemos nada — repito.

— É o protocolo ou algo assim... — diz o sr. Fuller.

A sra. Fuller se adianta.

— Preciso me desculpar. — Ela olha para a minha mãe. — Pelo que eu disse antes, sobre querer vê-la atrás das grades. Eu não estava pensando direito. Se o que Cash diz é verdade, não é culpa de vocês... Ele me disse... — Ela cai no choro e sua voz fraqueja.

Meus olhos se enchem de lágrimas também. Lembro-me do cheiro dela... cheiro de lar. Eu sinto uma vontade quase irreprimível de me levantar e abraçá-la de novo, perder-me naquele aroma, mas sei que isso vai ferir minha mãe. E, querendo ou não, neste momento tenho que pensar nela.

A sra. Fuller continua:

— Me desculpem. Eu... eu precisava culpar alguém...

Minha mãe concorda com a cabeça, mas não parece disposta a perdoá-la.

— Outra coisa... — diz o sr. Fuller. — Estamos preocupados que o homem que atirou em Chloe e Cash possa voltar. Queremos ter certeza de que ela vai ficar em segurança. — Ouço a voz dele embargar e meu coração se aperta.

Eu entendo o lado deles. Acabaram de encontrar a filha, que lhes foi roubada, e eles têm que ir embora. Meu peito queima com a injustiça de tudo aquilo.

— Não se preocupem — diz minha mãe. — Eu cuido disso.

Os Fuller vão embora. Ainda se passam algumas horas antes que nos digam que podemos ir embora. Saímos para o estacionamento. É fim de tarde, mas está nublado, o céu está escuro e eu sinto como se fosse meia-noite. Entro no banco de trás do carro da minha mãe e me encolho como se fosse uma bola. Ouço minha mãe e meu pai discutindo sobre algo, mas estou cansada demais para arbitrar.

Ouço minha mãe abrindo a porta do carro.

— Você quer colocar seu cinto de segurança, querida? — diz minha mãe.

— Não — eu digo. — Vou me deitar no banco. — Sei que fui um pouco ríspida, mas não consigo mais ser gentil hoje. Só quero dormir e, por um tempo, me esquecer de tudo isso.

Quando vejo, meu pai já está me acordando.

— Vamos, dorminhoca. Acho que não consigo mais carregá-la no colo. — Eu me levanto. Ele me ajuda a sair do carro e coloca o braço em volta do meu ombro. — Estou tão orgulhoso de você...

Eu olho para ele.

— Por quê?

— O modo como você lidou com tudo isso. Imagino quanto deve ter sido difícil hoje.

Eu me inclino contra ele e deixo mais algumas lágrimas rolarem pelo meu rosto.

— Eu amo vocês.

— Eu também te amo. E sua mãe também. É difícil para ela, mas ela vai superar. Eu prometo.

Chegamos à varanda.

— Está com fome? Posso pedir uma pizza ou coisa assim.

— Não, só quero ir para a cama.

Ele concorda.

— Eu vou ficar aqui — meu pai diz. — Então não se preocupe, pois ninguém vai fazer nenhum mal a você.

Eu olho para ele.

— Mamãe concordou que você fique?

— Ela vai ter que concordar.

Eu continuo olhando para ele.

— Esconda as facas de cozinha antes de ir dormir.

Ele sorri.

— Já pensei nisso.

Entramos em casa. Minha mãe corre para me abraçar. Eu propositalmente inspiro seu perfume e sinto que ela também tem cheiro de lar. Mas não é o mesmo aroma da sra. Fuller. Mais lágrimas ardem nos meus olhos. Eu a abraço mais forte porque me sinto desleal.

— Posso pegar algo para você comer ou beber? — minha mãe pergunta.

— Não. Quero ir para a cama.

Vou para o andar de cima e ela me acompanha.

— Eu te amo — digo antes de entrar no meu quarto e cair na cama.

Tenho certeza de que estarei dormindo em cinco minutos. Mas não. Estou de volta ao sofá marrom sujo. Sinto-me assustada. Solitária. Eu quero minha mãe. Eu me lembro de levar um tapa. Então o tempo parece dar uma guinada e eu me lembro de ouvir o estampido da arma.

Rolo na cama, certa de que não tenho mais lágrimas, mas encontro mais algumas. Penso em Cash. Em como ele parecia magoado quando o policial não acreditou que o jipe tinha sido baleado. Félix e Docinho vêm se deitar ao meu lado.

Quando acordo, está escuro. Minha mãe me traz uma sopa e insiste para que eu coma. Eu consigo tomar algumas colheradas. Meu pai tenta me fazer sair do quarto e assistir televisão com ele, mas eu não tenho vontade.

Eu me encolho na cama e durmo um pouco mais. Mais tarde, ouço meu pai no meu quarto.

— Desculpe — diz ele. — Apenas checando para garantir que sua janela está trancada.

— É provável que não — digo, com as emoções sobrecarregadas demais para me importar que alguém possa estar atrás de mim.

O brilho do sol me acorda e me puxa para o passado. Não para muito tempo atrás, apenas alguns anos. Para os dias de festa do pijama, quando Kara, Sandy e eu ficávamos acordadas a noite toda, conversando sobre meninos, faculdades e nossos grandes planos na vida. Engraçado como nosso próprio passado passa rápido, como se ele pertencesse a outra pessoa. Eu me pergunto se me sentia assim quando tinha 3 anos.

Eu fico deitada na cama por muito tempo, sem me mexer. Me lembro de que meu pai está aqui. Na mesma casa com a minha mãe. Mas não me recordo de ouvi-los discutindo durante a noite. Se eu soubesse que bastava ser acusada de tentativa de assassinato para torná-los cordiais um com o outro, poderia ter considerado essa ideia antes. Então o pensamento sarcástico esbarra na minha consciência e penso na babá. Eu me pergunto se ela está bem.

Eu me sento na cama. Quando faço isso, vejo travesseiros e cobertores estendidos no chão. Instintivamente, sei que meu pai dormiu ali. Provavelmente com medo da minha mãe.

Jogo as cobertas para o lado, mas vejo meu celular na mesa de cabeceira.

Sei que não devo, mas não posso resistir. Pego o celular, olho para a porta do meu quarto fechada e envio uma mensagem para Cash.

Eu: *Você está bem?*

Prendo a respiração e espero. Então...

Ele: *Não podemos nos falar.*

Eu: *Desde quando você gosta de seguir regras?*

Ele:. ...

Nada. Cinco minutos mais tarde.

Nada ainda.

Eu vejo que Lindsey mandou uma mensagem ontem. Tipo, cinco vezes.

Ela: *Você está bem?*

Ela: *O que está acontecendo?*

Ela: *Estou preocupada com você.*

— Também estou preocupada comigo — murmuro.

Eu me forço a sair da cama. Sinto cheiro de café. Eu raramente bebo, mas hoje vou beber.

Vou ao banheiro e depois desço para a cozinha.

Meu pai está ao telefone. Ele olha para mim e sorri.

— Sim. Mudei a reunião para a próxima semana — diz ele como se estivesse falando com o chefe.

Ele desliga.

— Bom dia!

Vou até o armário pegar uma xícara.

— Onde está mamãe?

— Eu a convenci a ir trabalhar. Ela já ligou três vezes para ver se você estava bem.

Consulto o relógio. São dez horas e... Eu me lembro!

— Eu tinha que levar Lindsey para a escola.

— Sua mãe a levou.

Derramo café na xícara e me apoio no balcão.

— Você dormiu no chão do meu quarto?

— Dormi. Quando vi a janela aberta, fiquei preocupado que... — Ele não termina a frase, mas nem é preciso.

Encosto a xícara nos lábios e falo em meio ao vapor do café.

— Tem certeza de que não estava simplesmente com medo de mamãe?

— Bem, isso também. — Ele sorri, depois fica sério. — Não a culpo por me odiar, Chloe.

Antes que eu possa me conter, as palavras saem:

— Nem eu.

Ele passa a mão no rosto.

— Não acho que isso mude alguma coisa, mas, só para você saber, eu não estou mais com Darlene.

— Era de se esperar, depois que o irmão dela roubou o seu cartão de crédito.

Ele franze a testa.

— Como você...

— Ela postou no Facebook. Cash é amigo dela... — Eu tomo meu primeiro gole de café, amargo e cheio de cafeína. — Darlene achou que Cash fosse um jogador de futebol americano gostosão...

Meu pai toma um gole de café.

— Não estou surpreso.

— Nem eu. — Eu me sento.

— Ah, tenho boas notícias.

Eu olho para ele.

— O quê?

— Um detetive ligou. A babá acordou do coma. Ele vai falar com ela.

O sr. Fuller bateu na porta do quarto de Cash e depois enfiou a cabeça no vão.

— Já acordou?

Acordou? Ele não tinha nem dormido. Mas respondeu:

— Sim.

— Podemos conversar? — perguntou o sr. Fuller.

— Já disse tudo que tinha para dizer... — Quantas vezes ele teria que contar a mesma história? Quantas vezes os policiais já tinham olhado para Cash como se ele fosse o pai?

— Bem, você pode apenas me ouvir, então?

O sr. Fuller entrou no quarto e sentou-se numa cadeira, na escrivaninha de Cash.

— O detetive Logan ligou esta manhã. Carmen Gonzales acordou. Eles acham que ela vai ficar bem. Tudo vai ser esclarecido.

Cash caiu de costas contra os travesseiros.

— Sim, vai ser esclarecido depois que falarem com ela, porque não acreditam em mim.

— Eles estão apenas fazendo o trabalho deles.

Cash se retorceu por dentro. Durante toda a noite, ouviu as palavras de Chloe. *Eu te falei para não invadir a agência. Eu avisei.* Caramba, ele quase a matara!

Lembrando que o sr. Fuller ainda estava no quarto, Cash olhou para cima.

— Eles encontraram o cara que atirou em nós?

— Ainda não. Estão tentando. — Ele hesitou. — Susan e eu queremos te agradecer novamente.

— Pelo quê? Estraguei tudo! Aquele cara quase matou Chloe. A bala atravessou a janela do passageiro. — O peito de Cash apertou.

— Nada disso é culpa sua.

— É, sim. Fui eu quem tirou a foto do quadro. Fui eu que fiz as fotocópias. Eu magoei a sra. Fuller. E, quando era pequeno, ajudei meu pai a enganar pessoas, como o cara que enganou vocês e levou seu dinheiro. Eu fiz coisas horríveis.

— Isso não tem nada a ver com o que está acontecendo. E, sim, talvez a questão da Emily poderia ter sido tratada de maneira diferente, mas...

— Talvez esse policial esteja certo. Vou estragar tudo porque sou igual ao meu pai.

— Pare! — disse o sr. Fuller. — Você sabe o que eu não entendi? Você ficar com tanta raiva porque as pessoas o julgam, mas você se julga com mais rigor do que qualquer um. Dê um tempo a si mesmo, filho!

Eu não mereço.

— Você pode sair do quarto para que eu possa me levantar?

O sr. Fuller franziu a testa.

— Estou saindo, mas contratamos um segurança. Ele está aqui em frente, num carro.

— Eu não preciso de uma babá! Se você quer contratar alguém, contrate para cuidar de Chloe.

— Eu já fiz isso. Mas não diga nada. Acho que o sr. Holden pode se ofender.

Estou plantada no sofá, vendo televisão, mas sem assistir nada de fato. Meu pai está na cozinha, trabalhando em seu laptop.

Ouço uma batida na porta e me levanto.

— Pare! — Meu pai sai da cozinha. — Volte para a sala.

Eu paro, mas não me movo. Meu coração está acelerado. Estou rezando para que seja Cash. Já descobri o que vou dizer se meu pai não deixá-lo entrar. Vou quebrar todos os ovos da cesta. Até fazer um ovo mexido. Eu preciso ver Cash.

Meu pai vai para a janela da sala de jantar, espia, então olha para trás.

— É o sr. Fuller.

Pronto! Sinto um nó na garganta.

Meu pai abre a porta.

— Entre.

— Obrigado. — O sr. Fuller entra, seu olhar encontra o meu e ele sorri. — Eu só queria... que soubessem que a sra. Gonzales eximiu Cash e Chloe de toda responsabilidade pelo crime.

— Isso é bom — diz meu pai.

— Como está o Cash? — Eu dou um passo mais para perto.

— Ele está aguentando bem. — O olhar do sr. Fuller permanece em mim.

"Aguentando bem" não me parece bom.

Meu pai olha para mim.

— Eu... preciso fazer uma ligação.

Ele levanta o celular e entra no quarto da minha mãe.

O sr. Fuller se aproxima um pouco mais.

— Eu gosto... do seu pai.

Imagino quanto deve ser difícil para ele dizer isso. E também sei quanto é difícil para o meu pai sair da sala. É tudo difícil. Tudo. Eu me forço a dizer:

— Ele é um sujeito muito bom.

— O resultado do teste de DNA deve sair amanhã, mas... eu acho que todos nós...

— Eu sei — digo.

Ele coloca as mãos nos bolsos.

— Estou ciente de que isso é difícil para você.

Eu concordo.

— Eu só... Susan e eu queremos que você saiba que estamos nos esforçando para aceitar que você não nos conhece. E eu sei que Susan já teve chance de falar com você, mas eu não. — Ele desvia o olhar por um segundo. — Eu queria que você soubesse que... eu também amava você. Você era a garotinha do papai. Eu era como uma "mariposa"... Susan costumava dizer isso porque eu andava à sua volta o tempo todo, fazendo tudo que você queria... E era verdade.

Quando o sr. Fuller olha para ela, Chloe vê que os olhos dele estão cheios de lágrimas, assim como os dela.

— Perder você quase nos matou. — Ele passa a mão na boca. — Perdi a esperança de que estivesse viva. Mas sua mãe, não.

Eu respiro fundo.

— Não porque eu te amasse menos, eu apenas...

— Eu entendo — digo.

Ele faz um aceno com a cabeça.

— Queremos que você faça parte da nossa vida. E percebemos que não vai ser fácil resolver tudo isso. Mas estamos determinados a encontrar um jeito.

— Eu também — digo.

Ele tira as mãos dos bolsos.

— Seria muito eu pedir um abraço?

Minha respiração fica presa na garganta. Eu ando até ele, que está com os braços estendidos. Quando minha bochecha toca seu peito, o cheiro, como o da sra. Fuller, é muito familiar e parece seguro, seguro para uma garotinha. E sinto outra coisa, também. Quando encosto no peito dele, meu coração diz: *Você conhece este lugar. Já esteve aqui antes.*

Quando o abraço termina, enxugo as lágrimas dos olhos.

— A polícia disse se eu e Cash podemos nos falar agora?

— Não falaram nada, mas suponho que tudo bem.

Meu pai volta para a sala e leva o sr. Fuller até a porta. Ele estende a mão para meu pai.

— Obrigado. Agradeço por você ter criado uma garota perfeita.

35

Meu pai e o sr. Fuller estão na varanda conversando. Estou curiosa para saber o que estão falando, mas aproveito o tempo para ir até o meu quarto e ligar para Cash. O telefone dele continua no correio de voz.

— Ei — eu digo. — Podemos conversar agora. Você pode vir aqui? — Não sei por que estou me sentindo insegura sobre nós, mas estou. — Eu te amo. E não simplesmente acho. Eu amo... mesmo.

Desligo. Meus olhos ficam úmidos novamente e não sei se estou chorando por causa do sr. Fuller ou apenas sentindo falta de Cash.

— Oi — diz meu pai. Olho para ele. Ele vê minhas lágrimas e vem me abraçar. O amor que sinto por ele e o que estou sentindo pelo sr. Fuller deixam minhas emoções à flor da pele.

— É como um filme! — diz Lindsey quando termino de contar minha história de trinta minutos, incluindo tudo que aconteceu ontem. Ela veio assim que chegou da escola.

— Tem razão — eu admito.

— Cash já ligou para você?

— Não. Estou com medo... Por que será que ele não me ligou?

Ela franze a testa.

— Não se preocupe. Sei que ele é louco por você. — Então seus olhos se apertam. — Será que os Fuller disseram a Cash que ele não pode namorar você?

Ouvir aquilo envia uma onda de dor ao meu coração já mutilado.

— Eu não sei. Não sei nem se eles sabem que estamos juntos.

Lindsey se reclina contra a cabeceira da minha cama.

— E eu achei que meu dia tinha sido tumultuado.

Deito a cabeça no meu travesseiro.

— O que aconteceu?

— Um verdadeiro caos! — diz ela. — Briga no refeitório. Gente arremessando comida e tudo mais.

— Sério? — Eu pergunto.

— Sim. — Ela sorri. — Foi uma loucura.

— O que aconteceu? — Estou feliz em me concentrar nos problemas dela e fugir dos meus.

— Descobri que Jamie está namorando Jonathon.

Eu me apoio no cotovelo.

— Está brincando! Isso quebra todas as regras que existem entre amigas.

Novamente, Lindsey franze a testa.

— Não acho que ela ainda seja minha amiga. Na verdade, eu sei que ela não é.

— Você falou com ela?

Ela confirma com um aceno de cabeça.

— Você se lembra da Amy? Ela está na minha classe de História.

— Aquela garota alta? — pergunto.

— Sim, ela me contou sobre o namoro dos dois. Durante o almoço, perguntei a Jamie e a princípio ela negou, depois ficou toda irritada. E me chamou de aberração, porque minha mãe é gay. Disse isso em voz alta, como se estivesse tentando me envergonhar. Eu realmente não sei por que já foi amiga dela.

— Sinto muito — eu digo. — O que você fez?

— Eu a chamei de idiota preconceituosa.

— E depois...?

— Não tive que fazer nada. — Lindsey riu. — Jamie não percebeu que estávamos sentadas numa mesa ao lado de Shawn, o cara simpático que sempre diz que adora seu cabelo.

— Sei. — Então eu percebo. — Ah, ele é gay.

Lindsey confirma.

— Conversei com ele sobre minha mãe no ano passado. Ele é legal. De qualquer forma, sempre se senta com seus amigos LGBT.

Eu fico surpresa.

— E?

— Shawn se levantou e, bem calmo, perguntou a Jamie, "Por que isso faz dela uma aberração?". Todo o refeitório caiu num silêncio mortal e todo mundo ouviu a pergunta dele. Jamie ficou muito irritada e o xingou com alguns palavrões bem cabeludos. E você sabe que todo mundo na escola adora Shawn. Então alguém, eu não sei quem, disse a Jamie para deixar de ser uma vadia. Depois outro aluno jogou um pedaço de pizza nela. Foi tudo tão... poderoso! Como se... não sei, como se eu não precisasse mais me preocupar com o que as pessoas pensam.

Sorrio, sabendo o alívio que Lindsey deve ter sentido.

— Lamento não ter ido à escola hoje. Adoraria ter visto isso de perto.

Ela solta uma risada.

— A pizza acertou Jamie na cara. Ficou grudada na cara. Ela ficou brava comigo, como se *eu* tivesse jogado a pizza. Ela jogou salada em mim. Antes que eu percebesse, havia comida voando para todos os lados. Uma professora parou a briga. Mas ela tinha ouvido tudo e a única que se ferrou foi Jamie. Ela está suspensa, tipo, para sempre.

Nós ficamos deitadas ali na cama, vendo o ventilador de teto girar. Lindsey finalmente fala.

— Eu não percebia que Jamie era tão pouco minha amiga até conhecer você.

— Me desculpe eu não estar lá para mandar Jamie para o inferno também. Eu teria jogado minha pizza nela.

Lindsey sorri.

— Eu sei que você faria isso. Formamos uma boa dupla. — Ela bate no meu ombro com o dela. — Podemos, tipo, ser amigas para sempre? Mesmo depois da faculdade? E quando formos mais velhas, como nossos pais?

— Sim — digo.

Ela aperta minha mão.

— Você quer que eu ligue para Cash e fale com ele?

— Não. Tenho certeza de que ele ainda está tentando resolver as coisas. Eu realmente quero acreditar nisso.

Nesse momento, meu celular toca, indicando a chegada de uma mensagem de texto. Tenho certeza de que é de Cash. E é mesmo.

Meu coração está na garganta. São oito palavras. Oito apenas. *Eu acho que nós precisamos dar um tempo.*

Quando minha mãe chega em casa naquela noite, faz cara feia para meu pai, vê meu rosto inchado e me abraça.

— Eu sinto muito. Não deveria ter ido trabalhar.

— Não. Você deveria ter ido, sim. — Eu não sei como seria ficar em casa com os dois o dia todo. Mas, sim, chorei um pouco esta tarde. Parte de mim quer ligar para Cash e dizer uns desaforos, mas não sei o que falar. Será que esse era o plano dele o tempo todo? Me dar um fora quando a verdade viesse à tona? Minha intuição diz que não. Cash disse que me amava e eu acredito nele. Mas estou muito magoada para dar tanto crédito a ele.

Meu pai pede pizza. Vejo minha mãe ouvindo-o fazer o pedido. Ela se levanta e vai ao banheiro, mas não antes que eu veja seus olhos marejados de lágrimas. Eu sei o que causou o choro. É a normalidade dele pedindo pizza. Metade de abacaxi e metade de lombo canadense. Meu pai escolheu essa porque sabe que é a que minha mãe gosta.

Eu percebo quanto é difícil para ela ver meu pai aqui em casa. Realmente preciso pedir a ele para ir embora. Mas eu também sei que, enquanto ele sentir que estou em perigo, não vai querer ir embora. Ele também me ama. E talvez ainda ame minha mãe. Agora sou eu quem quer chorar.

Minha mãe volta para a sala. Meu pai liga a TV no noticiário e se senta na poltrona mais distante de mamãe. A tensão é visível e meu pai estende a mão para a mesa lateral e pega o nosso álbum de família. Ele começa a folhear, depois para e franze a testa. Leva um minuto para perceber o problema. As fotos editadas da minha mãe. Ele foi cortado das fotos. Quase sinto pena dele, mas percebo que ele fez isso consigo mesmo. E, embora ache que eu praticamente já o perdoei, minha mãe não perdoou ainda. Ela talvez nunca o perdoe.

Ele coloca o álbum de volta no lugar. Trinta minutos depois, a campainha toca.

— Deve ser a pizza. — Meu pai levanta de um salto.

— Posso pagar metade. — Minha mãe pega a bolsa.

Vejo o olhar de meu pai. Ele quer discutir, mas também sabe que merece a ira da minha mãe.

— Me dê mais tarde — ele vai para a porta.

Minha mãe tira uma nota de vinte e coloca na mesa lateral.

Ouço meu pai na porta e não parece que ele está falando com um entregador de pizza. Minha mãe entra na sala, seguida do detetive Carter, que falou conosco ontem à noite.

Ele nos cumprimenta com a cabeça.

— Eu só queria avisar vocês que está quase tudo esclarecido. Você não está mais em perigo.

— A agência confessou? — pergunto.

O detetive confirma com a cabeça.

— Sente-se. — Meu pai vai se sentar ao meu lado no sofá.

O homem se senta numa poltrona.

— As coisas eram piores do que pensávamos. Wallace afirma que não estava por trás do sequestro. Mas ele e o cunhado, Davis, estavam... basicamente comprando bebês para adotar. Quinze anos atrás, Davis conseguiu uma criança que deveria ser adotada por vocês. — Ele olha para meus pais. — Mas depois que ele levou a criança para Wallace, ela morreu, supostamente de causas naturais, mas estamos investigando isso.

— Christina Garza — eu digo.

Ele olha para mim.

— Sim. Esse é o nome que eles nos deram. Com medo de que os negócios ilegais o levassem à prisão, o cunhado enterrou a criança e trouxe outra diferente. Segundo Wallace, ele viu que você não era Christina Garza, mas Davis afirmou que a sra. Garza tinha decidido ficar com a filha e indicado outra mulher, que recentemente havia concordado em desistir da filha também. Quando o sr. Wallace viu as notícias sobre a filha desaparecida dos Fuller, ele percebeu o que havia acontecido e foi pedir satisfação ao cunhado. Supostamente, Davis confessou que Christina tinha morrido e que ele havia sequestrado outra criança para substituí-la. Wallace percebeu que iria para a cadeia com ele, então manteve a boca fechada. O que o torna tão responsável quanto o cunhado.

— Então foi Davis quem atirou em nós e na babá? — pergunto.

— Wallace contou a ele quando você apareceu na agência. Como os jornais tinham revelado que a sra. Gonzales havia dado a descrição do possível sequestrador, Davis sabia que ela poderia identificá-lo. Ele queria ter certeza de que ela não falaria nada. Wallace foi quem contratou um homem para falar com o sr. Colton. Ele jura que estava tentando protegê-la, não ameaçar você.

— Vocês pegaram Davis? — minha mãe pergunta.

— Sim. Nós o pegamos no aeroporto de Houston cerca de duas horas atrás, tentando embarcar em um avião para o México, com o passaporte do marido da ex-mulher. Felizmente, ela percebeu que ele tinha levado o passaporte e o denunciou.

Eu fico sentada ali, as mãos entrelaçadas no colo, enquanto tento absorver tudo. Estou chocada ao ver que, numa questão de minutos e sem nenhuma emoção, o homem deu detalhes sobre como a minha vida, e a vida dos Fuller, foi dilacerada.

Eu vejo o olhar de consternação no rosto dos meus pais. Minha mãe pega minha mão e a aperta.

— Está claro que não sabíamos que a agência estava fazendo algo ilegal? — minha mãe pergunta.

— Ninguém suspeita disso — disse o sr. Carter, levantando-se. — Eu estou simplesmente aliviado com o desfecho do caso. — Ele olha para mim e sei que ele quer dizer que está aliviado por eu estar viva.

Meu pai acompanha o sr. Carter até a porta. Quando volta para a sala, está com a pizza na mão. Ele a coloca no bar entre a sala e a cozinha.

Minha mãe olha para ele.

— Isso significa que você pode ir embora.

Meu pai coloca as mãos nos bolsos.

— Sim, eu vou.

Ele começa a juntar suas coisas. Eu o ouço indo de um lado para o outro, guardando tudo, e meu peito fica mais apertado.

Ele se aproxima de mim e me beija.

— Vou ficar num hotel só até as coisas se resolverem. Vejo você amanhã.

Eu concordo. Meu peito está tão apertado que acho que minhas costelas podem se partir.

Depois de tudo o que aconteceu com os Fuller, Cash e agora isso, eu sei que meu coração está realmente partido.

Ele olha para minha mãe.

— Podemos conversar um minuto?

— Não estou interessada em nada que você tenha a dizer — responde minha mãe.

Eu me levanto e vou para o quarto. Fecho a porta, mas fico ali, ouvindo. Ouço o meu pai dizer:

— Eu não culpo você por me odiar. E, se eu fosse você, também nunca me perdoaria. Mas só quero que você saiba que percebo agora o que perdi. Você não merecia o que eu lhe fiz.

Espero para ouvir o que minha mãe tem a dizer. Uma pequena parte de mim anseia que ela diga que o perdoa.

Mas ela não faz isso. Minha mãe não diz nada. Ouço meu pai sair.

Mais tarde, mamãe e eu comemos a pizza sozinhas. Tento esconder o fato de que estou morrendo por dentro. E posso dizer que minha mãe está morrendo um pouco também.

Vamos para a cama cedo. Ainda estou acordada, olhando para o meu celular, rezando para que Cash tenha vontade de me ligar, quando minha mãe entra no meu quarto com o travesseiro e o cobertor.

— Posso dormir com você? — ela pergunta.

Eu sorrio.

— Sim.

Ela se deita ao meu lado na cama.

— Estou assustada.

— Eles o pegaram — eu digo.

— Não. Não por causa disso. Tenho medo que você ame mais a ela do que a mim. — Lágrimas enchem os olhos de minha mãe.

— Isso não vai acontecer. — Eu me apoio sobre um cotovelo.

— Eu não sei — ela diz. — Eles têm dinheiro. Podem comprar coisas boas para você. Você... — a voz dela falha — se parece com ela.

Eu enxugo uma lágrima do rosto dela.

— Eu quero conhecê-los. Quero passar um tempo com eles. Mas lembra, na segunda série, quando minha professora ficou grávida? Você me disse que uma pessoa ama com o coração, ela não tem que estar na barriga de alguém para estar no coração.

Minha mãe respira fundo e assente.

— O amor não vem do dinheiro ou da estrutura óssea. Você me ama menos porque eu não me pareço com você?

Cash excluiu a mensagem de Chloe sem ouvi-la. O detetive Logan tinha passado na casa dos Fuller no dia anterior e informado que o sr. Wallace e o cunhado tinham sido presos. Não haveria acusações pela invasão à agência.

— Precisamos comemorar — disse a sra. Fuller quando a polícia foi embora. — Sair para comer.

— Desculpe — disse Cash, recusando o convite.

Ele foi para o quarto e passou a noite e a manhã engendrando seu plano. Agora tudo o que ele tinha que fazer era executá-lo. Iria magoá-los. Eles não iriam compreender. Mas era a coisa certa a fazer.

Cash fechou a mala e a deixou na parte inferior das escadas. Quando os ouviu na cozinha, ele entrou.

A sra. Fuller sorriu e se levantou.

— Panquecas?

— Não estou com fome. — Ele se sentou numa cadeira da cozinha. — Precisamos conversar.

— Claro — disse a sra. Fuller.

O aperto no peito ficou maior.

— Eu não sei se já agradeci por tudo que vocês têm feito por mim.

— Você não precisa agradecer. Somos uma família.

Ele não iria discutir aquela questão agora.

— É sobre você e Chloe? — perguntou o sr. Fuller. — Nós sabemos que vocês dois são... próximos.

— Não, não é isso. — Ele engoliu em seco, preparando-se para ouvir o suspiro da sra. Fuller. — Eu estive pensando sobre isso e agora surgiu uma oportunidade.

— Que oportunidade? — perguntou a sra. Fuller.

— Lembram do Devin? O cara com quem trabalho? O companheiro de quarto dele se mudou no mês passado e acho que é hora de eu seguir em frente e me mudar.

— Se mudar? — perguntou a sra. Fuller. E lá veio. O longo e sincero suspiro que mexia com os sentimentos de Cash. — Você não pode!

— Eu vou fazer 18 anos em duas semanas. E nós sabemos que posso ser declarado adulto agora.

O sr. Fuller levantou-se da cadeira como se estivesse com raiva demais para ficar sentado e depois voltou a se sentar.

— Você me disse que esperaria até se formar.

— Ele te contou sobre isso? — perguntou a sra. Fuller, cada palavra uma acusação.

Cash respirou fundo, esperando desatar o nó de dor.

— Eu não estou fazendo isso para magoar vocês.

— Bem, mas está magoando — disse a sra. Fuller. — E você não pode fazer isso!

— Eu quero cuidar da minha própria vida. Não consigo nem respirar aqui.

— Você não vai ganhar dinheiro suficiente! — disse o sr. Fuller.

— Esta manhã, conversei com o sr. Cantoni, meu chefe. Ele concordou em me contratar em período integral.

— E a escola? — A voz da sra. Fuller era pura dor.

— Amanhã vou conversar com a srta. Anderson, minha conselheira, sobre a possibilidade de eu terminar o ensino médio à noite, num curso para adultos. E, no próximo semestre, vou começar a faculdade.

— Isso é por causa de... Emily? Nós te amamos, Cash. Só porque ficamos emocionados ao encontrá-la, isso não significa que não amamos você.

A emoção provoca um nó na garganta de Cash.

— Não é ela. Como eu disse, preciso do meu espaço. — Ele se levantou. — Me desculpem se isso magoa vocês. — Os olhos dele ardiam. — Mas não vou voltar atrás.

Cash fez menção de sair da sala.

— Volte e sente-se aqui! — mandou a sra. Fuller, e ela estava chorando.

Ele não obedeceu. Pegou a mala, junto com a dor que carregava no peito, a dor que carregava desde que o pai o deixara baleado, na calçada, para morrer, e saiu. Gostaria de ter feito isso muitos anos antes. Assim não doeria tanto.

É quinta-feira e ainda não tenho notícias de Cash. Ele nem sequer apareceu na escola. Sento-me na sala, esperando minha mãe ir para a reunião dos escritores para que eu possa sair. Meu pai fez uma visita na quarta-feira, a caminho de El Paso depois que os Fuller tinham ligado e contado que o teste de DNA tinha dado positivo. Eles perguntaram se eu poderia ligar para eles. Aquela tarde, Docinho e eu demos uma volta no parque. Encontrei um local calmo, me encostei numa árvore, e liguei para os Fuller.

Os dois falaram comigo. Eles são tão gentis... A sra. Fuller perguntou se eu poderia ir à casa deles algum dia. Eu sugeri esta noite, já que minha mãe estaria na reunião dos escritores. Eles pareceram felizes com isso.

Acabei contando para minha mãe antes de ela sair para o trabalho esta manhã. Eu não queria que houvesse mentiras entre nós. Ela disse que entendia. Mas, em vez de ir direto para a reunião dos escritores do trabalho, ela passou em casa.

Ela me abraça.

— Você está nervosa?

— Um pouco — digo a ela.

— Não se preocupe. Não há como eles não se encantarem com você. — Então ela me entrega um envelope grosso.

— O que é isso?

— Fotos. Eu fiz cópias. Você pode explicar por que algumas estão cortadas. Mas eu achei que eles iriam querer algumas fotos suas de quando era pequena.

Aperto a mão dela.

— Obrigada por facilitar isso para mim.

Ela mal sai pela porta e meu celular toca. Eu rezo para que seja Cash, mas não é. É o meu pai, me desejando sorte.

— Você está bem? — O amor que sente por mim ecoa em sua voz.

— Sim — eu digo, mas é mentira. Estou devastada por dentro. Não consigo entender por que Cash está fazendo isso. E eu não posso deixar de me perguntar se os Fuller contaram a ele que vou lhes fazer uma visita hoje à noite. Será que ele não quer mais me ver?

Enquanto dirijo para a casa dos Fuller, penso no que Lindsey perguntou: *Será que os Fuller disseram a Cash que ele não pode namorar você?*

Minha intuição diz que não, mas espero descobrir. Não que eu queira que esta noite o assunto principal seja Cash. Eu sei que é muito mais do que isso. É sobre os primeiros três anos da minha vida. É sobre preencher o vazio que eu carreguei no coração durante a maior parte da minha vida.

Eu tenho que passar pelo portão do condomínio. Mas eles avisaram ao segurança que eu viria. Estaciono na frente da casa deles e, antes de chegar à porta, os dois já estão no alpendre.

Percebo algo imediatamente: os olhos da sra. Fuller. Ela parece triste.

Os dois me abraçam. É um abraço apertado e longo. Mas tudo bem. Acho que eu também precisava desse abraço.

Cash não está presente. Eu me pergunto se ele está no andar de cima. Mas eu faço tudo que posso para afastá-lo dos meus pensamentos.

Sentamo-nos à mesa da sala de jantar. Eu dou a eles as fotos. Eles ficam muito gratos à minha mãe. Fazemos muitas perguntas uns aos outros. Várias vezes, a sra. Fuller e eu começamos a chorar.

O sr. Fuller se esforça muito para não fazer o mesmo. Mas eu o vejo passando a mão no rosto de vez em quando.

Eles querem saber tudo sobre mim. Desde a minha cor favorita até minhas notas na escola. Eles já tinham preparado uma bandeja de sanduíches com todos os tipos de carne, queijo e pão conhecidos pela humanidade! Depois serviram salgadinhos e sobremesas.

Estou muito nervosa, por isso não como muito. Nem eles.

Só depois de várias horas eu tenho coragem de perguntar sobre Cash.

No momento em que o nome dele sai dos meus lábios, a tensão enche a sala.

— Ele se mudou — explica o sr. Fuller.

Estou chocada.

— Mas... mas ele não tem 18 anos ainda.

Eles me contam sobre os planos de Cash.

— Por que ele está fazendo isso? — pergunto.

— Esse garoto pode ser teimoso às vezes — diz a sra. Fuller. Estavam planejando ir vê-lo no próximo final de semana. Verificar onde ele está morando e tentar convencê-lo a voltar.

Eu não sei como abordar o assunto, então apenas pergunto:

— Isso é porque... porque ele e eu nos gostamos?

— Não — ambos dizem ao mesmo tempo. — Pensamos que poderia ser por isso, mas ele jurou que não.

A sra. Fuller acrescenta:

— Chloe, ele teve uma infância difícil. Eu às vezes acho que ele afasta as pessoas porque tem medo de gostar e se apegar demais.

Concordo e percebo que ela está certa. Eu sabia que Cash não achava que merecia o amor dos Fuller, mas acho que talvez seja até mais do que isso. Ele teme que as pessoas o abandonem como o pai fez, assim como todos os outros pais adotivos.

Fico impressionada ao constatar quanto isso é triste, mas essa tristeza se transforma em raiva. Raiva de Cash por me abandonar e abandonar os Fuller.

Não quero essa raiva crescendo dentro de mim. Eu a afasto e me concentro nos Fuller. Mas ela fica no meu peito o resto da noite. Aumentando. Queimando. O que dá a Cash o direito de simplesmente se afastar das pessoas que gostam dele?

Então de repente percebo que já passa das dez da noite.

— Eu preciso ligar para a minha mãe.

— Sim, mas não a preocupe — diz a sra. Fuller.

São onze horas quando chego em casa. Mamãe e eu dormimos juntas novamente. Eu conto a ela sobre a noite. Mas tenho cuidado para não dizer nada que possa fazê-la se sentir menos importante.

36

Sexta-feira, o alarme da minha mãe dispara às seis horas da manhã. Fico deitada por mais dez minutos, então me levanto. Eu tenho coisas para fazer. Me arrumo e deixo minha mãe pensar que vou para a escola. Eu não vou.

Tenho ovos para comprar. Tenho ovos para quebrar. Uma omelete para fazer. Na loja, compro duas dúzias. Ei, se você vai quebrar ovos, pode muito bem fazer isso do jeito certo.

Não sei a que horas Cash vai trabalhar. Vou de carro até a oficina às nove horas. Ele não está lá. Volto às dez. Ele não está.

Eu me preocupo com a possibilidade de ele não trabalhar às sextas--feiras.

Vou a um supermercado e compro... Adivinhe o quê. Ovos.

Quando volto à oficina às onze, o jipe dele está lá. Está no conserto. Já sem buracos de bala.

Eu paro do outro lado do estacionamento.

Estou tremendo. Pego minhas duas dúzias de ovos e vou até o jipe dele. Olho em volta e vejo alguém no escritório. Acho que eles podem me ver e é exatamente isso que eu quero.

Coloco uma caixa de ovos aos meus pés. E eu me levanto, abro a outra caixa e jogo o primeiro ovo. Ele aterrissa no para-brisa, "*poft*". Pelo canto do olho, vejo um movimento através das paredes de vidro.

Eu jogo o ovo número dois. Ele bate na porta do passageiro. Assisto à gema amarela estourar e escorrer pela lateral do carro.

— O que você está fazendo? — alguém grita da porta do escritório

Eu não digo nada. O ovo número três bate no para-brisa.

Já joguei meia dúzia quando vejo Cash, vestindo um macacão azul-marinho, sair da oficina.

— O que você está fazendo?! — ele pergunta.

Eu o ignoro e vou pegar mais dois ovos. Então olho para ele, parado ali, só me olhando. Só olhando para mim. Estou com tanta raiva que as lágrimas toldam minha visão.

Eu não consigo decifrar sua expressão. Não que eu me importe. Jogo outro ovo.

— O que está fazendo?! — ele pergunta novamente.

— Estou quebrando ovos.

Cash cruza os braços.

— Isso estraga a pintura nova do carro.

— Sim, ouvi dizer. — Eu jogo outro. Então me abaixo e pego a segunda caixa.

Ele abre os braços e dá alguns passos na minha direção.

— Ouça. É melhor assim — diz ele.

Eu jogo um ovo nele.

Cash se esquiva e faz uma careta.

— Você merece alguém... — ele começa a dizer.

— Alguém melhor do que você? Você está certo. Mereço alguém que não tenha medo de gostar das outras pessoas. Que não tenha medo de admitir que se importa com elas.

Ele não diz nada.

— As pessoas se preocupam com você e você não tem nem a decência de admitir que se importa com elas! — Jogo outro ovo nele. Então atiro outro no jipe e, quando os ovos acabam, jogo a caixa nele. É quando vejo pessoas paradas no estacionamento, me observando.

De repente, o que me pareceu uma ideia muito boa agora parece uma palhaçada. Corro para o meu carro e pego na maçaneta da porta. Está trancada.

— Espere! — Cash grita. — Você não pode simplesmente vir aqui, dizer o que quer e ir embora. Não terminamos de discutir.

— Terminamos, sim! — Enfio a mão no bolso para pegar as chaves, mas elas não estão ali.

Puxo a porta como se ela fosse abrir com um passe de mágica dessa vez. Olho pela janela para ver se as deixei na ignição. Eles não estão ali.

Eu o ouço caminhando na minha direção.

— Você está errada.

Eu me viro.

— Sobre o quê?

— Eu admiti! Disse que amava você.

— Sim, mas, quando eu realmente precisava de você, você foi embora. — As lágrimas enchem meus olhos.

— Você estava tão brava comigo, Chloe.

— Quando eu fiquei com raiva de você?

— Quando eu te contei que tinha sido pego por invadir a agência. E não pude culpar você. Estraguei tudo.

— Eu não estava brava com você, eu fiquei chateada. E você errou quando foi embora!

— Eu quase matei você. Eles a acusaram de ser cúmplice da tentativa de assassinato da babá. Por minha causa. Meu passado nunca vai ser esquecido. Ele vai continuar vindo à tona e vai magoar todos à minha volta.

Dou alguns passos para a frente e encosto o dedo indicador no peito dele.

— Você é um idiota! Nada do que aconteceu foi por causa do seu passado. Aconteceu por causa do meu!

— Você poderia ter morrido! — diz ele.

Sei que ele não está ouvindo nada do que digo. Estou perdendo tempo. E mais pessoas agora estão paradas, ouvindo.

Lembro-me de ter colocado as caixas de ovos no chão e percebo que provavelmente larguei as chaves ali também. Corro até lá.

Os passos dele soam em sincronia com os meus.

Eu vejo minhas chaves no asfalto. Pego-as.

Estou a meio caminho do meu carro quando, de repente, Cash se coloca na minha frente.

— Podemos conversar?

— Eu não vim aqui para conversar. Eu vim para quebrar ovos. E estou sem ovos. — Tento passar por ele.

Cash fica na minha frente e bloqueia a porta do meu carro.

— Tudo bem — diz ele. — Eu estava errado! — Sinto um tremor na voz dele.

Eu cruzo os braços.

— Afaste-se do meu carro.

— Me deixe explicar!

— Não há explicação. Você virou as costas para mim.

— Pode me dar uma segunda chance?

— Para você ir embora novamente da próxima vez que surgir algum problema? Não, obrigada! Como você disse, eu mereço coisa melhor.

— Por favor. Estou me sentindo péssimo, Chloe. Eu não consigo dormir. Eu não consigo comer. Bem, não consigo comer nada além... — Ele tira do bolso um pacote amassado e meio vazio de Skittles. Então ele pega outro. Coloca os dois no capô do meu carro — Mas eu não consigo comer os vermelhos, porque... eu sei que você gosta mais deles.

Cash enfia a mão no outro bolso e tira mais dois pacotes de Skittles.

Eu respiro.

— Você me magoou!

Ele assente com a cabeça.

— Eu sei. Sinto muito!

Eu levanto o queixo.

— Você magoou os Fuller. Eles não têm feito nada além de amar você, e você simplesmente foi embora. Você não se importa com o que faz com as outras pessoas. Você as afasta de você.

— Você tem razão. Eu faço isso. Estou cansado de afastar todo mundo. E você está certa quando diz que tenho medo. Todos me deixaram, minha mãe, meu pai. Meus pais adotivos. Mas, se você me der uma chance... — Ele dá um passo na minha direção.

Estendo a mão.

— Você voltará para os Fuller e para a escola?

— Se eles deixarem, sim, mas, como você disse, eu os magoei. E eu não tinha a intenção. — A dor ecoa na voz de Cash.

Balanço a cabeça.

— Eles amam você.

Ele dá outro passo na minha direção. Dessa vez, eu não recuo. Cash chega até onde estou. E eu me jogo nos braços dele. Ele me puxa e eu choro no ombro dele. Então Cash se afasta e me beija.

Eu retribuo o beijo. Ele cheira a óleo e graxa, mas tem gosto de Skittles e irradia amor.

Eu ouço pessoas assobiando e batendo palmas. Mas não ligo. Porque agora, aqui mesmo, acho que aquele vazio no meu coração está finalmente sendo preenchido.

Epílogo

Músicas natalinas ecoam pelo aparelho de som da casa. Uma árvore de Natal de verdade brilha num canto da sala de estar dos Fuller. O aroma de pinho e o cheiro quente de peru e de especiarias flutuam no ar. Sou pega por um momento de nostalgia. Não é do tipo ruim, mas do tipo que diz que está tudo certo.

Dou uma olhada na sala de jantar e ouço a conversa. Meu pai e o sr. Fuller estão falando sobre futebol. Mamãe e a sra. Fuller estão conversando com Brandon e Patrick, primo do meu pai e o marido dele, sobre qual é o melhor acompanhamento para o peru.

Brandon e Patrick tinham nos visitado no Dia de Ação de Graças e conhecido os Fuller, que os convidaram para o Natal. Eles concordaram com a condição de que pudessem preparar a ceia. Eu posso dizer que foi difícil para as minhas mães ficarem fora da cozinha. Mas o que está se tornando um pouco mais fácil é a convivência delas. Ainda me sinto um pouco como se estivesse pisando em ovos, pois não quero que uma se sinta mais importante do que a outra. Eu amo as duas. Mas acho que elas sabem disso, e não é tão difícil como pensei que seria.

— Ah! — diz a sra. Fuller. — Chloe nos contou que você está prestes a vender seu livro para uma editora! Temos que fazer um brinde com champanhe para comemorar isso.

— Não vendeu simplesmente — meu pai falou. — Está em leilão agora, para ver quem paga mais. Várias editoras de Nova York estão querendo publicá-lo.

— Uau! — Cash sussurrou, ficando ao meu lado. — Seu pai parece muito orgulhoso da sua mãe.

Eu olho para ele e sorrio.

— Sim. Ele sabe quanto ela sempre quis isso.

— Eles estão realmente conversando agora?

— Um pouco — eu digo. — Bem, você os viu no Dia de Ação de Graças. E eles conversaram sobre o que eu precisava para o Natal. Ele veio ontem à noite. Minha mãe até esperou ele chegar para ir à festa de Natal do grupo de escritores. Acho que ela queria que ele a visse toda arrumada. Quando saiu, meu pai me perguntou se ela está saindo com alguém.

Cash desliza a mão até a minha cintura.

— Você disse a verdade a ele?

— Sim. Ele parecia chateado. Com ciúme.

— Ele meio que merece isso — diz Cash.

— Eu sei — concordo.

— Você quer que eles voltem a ficar juntos? — ele pergunta.

— Eu só quero que eles sejam felizes.

— Susan! JoAnne! — Brandon chama da cozinha. — Precisamos que provem a comida aqui.

Cash se inclina um pouco mais para perto.

— Os Fuller contaram que compraram a casa em Houston?

— Sim. — Cash tinha sido aceito na Universidade de Houston, então estamos ambos indo para lá. Ele ainda se recusa a deixar que os Fuller paguem sua faculdade, mas eles estavam procurando um imóvel perto do campus para que possamos morar lá. Quartos separados, é claro. Isso já foi dito várias vezes.

Eu imagino que o que eles não souberem não pode magoá-los.

Mais risadas ecoam da sala de jantar.

Eu olho para Cash.

— Você sabe que eu pensava muito sobre como tudo seria na minha vida se eu não tivesse sido sequestrada.

— Sim — diz Cash.

— Bem, não tenho certeza se teria sido tão bom assim. Todos eles são a minha família. Eu não iria querer perder a chance de conhecer nenhum deles.

— Eu concordo — diz Cash. Então ele enfia a mão no bolso e me entrega um saco de Skittles vermelhos.

— Feliz Natal!

Eu sorrio e tiro do bolso as balas de caramelo que escolhi para ele. Então fico na ponta dos pés e o beijo.

— Feliz Natal!